Rizzoli best

Carina Rissi

Lost

Mi sono persa il fidanzato

Traduzione dal portoghese di Sandra Biondo

Rizzoli

Pubblicato per

Rizzoli

da Mondadori Libri S.p.A.

ISBN 978-88-17-09953-0

Titolo originale dell'opera:
PERDIDA
Un amor que ultrapassa as barreiras do tempo

Prima edizione: marzo 2018

Il passo posto in esergo di pagina 9 è tratto da
Jane Austen, *Ragione e sentimento*, a cura di Malcolm Skey,
introduzione di Sandra Petrignani, traduzione di Stefania Censi,
Theoria, Roma-Napoli 1991, p. 49.

Realizzazione editoriale: Netphilo Publishing, Milano

Lost

Mi sono persa il fidanzato

Per Adri e Lalá

Non sono il tempo o l'occasione a creare l'intimità,
ma solo la disposizione.
Sette anni non basterebbero a far sì che due persone si conoscano,
e per altri sette giorni sono più che sufficienti.

JANE AUSTEN, *Ragione e sentimento*

1

Io lo sapevo che dovevo tornare a letto, l'avevo capito appena uscita di casa, quando avevo provato a prendere un taxi dato che quel giorno la mia targa non poteva circolare. Dovevo tornarmene sotto le lenzuola subito, non appena quel cretino con la macchina era passato a filo del marciapiede e mi aveva letteralmente inzaccherato i jeans dalle ginocchia in giù.

Dovevo tornare a letto.

E invece avevo fatto un bel respiro e poi lo avevo insultato per un paio di minuti con tutte le parolacce che sapevo. Naturalmente, senza badare alle occhiate di disapprovazione dei passanti.

La situazione non migliorò quando, arrivata in ufficio con venti minuti di ritardo, quell'imbecille panzone e rammollito del mio capo mi fulminò con lo sguardo e poi disse, con aria indignata: «Oltre ad arrivare in ritardo, ti presenti qui conciata in quel modo? Dovresti vestirti un po' meglio, Sofia. Con lo stipendio che ti do...».

Come no. Sai che stipendio!

Riuscivo a malapena a pagarci le bollette. Lavoravo in quella ditta dai tempi del tirocinio universitario. Dopo la laurea mi avevano assunta e siccome non era saltato fuori niente di meglio, mi ero adattata. E poi avevo un piano: Carlos stava per andare in pensione e io avevo buone possibilità di prendere il suo posto. Anche se, ovvio, fino a quel giorno avrei dovuto reggere il supplizio di sopportarlo.

«Lo so, signor Carlos» attaccai. «Ma è passato un cretino con la macchina e...»

«Non voglio sentire scuse. Ne ho già piene le tasche. Pensi che ci creda, alle tue storielle? Non so proprio perché non ti ho ancora licenziata!» e inarcò un sopracciglio con aria sprezzante.

Perché sono la persona più competente di tutto il palazzo, lurido arrogante!

«Mi dispiace. Vado subito alla scrivania così recupero il ritardo, va bene?» E senza aspettare che mi aggredisse un'altra volta, mi avviai al mio posto osservando la sua reazione con la coda dell'occhio.

Per un attimo lui rimase immobile a fissarmi, poi sbuffò e si allontanò borbottando.

Avrei cercato di smaltire il più velocemente possibile la pila di scartoffie accumulata sulla scrivania. Era notevole, ma con la mia efficienza in poco tempo ce l'avrei fatta.

E invece, poco prima della pausa pranzo, il computer mi si bloccò e poi si spense del tutto. Provai a riaccenderlo, ma senza successo. Era morto! Cominciai a prenderlo a pugni sperando, con quella tortura, di rianimarlo, ma non si accese nemmeno una lucina.

«Quei documenti mi servono entro le cinque!» sbraitò Carlos dalla porta. Doveva avere assistito alla mia battaglia con la macchina.

«Lo so! Ma non è colpa mia se il computer si è inchiodato. Come faccio a finire tutti i contratti?»

Lui fece un sorrisetto ironico e appoggiò una mano sullo stipite.

«Come facevamo prima che inventassero queste macchine diaboliche che ci lasciano sempre a piedi.»

Lo guardai senza capire. Di che diamine stava parlando?

Carlos notò la mia espressione – scettica, probabilmente – e aggiunse: «Lo sai, vero, che i computer non esistono da sempre?». Scandì le parole come se fossi una minorata mentale.

Grrr!

«Certo che lo so!»

Ho bisogno di questo lavoro! Devo resistere alla tentazione di saltargli al collo e strozzarlo! mi ripetei varie volte senza riuscire a convincermi del tutto.

«E allora rimboccati le maniche, Sofia. Hai tempo fino alle cinque. Nell'armadio del magazzino c'è una macchina da scrivere. Non fa sorprese, non s'inchioda, il toner non si esaurisce... Ti piacerà. È molto efficiente. A volte mi viene persino nostalgia dei tempi in cui l'ufficio si riempiva del ticchettio dei tasti.» Sulle sue labbra si affacciò un sorriso cinico. Un sorriso che diceva: «Non ce la farai mai!».

Vedremo, testa pelata! E andai a prendere il coso, la macchina da scrivere. Era pesante e difficile da trasportare. L'appoggiai sulla scrivania e rimasi lì a guardarla.

Uhm... Ne avevo già sentito parlare.

Ma dov'è il pulsante di accensione?

Provai con un tasto a caso.

Tic. Tic, tic, tic, tic, ding!

Ding? *Vuoi vedere che l'ho rotta? Oddio! Ci mancava solo questa!* Due scrivanie dietro di me, Joana, che stava ridendo a crepapelle, forse per il panico che avevo dipinto in faccia, si alzò e venne ad aiutarmi. Era la collega più anziana dell'azienda, di sicuro aveva già lavorato con quell'arnese preistorico.

«Sofia, smettila di guardarla in quel modo» mi disse mentre con l'indice spingeva indietro gli occhiali marroni. «Non è un oggetto di origine aliena.»

«No, certo» risposi. «Se lo fosse, probabilmente saprei come usarlo. Il problema è che...»

Avevo *veramente* paura di quella macchina rumorosa piena di *tic* e *ding*, ma dovevo finire il lavoro. «Be'... in realtà ne ho già *vista* una, tempo fa, al Museo della Tecnologia, ma...»

«Non sai usarla» concluse lei sempre ridendo, con le guance arrossate.

A quel punto diventai rossa anch'io, ma dalla vergogna. Non c'era un solo programma del computer che non sapessi utilizzare: appena ne usciva uno nuovo, lo imparavo subito. Però quell'aggeggio antiquato...

«Non so neanche come si accende, questo affare!» bisbigliai. Altri colleghi ci osservavano con curiosità.

Joana esplose nell'ennesima risata e quasi tutti si girarono verso di noi. Io, ormai, dovevo essere color melanzana.

«È facilissimo, Sofia. Metti la carta qui.» Prese un foglio bianco, lo infilò in una fessura e poi girò una grossa manopola sul lato dell'aggeggio. *Trac, trac, trac, trac.* «Poi la blocchi con questo.» Sollevò un'asticella di metallo, ci incastrò sotto il foglio e la lasciò andare, bloccando la carta. «Ecco fatto!»

«Ah! Sembra facile!»

Joana non parve troppo convinta della mia sicurezza. Tornò alla scrivania scuotendo leggermente la testa e sollevando i grossi occhiali per asciugarsi le lacrime. Meno male che almeno *lei* si stava divertendo!

Mi concentrai sulla macchina.

Provai a digitare con una certa cautela ma mi accorsi che il foglio restava bianco.

«Devi pigiare più forte!» gridò Joana, che non aveva ancora smesso di guardarmi. «Deve fare *tic*.»

Ritentai. Ecco! Ora funzionava. Sulla carta comparvero delle lettere. Digitai – volevo dire, dattilografai – qualche riga con un po' di goffaggine, poi mi fermai e mi misi a scrutare attentamente la tastiera. No. Non c'era.

«Joana, dov'è il tasto DEL?»

Lei spalancò gli occhi e aprì appena la bocca.

«Cosa?» domandò, come se le avessi parlato in giapponese.

«Non c'è il DELETE. Ho sbagliato un numero e non trovo da nessuna parte il tasto per cancellare.»

Tutto l'ufficio esplose in una risata fragorosa e io avrei voluto seppellirmi sotto la pila di scartoffie che avevo davanti.

Uffa!!!

Passai il resto del pomeriggio a cercare di organizzare il mucchio dei contratti, dopo aver ricevuto una rapida lezione sull'utilizzo di quel residuato bellico. Che comunque non servì a molto, visto che l'aggeggio era lentissimo. O magari ero io a non essere abbastanza abile...

Come ha fatto la gente a vivere tanto tempo senza il computer?, pensai. Mi ci sarebbero voluti giorni per rimettere in ordine le email e il mio profilo Facebook, e molto probabilmente non sarei riuscita a leggere tutti i post su Twitter. Avrei dovuto darmi da fare appena arrivata a casa. Per me, restare senza Internet era come *smettere di esistere*, come non far più parte del mondo. Totale isolamento virtuale.

Con la testa che mi scoppiava per tutti quei *tic* e *ding* e *trac*, poco dopo le sei uscii dall'ufficio – non senza aver telefonato, però, al tecnico del computer, strappandogli la promessa che il giorno dopo me lo avrebbe restituito. E nel giro della prima ora!

Presi un taxi, ma me ne pentii amaramente appena imboccammo il viale intasato di macchine, autobus e pedoni che attraversavano fuori dalle strisce. Anche se a quell'ora non è che corressero un gran pericolo, col traffico bloccato. Se fossi andata a piedi anch'io, avrei fatto prima.

Mi bastò aprire la porta per ricordare che dovevo trovarmi in fretta una brava donna di servizio. L'appartamento era sottosopra: vestiti buttati sulle sedie, tazze e bicchieri abbandonati ovunque ci fosse un buco libero, fogli sparpagliati sul tavolo da pranzo. L'appartamento cominciava a essere un po' troppo piccolo per tutto quel disordine.

Gettai la borsa e le chiavi sul tavolo già pieno di roba e andai a farmi una doccia. Provai a rilassarmi lasciando scorrere l'acqua sul collo e lungo la schiena, e in parte ci riuscii. Poi infilai il pigiama e mi stravaccai sul divano cercando qualcosa con cui distrarmi mentre la cena si scaldava nel microonde. Alla TV non c'era niente, così accesi il lettore MP3 e presi il mio libro preferito. Un *libro* vero, con la copertina e le pagine di carta, non un ebook. Di quelli ne avevo tanti, qualcuno persino sul cellulare, ma questo no, questo riuscivo a leggerlo solo in modo tradizionale. Avevo fatto le orecchie alle pagine con i miei brani preferiti e a forza di rileggerlo si era ridotto a brandelli. Non avrei saputo spiegare perché quella storia mi piacesse così tanto, ma era fantastico potermi perdere nel passato e trovarmi in mezzo a un modo di vivere così diverso dal mio, a quei vestiti meravigliosi, ai paesaggi bucolici e sereni, agli amori messi alla prova dall'idea antiquata che poveri e ricchi non si devono mescolare, alla galanteria degli uomini e alla delicatezza dei primi innamoramenti... Una gran botta di glicemia!

Non avrei saputo spiegare perché, considerato che ero tutt'altro che un'inguaribile romantica, fatto sta che adoravo quel libro. E perdermi nel diciannovesimo secolo mi sarebbe risultato piuttosto difficile se lo avessi letto su un dispositivo elettronico.

Dopo mangiato mi facevano ancora male le dita, e mentre sistemavo piatti e posate nella lavastoviglie, mi ritrovai a pensare con sollievo al momento in cui non avrei più avuto bisogno di quell'arnese centenario.

In quel momento squillò il cellulare.

«Esci domani sera?» indagò la voce dall'altra parte senza nemmeno lasciarmi il tempo di dire *pronto.*

«Ciao anche a te, Nina, com'è andata la...»

«Esci, vero?» mi interruppe agitata. «Non mi tirerai un altro bidone, eh, Sofia? Vedi di non trovare le solite scuse, domani devi uscire con me!» La sua voce si fece minacciosa. «A costo di venirti a prelevare con la forza. Altrimenti chiedo a Rafa e ai suoi amici di passare a pren...»

«Calmati, Nina, va bene. Non c'è bisogno di minacciarmi». La sola idea di Rafa e dei suoi amici palestrati nel mio miniappartamento mi fece rabbrividire. «Ho proprio bisogno di uscire a bere qualcosa. È stata una settimana d'inferno.»

Dall'altra parte sentii un sospiro profondo. Riuscivo quasi a vederla mentre faceva la boccuccia a becco d'oca.

«Non me ne parlare!» Altro sospiro. «Proprio per questo ti ho chiesto se domani esci con noi, devo raccontarti una cosa.»

Oh, porca vacca! Ancora?

«Nina, hai litigato di nuovo con Rafa?» Sinceramente, cominciavo a non poterne più.

«Ma no. Cioè, non proprio. Comunque non si tratta di Rafa.» In sottofondo si sentì il rumore di un clacson, e poi Nina che gridava: *Vienimi pure addosso, cretino!* «Non è di Rafa che ti devo parlare. Scusa ma adesso devo andare. Ci vediamo domani alla Capanna, okay?» Ancora clacson in sottofondo.

«Ci puoi contare.» Tutto quel mistero da parte di Nina mi aveva incuriosita.

In genere parlava a raffica e non si fermava neanche se le dicevo che non potevo stare al telefono perché avevo dei lavori in scadenza o ero appena uscita dalla doccia.

Sa Dio cosa aveva combinato, stavolta, quella svitata...

***

Una volta tanto mi svegliai all'ora giusta. Grazie a Dio era venerdì! Arrivai in ufficio alle otto in punto – senza schizzi di fango, pulita e stirata a puntino – e quando vidi il PC al solito posto cacciai un urlo di gioia. Mi avvicinai di corsa alla scrivania e abbracciai il monitor.

«Non abbandonarmi mai più!» gli mormorai, sospirando di sollievo al pensiero che non avrei più dovuto usare la macchina tortura-dita.

«Ti sei messa con il computer, Sofia? Sta' all'occhio e prendi le tue precauzioni, sai com'è... potresti beccarti un virus!» Gustavo, lo *spiritosone*, sghignazzava senza ritegno.

«Ah ah ah» fu l'unica risposta che ottenne.

La giornata di lavoro trascorse come al solito, non mi rimase nemmeno un minuto libero da dedicare alla ricerca della donna delle pulizie, e soprattutto all'idea di come trovare i soldi per pagarla. Lo stipendio era infimo e il lavoro non finiva mai. Avevo bisogno di ritagliarmi del tempo per arrotondare le entrate. Purtroppo non avevo tempo neanche per ritagliarmi del tempo!

Uscii dall'ufficio, presi la macchina e andai direttamente al pub. La Capanna era a tre isolati di distanza. Fu difficile trovare un parcheggio, a quanto pareva quella sera mezzo mondo aveva deciso di allungarsi a bere qualcosa dopo il lavoro.

Il tetto a cupola, le finestrelle sulla facciata e la grande porta d'ingresso a forma di U rovesciata ricordavano una capanna degli indios. Il nome ufficiale era Leo's Bar, ma tutti lo conoscevano come La Capanna. La semplicità del locale si replicava anche all'interno – tavolini e sedie in legno grezzo, non verniciato – eccezion fatta per i clienti, sempre casual-chic.

Il mio era un look da ufficio: jeans, camicetta bianca a maniche corte e coda di cavallo. Né molto casual né molto chic, ma non potevo tirare un altro bidone a Nina, né avrei fatto in tempo a passare da casa a mettermi qualcosa di più adatto.

Avevo bisogno di uscire e divertirmi un po'. Stava per venirmi un esaurimento, e le ferie erano ancora molto, troppo lontane persino per mettermi a programmare qualcosa.

«Ma tu guarda, viene a piovere! Chi non muore si rivede, eh?» gridò Rafa, il solito simpaticone, non appena mi vide, e mezzo locale si girò a guardarmi.

«No, Rafa, non sono morta, sono *vivissima*» gli dissi bruscamente. «Non è che posso uscire tutte le sere, non ho tempo. Io ho un lavoro, sai? Ti ricordi cos'è, ne hai mai sentito parlare? Non sono mica nati tutti con il culo nel burro come te.»

Rafael aveva sempre avuto la pappa pronta. La sua famiglia era proprietaria di una grossa industria di cosmetici e, anche se non erano affari miei, il suo disinteresse per l'impresa fondata dalla sua trisnonna molti anni addietro mi irritava. Lui aveva deciso di iscriversi a Scienze motorie e seguire la propria strada. Peccato però che non si impegnasse neanche nella professione che aveva scelto e, invece di guadagnarsi il pane col sudore della fronte, preferisse restare in casa a giocare ai videogame.

«Ehi, stavo scherzando! Stai calmina. Non c'è bisogno di farmi la predica» protestò lui alzando le manone come ad arrendersi.

Avevo proprio bisogno di bere qualcosa, stavo diventando insopportabile e scorbutica.

Dopo un'oretta – e più o meno quattro birre alla spina – Rafa si spostò al tavolo da biliardo (per una partitina veloce, aveva detto) e Nina ne approfittò per parlarmi.

«Ho bisogno del tuo aiuto. Anzi, di un parere» spiegò con una certa inquietudine negli occhi verdi.

«Va bene. Spara.» Mi ero rilassata, la birra cominciava

a fare effetto. Lei si voltò un attimo a guardare Rafa, poi si girò di nuovo verso di me.

«Penso che... Credo di...»

I suoi occhi trasudavano ansia e incertezza. Sembrava spaventata.

Oh-oh!

«Oddio, Nina! Non sarai mica incinta?» Ero impietrita. Nina con un neonato! Un neonato che piange e lascia uscire roba da tutti gli orifizi. *Ventiquattr'ore al giorno!* Per quanto, se riusciva a sopportare uno come Rafa che era alto due metri e non faceva altro che lamentarsi e pretendere di essere servito e riverito, a maggior ragione sarebbe riuscita a prendersi cura di un neonato di cinquanta centimetri, di sicuro *molto* meno esigente.

«No!» gridò terrorizzata. «Sofia, sei impazzita? Non sono incinta.» Spostò velocemente lo sguardo su Rafa per controllare che non avesse sentito.

Poi abbassò gli occhi sul bicchiere quasi vuoto, fece con un sorriso della serie «ne sto combinando un'altra delle mie», e lo sollevò.

«Penso che chiederò a Rafa di venire a vivere con me» disse d'un fiato con un'aria fra l'ansioso e l'eccitato.

«Ah!» Mi portai il bicchiere alle labbra e mandai giù una bella sorsata. «Be'...»

Il suo viso grazioso si rabbuiò.

«Lo sapevo che non saresti stata d'accordo» disse sottovoce. Abbassò di nuovo gli occhi e scosse piano la testa, facendo ondeggiare i riccioli neri.

La guardai, era la mia amica, la mia migliore amica, la persona che in più di un'occasione mi aveva fatto da sorella maggiore. Sapevo che per lei la mia approvazione era importante. Cercai di sembrare meno tesa di quanto fossi in realtà.

«Ma no, non è questo. Anzi, è un'idea... ottima. *Davvero*

ottima.». Mandai giù un altro sorso di birra. «Solo che... Ne sei sicura, Nina? Sei sicura che sia lui quello giusto?»

«Sicurissima!» disse con fermezza ed espressione seria, ma la sua bocca carnosa sembrava non riuscire a trattenere un sorriso.

«Ma se non fate altro che litigare!» dissi constatando l'evidenza. «Sembrate cane e gatto! Ormai ho perso il conto di quante volte mi sei arrivata a casa in lacrime per causa sua.»

«Lo so, Sofia. Ma sono così innamorata! Non voglio passare nemmeno un minuto lontano da lui. Non si vede?»

Certo che si vedeva. Da quando aveva conosciuto Rafa, aveva perso la testa. In un primo momento avevo pensato che essersi accaparrata un tipo del genere – alto, ben piantato, biondo, con occhi vivaci e brillanti e un sorriso scanzonato – era stato un bel terno al lotto ma poi, quando la relazione era diventata più seria e lui aveva iniziato a comportarsi come un bambino maleducato e pieno di pretese, avevo cambiato idea.

«Lo so che ti piace. Lo sanno tutti! Ma sei sicura che funzionerà?» Cercavo di esprimermi nel modo più delicato possibile. Non volevo ferirla dicendole quel che pensavo veramente di Rafa.

«No.» Nina sorrise. «Come faccio a essere sicura? Nessuno è sicuro di niente quando è innamorato, Sofia!»

«Be', di una cosa sì che si può essere sicuri. Che alla fine ti spezzerà il cuore.» E con un altro sorso svuotai il bicchiere.

«Sofia! Questo non capita *sempre* a *tutti*...» Vide lo scetticismo nel mio sguardo e continuò. «Non capita a tutti! Ci sono persone che stanno insieme tutta la vita.»

«Ah-ah-ah!»

«È vero che ci sono. E poi io e lui stiamo già sempre insieme, a parte quando io sono al lavoro. Metà delle mie cose è a casa sua. Sarebbe molto più facile se abitassimo sotto lo stesso tetto, e siccome casa mia è più grande...»

«L'altra metà delle tue cose credo che sia a casa mia...»

Uhm. Mi ero dimenticata di restituirle la camicetta verde che mi aveva prestato per andare in tribunale. E la gonna. E anche le scarpe.

Era una fortuna che portassimo quasi la stessa taglia – lei era solo qualche centimetro più bassa di me e un po' più formosa, la classica bomba sexy. Per non parlare della pelle liscia e setosa color cioccolato al latte che, in contrasto con gli occhi smeraldo, la faceva assomigliare a una dea africana. Io invece, coi miei banalissimi occhi castani, la pelle bianchiccia e i capelli mossi e indomabili, non brillavo certo per sex appeal.

«Lo sapevo che quella camicetta non era scappata da sola dal mio cassetto.» Nina era un amore. Mi soccorreva sempre nelle situazioni di emergenza, questioni di moda comprese. «Allora, che ne pensi?»

«Di cosa? Della fuga delle camicette? Sì, ha senso... anche se a me ne sono sparite diverse.»

Sbuffò e strinse gli occhi.

«Le troveresti, se le ripiegassi e le mettessi via invece di buttarle a casaccio in giro per casa.» Io feci una smorfia, lei proseguì. «Comunque, la domanda non era quella.»

Avevo capito benissimo. Avevo capito che mi stava chiedendo cosa ne pensavo del fatto che andassero a vivere insieme. Non volevo ferirla dicendole che francamente la trovavo una pessima idea e che, secondo me, tutta la melensaggine dell'amore finisce non appena comincia la routine. Che quella era tutta una storia creata ad hoc per vendere libri e riviste, e che alla fine nella vita reale si rimane da soli con un buco al posto del cuore.

«Io penso...» attaccai, con una certa cautela. «Penso che se questo ti rende felice... Se ti rende felice, sono felice anch'io.»

Sobbalzò sulla sedia e mi abbracciò forte.

«Grazie, Sofia! Lo sai quanto è importante per me che tu sia d'accordo. Sei l'unica persona che non detesta Rafael.»

Nina aveva rotto con i genitori non appena si era messa con Rafa. Loro non avrebbero voluto che stesse con uno come lui, ma lei si era rifiutata di lasciarlo e aveva tagliato i ponti con i suoi, nello stesso periodo in cui io avevo perso i miei in un incidente mortale. Era stata una fase molto... molto brutta, ecco. Ci eravamo sostenute a vicenda ed eravamo riuscite a voltare pagina. Se devo essere sincera, in quel periodo anche Rafa mi aveva aiutata. Non so che ne sarebbe stato di me, senza loro due.

«Dai, e piantala!» dissi, cercando di alleggerire il clima un po' pesante. «Piuttosto, festeggiamo! Non succede tutti i giorni che un'amica entri a far parte della schiera di quelle definitivamente incastrate.»

Mi lasciò andare e alzò gli occhi al cielo.

«Uffa, Sofia. A volte sembra che per te il matrimonio sia una condanna a morte.»

Perché, non lo è?

Vivere in funzione di una persona come se la vita avesse senso solo vicino a lei? Svegliarsi e trovarsi accanto la stessa persona tutti i santi giorni? Sesso con la stessa persona per tutto il resto della vita? Andare a lavorare e poi doversi occupare anche della casa, del marito, dei figli, del cane... Come minimo, era una condanna alla schiavitù!

Non riuscivo a capire perché mai una persona sana di mente decideva di sposarsi. Anche se, a dire il vero, in genere chi è innamorato non sembra del tutto in possesso delle proprie facoltà mentali.

«No che non lo è!» esclamò lei, che forse si era accorta dell'espressione scettica che avevo in faccia. «Spero proprio che anche tu possa trovare la persona giusta un giorno di questi, sai? Ormai direi che è arrivato il momento di vivere una vera storia d'amore e dimenticare quelle dei libri, no? Credo che sarà divertente vedere come te la caverai, la prima volta che t'innamori.»

«Io mi sono già innamorata, una volta! E non vedo che male c'è se mi piace leggere i romanzi d'amore, almeno i libri hanno un lieto fine e a nessuno si spezza il cuore.»

Non mi piaceva la piega che stava prendendo il discorso.

«Ma figurati. Tu non eri innamorata proprio per niente!»

«Certo che ero innamorata. Lo sai benissimo.»

Facevamo l'università ed eravamo già amiche, all'epoca. Durante la mia storia con Bruno, uno di quegli idioti di cui, *chissà perché*, avevo finito con l'innamorarmi, Nina era stata dalla mia parte.

«Tu non eri innamorata di Bruno. Ti piaceva, eri attratta da lui. Ma non era amore.» Si mise a sgranocchiare una nocciolina. «Se fossi stata veramente innamorata di lui, non avresti reagito con tutta quella calma quando lo abbiamo beccato che baciava Denise.» E si riappoggiò allo schienale della sedia con un'espressione di trionfo.

«Il fatto che non abbia passato anni a piagnucolare non significa che non fossi innamorata. Certo che ero a pezzi, ma secondo te cosa dovevo fare? Buttarmi giù da un ponte? Se ha preferito un'altra, pazienza. Avanti il prossimo!»

Avvicinai il bicchiere alla bocca, ma era vuoto.

Merda!

«Esatto! Se tu fossi stata veramente innamorata, ci sarebbe voluto un po' più tempo per far ripartire la fila. E poi tu eri a pezzi non perché avevi perso Bruno, ma perché eri stata *sostituita*. Lascia perdere, Sofia, a me non la racconti. *Quando* ti innamorerai sul serio, allora mi darai ragione.»

Era inutile discutere con Nina, non avrebbe mai ceduto. E tanto meno io, d'altronde.

Mi diedi per sconfitta e sospirai.

«Devo andare in bagno.» La birra premeva per uscire e

io volevo chiudere il discorso. «Ordinane un'altra, dobbiamo brindare.»

Non ero ubriaca. Non molto, almeno. Inciampai un paio di volte, ma quello mi succedeva anche in condizioni normali. Andavo solo un po' più al rallentatore del solito.

Il bagno era pieno di gente e aspettai il mio turno. Quando la porta si aprì, mi fiondai letteralmente nel box della toilette. Sbottonai freneticamente i pantaloni, cercai di mantenermi in equilibrio, né in piedi, né seduta – non c'erano le condizioni tecniche per sedersi – e... Aaah. Che sollievo!

Fu allora che udii quel rumore: *plop*.

Guardai giù, appena in tempo per vedere il mio cellulare, e con lui i miei contatti, la mia agenda, la mia musica, galleggiare per un paio di secondi e infine sprofondare nella tazza del water.

2

Fui svegliata dalla luce del sole che mi batteva in faccia. Mi ci volle qualche secondo per capire dove mi trovavo.

Che mal di testa! Ma quanto ho bevuto ieri sera?

Mi guardai intorno con gli occhi socchiusi, la testa che pulsava per via della luce forte. Che male! Il mio divano. Il mio soggiorno. Il mio appartamento.

Rimasi sdraiata ancora un po', nella vana speranza che quella sensazione orribile alla bocca dello stomaco sparisse. Ero ancora vestita come la sera prima, a parte le scarpe. Lentamente, con la sensazione che stesse per esplodermi il cervello, mi misi seduta. Poi, nella speranza di ripulire un po' l'organismo e alleviare il rumore che avevo nella testa, mi trascinai fino alla cucina e mandai giù due bicchieroni d'acqua e un analgesico.

Lasciai che l'acqua calda della doccia mi scorresse sul viso, mentre il ricordo della notte precedente si faceva strada nella mia mente martoriata. A quanto pareva, i festeggiamenti – ai quali Rafa aveva partecipato con entusiasmo nonostante ignorasse ancora cosa si stava festeggiando – erano sfuggiti al nostro controllo. Ed era evidente che avevo esagerato un po'. Anzi, un po' troppo. Ma non capita tutti i giorni che la tua migliore amica decida di andare a vivere con qualcuno, e che la stessa sera il tuo cellulare anneghi disgraziatamente in un cesso immondo.

Dovevo comprarne un altro. *Subito!* Una ragazza non può vivere senza cellulare.

Chiusi il rubinetto della doccia e andai a vestirmi. Buttai un occhio fuori dalla finestra della camera, quella mattinata di fine estate si presentava piacevolmente calda. Mi misi qualcosa di leggero, canotta bianca, mini di jeans e scarpe da ginnastica: di sabato mattina non mi sarei messa i tacchi neanche se me lo avesse ordinato la regina di non-so-cosa minacciandomi di decapitazione. Diedi un'ultima occhiata allo specchio, che ora rimandava un'immagine decisamente migliore di quando mi ero svegliata – il colorito cereo del mio viso aveva perso l'iniziale tono verdastro –, e mi passai una mano fra i capelli per sistemare le onde ribelli. Non che ci potessi fare granché, i miei capelli vivevano di vita propria, a prescindere da qualsiasi mia interferenza. Avevo rinunciato a domarli già da tempo.

Afferrai la borsa e, prima di uscire, bevvi ancora un po' d'acqua – meglio non mangiare niente. Speravo di trovare in fretta il cellulare giusto per me. Ricaricare tutti i miei dati sarebbe stato un lavoraccio, considerato che non avevo avuto il coraggio di infilare la mano nel water neanche per recuperare la SIM card del mio defunto dispositivo elettronico.

Mi bastò uscire dal palazzo per sentire che, in effetti, fuori si stava proprio bene. Il sole era caldo, ma spirava anche un piacevole venticello che faceva arrivare fino a me il profumo dei fiori della piazzetta lì accanto. Si sentiva anche un leggero odore di cibo che non apprezzai granché, sebbene la nausea cominciasse a diventare sopportabile.

Quando attraversai la strada vidi che stranamente c'era in giro poca gente. Di solito la piazzetta era piena di ciclisti, gente che faceva ginnastica, famigliole con bambini sparpagliati fra le aiuole e cani che trascinavano i loro umani nella passeggiata quotidiana. Quella mattina invece il posto era pressoché deserto. Forse perché è quasi ora di pranzo, pensai.

Entrai nel primo negozio che vidi e andai dritta al reparto dei telefonini. Mi parve strano che anche il negozio fosse mezzo vuoto, e c'era soltanto una commessa. *Vuoi vedere che è una qualche festività di cui non sono al corrente?*

Misi da parte quel pensiero non appena lo sguardo mi cadde sulla vetrina del bancone. I modelli erano tantissimi, con un mucchio di funzionalità che offrivano un ventaglio enorme di possibilità, sempre che la spesa fosse rateizzabile con la carta di credito. Mi sentivo come una bambina in un negozio di giocattoli.

Con un sorriso che le illuminava i lineamenti delicati, la commessa mi si avvicinò.

«Cerchi qualche modello in particolare, mia cara?» chiese con voce flautata.

«Uhm... No. A dire il vero ho solo bisogno di un cellulare che faccia tutto.»

Lei inarcò le sopracciglia scure.

«Tutto?»

«Sì, tutto. MP3, WI-FI, 3G, foto, video, rubrica, agenda, qualche giochino, un buon programma per le email, quelle cose lì» e feci spallucce, cercando di dissimulare il mio desiderio disperato di possedere uno di quei mostriciattoli.

«Hai bisogno di un apparecchio che abbia tutte queste funzioni?» si informò lei con espressione curiosa.

«Bisogno proprio no. Ma se esiste un dispositivo che le include tutte, non vedo perché non approfittarne e comprarlo, le pare?» E continuavo a guardare la vetrina sfolgorante di luminose possibilità.

La commessa fece un sospiro che mi parve di disapprovazione. La guardai ed ebbi la netta impressione che il suo viso minuto mi stesse *vèramente* rimproverando.

«A quanto pare, le nuove tecnologie ti piacciono proprio.» E mi lanciò uno sguardo un po' rattristato.

«Certo! Piacciono a tutti, no? Questo affarino mi salva la vita tutti i giorni!» Quanti problemi avevo risolto nell'ultimo mese usando solo il cellulare? Quanti contratti avevo attivato? Per non dire disattivato?

«Okay» disse lentamente la commessa. «Magari in certe situazioni il telefonino può in effetti salvare qualche vita, ma trovo alquanto esagerato affermare...»

«In tutte le situazioni» la corressi. Ogni cosa, ormai, dipendeva dal cellulare: il lavoro, le amicizie, la vita tutta intera registrata sull'agenda. «Non potrei vivere senza il cellulare e senza il computer.» Ci pensai un attimo e aggiunsi: «O il microonde!».

Scoppiai a ridere aspettandomi di vederla ridere a sua volta, ma la commessa, una donna con i capelli e gli occhi grigi, ancora bella malgrado l'età – doveva essere sulla cinquantina – non trovò divertente la mia battuta. La sua espressione si fece cupa e io cominciai ad agitarmi.

«Pensa di avere quello che cerco?» le chiesi, un pochino preoccupata.

«Forse ho *esattamente* quello che ti serve» disse lei, come fra sé. O almeno così mi parve.

Aprì un cassetto del bancone e tirò fuori una scatolina. Incuriosita, drizzai subito le antenne.

«Questo è un modello che non esponiamo, ne è rimasto soltanto uno, l'ultimo» disse chinandosi verso di me.

L'ultimo?

«È un apparecchio *molto* speciale» proseguì. Io non schiodavo gli occhi dalla scatola. «Speciale nel vero senso della parola. Ne hanno prodotti pochissimi esemplari. È una rarità.»

Merda! Raro vuol dire caro.

«E pensa che è in promozione, il prezzo è bassissimo. Venderlo per così poco mi fa quasi stare male.»

Uhm...

«Ovviamente, il pagamento può essere rateizzato sulla carta di credito. E ha tutto ciò che desideri, o di cui hai *bisogno*» disse, enfatizzando l'ultima parola con uno strano sorriso. «È fantastico, mia cara, scommetto che ti cambierà la vita.»

Osservai con attenzione la scatolina che teneva in mano e mi lasciai conquistare dalle parole EVERYTHING YOU NEED IN JUST ONE CLICK.

«Credo che lo prenderò.»

«Sicura?»

Alzai la testa e affrontai il suo sguardo. Quella donna cominciava a darmi sui nervi. Insomma, me lo voleva vendere, quel telefono, sì o no?

«Sicurissima» confermai guardandola negli occhi grigi.

Una strana espressione le balenò in viso. Pena, tristezza, e qualche altro sentimento. Magari aveva tenuto da parte quel cellulare per un'altra persona, magari per un'amica, e ora le toccava vendere *a me* l'ultimo esemplare. O magari aveva pensato di tenerlo per sé. Ma allora perché me lo aveva fatto vedere subito?

«Non ti sarà possibile né restituirlo né sostituirlo. Come ti dicevo, questo è l'ultimo.»

«Ma non è che è difettoso? Ce l'ha la garanzia?» chiesi, sospettosa.

«Sì, ha la garanzia, e no, non è difettoso. Essendo l'ultimo, non possiamo sostituirlo perché non ce ne sono altri come questo, tutto qui.»

«Ma funziona bene?» insistetti, per sicurezza.

«Alla perfezione. E ha tutto ciò che hai sempre *voluto*. Sono sicura che ne sarai molto soddisfatta.» E detto questo, sorrise tutta contenta.

Che personaggio inquietante, 'sta tipa!

«Allora lo prendo.»

«Ottimo. Ti spiego come funziona.» Dopo di che, tirò fuori l'apparecchietto argentato dalla scatola.

«Ma è bellissimo!» esclamai d'istinto.

«Sì, è vero» disse in fretta lei, senza troppo entusiasmo. «Guarda, ha solo due tasti, accensione e spegnimento. La batteria è già carica, sono inclusi la memory card e il numero nuovo che non potrà essere cambiato. Questo apparecchio funziona solo con *questa* SIM.»

«Fantastico.» Il mio vecchio numero in quel preciso momento stava galleggiando in un punto imprecisato della rete fognaria. «È touch screen?» le chiesi eccitata.

«Sì, le funzioni sono tutte spiegate nel manuale, ma è molto facile da usare.»

Era davvero fantastico. Tutto cromato, con un grande schermo scuro e, sotto, due piccoli tasti. Era molto più bello e decisamente più moderno del mio vecchio cellulare.

«Dove pago?» Volevo andarmene subito da lì per spulciare tutte le APP.

«Qui da me. Carta di credito?» Uhm... Sembrava ancora un po' riluttante, la tipa.

Scommetto che se lo voleva tenere lei!

Staccai a fatica lo sguardo dal mio futuro nuovo mostriciattolo e mi misi a cercare la carta di credito nella borsa. Rimestai in tutti gli angoli, ma niente, non la trovavo. Lanciai un'occhiata nervosa alla commessa, appoggiai la borsa sul bancone e mi rimisi all'opera.

Rossetto, fard, chiavi, assorbenti, limetta per le unghie, preservativo – ero una donna previdente – ma della carta di credito neanche l'ombra.

Non era possibile, doveva esserci! L'ultima volta l'avevo usata il giorno prima, a pranzo, ed ero sicura di averla rimessa nella borsa.

Trovai il mio romanzo sbrindellato, le compresse per il mal di testa, il nécessaire per l'igiene personale, la penna, l'elastico per i capelli, una bustina di ketchup – *come cavolo ci è finita qui dentro?*

Trovata!

«Eccola qui!» dissi trionfante allungandole la carta.

«Torno fra un minuto, Sofia» mi rispose lei con il sorriso sulle labbra.

Stavo per riportare la mia attenzione sul dispositivo, quando mi accorsi di una stranezza.

Aspetta un attimo.

«Come fa a sapere il mio nome?» dissi, leggermente a disagio.

Il suo sorriso scomparve.

«È scritto sulla carta, mia cara» replicò lei senza esitare.

«Ah» risposi poco convinta; mi era sembrato che la carta non l'avesse neanche guardata.

La commessa sparì sul retro e io mi rimisi a fissare il cellulare. Proprio bello, e moderno! Avrei potuto farci stare un botto di canzoni, una cosa di fondamentale importanza. La musica era il mio carburante, letteralmente. Mi serviva quasi per ogni cosa: per calmarmi, per rilassarmi, per fare la doccia, per leggere, per ascoltarla e basta, insomma per tutto. Mi capitava persino di sognare con la colonna sonora. La musica era davvero importante nella mia vita.

«Una firma qui» disse la commessa con quella sua voce strana ma piacevole.

Ripresi la carta, firmai la ricevuta e gliela restituii.

«Tutto a posto, allora?» dissi mentre riponevo la carta di credito nella borsa e lei infilava la scatolina in una busta di plastica.

«Certo che sì. Spero ti porti la felicità che vai cercando.» Dopo di che mi consegnò la busta.

Le sorrisi.

«Ah, me la porterà di sicuro!»

«Non ho dubbi» disse lei con un tono molto serio e a voce così bassa che mi domandai se avevo sentito bene.

«Come ha detto?»

«Buona fortuna, Sofia. Spero di rivederti presto.» Tornò a sorridere, e quando lo fece il suo viso divenne così bello e angelico che le sorrisi per forza anch'io.

«Certo!» risposi. «A presto.» Mi affrettai a uscire.

Che strana donna, pensai. Ma avevo cose più importanti a cui pensare che non a quella commessa bizzarra, che non sapeva decidersi a chiudere una vendita. Cose molto più importanti. Per esempio, dovevo accendere il mio cellulare high tech nuovo di zecca! Avrei potuto fare come le persone normali e aspettare di arrivare a casa, ma ero troppo ansiosa di vederlo in azione. Aprii la confezione, tirai fuori il mostriciattolo e infilai la scatola nella mia borsa di pelle marrone, il libretto d'istruzioni lo avrei guardato dopo. La busta di plastica la buttai nel primo cestino che incrociai per strada.

Dio benedica l'inventore delle maxiborse!

Afferrai l'apparecchietto argentato e premetti il tasto di accensione. Niente. Girai il telefono per cercare un altro tasto, ma non c'era. Allora premetti di nuovo il tasto verde.

Niente di niente!

Ah, bella stronzata... Adesso capisco perché costava così poco. E certo, non funziona! Ecco perché la commessa era stata così strana e riluttante. Il telefono era rotto, e lei lo sapeva.

Arrivai alla piazzetta quasi deserta e riprovai.

Niente, di nuovo!

Feci dietro front per tornare al negozio e dire un paio di cosucce alla tizia strana, e intanto schiacciavo freneticamente il tasto verde.

E poi, di colpo, il display si accese e si fece via via più luminoso, tanto da costringermi, a un certo punto, a distogliere lo sguardo. Quella luce bianca e straordinariamente forte sembrava avvolgere tutto quanto. Accecata dal bagliore, inciampai su qualcosa e caddi.

Poi, a poco a poco, la luce iniziò ad affievolirsi e io provai a rimettere a fuoco lo sguardo, ma non riuscivo ancora a vedere niente. Mi ci vollero alcuni minuti per riprendermi. Quando finalmente i miei occhi tornarono alla normalità, mi accorsi che era stato un sasso a farmi inciampare; sotto di me c'era dell'erba, e tutt'intorno splendeva, di nuovo, la luce naturale e piacevole del sole.

Che cavolo è successo?

Il cellulare doveva essere andato in tilt o qualcosa del genere. E tutta quella luce, che sembrava essere uscita proprio dal telefono, che diavolo era? Non ne avevo idea. Mai sentito parlare di luci accecanti che sparavano fuori dai telefonini. Doveva essere stato un corto circuito.

Senza rialzarmi da terra guardai il cellulare e vidi che si era spento.

Fu allora che mi resi conto che c'era qualcosa di diverso. Molto, molto diverso! Mi guardai attorno spaventata. Cercavo con gli occhi qualcosa di familiare. Qualcosa che avrebbe dovuto esserci... e invece non c'era!

3

Dov'erano i palazzi? Dov'era la strada? E la piazzetta? mi chiesi, in preda alla disperazione. Ora mi trovavo per terra, su un prato grande come un campo da calcio, con un alberone a pochi metri da me. Nel punto in cui *avrebbe dovuto* esserci la strada vidi uno stretto sentiero in terra battuta.

Forse avevo battuto la testa. Sì, non c'era altra spiegazione.

Mi guardai freneticamente intorno, ma non c'era *niente.* Niente! La gente, la città... era sparito *tutto.*

Ma quanto ho bevuto ieri sera? Sono ancora ubriaca? Sì, per forza, sono sicuramente ubriaca.

Non riuscivo a muovermi né ad alzarmi per verificare se davvero ero tanto sbronza da non reggermi in piedi. Chiusi gli occhi e li strinsi con forza, pregando con tutta me stessa che, riaprendoli, ogni cosa sarebbe tornata al suo posto. Poi sentii un rumore. Aprii gli occhi e vidi un uomo che mi veniva incontro su un cavallo marrone. Guardai meglio.

Sì, era proprio un uomo a cavallo!

Continuai a osservarlo mentre si avvicinava e l'animale rallentava la corsa. Alla fine si fermò a pochi passi da me.

Fissai l'uomo – anzi il ragazzo – più confusa che mai. Era vestito in modo strano, antiquato. Antiquatissimo! Indossava una lunga giacca scura, sotto portava il gilet e la cravatta – o forse era un fazzoletto bianco annodato al collo – e ai piedi stivali neri alti fino al ginocchio. Stava andando a una festa in maschera? O magari a un matrimonio a tema?

Rimasi a fissarlo mentre lui, con fare preoccupato, scendeva da cavallo.

«Vi sentite bene, signorina?» domandò accovacciandosi vicino a me.

Si guardò intorno come cercando qualcosa, ma non trovò altro che l'albero, il sasso e me, ancora stesa a terra. Tornò a guardarmi in faccia, poi si mise a esaminare il resto e quando arrivò alle gambe arrossì di colpo e riportò velocemente lo sguardo sul mio viso con un'espressione confusa.

«Vi sentite bene, signorina?» ripeté.

«Che... che cosa?» balbettai pateticamente. La testa mi girava come una trottola, ero intontita.

«Avete una ferita alla testa. Sanguina molto.» Avvicinò la mano alla mia fronte, ma senza toccarmi.

Ero talmente confusa che non mi ero accorta del liquido caldo che mi colava a fiotti dalla tempia.

«Ahi!» gemetti, toccandomi la ferita. Faceva male.

Allora non stavo sognando, non era un incubo.

«Cos'è successo? Sembrate spaventata e... i vostri abiti... ehm...»

«Dov'è la città?» lo interrogai con voce sorda.

«Venite da là, signorina?» e corrugò la fronte.

«Cosa ci faccio qui? Come ha fatto a sparire tutto all'improvviso? Dov'è la gente...?» domandai afferrandolo per i risvolti della giacca.

Mi guardai di nuovo intorno alla ricerca di una spiegazione logica a ciò che stava accadendo, ma vidi solo un paesaggio bucolico. Ero troppo impaurita per capirci qualcosa. La mia reazione lo spaventò. Ma sinceramente, potevo fare altro, oltre ad avere una crisi isterica?

«Meglio che vi porti da me e vi chiami un medico. Più tardi preparerò una carrozza per riaccompagnarvi a casa.»

Mi fissava in un modo molto strano. Era uno sguardo intenso. Mi sentii mancare e mollai immediatamente la giacca.

Un medico era una buona idea. Forse mi avrebbe dato qualcosa per svegliarmi e farmi uscire al più presto da quel delirio.

«Vi posso aiutare ad alzarvi, signorina?» e tese le mani per sostenermi.

Mi limitai ad annuire. Ero sicura che non sarei riuscita a rimettermi in piedi da sola, avevo le ginocchia di gelatina. Stavo allungando le braccia per prendergli le mani, quando finalmente le sue parole si fecero spazio nel vortice dei miei pensieri.

«Una carrozza?»

«Forse sarebbe più prudente che prima vi esaminasse il dottor Almeida. Una ferita alla testa può essere molto pericolosa.»

«Non è niente» replicai. «Non so neanche com'è successo. Anche tu hai visto quella luce?» gli chiesi con espressione afflitta, nel tentativo di trovare un senso all'inspiegabile.

Mi sembrò confuso.

«Quale luce? Intendete la luce del sole?»

«No!» dissi, sottolineando il concetto con un vigoroso movimento della testa. «Quella luce bianca accecante che ha fatto sparire tutto!»

Scosse il capo lentamente.

Allora l'ho vista solo io?

«Mi sembrate un po' frastornata. Andiamo a casa mia, vi riposerete un po' e dopo che avremo parlato col medico vi prometto che farò il possibile per aiutarvi, va bene?» La sua voce profonda e rauca e quello sguardo intenso non mi lasciavano scelta.

Anche perché di altre scelte non ce n'erano proprio.

«Va bene» mormorai.

Mi prese le mani e mi aiutò ad alzarmi.

«Non è prudente che una giovane si aggiri da sola in questi paraggi, a maggior ragione abbigliata in codesta maniera.» Mi sostenne facendomi scivolare una mano sulla vita mentre mi accompagnava verso il cavallo. Il suo tocco mi fece uno strano effetto ed ebbi una specie di déjà-vu, come se ci fossimo già conosciuti chissà dove. Barcollai appena.

«Perché sei vestito così?» volli sapere mentre toccavo la sua giacca. «Stavi andando a una festa?»

La confusione sul suo viso doveva rispecchiare quella visibile sul mio. «Sto tornando da un lungo viaggio» disse alla fine.

Un viaggio a cavallo, *vestito* in quel modo? Era pazzo?

«Non credi sarebbe meglio mettersi qualcosa di più comodo? E come mai vai in giro a cavallo?»

Mi guardò con attenzione.

«Credo di essere vestito adeguatamente, signorina. E preferisco muovermi a cavallo. È molto più veloce della carrozza.» Sulle sue labbra apparve un leggero sorriso che mi scombussolò un pochino a livello dello stomaco. «Tuttavia, so che non è molto prudente da parte mia. Sono cambiate molte cose negli ultimi dieci anni. Credo non sia più tanto sicuro, ci sono in giro troppi briganti e ladri che si approfittano dei viaggiatori solitari.» E mi lanciò uno sguardo significativo.

«Ma no! Guarda che non mi ha rapinato nessuno. Non ho ancora capito cosa mi è capitato.» Quando arrivai al cavallo mi fermai, il suo braccio mi cingeva ancora la vita. «Ero in piazza... e un secondo dopo dopo ero qui, in questo... campo... *puf!* Era sparito tutto.»

«Sono sicuro che non appena la vostra testa starà meglio ricorderete cos'è successo. Ma io penso che siate stata vittima di un ladro senza scrupoli. Non c'è altra spiegazione. *Nessun altro* avrebbe lasciato una signora in tali condizioni!» E distolse lo sguardo.

«Quali condizioni?» chiesi io, confusa dal tono di rimprovero nella sua voce.

«Le vostre vesti, signorina» mormorò lui. «Stento a credere alla sfrontatezza di questi barbari!»

«Cos'hanno i miei vestiti che non va?» e guardai se c'erano ancora, o se all'improvviso erano spariti come tutto il resto. Mi era rimasta un po' di erba appiccicata alla gonna e sulle ginocchia, ma a parte questo era tutto a posto. Almeno per quanto riguardava l'abbigliamento.

«Le cose cambiano molto in fretta, come stavo dicendo. Non trovo prudente che altri vi vedano...» si schiarì la gola e abbassò la voce al limite dell'udibile, «... senza vestiti.»

«Come sarebbe a dire, senza vestiti?» Che cavolo stava dicendo quello squilibrato?

«Ma non vi preoccupate, Elisa troverà qualcosa da mettervi.» Mi sospinse gentilmente più vicino al cavallo.

Feci un passo indietro sciogliendomi dal suo abbraccio.

«Sai una cosa? Sto alla grande!» Non sapevo che disturbo mentale avesse il tipo, ma non doveva avere tutte le rotelle a posto, poco ma sicuro. «Cercherò di scoprire come sono finita qui, e poi me ne tornerò a casa. Comunque grazie dell'aiuto, eh.»

Mi voltai dall'altra parte intenzionata ad alzare i tacchi ma mi bloccai subito, impietrita. Sul sentiero era comparsa una carrozza. Una carrozza vera, di legno, trainata da due cavalli e con un tizio vestito in modo buffo seduto a cassetta.

«Avete organizzato una sfilata o qualcosa del genere, da queste parti?» mi informai mentre osservavo la carrozza avvicinarsi.

«Una sfilata?»

Mi girai a guardarlo. Stava seguendo con espressione ansiosa il tragitto della carrozza.

«Sì, una sfilata. Dove sta andando quel trabiccolo antiquato?»

«La carrozza? Non è antiquata! È della famiglia Albuquerque, l'hanno appena acquistata. Quella precedente aveva molti problemi.»

Mi limitai a fissarlo, nel tentativo di trovare un senso alle sue parole.

«Quel coso sarebbe nuovo?» lo canzonai. «Ma se avrà almeno duecento anni!»

Lui corrugò la fronte e inarcò anche le sopracciglia.

«Vi assicuro che è una carrozza nuova, è stata costruita solo alcuni mesi fa.»

«Ah, ho capito. È tipo un collezionista.»

«Collezionista? *Tipo?* Signorina, credo proprio che siate ancora un po' disorientata. Mi sentirò molto più sollevato dopo che il dottor Almeida vi avrà esaminata. E allora...»

La carrozza si fermò sul sentiero e dal finestrino laterale fece capolino una testa con il cilindro – il cilindro!

«Va tutto bene, signor Clarke? Problemi?» domandò un uomo dal viso paffuto e i baffi enormi mentre mi radiografava strabuzzando gli occhi – e quando arrivò alle gambe di colpo arrossì.

Il ragazzo si piazzò davanti a me, impedendomi di valutare meglio quell'immagine pittoresca.

«Questa giovane è stata rapinata, signor Albuquerque. La sto portando a casa mia, la poveretta si è ferita alla testa» gli raccontò con fare un po' brusco. Prima, mentre parlava con me, era sembrato così dolce...

«Ah, questi tempi moderni, non c'è più pace per la gente perbene.» Il baffuto scosse la testa con sdegno. Come mai anche lui era vestito in quel modo strano? «Avete bisogno di aiuto?»

«Se poteste avvisare il dottor Almeida che necessito di un suo immediato consulto ve ne sarei grato.»

«Allora mi rimetto in marcia! Avvertitemi, se avrete bisogno d'altro.»

Il ragazzo annuì, e dopo un cenno della testa del baffuto al tizio seduto fuori, la carrozza partì. Rimasi a guardarla fino a vederla scomparire.

«Possiamo andare, signorina?»

«Che sta succedendo qui?» volli sapere io. Doveva *per forza* trattarsi di una sfilata, continuavo a pensare.

«Non sono sicuro di avere capito.» La sua espressione sembrava sincera.

«Perché cavolo parli in modo strano, e sei vestito *così*, e perché è appena passata una carrozza?»

«Signorina...» disse lui, preoccupato. «Per favore, andiamo a casa! Ritengo che possiate avere subito una lesione. Il colpo che avete preso dev'essere stato fortissimo.»

«Io non ci vengo a casa tua, sei impazzito? Magari sei pure uno psicopatico che mi taglia a pezzi e mi mette in freezer per mangiarmi un po' alla volta. Non lo sai in che anno siamo?» Avevo il sospetto che fosse pazzo, eppure in tutta sincerità non sembrava affatto uno psicopatico. Proprio per niente! C'era in lui qualcosa di diverso: il luccichio dei suoi occhi neri aveva un che di familiare e i lineamenti ben marcati lo facevano assomigliare a un dio greco. Per non parlare del fisico – alto e prestante, ma non pompato – che infondeva sicurezza. No, non poteva essere uno psicopatico... Ma in fin dei conti, quanti psicopatici avevo conosciuto per poter fare un paragone? Nessuno. O almeno, non che io sapessi.

«Siamo nell'anno 1830 e vi garantisco che sono un galantuomo. Non sono animato da altra intenzione se non quella di aiutarvi!» rispose, come offeso dalla stupidità della domanda.

Hai detto 1830?

Scoppiai in un'incontenibile risata isterica. Il ragazzo mi parve turbato.

«Signorina, andiamo...»

«Mille... mille... ottocento... trenta!» Non riuscivo a smettere di ridere. Mi ci volle qualche bel respiro prima di poter parlare. «Bella battuta! Proprio divertente!»

«Non ho fatto nessuna battuta.»

«Allora mi prendi per cretina?» Mi feci un'altra risata.

«Ovviamente no. Non mi permetterei mai di offendervi, ma vedo che siete parecchio disorientata» disse lui tutto serio. «Perciò vi porterò a casa mia. Svelta, salite, *per favore*!» E indicò la sella.

«Milleottocentotrenta!» lo canzonai.

«Non riesco a capire per quale ragione lo troviate così divertente!» mugugnò lui sottovoce.

«Vabbè, svalvolato. Andiamo a casa tua, vai. Laggiù, nel diciannovesimo secolo!»

Davanti all'animale, però, mi bloccai. Non ero mai salita su un cavallo in vita mia, e quello sembrava altissimo. Il ragazzo si accorse della mia titubanza e con gentilezza, e un tantino di esitazione, mi cinse la vita, mi prese una mano e se la posò sulla spalla per fornirmi un appoggio. Rimasi ancora una volta turbata dalla strana sensazione di conoscerlo già. A ogni modo, io non avevo idea di *dove mi trovavo*, mentre lui sembrava saperlo molto bene. Fosse anche stato uno svitato, avrebbe comunque potuto prestarmi il telefono per chiamare un taxi o parlare con Nina.

Montai sulla bestia con grande difficoltà, perché calcolai male la spinta e per poco non caddi dall'altra parte. Lui fu veloce, si allungò e mi afferrò per un braccio impedendomi di rovinare a terra.

«Tenetevi forte» mi avvisò mentre saliva facendo muovere la sella e oscillare me.

Una volta in groppa, mi cinse la vita con la mano. Quella vicinanza era imbarazzante.

«C'è proprio bisogno di tenermi così stretta?» sbottai irritata.

«Posso lasciarvi andare, se siete disposta a cadere e a battere di nuovo la testa.»

Guardai giù. Eravamo un po' troppo in alto. Afferrai con entrambe le mani il braccio che mi cingeva, stringendolo un po' più forte.

Lui rise di sottecchi.

«Non cercare di fare il furbo» lo avvisai. «Conosco alcuni colpi di jujìtsu. Ti spacco il naso in due mosse!»

«Sono invero molto preoccupato per la vostra testa, signorina» mormorò serissimo lui, senza un filo di ironia. «Non vi esprimete con parole coerenti. Avete bisogno di vedere il dottor Almeida.»

«Ma certo...» annuii, pensando alla carrozza e all'improvvisa scomparsa della città. «Mi sa che hai ragione. Ne ho bisogno sì!»

4

Non è vero! Non è vero! Me lo ero ripetuto per mezz'ora, nel tentativo disperato di convincermi che era solo un incubo. Doveva essere un incubo! Altrimenti *cos'era*?

Demenza?

Ipotesi da prendere in considerazione, ma che scartai subito, visto che le altre aree del mio cervello sembravano funzionare normalmente. Più o meno.

Non mi sentivo ubriaca, decisamente no. Il nodo allo stomaco era la prova che la ciucca era già passata e che mi trovavo nella fase due: il doposbronza. Forse la spiegazione era la botta in testa. Magari mi si era disconnesso qualcosa e mi erano venute le allucinazioni. Eppure sembrava tutto *molto* reale.

Per esempio, il letto smisurato nel quale mi avevano obbligata a sdraiarmi, e anche il medico magrolino che pochi minuti prima aveva varcato la grandissima porta doppia ed era entrato nella stanza dalle altissime pareti dipinte di verde. Oppure, la donnina con lo chignon perfetto e il vestito lungo e vaporoso che, quando aveva aperto la porta e mi aveva vista insieme al ragazzo, era trasalita dallo spavento. O i mobili antichi del salone gigantesco all'ingresso e tutta quella casa immensa che poteva sembrare un museo, se non fosse che era tutto nuovo e assolutamente non usurato del tempo. O, ancora, le due ragazzine dall'acconciatura perfetta e il vestito da principessa che mi osservavano attonite.

Era evidente che da qualche parte ci doveva essere una spiegazione ragionevole. C'era *per forza.*

Mi rigirai sul materasso gigante e durissimo alla ricerca di una spiegazione logica e sensata, ma non la trovai. Sembrava che il mio cervello non fosse più in grado di fare collegamenti coerenti.

Uhm... Forse dovevo riprendere in considerazione la demenza.

Un colpetto leggero alla porta mi distrasse da quel caos di pensieri.

«Ehm... Avanti?» Che altro potevo dire?

Il ragazzo che mi aveva portata lì entrò nella stanza con passi lunghi e l'espressione seria.

Ian.

Ian Clarke. Ora conoscevo il nome della mia prima allucinazione.

«Come vi sentite, signorina Sofia?» Pareva abbastanza a disagio, lì fermo impalato accanto al mio letto.

«Sto bene. Il dottore mi ha trovato solo un bernoccolo in testa, il taglio è superficiale. Niente di grave. Tutto a posto!»

«Mi rende felice saperlo.» Sembrava sincero. Ero sorpresa che un estraneo si preoccupasse così per me. Rimasi a fissarlo come una scema, mi ricordava gli eroi dei miei romanzi.

Forse era quella la spiegazione: la botta in testa era forte e farneticavo. Se così fosse stato, però, perché non assomigliavo anch'io a una delle protagoniste di quei libri?

Ian palesò un certo imbarazzo. D'altra parte, poveretto, lo stavo fissando come se fosse un fantasma o giù di lì...!

Dopo essersi schiarito la gola e senza sapere dove mettere le mani – alla fine le incrociò dietro la schiena –, mi chiese a bassa voce: «Desiderate mangiare? Posso chiedere a Madalena di portarvi qualcosa».

«No, no.» Al solo sentire la parola *mangiare* mi si rivoltò lo stomaco. «Sto alla grande.»

«Alla grande?» Mi rivolse uno sguardo incuriosito. «Il vostro modo di esprimervi è alquanto peculiare.»

Ma quando mai?

«Penso di poter dire la stessa cosa di te. Parli tipo mio nonno, sai?» ribattei leggermente offesa.

«Tipo? Uhm... ed è una cosa buona?»

Dio mio!

«Equivale a dire che parli *come* mio nonno» spiegai. Certo che, se quelle allucinazioni erano *sul serio* una mia creazione, almeno potevo cercare di fare in modo che mi capissero!

In un primo momento Ian rimase sorpreso, poi lo vidi ancora imbarazzato.

Non ci posso credere!

«Ebbene...» Si schiarì la voce. «Mi hanno molto turbato le condizioni in cui vi ho trovata.» Allora eravamo in due! «Siete rimasta vittima di un saccheggiatore?»

«Un saccheggiatore?»

Dovevo assolutamente svegliarmi da quel sogno folle, e in fretta. Altrimenti sarei diventata pazza anch'io, come i tizi di quel manicomio.

Ian si limitò a guardarmi.

«Stai scherzando, vero? Cos'è, una specie di candid camera? Senti, ormai il divertimento è finito!» Magari ero finita in un programma alla TV, e io ci stavo facendo la figura della cretina.

Ancora una volta le sue guance si arrossarono.

Ti prego, abbi pietà!

«Signorina! Non so se ho capito esattamente le vostre parole, ma... non sto affatto scherzando.» Il tono di voce rifletteva l'indignazione che aveva in faccia. «Quando vi ho vista a terra con il volto insanguinato e in poche parole...» si schiarì la gola, «... nuda, ne ho desunto che...»

«Nuda?» gridai con fare offeso. Non ero mica nuda. «Sei matto? Sono decisamente vestita!»

Era per quello che mi guardava solo di sghimbescio e sembrava sempre imbarazzato? Come si permetteva di dire che ero nuda? Mi augurai che attribuisse la sfumatura scarlatta del mio viso alla rabbia, e non a un attacco di vergogna.

Fece un passo indietro e infilò le mani in tasca.

«Scusate. Ma avevate le gambe scoperte e...»

«E quindi secondo te ero *nuda*? Non ci posso credere! Nell'armadio ho delle gonne molto più corte di questa, anzi, questa è persino castigata!»

La gonna mi arrivava a metà coscia, come faceva a dire che ero nuda?

Però... *se* davvero fosse stato un abitante del diciannovesimo secolo come affermava di essere – era un'ipotesi alquanto stupida, è chiaro, ma ammettiamo che *lo fosse* –, magari si sarebbe scandalizzato sul serio nel vedere una con le gambe di fuori.

Ma che cavolo dici? Non poteva essere un ragazzo del 1830. Non era possibile, punto e basta. Dovevo capire in che razza di posto ero finita.

«Mi accorgo che siete ancora disorientata. Vado a chiedere alla serva di portarvi una tisana.»

Non dissi niente, mi limitai a guardarlo mentre usciva dalla stanza tirandosi dietro la porta.

Chiusi di nuovo gli occhi.

Forza! Svegliati! Va tutto bene. Non sei impazzita. È solo un sogno. Forza!

Riaprii gli occhi.

Era tutto esattamente identico. Ero proprio lì, in quella strana stanza con il letto a baldacchino e i finestroni. Mi guardai intorno per vedere dov'erano finite le mie cose. Dovevo andarmene subito e trovare il modo di svegliarmi. La mia borsa, mi accorsi, era su una poltrona di legno scuro rivestito con una lussuosa stoffa dorata, e dentro intravidi un luccichio. Il mio cellulare nuovo.

Saltai giù dal letto, afferrai il telefono e lo fissai per qualche istante. Qualcosa mi diceva che tutto quel casino era iniziato a causa sua. In quell'esatto momento, quasi a conferma dei miei sospetti, il cellulare prese a vibrare e lo schermo s'illuminò. Io feci un salto, e solo per un pelo il telefono non mi sfuggì di mano rischiando di sfracellarsi sul pavimento. Quel numero non lo aveva nessuno, non lo sapevo nemmeno io, mi era mancato il tempo di impararlo a memoria. Il cellulare, intanto, continuava a vibrare. Con dita tremanti – non sapevo bene perché, ma l'intuito mi suggeriva che all'orizzonte non c'era niente di buono – premetti il tasto verde e lo avvicinai lentamente all'orecchio.

«P-pronto?» balbettai.

«Ciao, Sofia. Come te la stai cavando?»

Sbattei ripetutamente gli occhi. Quella voce bassa e flautata...

«È lei? È la donna che mi ha venduto questo cellulare? Senta, non sta mica funzionando, sa...» cominciai a dire, ma poi mi fermai, ricordando che in quel momento avevo problemi molto più urgenti da risolvere. «Ehm... non è che mi potrebbe aiutare? Sono un po'... persa.» Dalle labbra mi sfuggì una risatina nervosa.

«Persa?» Non sembrava affatto sorpresa.

«Proprio così. Mi trovo in un posto molto strano dove... dove...» Era difficile dirlo a voce alta. Presi fiato. «Dove ci sono delle persone che pensano di essere nel diciannovesimo secolo.» Un'altra risatina nervosa. «C'è da non crederci, vero?»

Ci fu un breve silenzio.

«Certo che ci credo! E tu non ti sei persa affatto. Ti trovi esattamente dove dovresti essere.»

Io cercai di ribattere qualcosa, ma il cervello non rispondeva ai comandi.

«In che senso?» fu l'unica frase che riuscii ad articolare.

«Ti trovi dove dovresti essere!» ripeté lei, assolutamente convinta.

«Dove... dovrei... essere?» La mia voce si era ridotta a un bisbiglio.

«Senza dubbio, mia cara. Sono felice che tu abbia iniziato il tuo viaggio.»

«Viaggio?» ripetei in un soffio. «Quale viaggio? Di cosa sta parlando?» *Sta' a vedere che il mondo intero è impazzito. O sono impazzita io?*

«Sofia, mia cara, tu hai bisogno di portare a termine il tuo viaggio. E di scoprire chi sei veramente.»

«Io lo so benissimo chi sono! Non ho bisogno di un bel niente!» Respiravo a fatica, la disperazione cominciava a prendere il sopravvento.

«Ma certo che ne hai bisogno. Solo che ancora non lo sai.» E si fece una bella risata soave.

«Ascolti...» L'intenzione era quella di persuaderla facendo ricorso al mio tono più carezzevole. Con Nina funzionava sempre. «Intanto lei mi aiuti a uscire di qui, e poi ne riparliamo, eh?»

«Ma io ti sto già aiutando, non lo vedi?»

«Mi sta aiutando? E come?»

«Sei sempre stata piuttosto scettica, vero? Non hai mai creduto alla magia, e nemmeno alle favole, o a Babbo Natale. Sempre così pragmatica! È arrivato il momento di iniziare a credere che nell'universo esistono più cose di quelle che i tuoi occhi riescono a vedere. E di cominciare finalmente a vivere la tua vita. Hai sempre rimandato a domani sperando che la vita succedesse da sé, e non ti sei mai sforzata di farla succedere.»

Mi impietrii. Aveva parlato con Nina?

«No, non ho parlato con Nina» disse lei, indovinando i miei pensieri. «Non ho bisogno di parlare con nessuno per sapere le cose. Io conosco tutti i segreti della tua anima. Proprio per questo sono dovuta intervenire.»

Non reagii, avevo l'impressione che il cervello mi stesse andando in pappa. Non riuscivo a mettere insieme un solo pensiero coerente.

«Intervenire. E... c-come?» sussurrai.

«Intervenendo, Sofia. Non tornerai indietro finché non avrai trovato quello che cerchi. Dovrai portare a termine il tuo viaggio. E ti toccherà rimanere lì fino a quando non lo avrai fatto. E comunque non sei sola, fidati di me.»

«Lei sta scherzando...» Mi misi a tremare.

«Sono molto seria, invece. In un modo o nell'altro tornerai, ma prima dovrai trovare quello che cerchi.»

«Ma trovare cosa? Io non capisco!?!»

«Esatto» disse lei con calma, «infatti dovrai scoprirlo. Forza, Sofia! Sei sempre stata la più in gamba! Ti verrà in mente cosa fare.»

«Ma...»

«Lo so, cara» disse la donna con tono materno. «Anch'io avrei voluto che ci fosse un altro modo. Ma andrà tutto bene, vedrai. E... oh, prima che me ne dimentichi: non cercare di usare il telefonino, perché non servirà. Non funzionerà, intendo dire. Servirà solo per permettere a me di darti delle indicazioni. Non perderlo, per favore.»

Il telefonino! Il bagliore, le cose scomparse, la gente strana, questo posto... è stato tutto...

«Sì, tutto provocato dal telefonino» disse la donna completando il mio pensiero.

Non riuscivo neanche a muovermi. Era troppo!

«Ma lei chi è? Che cosa vuole da me? Perché mi sta facendo tutto questo?»

«Io sono tua amica, mia cara. E come ti ho già detto, voglio solo aiutarti. Aiutarti è il mio compito! E ora vedi di ambientarti. Piantala di lamentarti e comincia la tua ricerca. Prima inizi, prima potrò riportarti indietro. E per favore, vedi di non cacciarti nei guai ed evita di andare in giro a dire che vieni dal futuro, tanto non ti crederanno.» Ci fu un breve silenzio. «Mi rimetterò in contatto con te molto presto.»

«Aspetti!» gridai, ma la donna aveva riattaccato.

5

Toc toc!

Guardai la porta con il telefono ancora incollato all'orecchio.

Non poteva essere vero! Non stava succedendo sul serio! Chi era quella creatura? Cosa avevo fatto per meritarmi questo? Perché proprio io? Che razza di viaggio era? Cosa dovevo trovare, secondo lei? Cosa potevo fare adesso? Mi trovavo veramente nel 1830? Ma era una follia! Era possibile che avessi viaggiato nel tempo? No, *non era* possibile!

Ero intontita dalla miriade di domande che mi mulinavano nella testa.

Toc toc!

«Signorina?» chiese una voce maschile.

Rimisi il telefono in borsa e mi girai verso la porta. Avrei voluto andare ad aprire, ma le mie gambe non obbedivano ai comandi.

«A-avanti» dissi, sforzandomi di alzare un po' la voce.

«Perdonatemi, signorina Sofia» disse Ian entrando nella stanza. «La tisana ve l'ho portata io, ho pensato che non fosse il caso di farvi incontrare una persona sconosciuta, mi date l'idea di essere ancora troppo spaventata. Forse vi sentite meglio?»

«Tisana?» chiesi frastornata. «Ma non c'è qualcosa di

più forte? Possibilmente alcolico?» O magari dell'etere, o del cianuro. Tanto ormai il cervello mi si era liquefatto...

Il ragazzo aggrottò le sopracciglia scure.

«Più forte? Intendete del vino, magari?»

Vino? Sospirai. Sempre meglio di una *tisana*!

«Del vino va bene.» *O anche dell'insetticida.*

«Qui c'è anche del vino, ed è buonissimo. Vi sentirete subito meglio.»

Ho i miei dubbi.

Appoggiò il vassoio su un tavolino. Poi prese una bottiglia in cristallo lavorato che si trovava su un mobile e versò il vino in un calice, si avvicinò lentamente – io ero ancora inchiodata al pavimento di legno, sembravo un albero – e si fermò a un passo da me. Allungò il braccio e mi porse il bicchiere.

Notai con soddisfazione che il mio corpo iniziava a rispondere agli ordini del cervello. Ancora un po' esitante, afferrai il calice con mani tremanti e mandai giù il liquido tutto d'un fiato.

Lui mi osservava con attenzione. I suoi occhi, neri come una notte senza luna, avevano qualcosa di inquietante.

«Va meglio?» domandò con dolcezza.

«Sì» risposi con un filo di voce. Non era esattamente una bugia. Niente avrebbe potuto farmi star bene in quella strana situazione, ma almeno il calore del vino che scorreva nelle vene allontanava il freddo e la tremarella.

«Ottimo.» Sorrise. «E ora...»

Era chiaro. Adesso avrebbe voluto sapere cosa mi era successo e di sicuro mi avrebbe pure invitata ad andarmene al più presto da casa sua.

«Sono... io mi sono persa» mormorai. Che altro potevo dire? *Senti un po', coso, stamattina mi sono svegliata nel 2010, poi sono inciampata su un sasso e il mio cellulare ha dato vita a una specie di supernova, e sono finita dritta nel diciannovesimo secolo, Dio-solo-sa-come. Aaargh!* «Vengo... vengo da fuori, da un'altra parte. Non so come sia successo, ma a un certo punto mi sono ritrovata qui. E non so come fare per tornare indietro.» Quella era tutta la verità che gli potevo raccontare.

Ian continuava a fissarmi.

«Quindi siete qui da sola?»

Com'era possibile che occhi così scuri brillassero con una tale intensità?

«Esatto.» Sola e disperata, avrei voluto aggiungere. «Se mi date indicazioni, posso riportarvi a casa vostra» si offrì lui, la voce gentile e l'espressione amichevole.

«È proprio questo il problema. Non ho la più pallida idea di come fare a tornare indietro!» Sapevo solo che dovevo trovare qualcosa, ma non avevo *nessuna idea* di *cosa* fosse. «Ma lo scoprirò» aggiunsi, più a me stessa che a quel generoso ragazzo.

«Capisco» disse lui, anche se a me sembrava che non avesse capito un'acca. Come biasimarlo, del resto? Io pure ci capivo pochissimo. «Mi sembrava che aveste detto di venire dalla città.»

«Esatto, esatto, vengo dalla città! Ma sono sicura che non si tratta della stessa città che pensi tu. Io vengo... da un luogo lontano. Tipo... proprio lontanissimo!» *Lontano due secoli! Hai presente?*

Che situazione strana. Non potergli raccontare ciò che sapevo mi metteva a disagio, e n on mi piaceva dover dire delle mezze verità. Anche se, a conti fatti, una stranezza in più non faceva poi una gran differenza, in quella giornata surreale.

«Quindi non posso portarvi da nessuna parte» constatò lui.

Dove cavolo potevo andare, in quel posto alla fine del mondo?

«Potresti indicarmi una pensione, o un albergo. Non conosco niente da queste parti.» Alzai le spalle, chiedendomi se le pensioni esistessero già e se avrebbero accettato un assegno postdatato a 65.475 giorni.

«Una giovane nubile e non accompagnata non pernotta in pensione» mi rimproverò. «Peraltro, sarebbe per me un piacere immenso potervi ospitare nella mia casa fino a quando non scoprirete il modo di tornare presso la vostra.»

Fissai Ian, ero scioccata. Scioccata e sospettosa. Mi conosceva da meno di un'ora e si offriva di ospitarmi a casa sua. La gente *non aiuta* gli estranei. Non nel ventunesimo secolo.

«Io... non posso fermarmi qui. Tu non mi conosci neanche! E io...» Ma dove potevo andare?

Ian si fece serissimo.

«È vero, non vi conosco, ma... Ho fatto qualcosa che vi ha contrariata, signorina Sofia? Da quanto mi è dato capire, qui non avete conoscenti o altri a cui rivolgervi. Tuttavia, sembrate riluttante ad accettare il mio aiuto.»

«No, non è così. Anzi, ti ringrazio moltissimo per la gentilezza. Sei stato grande, veramente! È che da dove vengo io la gente non aiuta gli estranei senza volere qualcosa in cambio» confessai, aspettando la sua reazione.

Mi guardò mezzo indignato.

«Molto strano il luogo da dove venite. Io invece sarei felice di aiutarvi. E senza ricevere nulla in cambio» aggiunse. «Desidero solo proteggervi.»

«E perché mai?» Ero, ovviamente sospettosa: chi non lo sarebbe stato? Ero cresciuta sentendomi dire: «Non accettare mai niente dagli sconosciuti...». Ma, in quel caso specifico, avevo forse alternative?

Lui fece un sorriso.

Wow!

«Io ho una sorella più piccola, signorina Sofia. E mai

vorrei vederla in una situazione simile alla vostra. E sarei immensamente grato a chiunque la aiutasse in un momento di difficoltà.»

Incapace di pensare a una soluzione diversa, mi limitai a rispondere: «Allora accetto il tuo aiuto, almeno fino a quando non non mi verrà in mente come fare per tornare a casa mia».

«Eccellente!» Un sorriso ancora più bello gli illuminò il volto. Il mio stomaco andò in subbuglio. Forse era colpa del vino.

Ian mi lanciò un'occhiata rapida ma abbassò subito lo sguardo.

«Dunque... Chiederò a Madalena che vi porti degli abiti. Sembrate un po' più alta di mia sorella, ma sarà sempre meglio che stare... svestita.» E fissò il pavimento.

«Non sono svestita! Dove vivo io la gente si veste così. Smettila di parlare come se avessi il culo di fuori.» M'infastidiva che i miei vestiti (o la loro mancanza) lo turbassero tanto.

Quando dissi *culo* Ian prima sgranò gli occhi e poi arrossì. Non avevo mai visto un uomo arrossire tanto in vita mia. Non fino a quella mattina.

«Capisco» disse lui. «Ma vedete, noi qui non siamo... abituati a questo tipo di abbigliamento. Quindi, sarebbe più opportuno se poteste... vestirvi in modo più... tradizionale.» Mentre parlava evitava di guardarmi.

«Io... ehm...» Decisamente per lui il mio abbigliamento era più strano di quanto lo fosse il suo per me. Nel ventunesimo secolo, gli uomini usavano giacca e cravatta per andare in ufficio, per sposarsi, per andare a certe feste – non per andare a cavallo, questo è chiaro –, quindi di uomini vestiti in modo formale io ne avevo visti a migliaia. Lui invece non era abituato a vedere le gambe delle donne. Quando ero entrata in quella casa immensa, avevo osservato con attenzione la signora con i capelli grigi. Indossava uno di quei vestiti lunghi e ampi che si vedono anche nei vecchi film. E pure lei, adesso che ci ripensavo, vedendomi era sobbalzata. Perché ero... *svestita*? Eh, mi sa di sì. Non era stato perché si era ritrovata un'emerita estranea in salotto... Uhm...

«Quindi, se sarete così gentile da indossare gli abiti che vi porteranno, potrete uscire dalla stanza senza confondere nessuno. Elisa è ansiosa di conoscervi e a me farebbe piacere mostrarvi la casa. Visto che sarete nostra ospite, vorrei conosceste le dipendenze nel caso in cui abbiate bisogno di qualcosa.»

Aveva un modo di fare così gentile, così sincero!

«Va bene» accettai, arrendendomi all'evidenza. Non potevo scoprire cosa fosse il famoso viaggio di cui aveva parlato la strana tizia, se mi ostinavo a restare chiusa fra quelle quattro mura. E comunque, era meglio non attirare troppo l'attenzione. «Okay, Ian, grazie di esserti interessato...»

«Okay?» Fra le sue sopracciglia si formò una piccola V.

«È un modo informale di dire che va bene.» Abbozzai una mezza risatina.

Lui sorrise e fece un inchino, esattamente come nei film, poi lasciò la stanza dicendo: «Con il vostro permesso, signorina.»

Oh, cavoli! Mi aveva fatto un inchino! Come se fossi una ragazzina indifesa... Come se fossi una fanciulla di due secoli fa e lui fosse...

Ferma! ordinai a me stessa.

Avevo un problema grosso. Dovevo trovare molte risposte. Dovevo ripensare parola per parola a quello che *lei* mi aveva detto e cercare qualche utile indizio. A ogni modo, di qualsiasi cosa si trattasse, ero sicura che non l'avrei trovata in quella stanza. Anche se quel ragazzo era molto gentile e mi risultava stranamente familiare, non avevo intenzione di fermarmi a lungo a casa sua.

Toc toc!

«Signorina?» disse una voce femminile.

Questa volta, forse grazie al calore del vino, riuscii a trascinarmi fino alla porta. La donna piccoletta, paffuta e dal viso scarlatto, mi guardò in tralice.

Tralice?

Ero entrata nel gioco! A ogni modo, avrei dovuto abituarmi a dare del voi e magari mi sarei anche messa ad arrossire, come sembravano fare tutti.

«Signorina, il padrone mi ha chiesto di portarvi questi abiti.»

Guardai il mucchio di panni che aveva in mano. Quanta gente pensava di vestire con tutta quella roba? C'era stoffa a sufficienza per montare una tenda da campeggio.

«Okay, signora. Ma mi basta un vestito solo. Non mi fermerò tanto tempo.»

«Appunto, signorina, perciò vi ho portato questo» e indicò con la testa una stoffa celeste.

«Ah, d'accordo, grazie!» Presi il vestito, sorrisi e feci per chiudere la porta, ma la donna non si mosse. «C'è qualche problema?» le domandai.

«Be', signorina... e il resto?» Sembrava nervosa, il rossore sul suo viso si ravvivò.

«Il resto?» domandai senza capire.

«Il resto delle vesti!» e allungò le braccia porgendomi il mucchio dei panni.

«Eh? Quali vesti? Ho già preso l'abito!»

Rimestò nel mucchio che aveva in mano diventando decisamente paonazza, e senza guardarmi negli occhi disse: «Le vesti intime. La sottoveste, il corsetto, le calze, la crinolina e le scarpe, signorina».

Non aspettò la mia risposta e mi consegnò il pacco. Io

lo presi meccanicamente fra le braccia intorpidite. Poi la donnina se ne andò via – quasi correndo – per il lungo corridoio e io rimasi a fissarla finché non scomparve. Le mie reazioni erano ancora abbastanza influenzate dallo choc di trovarmi effettivamente nel diciannovesimo secolo. Chiusi la porta e buttai sul letto il pesante mucchio di stoffe. Cercai di raccapezzarmi.

Vestito: OK.

Calze: OK.

Un aggeggio di metallo che sembrava una gabbia: tutt'altro che OK.

Corsetto: ne avevo già sentito parlare.

Una gonna bianca di stoffa dura e pesante: forse era la sottoveste.

Un capo bianco simile a quei calzoncini che si portano sotto il costume da quadriglia per San Giovanni: uhm... Ipotizzai si trattasse di biancheria intima, aveva un'apertura in mezzo alle gambe e dei lacci di raso sui lati. Lo squadrai e mi misi a ridere. Al confronto, i mutandoni della nonna erano sexy.

Mi sfilai gonna e canotta e presi il vestito. Se il problema erano le gambe di fuori, con quello lo avrei risolto. Mi rifiutai di indossare gli altri strumenti di tortura. A dire il vero, però, ero incuriosita da quella gabbia. Si metteva sotto il vestito? Sul serio?

Il vestito celeste con le maniche corte e la scollatura quadrata mi stava un po' largo in vita ed era corto, ma almeno mi copriva le gambe, caviglie e piedi a parte. Tenni le scarpe da ginnastica. Le scarpette erano troppo piccole per i miei piedi, ma soprattutto sembravano scomodissime.

Oddio, ma che caldo faceva con quel vestito? La stoffa era pesante e sudavo già come una dannata. Il tempo era caldo e gradevole. Gradevole se non te ne vai in giro con l'armatura!... Ricordai con una punta di amarezza che, nei libri, quel tipo di abiti mi piaceva. Ma mi piaceva perché non ne avevo mai indossato uno!

Infilai i miei vestiti nella borsa e lasciai il resto dei panni sul comò. Qualcuno li avrebbe portati via. Mi sentivo ridicola ma almeno ero vestita, quindi uscii dalla stanza cercando di ricordare da dov'ero arrivata. Percorsi un lungo corridoio pieno di bei quadri, quasi tutti paesaggi, diretta al salone. Sul corridoio si affacciavano parecchie porte. Si sentivano delle voci (non di fantasmi, ci mancava solo quello!) e mi feci guidare da quelle. Alla fine trovai il salone, immenso. Ian era lì insieme a due ragazze. Non appena lo vidi mi fermai, indecisa sul da farsi. Per fortuna lui mi venne incontro, esaminò il mio vestito con un mezzo sorriso e scosse leggermente la testa.

«Sembra che stiate molto meglio adesso, signorina Sofia.» Il suo sorriso scanzonato mi fece vergognare ancora di più. Dovevo essere veramente ridicola!

«Sì, sto benone. Grazie, Ian.» risposi con le guance in fiamme.

Lui tossì mentre le due ragazze si guardarono per poi girarsi sbigottite verso Ian. Be', che avevo detto?

«Signorina Sofia» si limitò a dire lui, «permettetemi di presentarvi mia sorella, Elisa.» La ragazza con i capelli neri chinò appena la testa. «E la nostra amica Teodora Moura.» Anche l'altra, più bassa e rossa di capelli, chinò la testa facendo una riverenza.

«Ehilà, tutto bene?» chiesi avvicinandomi. Nessuno rispose. Il mio imbarazzo aumentava.

«Grazie del vestito» dissi a Ian in un sussurro.

Il suo sorriso soddisfatto lo face apparire ancor più bello.

«Vedo che vi cade molto bene.» Ma i suoi occhi erano incollati sui miei piedi.

«Credo sia un po' corto» disse Elisa, «ma posso chiedere a Madalena di rifarvi l'orlo e allungarlo un po'. Io non sono molto alta» aggiunse, come per scusarsi, e sulle guance le comparvero due fossette.

«Non serve, grazie. Non penso di fermarmi a lungo. In realtà, ho bisogno di tornare subito a casa mia. Ma è grandioso che ti preoccupi per me.» Ogni volta che aprivo bocca avevo il potere di far sgranare gli occhi al mio interlocutore, come a Elisa in quel momento. Non avevo detto nessuna cretinata. O l'avevo detta?

«Siete riuscita a ricordarvi come fare per tornare a casa?» chiese la rossa. «Credevo aveste subìto una perdita di memoria. Non è questo che ci avete detto poc'anzi, *signor Clarke*?»

Signor Clarke?

«Sì, signorina Teodora, è come vi ho detto, la botta alla testa ha lasciato la signorina Sofia leggermente confusa» rispose lui sollevando le sopracciglia.

Ah! Ian Clarke. La ragazza stava chiamando quel ragazzo all'apparenza più giovane di me *signor Clarke.*

Dove diavolo sono finita? Ah, già, nel diciannovesimo secolo...

«Non sono confusa.» *Non per quanto riguarda da dove vengo.* «Solo che non so come tornare. È piuttosto complicato. Ma giuro che lo scoprirò in fretta, a costo di dover andare a cercare in ogni buco di questo posto.»

«Non c'è fretta, signorina Sofia.» si affrettò a dire Ian. I suoi occhi sembravano sinceri. «Sarà un piacere avervi qui per tutto il tempo che si renderà necessario.»

«Lo apprezzo! Non so come ringraziarvi per l'ospitalità, ma devo rientrare in fretta. Ho un mucchio di cose da sbrigare.»

«Certo» fece lui. «Posso mostrarvi la casa, intanto?»

Ian era eccezionale. Chi se lo aspettava che un uomo in carne e ossa potesse essere così gentile con una sconosciuta?

Cioè: senza avere l'intenzione di portarsela a letto? Io non conoscevo nessuno così.

«Altroché, Ian.» E gli sorrisi.

Le ragazze tornarono a guardarsi. Non capivo la ragione di tutte quelle occhiate che si scambiavano. Avevo di nuovo sbagliato qualcosa?

«Perché» gli chiesi, «tutte le volte che apro bocca tua sorella e Teodora sembrano vagamente sconcertate?» Eravamo usciti dal salone e ci trovavamo in un lungo corridoio, diverso dal precedente. Ormai ero sicura che non sarei mai riuscita a orientarmi, in quel labirinto. «Dico forse stupidaggini?»

«Come ho avuto già modo di farvi notare, la vostra maniera di parlare è... peculiare.» Mi sembrava si sforzasse di non ridere. «Alcune parole che usate sono alquanto diverse da quelle che usiamo noi, ma credo siano rimaste colpite perché mi avete chiamato per nome.»

Lo fissai allibita.

«Non è il tuo nome, Ian?»

«Sì, è il mio nome» ammise lui. «Ma una giovane non sposata si rivolge a un uomo chiamandolo col cognome. In questa parte del Paese, almeno, si usa così.» Continuavo a fissarlo, sempre più allibita. «Rivolgersi a qualcuno con il nome di battesimo, e dandogli del tu, denota una certa... intimità.»

«Intimità tipo che ci si conosce da molto tempo, oppure tipo sesso?» Dovevo imparare in fretta come fare per non attirare l'attenzione.

Si bloccò di colpo nel bel mezzo del corridoio. Lo guardai, e per un istante pensai che fosse sul punto di soffocare. Forse il sesso non ero uno degli argomenti più gettonati, da quelle parti.

Ops!

«Signorina Sofia, per favore, vi chiedo di fare uno sforzo e capire che in questa zona del Paese le... ehm... certe cose sono rimaste com'erano una volta. Tradizionali! Sembra che il luogo da dove venite voi sia... modernizzato un po' troppo in fretta. Ma gradirei che non affrontaste certi argomenti in casa mia.»

«Ah, chiaro, chiaro. Scusa. Non sapevo che non dovevo parlarne. Cioè, *dovevo* immaginarlo. Ho letto un sacco di libri su questo periodo... però... nessuno faceva mai riferimento al ses... a queste cose. Ho capito. Me lo ricorderò. Te lo prometto, Ian.»

Lui sospirò.

«Oh, accidenti! Lo prometto, signor Clarke. È che mi fa veramente strano chiamarti *signore.* Devi avere circa la mia età.» Dimostrava ventitré o ventiquattro anni. Ero abituata a chiamare *signore* uomini ben più anziani di lui, ma un tizio così carino e così giovane, che non era neanche un mio superiore... e poi, dai, mica ero abituata a dare del voi!

«In realtà non è importante. Potete darmi del tu e chiamarmi Ian, se volete.» Sulle sue labbra comparve un sorriso. Abbassò la voce e con un tono da cospiratore disse: «Ma se qualcuno vi sente, reagirà come Teodora».

«Non importa nemmeno a me, ma la prossima volta cercherò di ricordarmene. Non voglio lasciarti in braghe di tela coi tuoi amici, sei stato eccezionale con me.»

«Braghe di tela?» chiese confuso.

Dio santo, sarebbe stata una lunga giornata!

«È tipo una situazione difficile, imbarazzante» spiegai.

«Ah. Nemmeno questo è importante, ma voi avete una reputazione da difendere.»

«Senti, Ian, ho talmente tanti problemi che non me ne frega niente. Fra l'altro, se tutto va bene me la do a gambe da qui, e anche in fretta, per cui – davvero – non importa.» Lui aggrottò le sopracciglia. Cercai di spiegarmi: «Prendo il largo. Mi faccio uccel di bosco. Mi defilo». Aveva ancora l'aria di uno che non capisce. «Me ne vado, ti è chiara l'antifona? Voglio dire, hai capito?»

L'incomprensione lasciò il posto a qualcos'altro. Sembrava... disappunto?

«Ti stai comportando in modo eccezionale con me, Ian.» Cercai di parlare in fretta, perché non volevo che mi considerasse un'ingrata. «Il fatto è che ho bisogno di scoprire come fare per tornare a casa. La mia vita mi sta aspettando.» Il mio lavoro, il mio appartamento, e Nina, che probabilmente mi stava cercando da chissà quanto per raccontarmi di Rafa.

«Me lo posso immaginare, signorina Sofia.» Mi fissò per un lungo istante, poi riprese a camminare. «Me lo posso immaginare!»

Lo seguii.

«Ian, posso chiederti un altro favore?»

«Certo, signorina.»

«Potresti chiamarmi solo Sofia? E darmi del tu? Mi stai già dando sui nervi.»

Rise, di certo sorpreso dalla richiesta.

«Ci potrei anche provare» replicò. «Ma dubito che mi verrebbe spontaneo come a voi.»

«Ma sì che ci riesci. Basta dire Sofia. Punto.»

Scoppiò a ridere.

«Vedrò di provarci. Ora venite, vi faccio vedere la casa.» E indicò una delle porte lungo le pareti del corridoio.

Pensai, ancora una volta, che per riuscire a ritrovare le stanze di quella casa avrei dovuto disegnarmi una piantina. Le sale erano tantissime – sala di lettura, sala di pittura, lo studio, il salottino – e così pure le altre stanze – stanza da letto, stanza per cucire, gli spogliatoi – ma quelle effettivamente occupate erano solo quattro. Ian mi condusse per quel dedalo di locali fino alla cucina.

«Madalena, credo che abbiate già conosciuto la signorina Sofia» disse quando arrivammo.

Be', non c'era verso, evidentemente non era fattibile chiamarmi solo per nome.

La donna piccoletta si asciugò le mani sul grembiule che portava legato alla vita e si avvicinò.

«Come state, signorina? Il vestito vi cade molto bene.» Mi esaminò da cima a fondo e i suoi occhi si soffermarono sui miei piedi. «Le scarpe non erano di vostro gradimento?»

Mi guardai i piedi e li guardò pure Ian. Mi ero scordata delle scarpe da ginnastica. Avrebbero suscitato la stessa allarmata curiosità anche se non fossero state rosse, immaginai.

«In realtà erano piccole» mormorai con tono di scusa, come se avere i piedi più grandi delle scarpe fosse una colpa. Non che avessi chissà quali piedoni, comunque... «Queste qui vanno bene, sono più comode.»

Ian sorrise. Il sorriso gli veniva facile, oltre a stargli molto bene sulla faccia. Mi piaceva. Mi sono sempre piaciute le persone positive che non si adombrano, o almeno non troppo.

«Questo è Gomes, il mio maggiordomo» disse.

«Incantato, signorina Sofia.» L'uomo di mezza età fece un inchino esagerato. Non c'era mica bisogno di tutte quelle cerimonie.

«Ehm... il piacere è tutto mio, Gomes.»

Ian scosse la testa, rise sommessamente e riprese a guidarmi lungo un altro corridoio verso non so dove. Dopo un po', però, riconobbi uno dei quadri alle pareti, lo avevo già visto prima. Stavamo tornando al salone dove avevo conosciuto Teodora ed Elisa.

«Abbiamo finito? Mi hai fatto vedere tutto?» gli domandai afflitta.

«Sì, vi ho fatto vedere tutta la casa. C'è qualcosa che non va, signorina Sofia?»

Certo che c'era qualcosa che non andava! Quella casa aveva una decina di saloni, una cucina enorme, una dozzina di camere e poi basta. Nient'altro.

Mio Dio, ti prego, fa' che ci sia, ti prego!

«Signorina?» Ian mi lanciò uno sguardo preoccupato. «Vi sentite bene?»

«Dov'è il gabinetto?» domandai in preda al panico.

«Gabinetto?»

Oh, no.

No, no, no e poi no!

«Sì, il gabinetto. La stanza da bagno... Ti prego, dimmi che in questa casa c'è *almeno* un gabinetto! *Ti prego!*»

Ian sembrava confuso. Molto confuso. Avevo già capito la risposta: niente gabinetto.

Non volevo pensare alle possibili opzioni, mi rifiutai categoricamente di pensarci.

«Non avete visto la vasca nella vostra camera?» disse inclinando la testa da un lato, ancora senza capire.

«Sì, credo di averla vista.» No, in realtà non l'avevo vista, ma se lo diceva lui... Non potevo più fidarmi solo di quello che vedevo.

La vasca da bagno era una cosa ottima. Calmante. Rilassante. Ma non risolveva tutti i miei problemi. Continuavo a fissarlo con orrore crescente. Del tutto disperata, se devo dire la verità.

«La vasca, benissimo. Ma il resto?»

«Il resto?»

Lo faceva apposta? Perché se voleva farmi arrabbiare non c'era bisogno che si sforzasse, ero già abbastanza nervosa.

«Sì, Ian, il resto, e piantala di ripetere tutto quello che dico, mi stai facendo innervosire.»

Non farti prendere dal panico! Non farti prendere dal panico!

«Perdonatemi» e fece un leggero inchino di scuse. «A quale resto vi riferite, precisamente?»

Feci un respiro profondo cercando di recuperare la compostezza e pensando che, se non sapeva cosa fosse un gabinetto, non doveva sapere neanche a cosa serviva.

Non. Sta. Succedendo. Veramente!

Chiusi forte gli occhi per vedere se mi svegliavo, ma quando li riaprii Ian era ancora lì e mi osservava con aria incuriosita. Feci un altro respiro profondo.

«Il resto!» Le parole mi uscirono fuori senza controllo. «I bisogni fisiologici, la pi...»

«Ah, ho capito» mi interruppe lui non appena capì. «State parlando della casetta.»

Non mi piacque il modo in cui disse casetta. Non mi piacque per niente.

«È fuori» mi spiegò. «Ve la mostro.»

6

Osservai a lungo la *casetta*. Era troppo surreale!

La *casetta* era esattamente questo, un cubicolo di legno situato a quasi un chilometro dalla villa. Dotata di una finestrella, era talmente bassa che per entrare bisognava chinarsi. Dentro c'era una specie di cassone di legno con due buchi sul coperchio, uno accanto all'altro.

Mi soffermai a pensare ai buchi. Perché due? Forse uno per i liquidi e l'altro per i solidi? O servivano all'interazione sociale? Inviti qualcuno nella casetta e ci scambi due chiacchiere mentre produci... l'*obolo*? *Perché* due buchi?

Per scoprirlo non c'era alternativa, dovevo chiederlo.

«Perché ci sono due buchi?»

Ian mi rivolse uno sguardo imbarazzato.

«È un'idea moderna.» Per un attimo pensai che mi prendesse in giro. «Sostituisce molto bene i... vasi da notte. Ma la funzione è la medesima. Bisogna immaginare che il buco è un vaso da notte e...»

«Ma dai...» Scoppiai a ridere. Non ripensavo al vaso da notte da... da sempre! «Lo so a cosa servono i buchi. Ma non ho capito perché sono due. Si suppone che la casetta venga usata da una sola persona alla volta, giusto?» La mia voce manifestava tutto l'orrore di dover anche solo pronunciare quella parola, *casetta*.

«Sì, l'uso è individuale, ma possono esserci delle emergenze.» Passava lo sguardo tutto intorno, meno che su di me. «Immaginiamo che la casetta sia occupata e, diciamo... che un bambino ne abbia bisogno. Se necessario, è in grado di ospitare due persone.»

«Ho capito. Ma allora non sarebbe meglio avere due casette separate con un solo buco per ciascuna, invece di una casetta sola con due buchi?» chiesi un po' impacciata.

Inarcò le sopracciglia. Aveva capito la mia posizione.

«Effettivamente sarebbe meglio, sì» disse sorpreso.

«Me l'immaginavo.» E a quanto pareva ero stata l'unica a immaginarlo.

Poi la mia mente si focalizzò su un nuovo dilemma. *Supponiamo che io stia usando la casetta. Supponiamo che abbia finito di fare quello che sono venuta a fare e voglia tornare alla mia vita. Avrei bisogno di una cosa...*

«Ian?» La mia voce era tremula.

«Sì, signorina Sofia?»

«Tu usi la casetta, vero?»

«Uhm... certo» confermò lui.

«Allora sai cosa si fa dopo» gli dissi inarcando un sopracciglio.

Ian arrossì.

Che cavolo, era proprio un tipo strano! Rafa, ci scommettevo, non sarebbe arrossito per niente al mondo. E tanto meno Nina. In effetti... erano proprio fatti l'uno per l'altra, quei due, questo dovevo riconoscerlo.

«Dopo aver usato la casetta c'è bisogno di...» Mi zittii, aspettando che capisse da solo e non mi obbligasse a proseguire. Mi augurai che la storia delle pannocchie fosse solo una leggenda.

«Ah, quello! Per quello c'è un cespo di lattuga lì nell'angolo. Tutti i giorni viene un servo e ne mette uno fresco.»

Fissai Ian come un'idiota, poi scoppiai in un'irrefrenabile risata isterica. La lattuga al posto della carta igienica! E non avevano neanche i pesticidi! Per lo meno la lavavano, prima? Gli ecologisti avrebbero trovato strepitosa quell'idea. Completamente biodegradabile!

Ian mi osservò attonito, ne dedussi che mi riteneva pazza. E in questo caso aveva il mio appoggio incondizionato.

Cespi di lattuga!

«Cosa c'è da ridere tanto?»

«Niente» risposi ansimando. Avevo perfino gli occhi lucidi. «Solo che... il cespo di lattuga...» Una risata ancora più isterica della precedente. «Scusa, ma è talmente...»

«Se preferite potete usare il torsolo delle pannocchie» disse Ian con espressione seria.

Di colpo smisi di ridere.

«La lattuga va bene.» Cercavo di ricompormi. «La lattuga va benissimo. Grazie, Ian.»

«Avevate bisogno di usare la casetta oppure volevate solo sapere dov'era posizionata?» indagò lui con un certo imbarazzo.

Ci pensai su un attimo. A un certo punto mi sarebbe toccato entrarci per forza, ma speravo che fosse il più tardi possibile, senza dubbio.

«Volevo solo sapere dov'era, possiamo rientrare. Era per capire se c'era un gabinetto.»

Non è che mi sentissi tanto meglio, ora che avevo saputo dell'esistenza della casetta. E io che pensavo di non poter vivere senza il computer! Fui assalita dalla spiacevole sensazione che il gabinetto fosse solo una delle molte cose di cui avrei sentito la mancanza.

Prendemmo la via del ritorno e, guardando verso l'orizzonte, mi accorsi che cominciava a imbrunire. Solo in quel momento vidi davvero quanto fosse bello quel posto. Molto, molto bello.

Il prato si estendeva fino ai piedi della piccola altura che ospitava la grande villa dotata di decine di finestre, e tutto era perfettamente in armonia con il paesaggio: un giardino ben curato ornava l'ingresso e il colore dei fiori faceva risaltare la facciata color crema. La luce rosata del tramonto rendeva il quadro ancora più suggestivo.

«Mi è permesso farvi una domanda?» chiese Ian.

«Certo.»

«Quelle scarpe sono molto interessanti» commentò, guardandomi i piedi.

Rimasi in attesa della domanda, ma lui non proseguì.

«E quindi...?» cercai di incitarlo.

«Non ho mai visto niente di simile. Non sembrano scarpe da donna, ma nemmeno da uomo. A dire il vero, non assomigliano a niente che abbia mai visto prima.» Di questo ero assolutamente certa. «Mi stavo domandando che tipo di scarpe sono.»

«Hai ragione. Non sono né da donna né da uomo.» Ian era sveglio. La sua velocità di pensiero era sorprendente, capiva tutto al volo, e nel mio caso non era un bene. Quella svitata del telefonino si era raccomandata di non rivelare a nessuno che venivo dal ventunesimo secolo, quindi non riuscivo a immaginare il casino che avrei scatenato se la verità fosse venuta a galla. Dovevo fare molta attenzione alla mente pronta di quel ragazzo. «Sono unisex, vanno bene per entrambi i generi. Si chiamano scarpe da ginnastica. Si usano per praticare lo sport, ma fanno parte del guardaroba quotidiano della maggior parte delle persone perché sono molto comode e robuste. Secondo me non esistono ragazzi che non abbiano almeno un paio di scarpe da ginnastica in casa.»

«Be'...» Sul suo volto spuntò un mezzo sorriso, e il mio stomaco sobbalzò appena. «Io non le ho.»

Risi anch'io.

«Resteresti a bocca aperta se vedessi le cose che ci sono dove abito io.» Se trovava impressionante un semplice paio di scarpe da ginnastica, chissà cosa avrebbe pensato della madre di tutte le innovazioni, la carta igienica!

«Non stento a crederci. Nei miei ventun anni di vita non ho mai conosciuto nessuno più originale di voi, signorina.»

«Anche tu sei molto strano, sai?» Soprattutto considerato che aveva solo ventun anni.

Ian sembrava più grande. Non solo per l'aspetto, ma anche per il modo di esprimersi. Forse sembrava più grande per via della statura, infatti era altissimo. Più alto di Rafa, anche se meno muscoloso di lui, eppure tutt'altro che sgraziato. Sapevo per esperienza che le persone molto alte hanno sempre qualche problema di coordinamento. Invece, nonostante una buona ventina di centimetri più di me, Ian non aveva un'aria goffa. Anzi, i suoi movimenti erano talmente eleganti che mi era già capitato di sorprendermi a osservare la sua camminata sicura, le spalle larghe e sempre dritte, il modo in cui apriva e chiudeva le labbra quando parlava...

«Avete in programma di parlarmi di questo luogo, signorina Sofia? Sono davvero curioso. Dev'essere molto lontano da qui, non ho mai sentito parlare di un posto dove le donne usano vestiti... corti e stretti, né di queste... scarpe da ginnastica.» I suoi occhi piantati nei miei erano un invito a parlare. E, per qualche ragione che non mi era chiara, *avrei desiderato* per davvero raccontargli tutto. Ian era così gentile con me! Ma anche se avessi ignorato gli avvertimenti della pazza, cosa avrei potuto dire?

È un po' lontano da qui. Più o meno duecento anni! Se per caso ti capita sotto mano una macchina del tempo, fammi un fischio che ci andiamo. Ci facciamo una birretta alla spina e ci buttiamo nella movida!

Certo, avrei potuto dirgli così, e sicuramente Ian non avrebbe richiamato il medico né gli avrebbe suggerito di ricoverarmi in un manicomio. Avrebbe capito tutto al volo, certo, *come no*!

«Uno di questi giorni te lo racconto. Appena capisco cosa mi è successo e come faccio a tornare a casa, ti spiego tutto. Promesso. E magari capirai anche le mie stranezze.»

«Promesso?» E i suoi occhi sembravano lanciare scintille argentate.

«Promesso. Parola di boy scout.» Aggrottò la fronte «Neanche i boy scout? Oh, cavolo!» mugugnai con una smorfia.

Ian mi guardò come se fossi un'aliena.

«Promesso» ribadii, esasperata.

Lui sorrise. Io pensai con amarezza che era un vero peccato che le persone del giorno d'oggi non fossero come Ian, capaci di sorridere con la sua stessa facilità. Anche se, almeno in quel momento, Ian *era* a tutti gli effetti una «persona del giorno d'oggi».

7

Una volta tornati dentro la villa cercai di memorizzare il percorso nel dedalo di corridoi, nel caso avessi avuto bisogno all'improvviso di correre alla casetta. L'edificio principale era bello, antico e imponente. Rimasi molto colpita dai quadri appesi alle pareti e dai mobili, intarsiati con maestria.

Ian andò a rinfrescarsi per la cena, così disse, e immaginai che volesse farsi un bagno, perciò non lo accompagnai. Rimasi nel grande salone a osservare il ricco arredamento in stile georgiano – chi l'avrebbe mai detto che avrei potuto conoscerne gli albori? – cercando di memorizzare ogni singolo motivo inciso sul legno scuro del tavolo d'angolo, ogni singola linea dello spesso tessuto a fantasia del divano con i braccioli di legno, ogni singolo dettaglio dei tendaggi pesanti e voluminosi che schermavano le finestre. Volevo fissare tutto nella memoria per quando fossi tornata a casa, cosa che sarebbe successa molto presto, o almeno così speravo.

Anch'io avrei voluto farmi un bagno, e liberarmi di quel vestito pachidermico che cominciava a darmi il prurito. Il problema era che non volevo mettere Ian in difficoltà, visto che avevo solo una gonna corta e un top senza maniche. Forse dopo cena sarei finalmente riuscita a chiudermi in camera per riflettere su quella giornata confusa.

In quel momento, Teodora fece il suo ingresso con indosso un vestito verde chiaro stretto in vita e con l'ampia gonna arricciata. A giudicare dallo spazio occupato da quella gonna, sotto doveva effettivamente esserci la gabbia infernale.

«Signorina Sofia!» disse con esagerato entusiasmo. «Come vi sentite questa sera?»

Avevo parlato con quella ragazza un'ora prima, perché si comportava come se non mi vedesse da una vita?

«Alla grande. E voi come state?» Decisi di stare al gioco.

«Molto lieta di rivedervi» rispose lei con un sorriso affettato.

Oh-oh!

Hai presente quando sei sulla poltrona del dentista, con la bocca spalancata e un mal di denti tremendo, e il dentista, dopo averti esaminato, ti guarda in modo strano, ti dice: «Qui bisogna devitalizzare, ma non preoccuparti, non è niente!» e tu capisci al volo che quel niente sarà terribilmente, crudelmente e insopportabilmente doloroso? Ecco, io quando Teodora mi fece quel sorriso mi sentii così.

«Sembra che stiate molto meglio, immagino che il giro della casa in compagnia del signor Clarke vi abbia fatto bene.»

Ah, quindi il problema era il signor Clarke!

«Vi ha mostrato tutta la tenuta?» proseguì. «Sarete rimasta colpita, è una delle più belle dei dintorni. La famiglia Clarke gode di grande prestigio, signorina Sofia. Persino il duca di Braganza rende loro visita piuttosto spesso.»

Stavo per rispondere di sì, che la casa mi era piaciuta. E il duca chi?, volevo chiedere. Ma non me ne diede l'opportunità, andò avanti col suo monologo.

«Per quanto non abbia un titolo nobiliare, il signor Clarke è uno degli uomini più rispettati della nostra società. Quando il loro defunto padre li ha lasciati, tre inverni fa, il signor Ian Clarke ha assunto tutti i doveri che gli sono stati trasmessi, compresa la tutela di Elisa, che era ancora giovanissima. Ah, la mia cara Elisa! È proprio una fanciulla incantevole, non trovate, signorina Sofia?»

«Io...»

«E ha così tanti ammiratori. Ma il signor Clarke li tiene a debita distanza. Vuole aspettare che raggiunga la maggiore età prima di ricevere i pretendenti. È un fratello molto premuroso! In giro ci sono molti volponi intenzionati a fare fortuna grazie a un buon matrimonio.» E qui inarcò un sopracciglio con espressione allusiva.

Avevo capito male, o stava insinuando che ero a caccia di un marito ricco? E che questo marito poteva essere Ian?

«Ma il signor Clarke è molto prudente. E ha l'acume necessario per accorgersi da solo se qualcuno è animato da cattive intenzioni» proseguì.

Stava cominciando a darmi sui nervi!

«Lo sapete che sta cercando moglie? Ma certo, sarebbe un bene se si sposasse presto. Per un giovanotto come lui, con una sorella piccola e nubile sotto la propria responsabilità, sarebbe molto meglio avere una moglie. Ci sono molte giovani, qui intorno, che sperano di avere l'onore di diventare la nuova signora Clarke. Ma, a mio parere, lui non si prende cura di sé con lo stesso vigore con cui si occupa della sorella.»

Ora basta!

«Ehi, senti un po'. Tu...»

«Signorina Sofia, vi stavo cercando.» Elisa entrò in salotto e mi interruppe prima che scodellassi un paio di verità all'indirizzo di quella serpe velenosa. «Come vi sentite?»

«Bene.» *Quelli dell'Ottocento non conoscono altre domande?*

Feci qualche respiro profondo per calmarmi. Quella rossa scialba e lentigginosa mi aveva mandato fuori dai gangheri. Ne avevo già fin sopra i capelli, di quella!

«Spero siate affamata, la cena sta per essere servita. Stiamo solo aspettando Ian.»

«Certo» risposi. Quindi lei poteva chiamarlo per nome.

Che stupida, è chiaro, sono fratelli!

«Gradite un liquore alla prugna, signorina Sofia?» mi chiese la ragazzina, che doveva essere sui quindici o sedici anni e aveva gli stessi capelli neri del fratello. Gli occhi, invece, erano di un azzurro molto intenso, come zaffiri. Bellissimi. Niente a che vedere con i miei insulsi occhi color pozzanghera.

«No, grazie Elisa.» Mi resi conto con un certo sgomento che da quando mi ero svegliata non avevo mandato giù nulla, a parte il vino che mi aveva portato Ian. In effetti avevo parecchia fame. «Magari dopo cena.»

A dispetto dei capelli neri, il viso di Elisa aveva qualcosa di angelico. Forse perché era ancora tanto bambina, ma *lei* mi piaceva. Sorrideva sempre, come il fratello, e lo stava facendo anche in quel momento.

«Più tardi, allora.»

«Buonasera, signorine» salutò Ian entrando in salotto. Con la giacca nera e i pantaloni grigi, oltre a camicia, gilet, cravattino, gli stessi stivali che aveva usato durante il giorno e i capelli neri ancora umidi, sembrava uno di quei principi delle favole. Non avrebbe avuto nessuna difficoltà a trovarsi una moglie, pensai. Bello, allegro, premuroso, gentile, un sorriso mozzafiato... qualsiasi ragazza lo avrebbe giudicato interessante. Cioè, qualsiasi ragazza di *quel* secolo. Non era certo il mio tipo.

«Buonasera» dissero all'unisono Elisa e Teodora, mentre io dissi: «Ciao».

Elisa e Ian sorrisero, Teodora no. *Ma che viperetta insopportabile!* Parlava a macchinetta, giungeva a conclusioni precipitose, spettegolava sulla vita degli amici – anche se a quanto pareva aveva l'intenzione di essere ben più di un'amica – e come se non bastasse metteva sempre su quell'espressione imbronciata. Il mio santo protettore non andava d'accordo con il suo, era certo.

«Andiamo a cena? Sono affamato. È stata una giornata un po' lunga» disse Ian con una certa impazienza.

Quella frase mi mise alquanto a disagio. Certo, non mi aspettavo che la mia presenza gli facesse fare i salti di gioia, ci mancherebbe, ma mi dispiaceva averlo disturbato. *Ulteriormente.*

«È appena rientrato da un viaggio, signorina Sofia» disse Elisa. Forse si era accorta del mio imbarazzo. «Un viaggio molto lungo. Sei partito dalla Fazenda Esperança ieri sera, vero, Ian?» domandò al fratello.

«All'alba. Ho cavalcato fin qui senza mai fermarmi.» Mi guardò in faccia. «Fatta eccezione per il salvataggio della signorina Sofia, com'è ovvio. È stata l'unica volta che sono sceso da cavallo. Sono esausto.» Sul suo viso comparve un sorriso storto.

Abbassai lo sguardo, vergognanodmi un po'. La mia presenza lì non aveva avuto senso quel mattino, quando Ian mi aveva trovata, e non aveva senso in quel momento.

«Allora andiamo. L'odorino che viene della cucina è strepitoso» disse lui facendo un gesto con il braccio per invitarci a passare davanti.

Quelle ultime parole mi erano piaciute. Dal mio arrivo lì, era la prima frase che avrei potuto sentir pronunciare anche nel mio mondo.

«Andiamo» assentii e seguii le ragazze, mentre Ian procedeva dietro di me.

In sala da pranzo era stato apparecchiato un tavolo gigantesco. Contai dodici sedie, dovevano ricevere molti invitati, immaginai.

Io mi sedetti accanto a Elisa, Ian a capotavola e Teodora, ovviamente, di fronte a lui. Mi sorprese vedere che i piatti erano di porcellana. Ma in realtà, non avevo idea di cosa fosse già stato inventato nel 1830. Erano delicati, dipinti a mano e rotondi, come quelli che conoscevo, ma osservandoli con attenzione era possibile notare una lieve asimmetria della circonferenza, che li rendeva unici e perfetti nella loro imperfezione. Un grande candelabro al centro del tavolo illuminava l'ambiente, insieme ad altri due, più piccoli, appoggiati sul mobiletto del buffet.

Poi, due domestici che non avevo ancora visto cominciarono a portare dei vassoi pieni di cibo. Il profumo delizioso mi colpì come un pugno e davanti a tutta quell'abbondanza lo stomaco si fece sentire. Riconobbi la minestra nella zuppiera ricolma e le patate nella fiamminga. C'era anche un arrosto di carne non meglio identificata. Decisi che poteva essere classificato nella categoria *carne* e stop, perché con la fame che mi ritrovavo avrei mangiato un ippopotamo.

I domestici servivano esattamente come fanno i nostri camerieri al ristorante, e io mi gettai sul cibo non appena posarono il mio piatto. Quando il calore della minestra mi scese in corpo pensai che avrei potuto mettermi a piangere. Era tutto troppo buono, e pazienza se ignoravo cosa fosse.

Non appena ebbi placato l'appetito – non del tutto, ero ancora piuttosto affamata – feci lo sforzo di dedicare un po' di attenzione agli altri. Non mi ero resa conto della piccola platea che mi osservava, domestici compresi.

«Che c'è?» domandai, mandando giù l'ultimo boccone. Portai alla bocca il tovagliolo di lino, nel caso mi fossi sbrodolata.

«Che appetito, signorina!» osservò Teodora con un sorrisetto strafottente.

«Non ho mangiato niente tutto il giorno» replicai. «Scusate se mi sono comportata male, ma è tutto talmente buono!» dissi, e comunque diedi un morso a un'altra patata.

I due fratelli scoppiarono a ridere.

«Non ho mai visto niente del genere!» esclamò Teodora. «Una fanciulla con l'appetito di un omaccione!» Una risatina stridula le sfuggì dalle labbra.

«Io lo trovo divertente» disse Elisa. «Come fate a mangiare così tanto ed essere così magra?»

«Mangiare come un uomo non è affatto divertente, Elisa. Non è per niente elegante. Avete visto?» e Teodora indicò il mio piatto.

Mandai giù il boccone e bevvi un sorso d'acqua.

«Immagino che voi non abbiate mai lavorato, Teodora» risposi secca.

«Lavorato, io?» La sua espressione sbigottita non mi sorprese.

«Se lavoraste, sapreste che *assaggiare* il cibo non permette di stare in piedi. Io lavoro molto, dalle otto alle sei, quasi tutti i giorni. Spesso salto il pranzo per riuscire a smaltire tutte le carte ammucchiate sulla mia scrivania. Perciò, quando ho la possibilità di mangiare, soprattutto della roba così buona, io mangio!» conclusi servendomi ancora un po' di arrosto. Doveva essere montone, credo.

Lo choc dipinto sul suo viso era esilarante.

«Voi lavorate?» indagò Elisa.

«Sì, in una finanziaria, ho studiato economia. Non era esattamente quello che volevo fare, ma a volte la vita ti sfugge di mano e non resta che seguire l'onda.» Diedi un morso all'ennesima patata. «Ho fatto tirocinio in un'azienda mentre studiavo ancora. Alla fine il mio modo di lavorare è piaciuto e mi hanno assunta. Lo stipendio non è granché, ma ho dei progetti.» Mi sarei liberata dell'incubo di nome Carlos e il mio stipendio sarebbe *lievitato.* Erano ottimi progetti!

Frequentavo il secondo anno di Arte, quando i miei genitori erano morti e avevo dovuto riprogrammare la mia vita. Dovevo arrangiarmi, perché da quel momento in avanti sarei stata sola. Così, avevo deciso di tornare coi piedi per terra e dedicarmi a qualcosa che mi offrisse delle possibilità. Mi era toccato studiare molto per diventare una delle migliori studentesse del corso.

La sala rimase in silenzio. Mandai giù un altro boccone.

«Avete frequentato l'università?» domandò Ian con la voce bassa e leggermente arrochita.

«Sì, Ian.» I domestici si scambiarono uno sguardo e poi si rimisero in posizione, come le guardie della regina. «Per cinque lunghissimi anni.»

Solo io sapevo quanto era stato difficile finire di pagare tutte le rate, con il reddito che mi ritrovavo. I miei erano stati genitori meravigliosi, ma non erano riusciti a lasciarmi granché, a parte alcuni dolci ricordi, un librettino di risparmio e la macchina, anzi, l'assicurazione, visto che l'auto era andata distrutta nell'incidente. Il tirocinio mi aveva salvato l'ultimo anno, altrimenti avrei dovuto congelare l'iscrizione e forse non mi sarei mai laureata.

Ian sembrava colpito.

«Ma le donne non vanno all'università! Nemmeno in Europa» disse Teodora con un certo sdegno.

«Non ci vanno?» chiesi a Ian.

Lui scosse lentamente la testa con lo sguardo fisso nel mio.

«In tutto il Paese ci sono pochissime università e la più vicina è in città. È stata inaugurata tre anni orsono.»

«È solo per l'educazione dei giovanotti, non delle fanciulle» insisté Teodora.

«Be', non ci vorrà tanto. Fra un po' ci andranno anche le fanciulle. Ne sentirete parlare, vedrete» risposi a Teodora con noncuranza.

Ian continuava a osservarmi con attenzione. Di colpo mi passò la fame. Lo fissai anch'io, fino a quando Madalena entrò e chiese se poteva portare qualcos'altro.

«È tutto perfetto, Madalena. Credo che fra poco potrete portarci il dessert» disse Elisa mostrando le fossette.

«Siete stata voi a preparare questa cena?» domandai.

«Sì, signorina. Era di vostro gusto?» Il viso rotondo si fece teso. «Madalena, voi siete un genio della gastronomia! Era tutto spettacolare! Potreste fare un sacco di soldi se apriste un ristorante!» Non avevo mai mangiato niente di tanto gustoso in vita mia. Ci voleva poco, in verità, qualsiasi cosa sarebbe stata più saporita del cibo surgelato a cui ero abituata.

Lei arrossì e sorrise, chiaramente in imbarazzo, poi disse: «Bontà vostra, signorina». Fece il solito mezzo inchino e uscì.

«Madalena adora quando gli invitati fanno i complimenti ai suoi piatti. Scommetto che è venuta qui solo per scoprire se la sua cena vi era piaciuta» rivelò Elisa.

Dopo cena ci spostammo nella sala dei giochi, dove ci sedemmo a un tavolo rotondo e antico, che comunque per l'epoca doveva essere nuovissimo, con sopra delle carte e delle tessere del domino. Teodora voleva giocare, ma io ero molto stanca e declinai. Non volevo essere maleducata, o niente del genere, però siccome nessuno sembrava intenzionato ad andare a letto presto, chiesi il permesso di ritirarmi in camera mia. Mi diedero la buona notte e uscii da lì.

Tuttavia, pochi minuti dopo feci velocemente ritorno nella saletta, sperando di trovarci ancora Ian. Grazie al cielo, c'era.

«Qualche problema, signorina Sofia? Pensavo foste andata a coricarvi.» Si alzò subito e mi venne incontro. Sembrava in ansia.

«Stavamo parlando proprio di voi, signorina Sofia» disse Teodora.

«Sì, stavo andando a dormire, Ian» confermai. Avevo immaginato che l'argomento di discussione dovevo essere io, ma ero sicura che per Teodora sarebbe stato più frustrante se, anziché risponderle sgarbatamente, l'avessi ignorata. «Però prima vorrei farmi un bagno. Questo vestito è molto pesante. Ho visto la vasca, ma non trovo l'acqua!»

Come mi aspettavo, lui sorrise. Il fatto che trovasse divertenti i miei problemi non mi offendeva, se la situazione fosse stata ribaltata l'avrei preso in giro anch'io.

«L'acqua bisogna portarcela, signorina» mi spiegò divertito.

«Sofia» lo corressi. «E dove la prendo?»

«Vado a chiedere ai servi di prepararvi il bagno. Torno subito.» Fece un leggero inchino e uscì.

Rimasi ferma a guardare le due ragazze, sedute tutte impettite ed eleganti. Doveva essere per via del corsetto. Spaparanzarsi su un divano con quel coso addosso era impossibile, poco ma sicuro. Teodora continuava a ciacolare, logorroica, impedendo a Elisa di dire cosa pensasse dei nastri da cappello.

Ian tornò poco dopo e confermò che il bagno era in preparazione. Lo ringraziai per l'aiuto e mi affrettai verso la mia stanza, dove trovai Madalena che testava la temperatura dell'acqua. Mi disse che avrebbe riordinato il mattino dopo, visto che sembravo distrutta e dovevo cascare dal sonno. Ovviamente lei non usò queste parole *esatte*, ma il significato era più o meno quello.

Chiusi la porta ed entrai nella vasca. Ne approfittai per lavare gli slip, ne avevo solo un paio. Solo un paio di slip! Come mi ero ridotta...

Dopo essermi goduta per qualche minuto l'acqua calda, mi avvicinai ad alcuni oggetti a cui non ero stata presentata. Identificai la saponetta. In realtà, l'odore ricordava l'olio d'oliva e il colore scuro e fangoso era simile a quello di certi saponi biologici. Nonostante lasciasse la pelle un po' secca, funzionò abbastanza bene. Cercai di non bagnarmi i capelli – li avevo lavati quella mattina – anche perché non ero affatto sicura che il contenuto del flacone di vetro ambrato sopra il mobiletto fosse shampoo.

Dopo una decina di minuti l'acqua cominciò a essere troppo fredda e mi toccò uscire. Mi allungai ad afferrare un panno beige per asciugarmi. Era piuttosto spesso, ruvido, *rigidissimo*. E a dire il vero non asciugava neanche tanto bene.

Strizzai gli slip e li appesi alla spalliera di una sedia, augurandomi che si asciugassero durante la notte, ma all'improvviso mi ritrovai di fronte un nuovo problema. Non avevo niente da mettermi. Per la prima volta in vita mia, questa frase fatta corrispondeva effettivamente alla realtà! Ci pensai un po' su e conclusi che, in quell'epoca arcaica, dormire nuda non sarebbe stata una buona idea. Quindi rimisi la canotta – senza reggiseno – e i calzoncini da quadriglia, inaspettatamente comodi.

Notai un mobile da toeletta, o almeno così sembrava, con accanto un catino e una brocca piena d'acqua. Immaginai facesse da lavandino. Cercai il piccolo nécessaire che portavo sempre con me in ufficio... eccolo! Dentro c'erano lo spazzolino, il dentifricio, il filo interdentale e un piccolo deodorante da viaggio.

Feci quello che dovevo fare, dopo di che, pulita e profumata, d'un tratto mi ricordai della scatolina del cellulare. L'afferrai con bramosia, pregando fra me e me che il libretto di istruzioni potesse essermi d'aiuto, ma rimasi subito delusa. Il librettino non conteneva una sola parola scritta, solo centinaia di pagine bianche.

Andai a sdraiarmi esausta, nel corpo e nella mente.

Mi trovavo veramente nel 1830, cioè all'inizio del diciannovesimo secolo, a casa di un tizio stranamente gentile e senza nessuno che potesse riportarmi a casa mia. Nessuno, tranne la commessa con cui avevo parlato al telefono. Ripassai nella mente la nostra conversazione alla ricerca di qualche parola chiave, qualche indizio, qualunque cosa di *vagamente* utile.

Ti trovi esattamente dove dovresti essere, aveva detto la tizia. Solo che io *non* avrei dovuto essere lì! Avrei dovuto essere nel mio appartamento, con il gabinetto, lo shampoo e una salvietta morbida a portata di mano. Perché dovevo trovarmi nel diciannovesimo secolo? Non ricordavo nessun avvenimento particolare accaduto nel 1830, niente che potesse spingere una svitata a mandarci una povera ragazza innocente, per giunta a cercare non si sa cosa.

È arrivato il momento di iniziare a credere che nell'universo esistono più cose di quelle che i tuoi occhi riescono a vedere, sentii riecheggiarmi nella testa. Questo era abbastanza vero. Almeno fino a quella mattina, non avevo mai creduto in sciocchezze come la magia, il destino, la sorte. Era forse sbagliato vivere nel mondo reale? Non a tutti piace vivere «facendo finta che». Non a me, almeno! Proprio per niente.

Io conosco tutti i segreti della tua anima. Proprio per questo sono dovuta intervenire. Effettivamente sembrava che la tizia mi leggesse nel pensiero, come quando mi ero chiesta se avesse parlato con Nina e lei aveva detto di no prima ancora che finissi di pensarlo. Ma se era vero che conosceva i segreti della mia anima, sempre ammesso che ciò fosse possibile, in che modo poteva essermi di aiuto venire catapultata nel 1830? Certo, i romanzi ambientati in quell'epoca mi affascinavano, ma succedeva praticamente a tutte le ragazze della mia età. La frase «che cosa farebbe Jane?» era persino diventata un tormentone da stampare sulle magliette! Però, che ti piaccia un libro è una cosa, voler vivere personalmente quell'esperienza è tutt'altro. Ma proprio *tutt'altro*. Quindi, se i romanzi erano il mio unico legame con il passato, la risposta dovevo cercarla lì dentro? La mia salvezza stava in un libro? Ma quale?

Non tornerai indietro finché non avrai trovato quello che cerchi. Dovrai portare a termine il tuo viaggio. E ti toccherà rimanere lì fino a quando non lo avrai fatto. E comunque non sei sola, fidati di me. Certo! Dovevo trovare quello che cercavo senza avere la benché minima idea di cosa fosse. Eppure, di qualunque cosa si trattasse, quello era il mio biglietto di ritorno. Se poi ciò che cercavo aveva a che vedere con i libri, allora...

Argh!

Non riuscivo a venirne a capo. Mi sarebbe stato di grande aiuto scoprire *che cosa* dovevo cercare esattamente, quindi decisi di partire da lì. Ecco fatto. Prima parte risolta! Ma nel frattempo la mia mente aveva preso un'altra direzione...

E comunque non sei sola.

Non ero sola?

Io... non... sono... sola...?

Io non sono sola!!!

Dio mio! C'era qualcun altro che si era perso! Qualcun altro che quella pazza voleva *aiutare*. Un'altra persona nelle mie stesse condizioni!

A quel punto la mia testa s'illuminò come aveva fatto il cellulare quella mattina, e riuscii a incastrare alcune tessere del puzzle. In quel posto c'era qualcun altro. Se lo avessi trovato, forse insieme avremmo potuto scoprire qualcosa, una pista, o spernacchiare quella strega e trovare un modo per scappare via di corsa da quel delirio.

Ecco! Sì!

Dovevo scoprire chi era l'altra persona e cosa sapeva. Non sarebbe stato così difficile, se anche lui (o lei) stava affrontando le mie stesse difficoltà. Non appena fossimo riusciti a tornare indietro (o meglio, avanti), avrei denunciato alle autorità competenti la commessa-strega, accusandola di riti vodoo. Non si sarebbe più divertita alle spalle degli innocenti!

Questo fu il mio ultimo pensiero prima di addormentarmi su quel letto duro come un sasso, con le candele ancora accese.

8

Coraggio, Sofia. Hai affrontato situazioni ben peggiori!, dissi a me stessa, immobile davanti alla casetta, mentre ripensavo ai bagni chimici che avevo usato durante un concerto e cercavo invano di convincermi che la casetta non era poi così malaccio. In confronto ai bagni chimici, era una sala operatoria sterile. E poi non ce la facevo più, stavo per scoppiare.

Mi feci coraggio e chiusi la porta, mentre maledicevo la commessa-strega per non avermi spedita in un posto che avesse almeno dei gabinetti decenti. Perché una deve proprio essere una strega, per riuscire a farti finire nel secolo scorso. Anzi, in quello prima ancora.

Quando fossi riuscita a tornare a casa mia, mi ci sarebbe voluta molta vodka per dimenticare. E avrei smesso per sempre di mangiare la lattuga!

Era ancora presto, forse le sette del mattino, ma in casa erano già tutti svegli. Andai in cucina a cercare Ian – doveva pur mangiare, il ragazzo, dico bene?

Avevo bisogno del suo aiuto. Tanto per cambiare.

Con la pancia a pochi centimetri dalla stufa a legna, Madalena stava finendo di preparare il caffè con un filtro di stoffa che somigliava tanto a un calzino ingiallito e sporco.

«Buongiorno, signorina. Desiderate unirvi al signor Clarke e alla signorina Elisa? Sto portando di là la colazione.» E intanto con un cucchiaio mescolava il liquido scuro nel calzino.

«Buongiorno, Madalena. Stavo cercando proprio lui, ma intanto vi posso aiutare, se volete. C'è qualcosa che posso portare in sala da pranzo?» mi offrii.

Lei sembrò prenderla male.

«Nient'affatto, signorina. Questo non è un lavoro per gli ospiti del signor Clarke. E... santo cielo! Voi non dovreste neanche essere *qui*!»

Sì, l'aveva presa male.

«Va bene, ho capito. Nessuno osi toccare la cucina di Madalena» dissi pimpante.

Lei arrossì e s'impappinò.

«No... signorina, non... non è per questo. È che il lavoro della cucina è compito dei servi. E voi non fate parte della servitù.» Sbatteva gli occhi ed era tutta rossa.

«Tranquilla, Madalena, stavo scherzando. E poi non so neanche friggere un uovo!» Se ero viva lo dovevo ai surgelati e al microonde. «Allora vado.»

Mi avvicinai a una grande tinozza di legno che sembrava messa lì per una cerimonia tipo ofuro, quelle che fanno i giapponesi per purificarsi, e mi lavai le mani. Con il palmo umido lisciai il vestito, lo stesso del giorno prima, poi mi ravvivai i capelli con le dita e andai in sala da pranzo. Non che volessi fare colpo su nessuno, ma mi sarei giocata la testa che Teodora era pronta a esaminarmi per prendermi in giro, nel caso.

«Buongiorno» salutai appena entrata.

«Buongiorno, signorina Sofia» disse Ian alzandosi in piedi e facendo una riverenza. «Come state oggi?»

«Bene, grazie.» Mi guardai intorno ma non vidi le due ragazze. «Dov'è tua sorella? Credevo fossero tutti svegli.»

«Lei e la signorina Teodora sono appena uscite. Il signor e la signora Moura sono venute a prenderle per andare alla messa.» Sorrise. «Oggi è domenica.»

«Ah!» Anche da me la domenica era il giorno in cui si andava in chiesa, ecco una cosa che col tempo non era cambiata.

«E tu, non ci vai in chiesa?» domandai, chiedendomi se fosse battezzato o qualcosa del genere. Però, a essere sincera, conoscevo pochissimi uomini che andavano in chiesa spontaneamente, nel senso senza esserci trascinati da mogli, fidanzate, madri, amanti e compagnia bella.

«Certo che ci vado, ma siccome voi stavate ancora dormendo ho pensato che sarebbe stato meglio se oggi rimanevo a casa, nel caso in cui aveste bisogno di qualcosa.» Mi fissò con un sorriso ironico sulle labbra. «Credo che agli occhi di Dio aiutare i bisognosi sia più encomiabile che non passare tutta la mattina seduti su una panca.»

«Oh! Okay» dissi allungando una mano per spostare la sedia. Ma prima ancora che riuscissi a toccarla, Ian lo fece al posto mio.

«Grazie» dissi, un po' impacciata. Nessuno mi aveva mai spostato la sedia prima d'ora. Non così gentilmente, e soprattutto senza aspettarsi la mancia.

Madalena entrò in sala da pranzo reggendo un grande vassoio, lo posò sul tavolo e se ne andò senza aggiungere niente. Il vassoio era stracolmo: caffè, uova sode, una torta e della frutta. Mi parve un ottimo inizio.

«Hai fatto bene a restare, sai?» dissi, cominciando a servirmi. «In effetti ho bisogno del tuo aiuto. Tanto per cambiare.»

Ian mi osservò in silenzio.

«Mi stavo domandando se... per caso, non è che ti è capitato di incontrare qualcun altro come me?» Presi una fetta di torta. Mmh! Che goduria.

Lui aggrottò le sopracciglia.

«Qualcuno come voi?» ripeté confuso. «No. Come vi ho detto ieri, non ho mai incontrato nessuno come voi in tutta la mia vita.»

«E non ti risulta che qualcun altro l'abbia incontrato? Se qui vicino c'è una città, magari si è presentato qualcuno che... si comporta come me?» esplicitai.

Scosse la testa con convinzione.

«C'è un paese a qualche chilometro da qui, ma io non ho mai visto né sentito parlare di persone diverse... nel senso come voi, signorina.»

«Nel senso *come te, Sofia*!» lo corressi. «Ma ci sei stato di recente? Mi è sembrato di capire che negli ultimi giorni eri via.»

«Come vi ho già detto, sono rientrato ieri. Non ho ancora avuto modo di andare in paese» spiegò. «Ma perché pensate che possa esserci qualcuno come voi? Forse ho capito male, ma pensavo foste arrivata da sola.» I suoi occhi intensi fissavano i miei.

«È così!» mi affrettai a dire, provando una sensazione strana quando il suo sguardo agganciò il mio. «Allora, Ian, io sono arrivata qui da sola. Però c'è stata una... Insomma, una donna mi ha mandata qui» provai a dire. «Senza consultarmi, intendo. Questa persona mi ha anche detto delle cose... sulle quali ho riflettuto parecchio, e forse qualcosa ci ho capito.»

Mi guardò con un'espressione strana, non saprei dire se spaventata o incredula.

«Siete stata rapita? Dobbiamo avvisare le autorità...»

«No, no.» Coinvolgere la polizia era un'idea pessima! «Non è stato un vero rapimento. È più, tipo... un esilio, ecco. Non c'è bisogno di chiamare la polizia. Non conosco neanche il nome di quella persona.»

Lui si appoggiò allo schienale, gli occhi ancora fissi sui miei. Poveretto, mi rendevo conto che cercava di trovare il bandolo, ma ovviamente non capiva cosa mi era successo.

«Credo di non essere qui da sola» iniziai a dire. Non volevo che mi prendesse per pazza, come avrebbe di certo fatto se avesse continuato a pensare alle mie parole. «Credo che qualcun altro sia rimasto vittima di quella... donna. Quindi, se questa persona si trova qui, è possibile che insieme riusciremo a scoprire come fare per tornare a casa, mi segui?»

A giudicare dalla faccia, no. E non lo biasimavo. Se non ci capivo niente io, come potevo sperare che lo facesse lui, che *oltretutto* era indietro di due secoli?

«Sì» disse comunque, immagino per abitudine. «E voi credete che questa persona si trovi nei paraggi?»

«Per forza!»

Fissò a lungo il suo caffè senza dire niente. Sembrava stesse meditando sulle mie parole. Poi sollevò di nuovo su di me i suoi occhi scuri e profondi.

«Ora devo farvi una domanda, signorina Sofia.» La sua voce era seria. «Spero non vi offendiate.»

«Dimmi pure.»

Parlò tutto d'un fiato.

«Non siete coinvolta in vicende illecite, vero?»

Ci rimasi di stucco. Una domanda così non me l'aspettavo proprio. Rimasi a guardarlo a bocca aperta, come un'idiota.

«Non vi sto giudicando, signorina. Ma ho bisogno di sapere in che tipo di situazione mi sto mettendo. Come sapete, sono il tutore di Elisa. Non posso permettere che mia sorella entri in contatto con... certi problemi.»

Sbattei le palpebre. Non ero sicura di aver capito bene.

«Cos'è, mi hai presa per una criminale?» domandai. La mia voce tradiva incredulità. Come cavolo faceva a pensare una cosa simile di me? Cioè, be', in effetti poteva benissimo pensarla, dato che mi conosceva a malapena. Però mi aveva accolta, mi aveva aiutata, aveva persino chiamato il medico, per me. E quindi?

«Non so bene cosa intendiate per criminale, ma...»

«È lo stesso che spudorata. Malvivente. Impostora. Delinquente. O se preferisci volpona, come ha detto Teodora!» elencai mentre il sangue mi ribolliva nelle vene.

«Non volevo dire questo. Volevo solo sapere se siete coinvolta in...» Si agitò sulla sedia, a disagio. «... in problemi di natura... biblica.»

«Di natura biblica? Ma cosa dici? Io...» Poi mi venne in mente. Di natura biblica, ergo in senso biblico. Come Adamo ed Eva. Oh! «Intendi problemi che c'entrano con il sesso?»

Mentre mi faceva SSSHHH si girò per vedere se qualcuno ci aveva sentiti.

«Signorina So...»

«E perché cavolo uno dovrebbe perdersi e finire *qui* solo se ha trombato con qualcuno?» E sgranai gli occhi, in attesa di una risposta.

«Questo non è il modo di esprimersi, signorina!» mi rimproverò manco fosse mio nonno. «Non so bene cosa voglia dire *trombare*, ma...»

«È lo stesso che fare sesso. Fare l'amore. Andare a letto con qualcuno. Scop...»

«Smettetela» ringhiò, la faccia dura come il marmo. «Ho capito!»

Continuai a fissarlo a testa alta.

«Allora spiegami perché ritieni che farlo mi provocherebbe dei problemi. Perché io invece non ho capito!» Non riuscivo a immaginare in che modo avrei potuto finire in quel casino per colpa del sesso, a meno che qualcuno non mi avesse stordita con il GHB facendomi andare via di testa. Era possibile che tutta quella situazione fosse una *mia proiezione mentale* dovuta agli effetti della droga? Uhm...

Non sapeva da che parte girarsi, era chiaro, ma io non battevo ciglio e continuavo a guardarlo con aria di sfida. Dopo un po' si decise a parlare.

«Avete detto che una donna vi ha mandata qui senza il vostro consenso, vi ho trovata praticamente senza vestiti, e mi avete detto che non sapete come fare per tornare indietro. Ne ho dedotto che forse quella donna deve essere la moglie di qualcuno.»

«Nel senso che avrei una relazione con un uomo sposato?» strillai.

Non volevo strillare. Ma ero talmente scioccata che l'urlo mi uscì fuori da sé. Ero scioccata, sì, e offesa e infuriata. Malgrado il matrimonio non fosse in cima alla lista delle mia priorità, anzi, a dirla tutta, non faceva neanche parte della lista, non avrei mai potuto avere una storia con uno sposato. Mai e poi mai avrei rovinato la vita a un'altra donna. Sapevo fin troppo bene come ci si sente a essere tradite.

«Secondo te che tipo di ragazza sono, eh? Una sgallettata che mette il naso nelle relazioni altrui? Be', ti sbagli alla grande. Sono una ragazza perbene, io, lo sono sempre stata. Non sono mai andata a letto con nessuno che fosse già impegnato. *Mai!* Ti è chiaro?» Man mano che la mia rabbia cresceva, il tono di voce si alzava. «Come osi pensare una cosa del genere di me? Credevo fossi diverso, con tutti quei tuoi modi gentili... Evidentemente mi sbagliavo!»

Mi alzai di scatto e rovesciai la sedia, che cadde rumorosamente a terra. La testa pelata del maggiordomo comparve all'istante sulla porta, forse per accertarsi che non stessi picchiando il signor Clarke col bricco di metallo.

Ian disse qualcosa ma io lo ignorai, gli voltai le spalle e marciai risoluta verso camera mia. Lui mi venne dietro.

«Signorina Sofia, perdonatemi. Non volevo insultarvi.» Le sue parole correvano con lui mentre allungava il passo per raggiungermi. «Sono stato un cretino.»

«Non sei stato un cretino. Tu *sei* un cretino!» ribattei mentre acceleravo.

«Sì, signorina Sofia. Lo sono. Ma vi prego, accettate le mie scuse. Non era mia intenzione farvi adirare.»

«Ah, ma io non sono adirata. Sono furibonda!»

Entrai in camera e afferrai la mia borsa. Lui mi aveva seguita e rimase a guardarmi immobile, con l'espressione sconvolta. Radunai le mie cose velocemente, anche perché le cose da radunare erano ben poche.

«Vuoi dare un occhio qui? Magari ti sto derubando» tagliai corto allungandogli la borsa.

«Signorina Sofia, per favore!» disse in una specie di guaito.

«Per favore cosa, Ian?»

«Per favore, calmatevi. Calmatevi e prestatemi ascolto. Vogliate accettare le mie scuse, vi prego!» disse.

Prima mi insultava e poi voleva che lo ascoltassi. Tutti uguali, gli uomini!

«Grazie di tutto quello che hai fatto per me, ma non posso restare qui. Sicuro che non vuoi guardare nella borsa? Ultima possibilità!» Allungai di nuovo il braccio, ma lui non si mosse.

Ian non parlava. Sembrava rimasto senza parole, e stava lì impalato.

Feci per scostarlo con una gomitata, ma prima di raggiungere la porta le sue mani mi afferrarono il braccio.

«Prestatemi ascolto, per favore!» ripeté, stavolta a bassa voce. Vacillai. Quando mi toccò, quella sensazione strana che ormai conoscevo bene mi invase di nuovo.

«Lasciami andare!» gli ordinai, con meno convinzione di quanto volessi.

Ma Ian non lo fece, e le sue mani erano calde sulla mia pelle.

«Perdonatemi, signorina Sofia. È stato molto impertinente da parte mia pensare una cosa tanto... Perdonatemi. Mi dispiace molto di avervi offesa, stavo solo cercando di dare un senso alla vostra storia. Non era mia intenzione mancarvi di rispetto.» I suoi occhi scuri come un buco nero, fissi nei miei, mi attiravano come calamite. Non riuscivo a non guardarlo, e sentii un calore improvviso su tutta la faccia.

Oddio, stavo arrossendo, *io*! Che cosa ridicola!

«Io... ehm...» I miei pensieri erano diventati incoerenti. «Va bene, scuse accettate, penso di avere esagerato un po'.»

Ero piuttosto confusa, e scossa dalla mia reazione. Perché mi dava così fastidio che Ian pensasse male di me?

«No, sono stato tremendamente irriguardoso. Vi chiedo di nuovo perdono, signorina Sofia.»

«Oh, be'» dissi, «non posso certo fartene una colpa, se non capisci.. Non ci capisco niente nemmeno io di tutta questa storia. Scusami anche tu» mormorai.

«Avete ragione, mi è davvero impossibile capire. Ma al contempo non ho il diritto di accusarvi. Sono stato uno zotico. Perdonatemi.» Mi stringeva ancora il braccio, e il calore iniziava a scendere nel resto del corpo.

Che cavolo succedeva?

«D'accordo» dissi.

Mi toccava rimanere lì. Dove altro potevo andare, se no? Non conoscevo nessun altro, a parte Ian. E lui si era dimostrato arguto. Aveva tratto conclusioni sbagliate, ma aveva pensato in fretta. Magari in fin dei conti poteva tornarmi utile. Magari sarebbe riuscito a vedere qualcosa che a me sfuggiva. E poi, a essere onesta, un po' mi piaceva. Ian era un bel tipo. Anche se viveva nel diciannovesimo secolo, e credeva che avessi una relazione con un uomo sposato.

«Grazie.» Mi lasciò andare. Barcollai un attimo, poi ritrovai l'equilibrio. «Adesso, per favore, lasciate qui le vostre cose e torniamo in sala da pranzo. Immagino abbiate ancora fame...?» E sorrise, impacciato, mentre cercava di capire se andava tutto bene.

«No, non ho più fame.» Avevo invece una strana sensazione alla bocca dello stomaco, ma non capivo cosa fosse... forse era il nervoso!

Lui rifletté un attimo.

«Allora forse desiderate conoscere il resto della tenuta? Qui vicino c'è un torrente molto bello e uno dei confini è delimitato da un boschetto. È un'escursione piacevole.» Sembrava entusiasta.

Non che non avessi voglia di visitare i dintorni, ma sinceramente avevo questioni più urgenti da risolvere.

«Non è che potremmo andarci in un altro momento?» dissi.

«Ma certo! C'è altro che vi piacerebbe fare, allora, signorina?»

«Sofia, Sofia e basta, Ian.» Avrebbe mai imparato? «E sì, c'è un'altra cosa che mi piacerebbe fare.»

«Ditemi, sarò lieto di rendermi utile.»

«Vorrei che mi portassi in paese a cercare quella persona.»

Sempre se c'era. Sempre se veramente esisteva qualcun altro.

«Come volete» acconsentì. «Chiederò ai servi di preparare la carrozza.»

Non mi piaceva il modo in cui si riferiva al personale. I servi! Era molto offensivo! Se il signor Carlos avesse dato della serva *a me*, gli avrei fatto ingoiare tutti i denti.

Buttai la borsa sulla poltrona, e stavo per uscire e andare ad aspettarlo all'ingresso, ma mi bloccai prima di arrivare al corridoio.

Entrerò in contatto: la voce mi riecheggiò nella testa. Tornai alla poltrona e presi il cellulare. Mi sembrava alquanto improbabile, ma se aveva funzionato la prima volta, magari il segnale «magico» prendeva anche in altre zone...

Però mica potevo andare in giro col cellulare in mano. Non volevo ritrovarmi a dover spiegare cosa fosse, tanto non mi avrebbero creduta. In mancanza di tasche o posti migliori, infilai il telefonino nella scollatura del vestito (e per fortuna quel telefono era piccolo!).. Feci un paio di saltelli, giusto per controllare che non si muovesse. Rimase al suo posto. Mi sistemai il vestito per nasconderlo al meglio e andai da Ian.

9

«Signorina Sofia, possiamo conversare un po'?» domandò educatamente Ian mentre eravamo già in viaggio verso il paese, distogliendo la mia attenzione dal finestrino.

Era la prima volta che salivo su una carrozza. Era molto diversa da una macchina, e anche da come avevo sempre immaginato le carrozze. Da bambina, fantasticavo di essere una principessa che andava al ballo su un bel cocchio, coloratissimo e pieno di fiocchetti rosa e oro. Invece la carrozza di Ian era marrone e aveva delle grosse ruote di legno. All'esterno erano appese due piccole lanterne, ipotizzai che fungessero da fanali. L'abitacolo era chiuso come una scatola di fiammiferi e aveva solo due finestrini laterali, uno dei quali schermato da una tendina di stoffa. C'era posto per quattro o cinque persone. I sedili e le pareti erano rivestiti con una spessa stoffa sui toni del beige e in un angolo c'era una minuscola lanterna che, ipotizzai, doveva servire per i viaggi notturni. Procedevamo lentamente, ed era tutto uno scossone dietro l'altro, ma ipotizzai che, in caso di incidente fra due carrozze, quanto meno non ci sarebbero stati morti. Ci avrebbero rimesso i cavalli, più che altro.

«Certo. Di cosa vuoi che parliamo?»

«Di oggi.» Si schiarì la voce. «Di quanto è accaduto a colazione.»

Il suo imbarazzo era evidente e le sue mani non trovavano pace.

«Va bene» dissi con cautela. Non avevo intenzione di arrabbiarmi di nuovo con lui. «Parla pure.»

«Voi avete detto...» Si bloccò, poi prese a parlare molto in fretta. Per non perdere il coraggio, pensai dopo averlo ascoltato. «Signorina, voi avete detto delle cose che mi hanno lasciato confuso. Molte delle parole che avete usato non le ho riconosciute, ma altre sì. E mi ha sconvolto che una signora quale siete voi le conoscesse.» Spalancò gli occhi. «E le *usasse*! Ma a parte ciò, avete detto una cosa che mi ha inquietato.»

Che era inquietato si vedeva. Se la carrozza lo avesse permesso, si sarebbe messo a camminare su e giù come fanno nei film.

«E sarebbe?» gli chiesi.

«A proposito del fatto di andare a letto con uomini sposati.» Abbassò la testa e cominciò a cincischiare con la stoffa dei pantaloni come se avesse qualcosa su un ginocchio.

«Non ci sono mai andata, non farmelo ripetere! È la verità.»

«E io vi credo, signorina. Però...» Continuava a tenere la testa bassa, la sua voce si smorzò un poco. «Il fatto è che, a quanto mi è parso di capire, signorina, conoscete bene l'argomento. L'intimità fra un uomo e una donna, intendo.» Ormai sussurrava.

Ah-ah! Di questo voleva parlare!

«In effetti lo conosco.» Avevo ventiquattro anni, lo conoscevo già da un bel po'.

«È ciò che ho pensato» mormorò lui alzando la testa e guardando fuori dal finestrino.

Non riuscivo a vedergli la faccia, solo il collo e i capelli neri. Aspettai che proseguisse, ma non lo fece.

«E tu pensi che non dovrei conoscerlo, giusto?»

Ian si girò e mi fissò con uno sguardo intenso, di fuoco. Arretrai impercettibilmente, turbata da quel contatto.

«Certo che no! Una giovane non sposata non dovrebbe conoscere certi argomenti, almeno fino a quando non abbia assunto un impegno formale.» Pareva molto irritato. Anzi no: mi pareva furibondo. «E quando dico impegno formale, mi riferisco al matrimonio.»

«Ian...» La mia voce si era fatta rauca, avevo un po' paura. Ma di cosa? Dei suoi occhi? «Ho ventiquattro anni e non sono sposata. Il sesso fa parte della vita delle persone, almeno dove vivo io. E anche se non lo conoscessi nella pratica, mia madre mi ha spiegato tutto quando avevo undici anni.»

«Lo conoscete nella pratica?» Temetti che gli occhi gli schizzassero fuori dalle orbite. La sua espressione si contorse in una smorfia di disapprovazione e... tristezza?

«Ma ovvio, Ian.» Forse non era così ovvio, per un ragazzo del diciannovesimo secolo, io però non avevo intenzione di mentire. Lui era stato molto gentile con me, mi aveva aiutata, anche se non capiva *cosa* diavolo fossi. «Funziona in modo diverso, laggiù.»

«Allora non mi piace come funziona, laggiù. E vostra madre ha fatto molto male.» Aveva la fronte corrugata. «Anzi, malissimo!»

«Non credo proprio, sai? Una bambina deve sapere cosa le succede durante l'adolescenza, deve essere a conoscenza dei cambiamenti del suo corpo, altrimenti di adolescenti incinte ce sarebbero anche di più.»

«Perché, ce ne sono molte?» Sembrava incredulo.

«Sì, parecchie. E molto spesso la colpa è delle loro madri, che non le hanno cresciute come si deve, cosa che invece la mia ha fatto.» Pensare a mia madre aveva il potere di calmarmi, come se lei fosse lì, pronta a prendermi fra le braccia.

Sospirai. Provavo una nostalgia tremenda dei miei genitori.

«E la castità? E la purezza? Non esistono valori dove vivete voi?» domandò indignato.

Scoppiai a ridere.

«Oh, Ian! La verginità non ha più così tanta importanza almeno dal millenov... da molto tempo! Non ho infranto nessuna regola. Ma credo che qualche ragazza vergine ci sia ancora.»

Quanto meno fra le dodicenni!

«Mi verrebbe da dire che non è un luogo idoneo alla vita di una fanciulla» fece lui.

«Ma lo è per me» e alzai le spalle. «Mi piace molto vivere laggiù. Spero di tornarci presto.»

Ian socchiuse gli occhi.

«Io credo invece che passare un po' di tempo qui non potrà che farvi bene. Nuove abitudini, nuove conoscenze. Magari alla fine vi piacerà.»

Ho i miei dubbi.

«Be', prima vorrei trovare un modo per tornare, poi semmai ci penserò.»

Ovviamente, non sarei riuscita a convincerlo che il bisogno di sesso fa parte della vita come il sonno o la sete; la sua mentalità ottocentesca prevedeva che le ragazze dovessero restare vergini fino al matrimonio, senza discussioni. Lui non aggiunse altro e si rimise a guardare fuori dal finestrino.

«Siamo arrivati» disse dopo un po'.

Il paesaggio che mi trovai davanti era incredibile. Strade lastricate di pietre irregolari, edifici che sembravano vecchi e slavati, ma non sbiaditi dal tempo, uomini con lunghe casacche e il bastone in mano, donne con vestiti eleganti e ampi, cappellini pieni di nastri in testa, ombrellini di pizzo nelle mani guantate. Persino i bambini sembravano usciti da un bel quadro. Erano decisamente tutti *troppo* vestiti al confronto della gente che viveva nel mio mondo. E c'erano un sacco di cavalli. Cavalli e carrozze. Che storia!

Scoppiai a ridere, perché d'un tratto era come trovarsi improvvisamente dentro a uno dei miei libri.

Ero talmente ansiosa di trovare quell'ipotetica persona che cominciai ad armeggiare con la maniglia della carrozza. Solo che la carrozza non si era ancora fermata. Al mio fianco, Ian sospirò.

Lo guardai. Be'? Che c'era che non andava?

«Potreste almeno aspettare che sistemino la scaletta, che scenda io per primo e che vi apra lo sportello?» reclamò irritato.

Ops! «Io... Non mi hanno mai... Nessuno mi hai mai aperto lo sportello della mac... della carrozza, prima d'ora. Scusa, colpa dell'abitudine.» Sorrisi impacciata.

Lui fece un altro sospiro.

Tacqui, consapevole che dovevo sforzarmi di non fare la figura dell'aliena anche con gli altri, e soprattutto non volevo mettere in imbarazzo Ian. Ma era molto difficile. Volevo tornare a casa quanto prima. Avevo bisogno di tornare quanto prima! Nina doveva essere preoccupatissima, e se l'indomani mattina non mi fossi presentata in ufficio...

«Dove desiderate andare in primo luogo?» domandò Ian aiutandomi a scendere.

«Non saprei. Ho pensato che magari potevamo andare un po' in giro, che ne so, fare un po' di domande. Se da queste parti c'è in effetti qualcuno come me dovrebbe essere facile identificarlo, no?»

«Altroché!» esclamò lui. E sorrise. L'irritazione non era del tutto scomparsa dai suoi occhi, ma sembrava sotto controllo. «Forse potremmo chiedere ai bottegai.»

«A bomba!» feci io. Mi guardò confuso. *Ops.* «A bomba. Cioè fantastico, cioè grandioso.» Era ancora confuso. «Ottimo!» esclamai.

Dovevo trovare un modo migliore di comunicare, le espressioni gergali non erano decisamente la scelta giusta.

Ian annuì e fece una riverenza. Era così surreale! Avevo l'impressione che da un momento all'altro il signor Darcy in persona sarebbe uscito da uno di quei portoni in compagnia di Lizzy Bennet.

«Signorina?» mi richiamò quando ero già qualche passo avanti a lui.

«Che c'è?» Mi girai; dal tono della sua voce avevo capito di avere sbagliato *di nuovo* qualcosa.

Mi raggiunse e mi porse il braccio piegato a L. Continuai a guardarlo senza capire.

Ian sospirò esasperato, afferrò gentilmente la mia mano e la posò sulla parte interna del suo gomito.

«Ah!» dissi un po' a disagio. «Ce n'è proprio bisogno?»

Averlo accanto in quel modo mi faceva sentire parecchio strana, come instabile, e provocava risposte anomale anche da parte del mio stomaco.

«Vi devo accompagnare» disse lui con un sorriso.

Io evitai di incrociare il suo sguardo e alzai le spalle, fingendo indifferenza. Le reazioni del mio corpo cominciavano a irritarmi, soprattutto quando Ian mi toccava.

«Come state, signor Clark? Non vi vedo dalla settimana scorsa!» lo salutò una ragazza con un vestito rosa confetto. Sui capelli biondissimi – aveva *i boccoli*, e sembravano fatti con l'arricciacapelli elettrico – portava un cappello bianco annodato con un nastrino sotto il mento. Era accompagnata da una donna più grande, forse una domestica, a giudicare dagli abiti modesti. Accennarono entrambe un inchino.

«Sto molto bene, signorina Valentina. Mi sono assentato per lavoro e sono tornato ieri. Voi come state?» rispose Ian con un sorriso educato.

«Molto bene, signor Clarke.» Era tutta uno sbattere di palpebre, abbastanza fastidiosa. «Spero che abbiate fatto buoni affari, mi ero preoccupata di non avervi più visto qui in paese, temevo che magari foste afflitto da qualche malanno!» Fu allora che si accorse di me. Mi squadrò da capo a piedi, poi i suoi occhi si fissarono sulla mia mano posata sul braccio di Ian.

Che meraviglia, pensai. *Ma allora squadrare le persone in quel modo è un male antico!*

«Non mi presentate la vostra amica, signor Clarke?»

«Ma certo. Questa è la signorina Sofia...» e si zittì, incerto su come continuare.

«Alonzo. Come va?» Allungai la mano per stringergliela.

Lei guardò la mia mano tesa, poi guardò Ian, poi di nuovo me.

Ah, lasciamo perdere!

«Alonzo?» domandò Ian con la fronte aggrottata.

«Sì, il mio bisnonno era spagnolo. Sangue caldo in famiglia, sapete com'è. Quando ci si riuniva tutti insieme finiva sempre che si litigava. Il Natale era un incubo!» scherzai.

Lui aggrottò ancora di più la fronte.

«Ehm... Giusto. Signorina Sofia, questa è la signorina Valentina di Albuquerque, una vecchia amica di famiglia. E questa è la sua fantesca, la signora Veiga.»

«Piacere di conoscervi, signorina Sofia» Valentina fece un leggero inchino guardandomi in modo strano. «È ospite a casa vostra, signor Clarke?»

«Sì. Sta passando un... periodo di riposo.»

Mentiva molto male. Persino io, che lo conoscevo solo da un giorno, riuscivo a cogliere il cambiamento nel suo tono di voce.

«Ma me ne vado presto» la rassicurai, visto che la novità sembrava non piacerle. «Devo solo risolvere un paio di cosucce e poi me la batto.»

Lei guardò Ian senza capire.

Feci un sospiro, ormai ero stanca.

«Lo sapete che siete la benvenuta in casa mia per tutto il tempo che desiderate» mi disse Ian, gentile come al solito.

Gli sorrisi, direi incantata. Valentina invece non sorrise, anzi i suoi occhi erano un lanciafiamme.

Ah-ah! Quindi lui le piaceva!

Il mio sorriso sparì.

«Lo so, Ia... signor Clarke. E vi ringrazio per l'ospitalità» mormorai goffamente.

Seguì un imbarazzante momento di silenzio nel quale non si mosse una sola foglia. Cominciavo a spazientirmi, e in più stavo perdendo del tempo prezioso.

«Signorina Valentina» attaccai con cautela. «Per caso avete visto qualcuno di... nuovo da queste parti?»

«Qualcuno di nuovo? Qui?» Sembrò colpita dalla domanda. «No, nessun forestiero in paese a parte voi, signorina Sofia.»

Sospirai scoraggiata. Non sarebbe stato facile trovare l'altra anima in pena condannata a conformarsi alle regole di bon ton di quel manicomio!

«Bene, signorina Valentina» disse Ian, che sembrò avere intuito che volevo schiodare. «Col vostro permesso, io e...»

«Oh! Ma certo signor Clarke, non voglio interrompere i vostri impegni. Posso solamente chiedervi se il ballo di sabato è confermato?»

Ian guardò prima me e poi lei, l'espressione perplessa.

«L'avevo dimenticato. Ma credo che Elisa non abbia cambiato idea. A quanto ne so, quindi, il ballo si terrà sabato prossimo.»

«Eccellente!» disse la ragazza battendo le mani. «Aspetto questo ballo con trepidazione, le feste nella vostra residenza sono le migliori della regione.»

«Mi fa piacere che siano di vostro gradimento, signorina.» E sorrise.

Ci credo che quella le muore dietro! La riempie di sorrisetti e organizza le feste migliori della regione!

«Vado... a chiedere in giro, Ian» mi intromisi. «Vorrei

risolvere questa faccenda al più presto.» Notai che il sorriso di Valentina era sparito quando, sovrappensiero, avevo chiamato Ian per nome. «Ci vediamo dopo. È stato un piacere conoscervi. A presto.»

M'incamminai senza sapere bene dove andare. Quella ragazza con le sembianze di una bambolina di porcellana mi aveva irritato i nervi.

Sentii Ian che si congedava da lei.

«Potevi fermarti a chiacchierare con loro, mentre faccio le mie cose. Non c'è bisogno che mi segui dappertutto» gli feci presente non appena mi raggiunse.

«Non vi sto seguendo, vi sto accompagnando. E perché mai fate la scontrosa, adesso?» Cercò di prendermi la mano per mettersela al braccio, io però mi divincolai. «È per quello che vi ha detto la signorina Valentina? Il fatto che non ci sono forestieri in paese?»

«Esatto!» mentii. In realtà non avrei saputo spiegare perché quella tizia non mi era piaciuta, né perché fossi d'un tratto così nervosa. Forse era SPM anticipata, chi poteva dire quali fossero gli effetti di un viaggio nel tempo sul ciclo mestruale di una ragazza?

«Non vi angustiate. Se da queste parti è arrivato qualcuno, lo troveremo» disse Ian fiducioso.

«Me lo auguro davvero» ribattei.

Avevo una gran confusione nella testa. In quel posto tutto era confuso. E più passavano le ore, meno riuscivo a capire il perché di quelle mie reazioni eccessive.

Camminammo per buona parte della mattina, facendo domande a destra e a manca. Ma in giro c'era poca gente, erano tutti in chiesa. «No, non c'è nessun forestiero in paese» era la risposta che ricevevamo.

Ci fermammo a chiacchierare con altre ragazze sorridenti e imbellettate, che lanciavano occhiate sdolcinate a Ian e sguardi inviperiti a me. Teodora non mentiva, quando aveva detto che il signor Clarke aveva molte pretendenti.

Ma purtroppo non incrociammo bottegai, ed essendo domenica le botteghe erano chiuse. C'era solo un carretto, in una piazza, che vendeva frutta e galline vive.

«Forse è meglio tornare domani» suggerì Ian dopo alcune ore di scarpinata.

«Già...» assentii scoraggiata.

«Allora credete che possiamo andare? Ho un po' di fame. Sapete, non sono riuscito a finire la colazione» disse con aria scherzosa.

Io arrossii. Di nuovo!

«Scusami, Ian. Non so cosa mi sia preso, prima. Il fatto è che mi trovo in una situazione un po'... difficile. Davvero, scusami.»

«Non vi preoccupate, signorina. Ho già dimenticato l'incidente. Andiamo?»

«Andiamo». E questa volta accettai il braccio senza opporre resistenza.

Ci incamminammo in direzione della carrozza, e dopo che lui mi ebbe aiutata a salire i tre piccoli gradini della scaletta sistemata sotto (non ci fu verso di farlo da sola!), lo sentii dire al ragazzo a cassetta: «Dritti a casa, Isaac».

Restammo in silenzio per un po'.

Poi parlò lui. «Che vi è parso del paese, signorina Sofia?»

«Credevo avessimo deciso che mi avresti dato del tu. E io mi chiamo Sofia e basta, lascia perdere quel signorina.»

«Lo so, ma non mi sembra educato.»

«Quel "signorina" mi dà sui nervi, *signor Clarke*» dissi scherzando. Lui reagì con un sorriso luminosissimo. Allora mi vennero in mente un paio di cosucce. «Hai molte fan da queste parti» buttai lì.

«Scusate, signorina? Ho molte cosa?»

«Molte fan. Molte ragazze che ti muoiono dietro. Molte pretendenti.»

Lui arrossì e parve non apprezzare il fatto che me ne fossi accorta.

«Sono solo amiche di famiglia» disse, chiaramente a disagio.

«Sembra che Valentina ti apprezzi parecchio» insistetti.

«Io e la signorina Valentina ci conosciamo fin dall'infanzia. I nostri genitori sono sempre stati amici. Ma non c'è nessun interesse di tipo romantico.» Aveva abbassato la voce e anche la testa.

«Forse non da parte tua. Non hai visto come mi guardava? Pensavo mi avrebbe incenerita!»

Ian appoggiò il braccio sul ginocchio, poi mi sorrise.

«La colpa è vostra, signorina Sofia, non certo mia. Vi guardavano tutti. Non si è mai vista una ragazza uscire di casa senza indossare un cappello.»

Eh?! Un cappello?

«Una signora non mostra mai i capelli sciolti in pubblico, come fate voi» andò avanti a spiegare.

«E perché non me l'hai detto prima?» esclamai incredula.

«Dopo il vostro comportamento impetuoso a colazione?» Fece spallucce. «Non sono mica matto!» E rise.

Lo fissai, totalmente rapita dal suo viso. Ian era bello in modo esagerato. I capelli neri e mossi gli scendevano sulla fronte in un contrasto perfetto con la pelle chiara. Gli occhi neri come il carbone mandavano scintille argentate. Il naso dritto gli conferiva personalità. Il viso asciutto e il mento squadrato erano molto virili. Il tutto era sostenuto da un corpo che avrebbe fatto perdere la testa a qualsiasi ragazza sana di mente.

Quando mi accorsi che anche lui mi fissava, mi voltai a guardare fuori dal finestrino.

Restammo in silenzio per il resto del viaggio. Più di una volta ebbi la sensazione che mi stesse guardando, ma non feci nulla per verificarlo. Non volevo cacciarmi nei guai, e sapevo che Ian poteva trasformarsi in un guaio coi controfiocchi.

Arrivati alla villa mi aiutò a scendere dalla carrozza. La mano che mi aveva teso era ancora nella mia quando si sentì un ronzio.

Bzzz. Bzzz. Bzzz.

Lo sentì anche Ian.

«Questo che cos'è?» domandò guardandosi attorno.

Io sapevo cos'era. Lo sapevo benissimo!

«Non lo so» mentii d'un fiato. «Io però... io... io ho bisogno di usare la casetta! Ci vediamo dopo, va bene?»

Mi allontanai di corsa, ma l'orlo di quello stupido vestito si impigliò nei rami lunghi di un cespuglio. Imprecai chinandomi a raccogliere tutta la gonna con le mani (lasciando in bella vista i polpacci, e forse anche di più), e mi precipitai verso la casetta. Non mi girai a guardare la reazione di Ian.

Entrai rapidamente nel cubicolo cercando di chiudere il chiavistello con le mani che mi tremavano. Tirai fuori il cellulare. Il display era acceso e diceva HAI 1 NUOVO MESSAGGIO.

Lo sfiorai con un dito. LEGGERE ORA? Premetti SÌ.

MOLTO BENE, SOFIA. IL TUO VIAGGIO È INIZIATO CON SUCCESSO.

Poi l'apparecchio lampeggiò, e infine si spense.

10

Rimasi nella casetta per qualche minuto. Non che stare lì dentro fosse piacevole, ma avevo bisogno di pensare al significato di quel messaggio.

Non me ne ero accorta, ma forse in qualche modo avevo fatto centro. Forse avevo ragione: da quelle parti c'era qualcun altro come me. Voleva dire che la persona che cercavo si trovava in paese? A ogni modo, mi dissi, dovevo essere sulla strada giusta.

Non poteva essere altrimenti: le uniche due cose che avevo fatto quel giorno erano state andare in paese e litigare con Ian, ma escludevo che litigare con Ian fosse rilevante, visto che di certo non mi avrebbe aiutata a tornare a casa.

Presi un bel respiro – considerato il luogo, non fu un'idea geniale – dopo di che uscii dalla casetta. Ian mi aspettava sulla scalinata della casa, apparentemente preoccupato.

«Va tutto bene, signorina Sofia? Avete bisogno di qualcosa? Volete che chiami il medico?» mi domandò concitato.

«Perché mai dovrei avere bisogno di un medico?» Solo perché ero andata via di corsa e mi ero chiusa nella... Oh, oh! «No, no. Sto bene. Tutto in ordine. Non ho bisogno di niente.»

Lui annuì e mi osservò con attenzione. Non sembrava convinto. E non potevo biasimarlo, dovevo essere bianca come un lenzuolo. La faccenda del messaggino mi aveva un po' scombussolata.

«Allora entriamo. Elisa sarà già tornata.» E indicò la porta, invitandomi a passare per prima.

Trovammo Elisa e Teodora nella sala delle arti. Elisa stava dipingendo, Teodora faceva su e giù e sembrava annoiata. Mi avvicinai alla sorella di Ian. Su un pezzetto di stoffa quadrato c'erano fiori variopinti di tutte le forme.

«Ma quanto è bello, Elisa!» esclamai. «Hai davvero un gran talento!»

«Grazie, signorina Sofia. Io disegno decentemente, ma l'artista di famiglia è mio fratello» replicò lei esibendo le sue adorabili fossette.

«Ah, sul serio?» domandai sorpresa. Non dubitavo che Ian, persona dai modi educati e gentili, sapesse disegnare, ma le sue mani erano troppo grandi, come tutto il resto. Almeno fin dove era dato di vedere...

«Non esattamente, mia sorella esagera» disse lui.

«Dipingi? Ma davvero? Tipo dei quadri?» indagai andandogli vicino.

«Sì, dipingo. *Tipo* dei quadri. È un passatempo, le nostre giornate non sono sempre così tumultuose.» Sollevò un sopracciglio, quasi un invito a contraddirlo.

Lo ignorai. Ero troppo curiosa.

«Posso vederne qualcuno?» Forse li aveva dipinti lui, i fantastici quadri appesi nei corridoi?

«Basta che vi guardiate intorno, signorina Sofia» disse Teodora con la solita puzzetta sotto il naso. «Tutti i quadri della casa li ha dipinti il signor Clarke. È un grande pittore. Tuttavia non mostra le proprie opere agli estranei, è assai modesto.»

Ian le disse qualcosa, ma non ci feci caso. Ero stupefatta ed eccitata e non sapevo da dove cominciare. Già solo lì c'erano un sacco di quadri, forse una decina, di diverse dimensioni: una casetta in un paesaggio di montagna, dei tramonti, un cane scuro che nel quadro sembrava docile, malgrado l'imponente taglia... Quadri eterogenei, tutti molto belli e realistici. Mi avvicinai alla tela più grande. Raffigurava un cavallo nero impennato su uno sfondo agreste, al tramonto. Ma a colpirmi furono più che altro i dettagli. Nell'espressione dell'animale si poteva leggere tutta la sua furia, la sua pervicacia, la sua alterigia. Quel cavallo non si sarebbe lasciato domare. «Selvaggio» fu la parola che mi venne in mente per descriverlo. Allungai piano la mano come per accarezzargli il dorso, per controllare se quel suo pelo liscio e lucido fosse morbido come sembrava. Ma non toccai la tela; mi limitai a seguire il profilo dell'animale dalla groppa ai fianchi.

«L'hai disegnato tu?» sussurrai.

Ian mi sentì e venne da me.

«Diverso tempo fa. Avevo comprato questo cavallo quando il vecchio si è ammalato. Ma non sono mai riuscito a domarlo.» Quindi la mia intuizione era stata giusta... «Ho ingaggiato diversi addestratori, ma quella bestia è irriducibile! Alla fine ho rinunciato e ne ho preso un altro, più docile.»

«E che ne è stato di lui?» Non riuscivo a smettere di guardarlo.

«È nelle scuderia insieme agli altri. Non ce l'ho fatta a venderlo. C'è qualcosa in lui... è diverso. Ho deciso di dipingerlo così come lo vedevo. Forse ho esagerato.»

«Invece hai fatto un signor lavoro, Ian. Sembra così reale! Riesco quasi a sentire il calore che emana. Tu sei un artista! Il primo che conosco di persona.»

«Grazie, signorina. Ma non merito tanti complimenti. Ho solo avuto dei bravi insegnanti.»

Staccai gli occhi dal quadro e lo guardai seria.

«Ah, no, non credo proprio! *Io* ho avuto dei bravi insegnanti, e non so neanche disegnare un pony!» A meno che due stecchini, due cerchi e due triangoli possano essere considerati un cavallo cubista. «Tu hai talento. Molto talento! E non si discute!»

«Va bene.» Sorrise. «Allora mi limiterò a ringraziarvi per l'adorabile elogio.»

Osservai meglio gli altri quadri. Tutti diversissimi l'uno dall'altro, ma con qualcosa in comune.

«Non dipingi le persone» constatai.

«Penso di non...»

«Al signor Clarke non piace ritrarre le persone» lo interruppe Teodora. «Dice di non essere abbastanza abile per disegnare la delicatezza. Non è vero, signor Clarke?»

«Sì, signorina Teodora. Penso di non essere in grado di catturare l'essenza della persona ritratta, una mancanza che considererei imperdonabile.» Sembrava convinto, stavolta.

Tornai a guardare il cavallo sulla tela.

«Non ci credo. Se sei riuscito a cogliere l'essenza di quel cavallo, puoi dipingere chi vuoi.» Tacqui per alcuni istanti, riflettendo, poi aggiunsi: «Non sarà che ti rifiuti di dipingere le persone perché hai paura che non sarebbero contente di vedersi attraverso lo sguardo di un artista sensibile?».

Lui non rispose, si limitò a fissarmi. Dall'espressione del suo volto, secondo me ci ero andata vicina.

Ma a quel punto Teodora, stanca – immagino – di non essere al centro della conversazione e anzi di non farne parte, decise che era arrivato il momento di ottenere le attenzioni del suo caro signor Clarke.

«Signor Clarke, Elisa e io poc'anzi stavamo parlando del ballo di sabato.» Si alzò per avvicinarsi a lui. «Carissimo, sarà la festa più importante di quest'anno. Tutta la gente che conta sarà presente. Non vedo l'ora che arrivi il gran giorno.»

«Avete fatto bene a ricordarmelo, signorina Teodora. I programmi per sabato sono ancora gli stessi, Elisa? Stamani ho incontrato la signorina Valentina e mi ha chiesto del ballo.»

«Non ho certo cambiato idea, soprattutto ora che la signorina Sofia è qui con noi!» E mi sorrise. Elisa mi piaceva sempre di più. «Sarà una gioia poterla presentare ai nostri amici, fratellino. Sono sicura che farà un'ottima impressione. Anche se le toccherà usare uno dei miei vestiti. Madalena potrà aggiustarne la lunghezza, ma i nostri invitati se ne accorgeranno di certo.»

«Senti, Elisa, il fatto che ti preoccupi per me è *veramente* okay.» Sia lei che Teodora inarcarono le sopracciglia. Ian invece no. «Ma credo che sabato non sarò più qui, sarò già tornata a casa.»

Speravo davvero di poter rientrare, prima di allora. Carlos si sarebbe messo a sputare fuoco dal naso se non mi fossi presentata in ufficio per tutta la settimana senza dare spiegazioni.

«Pensavo non aveste ancora trovato nessuna informazione utile per tornare» disse Ian. «Pensavo che le ricerche di oggi non avessero dato risultati. Pensavo che stamattina» aggiunse incisivo «avessimo fatto un patto, e che vi sareste fermata con noi per un po' di tempo.»

Il suo tono brusco mi lasciò confusa. Non era da lui essere così rude con le persone, almeno per quanto lo conoscevo io. Che comunque lo conoscevo da poco più di ventiquattr'ore.

«Ma io non ho promesso niente» replicai. «Ho detto che avrei preso una decisione in merito. Il punto, però, è che ho veramente bisogno di tornare a casa. La mia vita rischia di andare a catafascio. È probabile che finirò per ingrossare le fila dei disoccupati.»

«Per favore, signorina Sofia» implorò Elisa. «Non potete fermarvi almeno fino alla festa? Sarei così felice di presentarvi ai nostri amici! Sono sicura che passerete una serata molto piacevole. E chissà, poi, che non troviate un pretendente!»

Ecco, sì, mi mancava solo questa! Trovare un pretendente. Lì!

«Elisa, non te lo posso promettere. Non mi dispiacerebbe venire al ballo e vedere un po' come funzionano le cose... da queste parti. Solo che non so nemmeno come ci sono arrivata, fin qui, e tanto meno so come o quando me ne potrò andare, e quindi...» La vidi intristirsi e mi bloccai. Che ci potevo fare? Non avevo modo di garantirle niente, e d'altra parte non volevo dirle una bugia.

Elisa mi fissava con i suoi occhioni brillanti e un'espressione da cane bastonato. *Argh!*

«Se ti dico che farò di tutto per esserci, sabato, ti basta?» domandai sconfitta. «Sei soddisfatta, così?»

«Molto!» esclamò lei. «Allora, Ian» riprese, rinvigorita, «ci sarà bisogno di un vestito adatto a un ballo.» Corse dal fratello e lo prese per un braccio. «Poverina, non può certo trascorrere il suo intero soggiorno qui da noi solo con quel mio vecchio vestito, che fra l'altro è corto. Guarda, non arriva neanche a coprirle le caviglie! Cosa penseranno i nostri invitati quando sapranno che alla povera signorina Sofia hanno rubato tutto e noi non le abbiamo fornito nemmeno un abito decente da indossare?»

Aveva un tono di voce così convincente che per poco non mi impietosii. *Povera signorina Sofia! Poverina!*

«Non sono stata rapinata» obiettai, ma nessuno mi diede retta.

«Domani vado in sartoria a ordinare il mio vestito per il ballo, magari potrei ordinarne uno anche per lei» proseguì Elisa fissando il fratello con i suoi occhioni azzurri.

«È un'idea eccellente, sorellina. Non ci avevo pensato. Credo di essere stato alquanto negligente, in merito» rispose Ian, dopo di che si dedicò a esaminare il mio vestito. «Vedi se madame Georgette ha degli abiti già pronti per la signorina Sofia. Hai ragione, non può continuare a usare quel vestito così corto.»

Corto! Ma se con tutta quella stoffa addosso sarò pesata un quintale! Mi scappò da ridere al pensiero della faccia che avrebbe fatto se mi avesse vista con il vestitino che avevo al compleanno di Nina. Nero, molto attillato e *scandalosamente* corto. Gli sarebbe venuto un colpo.

«Sei il miglior fratello del mondo, Ian!» fece Elisa, e lo abbracciò forte.

Ma che bello. Proprio bello vedere che in quel posto non si sottraevano al contatto fisico. Mi erano sembrati tutti molto cauti e preoccupati di non toccarsi, come se fosse peccato o qualcosa del genere. Niente abbracci, baci o strette di mano. Fu un sollievo vedere che Ian le restituiva l'abbraccio con scioltezza.

«Non esagerare, Elisa» disse poi.

«Allora domattina presto ci andiamo! Potremmo partire subito dopo colazione. Dobbiamo fare in fretta, un vestito non si confeziona dal giorno alla notte!»

«Per me va bene» dissi. Arrivando presto in paese avrei avuto più tempo per cercare informazioni. «Ma non credo che ci sia davvero bisogno di comprarmi dei vestiti, Elisa, come ti dicevo...»

«Tu che ne pensi, Teodora? Non la trovi un'ottima idea?» disse lei ignorando me e rivolgendosi all'amica.

«Un'idea eccellente, mia cara. E potremo scegliere dei nastri! Ho bisogno di trovarne uno che si abbini al mio cappellino nuovo. Nessuno di quelli che ho visto la settimana scorsa mi ha colpita. Inoltre, ho bisogno di un vestito che sia all'altezza del ballo che offrirete. Temo che occuperemo tutto il tempo di madame Georgette, domani.»

«Allora è deciso!» disse Elisa.

«Ma...» cercai di dire io, solo che Ian mi interruppe.

«Ottimo, così intanto ne approfitterò per andare a casa di un fittavolo qui vicino a risolvere alcuni problemi. Immagino non avrete bisogno di me per scegliere un vestito.»

Ci rimasi male. Pensavo che in paese mi avrebbe accompagnata lui. Ma invece di dirlo, mi girai di nuovo a guardare il dipinto del cavallo.

«Vi piace sul serio, mi pare di capire» mi disse lui a bassa voce, quasi in un sussurro, quando le due ragazze ripresero a parlare di nastri in raso.

Forse non voleva interrompere il discorso di Teodora, che stava dicendo che scegliere il nastro sbagliato poteva avere ripercussioni notevoli sulla vita di una ragazza. Era tutta infervorata, come se i nastri, da quel che capivo, fossero oggetti di importanza capitale...

«Sì, è stupendo» sussurrai a mia volta. «Non ho mai visto niente di così perfetto. Ma guarda gli occhi! Sembra stia prendendo in giro qualcuno.»

«Immagino sia così» rise Ian. «Il suo padrone stupido. Che ha impiegato un anno intero a capire che non lo avrebbe domato.»

Risi anch'io.

«Vi piacerebbe conoscerlo?»

«Certo!» dissi con entusiasmo, e a voce un po' troppo alta. Ma a quanto pareva, non abbastanza da distrarre Teodora.

«Credo non noteranno la nostra assenza. Posso dire che nessuno di noi due è particolarmente interessato ai nastri?» mi sussurrò all'orecchio. Un brivido mi scese lungo la schiena facendomi tremare dalla testa a i piedi.

Ma insomma, cosa diavolo mi stava succedendo? Quel posto mi stava decisamente facendo uscire di testa, non andava per niente bene.

Teodora non si accorse della nostra uscita silenziosa. Elisa sì, ma si limitò a sorridere prima di tornare a dedicarsi all'amica.

11

Le scuderie, che rimanevano a una certa distanza dalla villa, non le avevo ancora viste. Rustiche ed essenziali, con le pareti formate da tavole di legno irregolari unite fra loro alla bell'e meglio, mi fecero tornare in mente la Capanna. Il bar, ovviamente, non era altrettanto rustico, ma vedere quelle assi sbilenche in qualche modo mi confortò.

Ancora una volta, attraversando il prato, mi incantai ad ammirare la bellezza di quel posto. Lì non c'era tutto il ciarpame a cui ero abituata: niente cartelloni pubblicitari, niente insegne luminose, nienti uomini-sandwich o venditori ambulanti con la loro paccottiglia... L'ambiente era decisamente tranquillo e, lo dovevo ammettere, bellissimo.

«Col vostro permesso, vorrei dire che siete la prima ragazza che incontro a non entusiasmarsi alla semplice menzione della parola *ballo*» disse Ian con un certo sollievo.

«Non sono una tipa da feste. Sono più casalinga. O forse dovrei dire *ufficiolinga*, visto che è lì che vivo.» Una specie di prigione nella quale mi ero rinchiusa da sola. «La movida non mi piace, tutta quella gente che si parla sopra, e tutti che fumano, e bevono e fanno le solite battutine sessiste. E lasciamo perdere le discoteche. Lì dentro gira gente che dopo un paio di birre si sente in diritto di dire a una ragazza mai vista prima delle stronzate incredibili. I concerti invece mi piacciono. Anche perché a un concerto nessuno attacca bottone, c'è decisamente troppo casino per farlo. Io a un concerto non mi sento mai fuori posto. Nina ha sempre da ridire a proposito di queste cose, dice che la mia non è vita, che penso solo al lavoro e che a forza di stare chiusa in casa o seduta alla scrivania finirà che non mi trovo il ragazzo. Ma sai, Ian, io non mi trovo bene a uscire con tutta la compagnia. È come se fossi un'aliena che non sa mai dove mettersi...» Lui annuiva, io proseguii. «Hai presente quando ti sembra che ti guardino tutti in modo strano? Tipo *Ehi, e questa cosa cavolo ci fa qui?* E che quando parli con loro facciano *solo finta* di ascoltarti? Non lo sopporto! Preferisco restarmene a casa mia, piuttosto. Invece uscire con Nina mi piace. Solo che ora si è messa in mente di...» Gli vidi un sorriso e a me venne da ridere. «Scusami, Ian, sto parlando a vanvera. Mi viene facile parlare con te, riesci a crederci? Ti conosco a malapena e ti ho già raccontato cose che non ho mai detto neanche alle mie colleghe.»

«Mi fa piacere. Anch'io apprezzo vieppiù la vostra compagnia. E trovo assai affascinante il vostro curioso modo di esprimervi» disse lui guardando davanti a sé, col solito garbo. «Inoltre, per quanto immagino possa sembrarvi strano, anche a me risulta più gradevole parlare con una giovane appena conosciuta che non con fanciulle che conosco da molto tempo.»

«Dalle mie parti si direbbe che i nostri santi protettori vanno d'accordo.» Mi guardò fisso. «Quando due persone si prendono bene fin da subito, appena si conoscono. Sì, io penso proprio che i nostri santi vadano d'accordo.»

«Allora lo penso anch'io.»

Quando sorrideva in quel modo era davvero bellissimo.

«Il cavallo del quadro in quale si trova?» domandai accennando ai box con la testa. Ce ne saranno stati una decina, se non di più.

«Nel terzo» mi rispose. «L'ho chiamato Storm, che significa...»

«Tempesta.» Ero sorpresa, non credevo che nel diciannovesimo secolo l'inglese facesse già parte del programma scolastico. «Tu parli inglese?»

«In verità, più che parlarlo lo leggo. Ho avuto un precettore che mi ha obbligato a imparare le lingue. L'inglese mi è stato imposto da mio padre perché il mio bisnonno veniva dall'Inghilterra.» Ah, ecco, infatti mi pareva strano quel cognome! «Mio padre era convinto che fosse importante non perdere le radici della famiglia. Il tedesco è stato più difficile. Ma quando imparo una cosa, signorina Sofia, non la dimentico più.»

«Allora ne deduco che tu non abbia ancora imparato a darmi del tu e chiamarmi *solo* Sofia. Comincio a pensare che tu lo faccia apposta per farmi arrabbiare!» gli dissi, ancora piuttosto colpita dal fatto che, a quanto pareva, parlava altre lingue.

«Mi pare di capire di non avere più scampo, sign... Sofia.»

Faceva veramente fatica a non darmi del voi!

«Oh, ma è meraviglioso!» esclamai non appena arrivammo davanti al box dove c'era Storm.

Quel cavallo era stupefacente, e inoltre più grosso di come lo avevo immaginato.

«Sono d'accordo. Il suo problema è il temperamento, non ho mai conosciuto una bestia così arrogante» ribadì Ian.

Di bestie arroganti ne conoscevo anch'io, pensai. Tipo Carlos, per dirne una.

«Lo faccio uscire, così potrete vederlo meglio.»

Ian si fermò accanto alla mezza porta, si sfilò la giacca e l'appese a un chiodo, dopo di che si arrotolò le maniche della camicia bianca. Si muoveva con naturalezza, come se facesse quei gesti tutti i giorni, e io non riuscivo a staccargli gli occhi di dosso. Poi prese una corda ed entrò nel box. Storm si impennò e provò a indietreggiare, ma lo spazio era troppo ristretto perché potesse sfuggire al lazo preciso di Ian. Quindi, con incedere elegante, uscirono insieme dal box. Io arretrai di qualche passo. Il quadro che avevo visto nella casa non mentiva affatto, constatai: «guai in vista» era la frase che ti veniva in mente se solo guardavi negli occhi quell'animale.

Ian lo condusse al centro della scuderia. L'animale recalcitrava, non gli piaceva prendere ordini. Era gigantesco! Ma comunque, Ian non si lasciò scoraggiare e dopo un po' Storm si fermò più o meno dove voleva Ian.

«Avvicinatevi» disse. «Non vi farà del male. Non glielo permetterò.»

Io rimasi immobile.

«Non abbiate paura. Gli animali sentono l'odore della paura, sapete?»

«È più facile *dire* che non ho paura, che non averla» confessai, guardando il cavallo selvaggio.

«Fidatevi di me.» Mi fissò intensamente. «Credete che vi lascerei avvicinare a lui, se vi fosse la più remota possibilità che vi ferisca?»

Feci un passo, esitante. Il cavallo non si mosse.

Provai a farne un altro e rimase ancora fermo, si sentiva solo che respirava in fretta.

Avanzai ancora, lentamente.

Da vicino Storm era ancora più incredibile! Era altissimo, e aveva un pelo nerissimo e lucido. Era l'emblema della fierezza. Al momento, sembrava che mi stesse esaminando allo stesso modo in cui lo esaminavo io.

«È da togliere il fiato!» Feci un altro passo avanti nel tentativo di sentire meglio il calore che mi trasmetteva, e sovrappensiero allungai una mano verso di lui, come avevo fatto davanti al quadro.

«Signorina Sofia, non avvicinatevi troppo. A Storm non piace...» Ma io ormai avevo posato le dita sul collo del cavallo. Era caldissimo, il pelo sembrava fatto di seta. «... essere toccato» concluse lentamente Ian con tono confuso, tanto che la sua frase suonò come una specie di domanda.

«Come sei bello, cavallino!» esclamai senza riuscire a resistere all'impulso di toccarlo con entrambe le mani. Era molto morbido, eppure sentivo i fasci di muscoli tesi sotto il mantello. Gli sfiorai la lunga criniera, poi lasciai scivolare giù la mano per accarezzargli il dorso. «Molto piacere, Storm. Mi chiamo Sofia. Ho visto il tuo ritratto poco fa, lasciami dire che sei un modello straordinario, davvero speciale.»

E con mia grande sorpresa, quando riportai le mani sul suo collo, Storm piegò subito la testa come avrebbe fatto un cagnolino, quasi che il mio tocco gli piacesse. Ian disse qualcosa piano. Mi girai a guardarlo.

Aveva la bocca aperta e gli occhi sgranati.

«Tutto bene?» chiesi.

«Sì, tutto bene. In realtà sono... stupefatto. Storm non si è mai lasciato toccare così da nessuno, prima d'ora, senza recalcitrare, o tirarsi indietro o... impennarsi. Cosa gli avete fatto?» indagò.

«Chi, io? Niente. Perché, ho fatto qualcosa?»

«Certo che avete fatto qualcosa. Lo avete conquistato!»

Mi girai verso Storm e vidi i suoi occhioni che mi osservavano. Della sua furia non c'era più traccia, adesso era soltanto un bellissimo cavallone altero, e forse anche un po' birbante. Continuai ad accarezzarlo, e mi sembrava gli piacesse, perché dimenava la coda di qua e di là.

«Non è strano» dissi «che con me sia più gentile Storm che non Teodora? Ovviamente lui è molto più furbo di lei, si vede lontano un miglio! Ma non ho ancora ben capito la ragione di tutto quel disprezzo.»

«A Teodora non piace quasi nessuno. Si fa prima a dire chi sono le persone che ammira, che non quelle che sdegna.»

Sdegno. Ecco la parola giusta per definire ciò che vedevo impresso sulla sua faccia tutte le volte che mi guardava.

«Me ne ero già accorta. Sembra che Elisa le piaccia, invece.» Mi girai a guardarlo. «E pure tu, e anche parecchio.»

Scosse la testa con un velo di imbarazzo.

«La signorina Teodora ed Elisa sono cresciute insieme. La tenuta della sua famiglia è confinante con la nostra. Perciò passa molto tempo con noi. Lei e mia sorella hanno studiato insieme, vanno insieme a fare acquisti, fanno tutto insieme. A volte mi domando come faccia Elisa a sopportarla per tutto quel tempo! Non è che non la stimi, ma a volte è un pochino... esagerata!» e rise.

Ian si avvicinò a Storm, sollevò la mano e con un movimento secco sfilò la corda che gli aveva messo intorno al collo, liberandolo. Il cavallo partì subito al trotto.

«Lasciamolo correre un po', è una delle cose che gli piacciono di più. Il problema, poi, è riuscire a farlo fermare.»

Seguii Ian fuori dalla scuderia e quando appoggiò i gomiti alla staccionata imitai il suo gesto.

«Teodora mi ha detto una cosa...» iniziai, ma mi zittii subito.

Non volevo essere indiscreta né fare la figura della ficcanaso. In fin dei conti lo conoscevo solo da un giorno, e non avevo nessun diritto di chiedergli spiegazioni. Il fatto è, però, che avevo voglia di conoscerlo meglio.

Ian, che stava osservando Storm girare in tondo, spostò lo sguardo su di me.

«E cosa vi ha mai detto la signorina Teodora per... incuriosirvi tanto?» Non sembrava comunque soddisfatto della scelta del verbo.

«Non voglio essere né indiscreta né altro ma...» Era meglio essere diretta, mi dissi, tirare fuori tutto d'un fiato e togliermi il pensiero, come quando si strappa via un cerotto. «Teodora mi ha detto che stai cercando moglie.» Gli lanciai uno sguardo furtivo, e dopo avere intravisto la sua espressione sbigottita tornai a fissare Storm, che ora non girava più in tondo ma continuava a muoversi a zigzag. «Mi chiedevo come mai. Non è che ci si possa far piacere qualcuno a tutti i costi, no?»

Non osai guardarlo in faccia, ma per il resto rimasi lì con le orecchie ritte. Lo sentii schiarirsi la voce, poi ci fu il fruscio dei suoi vestiti.

«Ho bisogno di sposarmi quanto prima perché mia sorella ha bisogno di una... presenza femminile. Devo trovare una donna adeguata, che possa esercitare il giusto ascendente su di lei» concluse.

«Strano» dissi io continuando a guardare Storm. «Pensavo che le persone nel matrimonio cercassero l'amore.»

«L'amore può arrivare dopo. Il rispetto e l'ammirazione contano quanto l'amore, in casi come questo.» E tacque.

Stavolta non potei fare a meno di girarmi verso di lui.

«Fammi capire. Ti preoccupi della castità e te ne freghi dell'amore? Io ho sempre creduto che il matrimonio fosse una faccenda molto seria, che bisognerebbe trattare con... con...» Sentivo la rabbia montarmi dentro, e il fatto che stessi per arrabbiarmi mi faceva arrabbiare ancora di più. «... con molta cura! Un matrimonio è già abbastanza difficile quando due sono innamorati, figuriamoci senza amore. Fallito in partenza. Dovresti essere più responsabile, sai?!»

Ehi, aspetta un attimo! Ero stata io a dire quella vagonata di stronzate? Mi ero messa a difendere *l'istituzione* del matrimonio? Decisamente, viaggiare nel tempo doveva avermi provocato qualche danno al cervello. Ma di brutto!

«Io sono una persona molto responsabile, signorina Sofia. Sto impiegando la massima cura per fare in modo di scegliere una giovane dignitosa e di buona famiglia. Una donna che possa occupare almeno in parte lo spazio lasciato vuoto da nostra madre tanti anni fa. Ho a cuore il benessere di Elisa.»

«Scegliere? Ma parli come se te la volessi *comprare*, una moglie!» replicai senza girarci troppo intorno. «Come se le donne fossero merci. È *ripugnante*!»

«E pensate che non lo sappia?» Abbassò la voce, riducendola a un sussurro. Nei suoi occhi ora c'era una traccia di amarezza. «Ma ho promesso a mio padre che mi sarei preso cura di Elisa e manterrò la promessa. Quand'anche per fare ciò dovesse rendersi necessario condannare a morte la mia felicità.»

La sua voce roca e il tono immalinconito delle sue parole mi disarmarono.

«Scusami, Ian. Non volevo infastidirti con argomenti sgradevoli. Ma pensa bene a ciò che stai per fare» dissi, sperando forte che la sua tristezza andasse via, anche se non capivo come mai vederlo triste mi facesse stare così male. «Sei ancora molto giovane, non c'è bisogno che ti sposi subito. Aspetta un po'. Potresti incontrare una persona di cui ti innamori, e che al tempo stesso sia... adeguata. Prenditi del tempo. Pensaci meglio» aggiunsi, mentre sbattevo ritmicamente il piede contro la staccionata.

«Mi piacerebbe poterlo fare. Poter seguire la mia natura. Ma Elisa sta per compiere sedici anni e presto avrà bisogno di una donna che le insegni certe cose.»

«Ma se il problema è questo, allora è già risolto. Posso pensarci io! Posso spiegarle tutto quello che so su come nascono i bambini, e anche come evitare di finire nelle grinfie di qualche disgraziato e...»

«Signorina Sofia!» mi interruppe lui facendomi trasalire. «Per favore, smettetela! Non mi riferivo a *quel* genere di cose. Intendevo qualcuno che le insegni a essere una buona moglie, a occuparsi della casa e della servitù, *questo* genere di cose. Non altro.»

Aggrottai la fronte.

«Quindi secondo te avrà bisogno di sapere come dare ordini ai dipendenti, ma non cosa si aspetta suo marito in camera da letto?» In che razza di posto ero finita? «Ian, sei molto strano, lo sai?»

«Senza offesa, signorina, potrei dire lo stesso di voi.» Ma i suoi occhi mi fissavano con una certa dolcezza.

Touché!

«Be', nel caso cambiassi idea...»

«Non cambierò idea. Ma grazie perché vi preoccupate della mia... situazione.» E si rigirò a guardare Storm.

Restammo in silenzio a guardare tutti e due la bestia. I suoi pensieri erano lontani da quel cavallo tanto quanto i miei, ci avrei giurato.

«Avete fame?» mi domandò poco dopo.

«Impara una cosa, Ian. Io ho *sempre* fame!» Sorrisi, cercando di alleggerire l'atmosfera.

Funzionò. Il sorriso che si aprì sul suo viso era sincero.

«Allora andiamo a vedere cosa ci ha preparato Madalena.»

12

Una delle cose che avevo scoperto sul cibo del 1830 era che la frutta non aveva bisogno di essere sbucciata. Non c'erano pesticidi. Scoprii anche che non esisteva niente di ghiacciato – forse in una fredda giornata d'inverno, ma non era quello il caso – perché non esisteva il frigorifero. Il menu di pranzo e cena era un po' pesante, a base di carne e grassi animali. Mi mancava la pizza della domenica.

Il resto del pomeriggio lo passai in compagnia di Elisa e Teodora. Non partecipai molto alla loro conversazione. Avevo l'impressione che Ian non volesse che io dicessi a Elisa *tutto* ciò che pensavo.

Mi colpì molto il modo in cui stavano sedute, talmente dritte che mi faceva male la schiena solo a guardarle. A mia madre sarebbe piaciuto. *Raddrizza quelle spalle, Sofia*, mi aveva ripetuto per tutta l'adolescenza, anche se sapeva che erano decisamente parole al vento.

Si muovevano con una tale grazia e delicatezza da farmi sentire goffa come un orco. In tutta la mia vita non avevo mai sentito dire *delicata* e *Sofia* nella stessa frase. Insieme a *Sofia* la gente diceva di solito cose tipo *goffa*, *imbranata*, *sbadata*. Quelle parole sì, le avevo sentite migliaia di volte, ma non avevo mai dato loro troppa importanza, visto che non mi era mai capitato di vivere con persone per le quali il semplice gesto di mettersi a sedere poteva trasformarsi in un movimento da ballerina classica. Ed eccomi lì, sprofondata come sempre nella poltrona, mentre loro due sembravano in equilibrio sul bordo del divano. Provai a imitare la posizione di Elisa, ma dopo un quarto d'ora di tentativi rinunciai. Ormai il mio corpo aveva memorizzato tutta un'altra posizione: *peso contro lo schienale, spalle rilassate, sprofondamento totale, gambe incrociate. E braccia pure, in caso di irritazione o freddo.* Per quanto mi sforzassi di imitarle, poco a poco mi ritrovavo di nuovo nella mia posizione base.

Io non appartengo a questo posto. Se una si comportasse così nel 2010 le darebbero della snob. Cercavo di persuadermi, ma senza successo. I gesti leggiadri di Elisa mentre ricamava un quadratino di stoffa erano decisamente al di là della mia portata. Noi donne moderne non abbiamo più tempo di dedicarci a questo tipo di dettagli, credo.

Dopo cena andai in cucina a parlare con Madalena.

«Vorrei chiedervi un favore, Madalena.»

«Quello che volete, signorina Sofia.»

«Per caso, non avreste mica un pezzo di stoffa avanzata da qualche parte?» Sul suo volto si fece largo un'espressione incuriosita. «Una stoffa vecchia che potrei usare per fare una... cosa.»

«Ma certo, ne conserviamo sempre per rattoppare un lenzuolo o magari un vestito. Vi serve grande quanto?»

«Basta un pezzetto piccolo.»

«Allora vado a prenderne mezzo metro.» Ma mi fissò come in attesa di conferma.

«Ottimo, ottimo! Sarà più che sufficiente. Avrei bisogno anche di un paio di forbici» aggiunsi.

«Certo.» Mi fece l'inchino di rito. «Torno subito.»

Di lì a qualche minuto, Madalena mi consegnò uno scampolo beige e un paio di massicce forbici di ferro. Filai dritta nella mia stanza. Stesi la stoffa sul letto, cercai la penna dentro la borsa, recuperai i miei slip – i *soli* che avevo con me – e li poggiai sulla stoffa. Disegnai con la penna il profilo degli slip (prima il davanti poi, senza fare stacchi, il dietro), infine tracciai un segno per le stringhe laterali che sarebbero state larghe più o meno due dita. Afferrai le forbici e mi misi all'opera.

Madonna quanto pesano!

D'altra parte c'era da aspettarselo, sembravano di piombo.

Tagliai lungo il profilo, dopo di che eliminai i fili più lunghi e le provai. Più che un paio di mutande, sembravano un tanga tutto storto e con degli strani lacci. Ovviamente, siccome la stoffa non era lycra, i lacci servivano a tenerle a posto. Speravo solo che non si sfilacciassero.

Non che non mi fosse già capitato di andare in giro senza l'intimo, ma il punto era che non mettevo le mutande solo sotto gli abiti attillati: per evitare quell'effetto-salame un po' volgare dato dal segno dell'elastico. Era decisamente più complicato «mettersi comodi», come si dice, se si indossava un vestito a ruota, visto che quello avrebbe potuto gonfiarsi come un palloncino se solo si alzava un soffio di vento. Meglio prevenire eventuali incidenti, quindi.

Piegai la stoffa avanzata, più della metà, e la riposi nel comò di legno scuro che faceva pendant con il letto. I cassetti erano tutti vuoti. Lasciai le forbici sulla toilette, accanto alla vasca da bagno.

Quella sera ebbi modo di assistere alla preparazione del mio bagno, ai vari domestici che facevano avanti e indietro con i secchi; Madalena aveva portato una brocca enorme di acqua bollente, e notai che doveva stare attenta affinché lo straccio che le proteggeva la mano non scivolasse via dall'impugnatura. Tutto molto complicato, rispetto ai gesti semplici a cui ero abituata.

«Volete che più tardi torni a prendere il vostro vestito per portarlo a lavare, signorina?» mi chiese Madalena con la consueta solerzia.

«Ma riuscirà ad asciugarsi entro domani?» Effettivamente una lavata sarebbe stata gradita, ormai ce l'avevo addosso da due giorni! «Ne avrò bisogno per andare in paese domattina presto.»

«Stasera fa abbastanza caldo, penso si asciugherà per tempo.»

Chiusi la porta e mi sfilai il vestito. Quando glielo porsi, notai che era arrossita.

«Madalena, mica sarete in imbarazzo... Siamo entrambe donne, no?» Lei annuì e lasciò la stanza alla velocità della luce.

Avevo scoperto che il contenuto del flacone di vetro color ambra era una specie di shampoo. A dire la verità sembrava detersivo per i piatti, ma comunque faceva un sacco di schiuma e alla fine mi sembrò che i capelli fossero puliti, anche se, bisogna dirlo, erano secchi e stopposi come la paglia. Non avevo trovato il balsamo.

Mi misi addosso i miei vestiti – che sollievo! – e stavo per uscire in cerca di Ian, ma non feci in tempo. Quando aprii la porta lui era lì, con la mano pronta a bussare.

«Ian, avevo proprio bisogno di te!» esclamai contenta.

«Anch'io» fece lui ugualmente contento, mi sembrò, di vedermi così frizzante. Subito dopo i suoi occhi si spostarono sul mio corpo e lui diventò rosso. «Perché vi siete vestita di nuovo a quel modo?»

«Madalena sta lavando il mio abito. O uso questa roba, o niente» lo avvertii. *Perché cavolo ieri mattina non mi sono messa i pantaloni, invece della gonna? Con quelli almeno non sarei... nuda. Credo.*

Era sconcertato.

«Ma signorina...»

«Mi hai già vista vestita così, non c'è bisogno di scandalizzarsi ancora. Canottiera e minigonna. Del tutto inoffensive. Ora entra che ti devo parlare.»

Lui sembrava riluttante.

«Qualcosa non va?» gli chiesi.

«È sconveniente» disse piano «che io entri in camera vostra, signorina, ora che è sera e che voi indossate... quegli abiti.»

Per amor di Dio!

«Piantala di comportarti come mio nonno, Ian.» Lo presi per un braccio e lo trascinai dentro. «Lascerò la porta aperta, va bene? Non ho intenzione di saltarti addosso» scherzai.

Lui non rise, ma non fece resistenza.

Dopo due passi però disse: «Signorina, poco fa mi ha cercato Madalena per dirmi che avete bisogno di vestiti e io vorrei aiutarvi, ma credo che vi toccherà aspettare fino a domani. Immagino che presso madame Georgette troverete qualcosa che fa al caso vostro.»

«Proprio di questo ti volevo parlare.» Presi la mia borsa e tirai fuori il portafoglio. «Hai mai visto queste?»

Gli porsi alcune banconote.

«No, mai. Di cosa si tratta?» disse mentre esaminava il denaro con occhio attento.

«Sono soldi. Denaro, Verdoni» gli spiegai lievemente scoraggiata. «Si usano per comprare le cose...»

«So cos'è il denaro, signorina Sofia. Solo che non ne avevo mai visto di carta. Deve valere ben poco.»

«Vale moltissimo, invece! Alcune banconote valgono più di altre. Guarda, il numero che c'è stampato sopra ne definisce il valore, per cui quelle con un numero più alto valgono di più e...»

«Ma non usate le monete?» mi domandò.

«Qualche volta, solo per le piccole cose. Non hanno molto valore.» Fu allora che capii. «Qui usate *soltanto* monete, vero?»

Annuì e avvicinò gli occhi alla banconota per analizzarla meglio.

«Allora sono al verde!» Era ovvio che nell'atelier di madame come-si-chiama non avrei trovato la macchinetta per la carta di credito. «Come farò domani a pagare il vestito?» dissi più che altro fra me e me.

«Queste dovrebbero bastare.» Ian tirò fuori dal gilet tre monete d'oro e me le porse. Le presi con un gesto automatico. Rimasi a fissarle per un attimo, avevano un corona in rilievo, poi allungai la mano per restituirgliele.

«No. Non posso accettare. Hai già fatto fin troppo per me, mi stai ospitando a casa tua e mi dai da mangiare. Non posso accettare anche i tuoi soldi.»

Si limitò a fissarmi, con piglio da ostinato.

«Mettile via, Ian. Non le voglio» ribadii ugualmente caparbia.

Lui non si mosse. Perciò lo feci io. Mi avvicinai, gli afferrai la mano e gli ficcai nel palmo le monete.

«Signorina Sofia, per favore! Avrete bisogno di un vestito per il ballo. E se è pur vero che il vestito che vi ha prestato Elisa esalta la vostra bellezza, uno solo non può bastare.» Ignorai il complimento, perché stava solo cercando di convincermi a prendere quei soldi. «Non sapete ancora per quanto tempo dovrete restre qui, non potete indossare per sempre lo stesso abito!»

«Mi arrangerò.» Alzai le spalle. «E comunque ho i miei vestiti.»

«Io invece credo che dovreste riporli. Se un uomo con meno... scrupoli di me vi vedesse abbigliata in questo modo...» Scosse la testa e non terminò la frase.

«Ti ringrazio, Ian. E vedi che ho ragione? Ti preoccupi per me, ma non saresti tenuto a farlo. Io ti ho già disturbato fin troppo!» Poi di colpo mi venne un'idea. «Forse però potrei vendere qualcosa...»

«Non vi è rimasto nulla» ribatté lui, «non credo sia possibile.» Il mio piano, evidentemente, non gli piaceva.

«Come ho fatto a non pensarci prima...» E senza aggiungere altro corsi a prendere la borsa. Doveva pur esserci, lì dentro, qualcosa di vendibile.

Rovesciato sul letto il contenuto, m'inginocchiai a terra, mettendomi alla ricerca di un qualche oggetto che potesse risultare appetibile in quel posto fuori dal mondo. Scartai il libro, il cellulare e la scatolina del telefono – quelli non li avrei venduti nemmeno sotto tortura. Mi rimisi a rovistare.

Incuriosito, Ian si avvicinò al letto.

«Cosa state facendo?»

«Sono tutti i miei averi» risposi, scoraggiata. «Vedi qualcosa di interessante? Qualcosa che potrei provare a vendere domattina in paese?»

«Uhm...» fece lui. «Non saprei. Non ho mai visto nessuna di queste cose prima d'ora.»

Non stentavo a credergli.

«Vediamo...» cominciai, sparpagliando sulle coperte i miei effetti personali.

Trousse.

Quella no: Teodora, del resto, era sempre truccata. Magari i suoi prodotti non erano sofisticati, comunque era truccata.

Chiavi.

Chi diavolo avrebbe voluto comprarsi le chiavi di un appartamento che sarebbe esistito solo due secoli dopo?

Ketchup?

Non riuscivo nemmeno a ricordarmi come ci era finito, nella borsa.

Preservativi.

Mmh... Perché no. Potevano sempre tornare utili. E immaginavo che nel diciannovesimo secolo non li avessero ancora inventati.

Guardai su per domandare a Ian cosa ne pensava, anche se non avevo idea di come fare a spiegargli cosa fossero, visto che quando si parlava di sesso lui non reagiva bene. Speravo gli sarebbe bastato leggere le scritte sulla bustina per capire al volo. Solo allora mi resi conto che si era accovacciato accanto a me e teneva in mano la mia Bic.

«E questo cos'è?» chiese mentre la rigirava.

«È una biro. Si usa per scrivere. Ti faccio vedere.» Gliela tolsi di mano e tracciai qualche scarabocchio su un pezzo di carta (la mia bolletta del telefono, constatai). «Non dirmi che qui non è ancora arrivata la biro?»

«No, non è arrivata!» E ammirava affascinato la mia semplicissima penna comprata al supermercato. «Noi per scrivere usiamo la penna d'oca e l'inchiostro.»

«Ah, già.» Lo avevo letto da qualche parte. «È praticamente la stessa cosa. Solo che, invece di intingere la penna nell'inchiostro, la biro l'inchiostro ce l'ha dentro. Guarda.» Gli indicai la cannuccia quasi piena all'interno del piccolo cilindro trasparente. «Molto più pratica, direi.»

«È stupefacente!» esclamò Ian. «Un'invenzione meravigliosa!» L'entusiasmo sincero gli accendeva il viso e lui era ancora più bello. «E questo che materiale è? Sembra vetro, ma non è freddo.»

«È plastica. Una specie di vetro, ma più resistente. Se cade per terra non si rompe, per esempio.» Non potevo certo spiegargli che la plastica è un derivato del petrolio ed è un polimero che bla bla bla... avrei solo aumentato la confusione che doveva già avere nella testa. «Credi che qualcuno potrebbe essere interessato?»

Ian era totalmente preso dalla biro, la guardava come se fosse un gioiello raro.

«Sì.» fu la risposta istantanea che mi diede. «Quanto volete?»

«Scusa?» feci io

«La desidero per me. Quanto volete? Sono disposto a pagare qualsiasi cifra!» I suoi occhi brillavano come due stelle.

Ma mica ero scema; l'avevo capito cosa cercava di fare.

«Ma non posso venderla *a te*!» gli dissi con una certa stizza.

«Perché no? I miei soldi valgono come quelli di chiunque altro» ribatté offeso.

«Lo so, Ian. Ma tu stai cercando di aiutarmi, di nuovo! E io non voglio.» Quella situazione mi metteva a disagio.

Mi sentivo come una di quelle donne che stanno con un uomo ricco fino a spremerlo come un limone, e poi lo mollano. Perché era proprio quello che sarebbe successo: Ian mi avrebbe aiutata e io lo avrei mollato.

«Non è così, signorina Sofia. Io desidero *veramente* la vostra biro. È un oggetto *meraviglioso*.» Prese la mia bolletta del telefono e provò a farci sopra uno scarabocchio. «Guardate!» E continuò a scarabocchiare. «È straordinaria. Senza macchie né sbaffi. Sarebbe utilissima, soprattutto per vergare i libri contabili.»

Lo guardai per un istante. Sembrava un bambino che avesse appena trovato il suo tesoro più prezioso.

Scossi la testa e feci una risata. Che favola se fossero stati tutti facili da accontentare come Ian!

«Va bene, allora è tua» dissi alla fine.

Lui sorrise raggiante e infilò la mano nel taschino.

«Ah, no! Metti via quei soldi. Non ti ho venduto la biro, te l'ho *regalata*.»

«Ma non posso accettarla, signorina! So che al momento non avete molte risorse e questa invenzione vale sicuramente qualche moneta. Sarebbe ingiusto privarvi di un oggetto di tale valore.»

Valore! Ma se mi è costata meno di un gelato.

«Ma io *voglio* regalartela e...» Non mi lasciò finire la frase, faceva di no con la testa, allora provai in un altro modo. «È un regalo!» ribadii. «Per ringraziarti dell'aiuto che mi hai dato. Non vorrai offendermi rifiutando l'unica cosa che posso offrirti in questo momento, vero?»

Pareva riluttante.

«Certo che non voglio offendervi, signorina, tuttavia...»

«Allora non lo fare. Accetta, per favore. Vorrei poterti regalare qualcosa di meglio, Ian, ma al momento non ho scelta.» E sorrisi, vergognandomi un po'.

Sorrise anche lui, ma non con gli occhi, che mostravano ancora una certa contrarietà.

«Grazie del regalo, allora, non avreste potuto trovare qualcosa che mi fosse più gradito.» Poi di colpo una scintilla gli balenò negli occhi. «Se permettete, anch'io vorrei farvi un regalo.»

Il mio sorriso si spense. Sapevo esattamente cosa stava per dire.

«Accettereste qualche vestito come prova della mia amicizia? Non vorrete offendermi rifiutando un regalo da parte mia, vero?» Aveva un tono di trionfo. Giocava sporco, il ragazzo!

Chiusi gli occhi, sconfitta.

«No, certo» mormorai. «Puoi pagarmi quel cavolo di vestito, se proprio ci tieni!»

«Eccellente» fece lui, e tirò fuori le monete.

«Ian» dissi. «Metti via quei soldi o te li faccio ingoiare, moneta per moneta» borbottai imbronciata

«Domani ne avrete bisogno. Avete accettato i vestiti!» esclamò confuso.

«Vestiti, non soldi» spiegai. «Non so come funzionino le cose qui da voi, ma dalle mie parti non è lusinghiero che un uomo dia dei soldi a una donna che non sia sua moglie. Sono stata abbastanza chiara?»

Arrossì.

«Molto chiara. Perdonatemi, non era mia intenzione...»

«Lo so» lo interruppi, ancora incazzata all'idea che provvedesse a me.

«Allora li consegnerò a Elisa» disse con una certa titubanza.

«Sì, sarà meglio» mugugnai. Perché mi dava così fastidio che mi desse dei soldi?

«Vi lascio riposare, ora. Ci vediamo domattina.» Ian si alzò e tese una mano per aiutarmi.

Accettai il suo aiuto, poi sollevai lo sguardo per ringraziarlo e mi mancò il fiato. Eravamo vicinissimi, all'improvviso. Talmente vicini che riuscivo a vedere dei puntini argentati sulle sue iridi nere. Rimasi ferma a guardarlo come un'imbecille. Mi guardava anche lui, e solo qualche secondo dopo mi resi conto che gli tenevo ancora la mano. Provai a staccarmi ma me lo impedì e strinse più forte, poi si chinò – senza smettere di guardarmi – e con delicatezza me la baciò sul dorso. Un tremito sconosciuto mi scese giù per la schiena. Sentii le guance infiammarsi e un secondo brivido mi percorse il corpo.

«Buonanotte, signorina Sofia» disse piano, la voce arrochita, mentre i suoi occhi non mi abbandonavano.

Terzo brivido.

«Buonanotte.» Abbassai lo sguardo nel tentativo di nascondere l'imbarazzo e le sensazioni nuove e strane che provavo.

Cosa mi stava succedendo? Avevo sempre saputo come comportarmi con l'altro sesso: sapevo come liberarmi di un rompiscatole e come attirare l'attenzione se ne valeva la pena. Ma mai e poi mai mi era capitato di arrossire per un buonanotte.

Ian mi sorrise, poi uscì chiudendosi la porta alle spalle.

Rimasi lì, immobile come una statua, a fissare la porta, con la mano che mi bruciava ancora per quel suo tocco gentile, e mi domandai se ero definitivamente impazzita.

Prima o poi io sarei tornata a casa – non sapevo ancora come, ma l'avrei scoperto – mentre quella gente, tutti, compreso Ian, sarebbero rimasti lì. Non potevo lasciarmi coinvolgere emotivamente. Perché per quando fossi tornata nel mio tempo... be', per allora tutti loro sarebbero già stati...

Mi tremarono le ginocchia, che brutto pensiero. Bruttissimo! Ma era la verità. E io non mi innamoravo da... Non che fossi innamorata di Ian. Non lo ero affatto, lo conoscevo a malapena! Però lui aveva qualcosa che mi faceva rimescolare dentro. Qualcosa che non sapevo spiegare.

E allora, stando così le cose, che cavolo stavo facendo?

Me ne dovevo andare. Ma dove? A dormire in mezzo a una strada per morire di stenti? Per il momento mi toccava restare con lui. Cercando di pensare a lui il meno possibile.

A quel punto decisi di andare a letto – con addosso soltanto le mie nuove mutande improvvisate – determinata più che mai a tenere a distanza Ian.

13

Trovai le ragazze in sala da pranzo pronte per andare dalla sarta; Ian era già partito per andare a risolvere le sue faccende. I capelli me li ero raccolti in una coda di cavallo, e declinai l'offerta di Elisa a mettermi uno dei suoi cappelli, anche se persuaderla in tal senso non fu facile.

Avevo deciso di lasciare il cellulare nella mia stanza. Questo perché la sarta, nel prendermi le misure, avrebbe potuto trovarmi nella scollatura quell'oggettino duro, argentato e sconosciuto, e allora si sarebbe messa a fare domande. E io non cercavo domande. Cercavo risposte!

Arrivata in paese, mi resi subito conto che c'era molto più movimento del giorno prima. Le botteghe, ora aperte, erano tutte all'interno di edifici di due piani, con alti portoni che davano sulla strada. L'attività ferveva, e l'impressione era decisamente quella di essere finiti in una specie di articolato mercatino. C'erano carretti carichi di tutto: si vendevano polli, maiali, ortaggi, oggetti per la casa...; un bizzarro omino di mezza età vendeva, stando alle sue parole, *l'elisir di lunga vita*, al modico prezzo di una moneta...

Elisa mi indicò quella che doveva essere una panetteria – anche se non ci assomigliava per niente, dato che era un semplice banchetto ricolmo di forme di pane, piazzato sullo stretto marciapiede. Vidi il famoso speziale, che era un signore anziano di una vitalità impressionante. Teodora mi disse che preparava dei beveroni in grado di guarire diverse malattie – una roba tipo i rimedi omeopatici, pensai io. Passammo davanti a una botteguccia che vendeva ogni ben di dio, dalle saponette ai sacchi di farina. Io intanto tenevo le orecchie ritte, alla ricerca di qualunque persona (o cosa) *sospetta*, se mi passate il termine.

In un posto come quello, sospettavo, dove tutti sembravano conoscere tutti, una qualunque novità non poteva certo passare inosservata. I miei sospetti furono confermati quando madame Georgette – ancora non capivo perché la chiamassero *madame* – mi salutò.

«Allora questa è mademoiselle Sofia Alonzo» disse, con uno spiccato accento francese. «Ho sentito parlare di voi, sapete? Ma chérie, siete un incanto.»

«Ehm... Merci?» mi arrischiai.

«Oh, ma chérie!» e si portò le mani al collo florido. «Quanta delicatesse! Non mi so*rrr*prende che mademoiselle Valentinà abbia detto che monsieur Clarke sembrava très enchantatò da voi!»

Uh-uh, ma che bello! Quindi Ian e famiglia erano il pettegolezzo di giornata!

«Ma questo vestito!» Madame Georgette fece una smorfia di disapprovazione. «Non vi fa onore, ma chérie. Guardate! Très largò, très cortò! Una bellezza come la vostra doit être valorisata.» Le chiacchiere da commerciante erano antiche quanto la vanità femminile, constatai.

Mi fece vedere alcuni abiti quasi finiti. Non mi entusiasmarono e non erano nel mio stile, ma Elisa era tutta eccitata.

«Aiutami a sceglierne uno, allora» le chiesi. Fosse stato per me, non li avrei degnati di una seconda occhiata.

Elisa ne scelse alcuni e me li mostrò. Le piaceva molto un abito bianco candido, ma per fortuna riuscii a convincerla che per una persona con pochi vestiti, anzi nessuno, i colori scuri sarebbero stati più pratici, diciamo antimacchia, per lo meno.

Alla fine optai per un abito verde scuro e uno bordeaux. Questo perché Elisa si oppose strenuamente all'idea che ne prendessi solo uno, e stavolta non ebbi modo di convincerla di niente.

La sarta era molto abile e aveva solo un'aiutante. Il salone dell'atelier era poco illuminato, pieno di stoffe e pezzi di carta velina affastellati ovunque. Sembrava ci fosse appena stato un terremoto, da quelle parti, cosa che mi riportò alla mente il mio appartamentino di città...

Madame Georgette cominciò ad armeggiare per aggiustarmi addosso uno degli abiti, e quando sollevò la gonna per farla aumentare di volume corrugò la fronte.

«Uhm...» mormorò. «Le vostre scarpe sono très interessanti, chérie.»

Elisa fece presto a scegliere il suo vestito: color avorio, a maniche corte, con una gonna molto ampia delicatamente ricamata. Perfetto per la sua personalità, pensai. Teodora invece si dimostrò ben più esigente. Continuava a ripetere che voleva un vestito *degno di una regina*!

Perciò Madame Georgette, che doveva conoscere molto bene le sue clienti, andò a prendere un rotolo di stoffa spessa e dorata e lo srotolò sul tavolo.

«Che ne dite di questo, mademoiselle Teodorà? Non troverete stoffa più nobile di questa nemmeno dans l'Europe!»

Dopo mezz'ora e molti «questo non è all'altezza di una regina», Teodora scelse un modello fittamente ricamato, pieno di fiocchetti e decorazioni, con le maniche a sbuffo.

«Voi non ne scegliete uno, ma chérie?» mi domandò madame Georgette sbattendo ripetutamente le lunghe ciglia.

«No, no, io no, non so neanche se sabato sarò ancora qui. E comunque nel caso posso benissimo usare uno dei due vestiti che ho già comprato.»

Le tre si scambiarono un'occhiata, poi fissarono lo sguardo su di me.

«Dovete scegliere un vestito per il ballo, Sofia» disse Elisa, lasciando perdere – con mia somma gioia – le inutili formalità cui sembrava affezionato suo fratello. «Questi sono abiti per tutti i giorni. Vi ho già detto che saranno presenti molti amici della nostra famiglia, e io desidero che vi ammirino. E poi Ian è stato molto esplicito stamattina, quando mi ha chiesto di aiutarvi e mi ha detto che non avete familiarità con la moda locale.» Si avvicinò. «Sono qui per questo!»

Mi prese per un braccio e mi condusse gentilmente fino al tavolo dove si trovavano i disegni di madame Georgette.

«Questo vi dovrebbe stare molto bene, che ne pensate?»

Diedi un'occhiata al bozzetto. Troppi fronzoli.

«Continuo a pensare che non ce ne sia bisogno, Elisa. Ti ringrazio per l'interessamento, ma davvero...»

«Sofia, se continuate a fare l'intransigente sceglierò io per voi, e da sola» fu la sua risposta pacata.

Sospirai.

«Allora preferirei qualcosa di meno elaborato» dissi, con una smorfia involontaria all'indirizzo del bozzetto. «Niente di appariscente che attiri l'attenzione» sussurrai.

Lei sorrise e continuò a sfogliare l'album di carta giallina.

«Avete dejá sentito la novità? Ieri pomeriggio un chevalier è arrivato alla pension di madame Herbert. La pauvre vedovà si è presa un bello spavento quando quell'homme ha bussato à la porte tutto sporco, senza baggage e senza servitù. Mon Dieu!»

Ecco! Ci siamo!

La notizia mi fece sussultare, e senza volere urtai una vaschetta piena di bottoncini che si trovava sul tavolo. Migliaia di palline si sparsero in giro, rotolando sul pavimento.

«Oh, cavoli! Scusatemi, madame.» Mi chinai a raccogliere i bottoncini mentre l'aiutante di madame Georgette si precipitava a fare lo stesso.

«Non vi preoccupate, chérie. Ci penserà Anelize» disse la sarta mentre mi alzavo.

«Non volevo, mi dispiace!» Avevo il viso in fiamme.

«Vi ho già detto che non è importante. Cosa stavo dicendo? Mais oui, del forestiero. Sembra sia stato rapinato, pauvr'homme... Ma per fortuna non è blessé... non è ferito.» E scosse la testa agitando i boccoli biondi.

«Dove avete detto che si trova, adesso, madame Georgette?» domandai con un'aria da niente.

«À la pension Herbert.»

«Che coincidenza! Non sembra anche a voi che la vostra storia e quella di questo forestiero si somiglino...» attaccò Teodora, ma Elisa la interruppe.

«Teodora, guarda quel nastro! Trovo che sia perfetto per il tuo cappellino nuovo.»

Elisa, a quanto pareva, non voleva far sapere alla sarta che anch'io ero stata rapinata. Io ovviamente *non* ero stata rapinata, e gliel'avevo ripetuto in tutte le salse, loro però continuavano a pensarla alla loro maniera.

«Quale dici?» fece Teodora, immediatamente attratta dalla novità. «Oh! È vero, è perfetto! Farà un figurone sul mio cappello nuovo.» Dopo di che si alzò in piedi e raggiunse l'angolo dove c'erano i nastri appesi ad alcuni fili, e l'argomento fu chiuso.

«Come si chiama quest'uomo? Avete per caso avuto modo di conoscerlo?» domandai tuttavia io a madame Georgette, incapace di stare zitta.

«Non ancora, ma questa matinà l'ho visto noleggiare un cavallo. Credo che maintenant si trovi fuori dal paese. Voi lo conoscete?» Le sue belle sopracciglia sottili si inarcarono sulla fronte pallida.

«Chi, io? No, io no» e alzai le spalle, sperando che dalla mia faccia non trapelasse la frustrazione. «È solo... curiosità. Sembra tutto così tranquillo, da queste parti.»

«Oh là là! Da molto tempo non è più così, chérie. I tempi moderni stanno portando cose molto dispiascevoli.»

Tempi modernissimi davvero.

Non feci altre domande, non volevo mettere in imbarazzo Elisa. Era già brutto sapere che tutto il paese stava parlando della loro famiglia a causa mia, non volevo complicare di più le cose. Avrei aspettato di parlare con Ian e chiesto aiuto a lui. Tanto per cambiare...

Elisa scelse il modello del mio vestito per il ballo, ma prestai ben poca attenzione quando mi mostrò la stoffa – bianco, aveva insistito. Mi girava la testa... allora avevo ragione io! *C'era* qualcun altro. Qualcuno che però in quel momento non si trovava in paese, dove mi sarebbe stato più facile avvicinarlo, e che probabilmente stava cercando il modo per uscire da quell'incubo.

«Ho notato che non usate la vostra crinolina, chérie» sussurrò madame Georgette quando eravamo già sulla porta.

Crinolina?

«Intendete forse quell'arnese che sembra una gabbia?» Di tutti gli oggetti che Madalena mi aveva consegnato insieme all'abito, quello in effetti non l'avevo riconosciuto.

La sarta annuì ridendo.

«E non la userò! Come diavolo fa una ragazza a sedersi con addosso quel coso?»

Madame Georgette scoppiò a ridere di gusto. Temetti fosse sul punto di soffocare, poi però recuperò il controllo quel tanto che bastava per aggiungere: «Lo terrò bene a mente quando lavorerò al vostro vestito».

«Molto bene, madame Georgette! Questo sì che sarebbe okay per me!» Per quanto, forse, se almeno la mia gonna fosse stata *immensa* come quella delle altre, la gente avrebbe magari smesso di guardarmi in modo strano. Ovvero come mi stava guardando la madame in quel momento.

«Sofia ha un modo di parlare un po' diverso dal nostro, madame Georgette. Viene da lontano» chiarì Elisa con un bel sorriso.

«Très diverso!» *Senti chi parla.* «Au revoir, mademoiselles! À bientôt, a presto.»

«Arrivederci» disse Teodora.

«A presto» si congedò Elisa.

Io mi limitai a borbottare un veloce «ciao ciao» e infilammo la porta.

Una volta fuori, in pratica costrinsi Elisa e Teodora a fare una lunga passeggiata fino alla famosa pensione. Il vecchio palazzo, che aveva bisogno urgente di una mano di pittura, si trovava a un angolo della via, e sopra la porta alta e stretta c'era appesa un'insegna di legno con la scritta HERBERT. Rimanemmo lì davanti per un po', e io cercai di osservare meglio che potevo gli ospiti dell'albergo, concentrandomi in particolare sui maschi, ma fu un buco nell'acqua. Non vidi nessuna persona «strana», nessuno insomma che si comportasse come me.

Il tragitto in carrozza per tornare alla villa fu di una pesantezza mostruosa, un quarto d'ora in cui Teodora non la finiva più di ciacolare.

«Che strano, non è vero? Due persone vittima di una rapina nel giro di pochi giorni! Ma cosa aspettano le autorità? Perché non catturano quei briganti una volta per tutte? Non saranno poi molto lontani da qui, ne sono certa. Non pensate che abbia ragione, signorina Sofia?» disse rivolgendosi a me. «Se quanto meno voi riusciste a ricordare la faccia dei vostri aggressori e li descriveste alle guardie, forse li troverebbero prima.» Non mi lasciò il tempo di spiegarle che io non potevo farci proprio niente, dato che non avevo visto nessuna faccia perché – *ma lo volevano capire?* – non c'erano facce da vedere. A parte una, ovvio, che però apparteneva a una donna degli anni Duemila. Donna che, non avevo dubbi, in quello stesso momento si stava divertendo alle mie spalle e forse preparava l'ennesimo rito vodoo contro un altro stupido sprovveduto. «Dirò a mio padre di assumere altra servitù. Dio non voglia che cerchino di...»

Continuò nel suo cicaleccio e io cercai di distrarmi pensando ad altro, ma quel ronzio di fondo mi impediva di concentrarmi.

Non appena arrivammo alla villa mi precipitai nella mia stanza e vidi con disappunto che il cellulare era spento, come sempre. Avevo pensato che magari ci avrei trovato un messaggino, in fin dei conti ero tornata in paese proprio come avevo fatto il giorno prima. E allora perché non c'era niente?

«Elisa, ti dispiace se vado a salutare Storm? Avrei voglia di rivederlo.» In realtà volevo stare un po' da sola, per pensare.

«Certo che no, signorina Sofia. Più tardi ci potrete raggiungere nella sala di lettura.»

«Contaci» le risposi con un sorriso forzato.

Scesi alle scuderie immersa nei miei ragionamenti. Ma non ci capivo ancora niente. Avrei avuto nuovamente bisogno di Ian, il giorno dopo mi sarei fatta riaccompagnare in paese per vedere se quel tizio era tornato e, in caso affermativo, scoprire cosa sapeva.

Storm era slegato e sembrava felice di pascolare in libertà. Mi avvicinai alla staccionata e rimasi a guardarlo che correva veloce, come i miei pensieri.

Ma insomma, per quale motivo mi trovavo lì? Perché mi avevano fatto quello scherzo assurdo? E quell'uomo... Aveva anche lui comprato un cellulare dalla commessa strana e magari adesso stava cercando la stessa cosa che cercavo io? Cos'era, una specie di ridicola caccia al tesoro? E lui ne sapeva più di me, oppure no?

Storm si avvicinò e mi distrasse da tutte quelle domande senza risposta.

«E allora, cavallino, ti godi la libertà?»

Ovviamente non mi rispose, ci mancava solo che i cavalli si mettessero a parlare. Allungai un braccio e gli sfiorai il mantello lucido. L'animale ansimò, mi parve di soddisfazione.

«Non è che per caso hai visto in giro una macchina del tempo?» sussurrai. «No, eh? Lo immaginavo. Se ti capita sotto il naso, fammi un fischio.»

Oddio! Oddio! Stavo raccontando i miei problemi a un cavallo!

«La vita qui è tutta un'altra cosa, vero? Anche se forse la vita di un cavallo è sempre la stessa dappertutto. Tu comunque sei un cavallo fortunato. Non ti tocca tirare niente e non ti prendono a frustate. Scommetto che ci sono un sacco di cavalle che hanno messo gli occhi su di te...»

«Sembrate già abbastanza intimi» disse una voce alle mie spalle. Mi girai di scatto e vidi Ian, appena in tempo per rendermi conto che a rispondermi non era stato il cavallo.

«Storm è un ottimo amico» scherzai. «Non parla mai e mi ascolta senza lamentarsi. Un amico molto comprensivo.»

Ian mi sorrise e diede una carezza al cavallo.

«Storm, credo che tu abbia una *fan*» disse guardandomi, credo per vedere che espressione avrei fatto sentendogli usare una parola che gli avevo insegnato io. E in effetti ero sorpresa, inutile nasconderlo.

Poi rise.

«Com'è andata in paese? Siete riuscita a trovare qualche abito che vi si confacesse?» mi chiese continuando ad accarezzare Storm.

«Sì, grazie, Ian, ma non dovevi, non ce n'era bisogno» dissi a disagio.

«Certo che non dovevo. *Volevo.*» Sembrava molto soddisfatto che avessi accettato il suo regalo.

«E la tua visita al fittavolo com'è andata?» domandai per cambiare discorso.

«Molto bene, ci siamo intesi subito.»

Avevo fermato la mano sul collo di Storm, e l'animale scosse leggermente la criniera, quasi a dire: *Continua, dai, non smettere!*

«Ho trovato altro, giù al paese.» Ricominciai ad accarezzarlo, ma guardando Ian di sottecchi.

«Avete trovato la persona che cercavate?» domandò lui allarmato.

«Più o meno» risposi sottovoce. «A quanto pare c'è un tizio che racconta di essere stato vittima di una rapina ed è alloggiato in una pensione. Oggi non c'era, sembra che sia uscito presto per fare qualcosa di importante.» Inarcai un sopracciglio in maniera significativa.

«Quale cosa?» disse lui sottovoce.

«Non lo so. Ma credo stia cercando un modo per tornare a casa.»

«Pensate che lui sappia come fare, signorina?» I suoi occhi intensi mi scrutavano.

«Forse sì, forse no. Chi lo sa. Ma probabilmente ci sta provando. Proprio come me.»

«Certamente.» Dopo qualche secondo aggiunse: «Vi posso chiedere perché stiamo parlando sottovoce?».

Mi raddrizzai sulla staccionata.

«Non lo so!» risi, e Ian fece lo stesso. «Ho intenzione di tornarci domattina per vedere se è rientrato.»

«Domattina devo andare in paese, se volete unirvi a me...»

«Certo che lo voglio!» esclamai interrompendolo, e senza avere tempo di pensarci lo abbracciai tutta esaltata.

Oh! E chi se l'aspettava che Ian avesse delle braccia così forti e muscolose e...

Mi staccai immediatamente da lui e feci un passo indietro. Mi sentivo in imbarazzo. Per averlo toccato in quel modo... e ancora di più per avere avuto *delle fantasie* su quei bicipiti incredibili e insospettabili...

«Scusa, Ian. Mi sono lasciata prendere dall'entusiasmo.» Non riuscendo a guardarlo negli occhi, fissavo il prato.

«Non c'è bisogno di scusarsi, signorina» disse lui in un tono di voce più acuto del normale. «Ormai ho capito che le vostre abitudini sono diverse. Non servono scuse.»

Non lo vedevo in faccia, come ho detto, ma dalla voce sembrava turbato. Non è che per caso stava pensando che volevo sedurlo? Dopo la conversazione che avevamo avuto sul matrimonio?

Cercai di tornare in me, in fin dei conti ero una ragazza del ventunesimo secolo, per l'amor di Dio!

«Tu hai... ehm... molti fittavoli?» dissi. Fu la prima cosa che mi venne in mente.

«No, non molti. «Qualcuno, in piccole proprietà.»

«E vivi di quello? Il tuo reddito, voglio dire.»

«Anche di quello. Mio padre ci ha lasciato un patrimonio piuttosto ingente. Ma più che altro mi dedico ai cavalli, la mia vera passione sono loro.»

«Vendi cavalli?»

«Esatto. Qui alleviamo degli ottimi cavalli, persino la famiglia reale ne ha comprati diversi» disse con orgoglio, incrociando le braccia al petto e attirando di nuovo il mio sguardo sui suoi bicipiti. Anche sotto la giacca erano piuttosto generosi. Come avevo fatto a non accorgermene prima?

«Allora è per questo che ce ne sono così tanti. Mi chiedevo infatti come mai ci fossero in giro tutti questi muscoli... cioè cavalli, visto che avete una carrozza sola...» Avevo il viso in fiamme.

«Noi li alleviamo e li addestriamo, li prepariamo e alla

fine li vendiamo. È un ramo alquanto redditizio e assai piacevole.»

«Immagino.» Lo spiai con la coda dell'occhio e vidi che cercava, senza successo, di non guardarmi. Mi innervosii ancora di più e cominciarono a sudarmi le mani.

Che cavolo stava succedendo al mio corpo?

«Occuparmi di tutto ciò mi piace assai, signorina Sofia. Allevare animali è molto più gratificante che non occuparsi delle piantagioni di caffè.» Ian si avvicinò. «Non immaginate quanto mi renda felice poter dire che la mia scuderia è piena di puledrini che presto si trasformeranno in stalloni purosangue, i quali si renderanno utili per molte famiglie.»

«Sta-stalloni?» balbettai stupidamente, arretrando di un passo. La parola non doveva avere per lui la stessa connotazione che aveva nella mia mente sordida.

«Naturalmente alleviamo anche cavalle, non si può scegliere.» E sorrise, ma in un modo talmente bello che barcollai. Sul serio. «Tuttavia gli stalloni sono più richiesti.»

«Eh, ci credo!» concordai.

Dovevo calmarmi e continuare a chiacchierare normalmente. Il problema era che non riuscivo a concentrarmi. Quelle sue belle braccia piene mi facevano venire voglia soltanto di strappargli la camicia e lasciar scivolare le mie dita sui suoi muscoli...

«Credo che rientrerò, Ian, se non ti dispiace. Elisa mi sta aspettando in sala di lettura» dissi con una certa urgenza.

«Vi accompagno» si offrì educatamente.

«No!» gridai. «Non ce n'è bisogno, so arrivarci da sola. Rimani pure con Storm, immagino avrà bisogno di... di... di cose da cavalli.»

Ottimo. Mi era andato in pappa il cervello.

«Va bene» rispose lui lentamente. «Ma posso farvi una domanda?»

«Spara.» Ero turbata. Il turbinio dei miei sentimenti

mi faceva girare la testa. Però anche lui sembrava confuso.

«Fammi la domanda» spiegai. Cominciavo a stancarmi di dover tradurre tutte le parole che mi uscivano di bocca.

«Ho fatto qualcosa che vi ha importunata?»

«No» lo rassicurai nervosamente.

«Allora perché fuggite?»

Oh, merda!

«Io? Fuggire? Ma figuriamoci! Cioè... non sto fuggendo» Se ne era accorto, ovviamente se ne era accorto.

Chissà se aveva notato anche il mio imbarazzo quando lo avevo toccato...

O peggio! Chissà se aveva notato la... *curiosità* che avevo in faccia quando l'avevo toccato.

E se le fantasie che avevo in testa fossero state *nitidamente* leggibili nei miei occhi?

Argh!

«Sono appena arrivato, e avete fretta di rientrare in casa. Mi sembrava che vi steste divertendo con Storm, ma all'improvviso vi siete innervosita. Perché non vi fermate ancora un po'? Potremmo fare una passeggiata per la tenuta. Credo che vi piacerebbe, il panorama è splendido...»

«Non posso. Devo proprio rientrare. L'ho promesso a Elisa. Magari un'altra volta...» E corsi via fregandomene – più o meno – di ciò che Ian avrebbe pensato di me.

Pensasse pure che ero una vigliacca! L'importante era che non pensasse che mi piacevano un sacco quelle sue braccia forti e dure come il marmo. Non mi piacevano! Non mi piacevano per niente!

Figuriamoci.

14

Rimasi affascinata dai volumi che trovai nella sala di lettura. C'erano libri di ogni tipo: di filosofia, di storia, sulle scoperte scientifiche, e molti, innumerevoli classici. Edgar Allan Poe, Lord Byron, Denis Diderot, Goethe, Shakespeare, Antoine Galland, parecchia roba di Walter Scott e altri autori che non conoscevo. Ma la mia attenzione fu subito catturata da un'opera in particolare, tre volumi con la copertina in pelle marrone nuova di zecca; sul frontespizio del primo volume c'era scritto: BY A LADY, LONDON, 1811. L'avevo preso in mano con estrema cautela: era strano, lo so, ma il mio cervello faticava ad accettare che quel volumetto così antico non si sarebbe polverizzato non appena l'avessi sfiorato con le dita. Sfogliai alcune pagine con il cuore in gola, ed ecco comparirmi davanti i nomi Elinor Dashwood, Norland Park, Edward Ferrars... Era la prima edizione di *Ragione e sentimento*..

«Non è possibile!» esclamai in un sussurro.

«C'è qualche problema, signorina Sofia?» mi domandò Elisa, già allarmata.

«Problemi? No, Elisa» le risposi senza staccare gli occhi dal libro. «Tu sai cos'è questo?»

Mi fissò confusa.

«È un libro» disse, lentamente. «Un romanzo. L'ha comprato mio fratello qualche anno fa. Viene dall'Europa.»

«Sì, è un romanzo. Il primo romanzo pubblicato da Jane Austen!» Era emozionante poterlo tenere fra le mani. «È l'originale! La prima edizione! Guarda! Il suo nome non si trova in copertina, perché l'ha pubblicato in forma anonima, ma è lei!»

«Jane Austen?»

«Esatto! Possedete un autentico tesoro!» Almeno per una persona appassionata di libri (e di Jane) quale ero io. Compravo almeno un libro nuovo a settimana, e ovviamente avevo anche un'autrice preferita: e in quel momento tenevo fra le mani un libro della mia beniamina, mentre un altro l'avevo nella borsa, di là, nella mia stanza.

«Credo di non averne ancora sentito parlare.» Elisa era seduta accanto a un tavolo con sopra una pila di libri. «Voi la conoscete?»

«Tutti conoscono Jane!» Dalla sua espressione confusa mi fu chiaro che *non tutti* la conoscevano. Non ancora. «Ne sentirai parlare, ne sono certa. Io *adoro* i suoi romanzi. E questo è uno dei migliori!»

«Anche a me è piaciuto molto. Tuttavia, ci ho messo un bel po' a finirlo.» Sorrise timidamente. «Il mio inglese non è buono quanto quello di Ian.»

Teodora sembrava annoiata, ma non era una novità. Immaginai comunque che almeno quando non c'ero io fosse diversa, altrimenti non avrei capito come mai piacesse tanto a Elisa.

Passai il resto del pomeriggio a deliziarmi con la scrittura perfetta di Jane Austen. Ero totalmente assorta nella lettura, e così, quando Ian mise piede nella stanza, in pratica saltai sulla sedia. Io, quando leggevo, mi perdevo letteralmente nelle storie. Che si trattasse di un giallo, o di una storia d'amore, o di un racconto di vampiri, entravo dentro la trama con tutta me stessa, come se ne facessi parte.

Quindi, in quel momento mi trovavo nel 1800 e rotti

e aspettavo che finalmente Elinor e Edward trovassero un'intesa. Ian entrò, riportandomi d'un tratto nel... *1800 e rotti!* Provai un attimo di smarrimento. La situazione era talmente assurda che mi scappò da ridere.

«Signorine, stasera avremo un ospite a cena. Ho pensato che vi avrebbe fatto piacere saperlo con un po' di anticipo» disse.

«Un ospite?» indagò Teodora alzandosi in piedi. «Qualcuno di nostra conoscenza, signor Clarke?»

«Sì, possiamo dire che lo conosciamo. Quindi ora, con il vostro permesso, vado a sbrigare alcune faccende prima di cena.» Fece un inchino e uscì di fretta, senza che Teodora potesse fare altre domande, cosa che aveva palesemente intenzione di fare. Se ne andò senza rivolgermi nemmeno un'occhiata.

Non che me ne fregasse qualcosa, sia chiaro.

«Oh, signorina Elisa, ma allora dobbiamo muoverci! Il sole sta tramontando e fra poco l'invitato di vostro fratello sarà qui! Non possiamo riceverlo vestite in questo modo!» Mentre parlava, tutta concitata, Teodora camminava su e giù, roba da farti venire il mal di testa.

Peraltro era già completamente vestita, anzi era vestita *e* truccata *e* con tutti i boccoli rossi al posto giusto. Perché si agitava tanto?

«Sì, hai ragione» concordò Elisa, d'un tratto in fibrillazione pure lei. «E anche tu, Sofia, devi sbrigarti! Sarebbe indelicato se al suo arrivo l'ospite di Ian non ci trovasse pronte a riceverlo.»

Dovevo mettermi in ghingheri solo perché veniva qualcuno a cena? Dall'espressione ansiosa di Elisa capii che non c'erano margini di manovra, quindi decisi di arrendermi e, con un sospiro, m'incamminai verso la cucina.

Ci trovai tre domestici, tutti molto occupati a correre da una parte all'altra per aiutare Madalena nei preparativi.

Rimasi a lungo a osservare la scena chiedendomi chi fosse l'ospite misterioso... magari il re? Nessuno si accorse della mia presenza.

Raggiunsi il portone d'ingresso, e vidi che anche fuori i domestici erano al lavoro.

«Ehi, giovanotto. Dove posso trovare dell'acqua?» chiesi a un ragazzino che mi passò davanti con le braccia cariche di legna.

«Perdonatemi, signorina. Cosa avete detto?» Aveva il viso lucido di sudore, mi guardò distrattamente.

«Mi spieghi dove posso prendere dell'acqua?»

Il ragazzino corrugò la fronte e rimase zitto.

«Non mi capisci? Vorrei sapere dove posso riempire il secchio.» Forse non parlava bene la mia lingua?

«Ah... È lì, signorina» rispose *finalmente* con un cenno della testa, al che mi fece un veloce inchino e si affrettò in direzione della cucina.

Mi voltai. Dietro di me c'era un tubo di ferro alto più o meno un metro, che sporgeva dal terreno. Sotto il tubo c'era una grossa vasca di pietra, e c'era anche un'imponente leva di legno a forma di L rovesciata. Andai in cucina, presi il secchio che stava ai piedi della stufa (nessuno mi chiese niente), e tornai fuori.

In un primo momento rimasi ferma a fissare il marchingegno, poi sfiorai la leva. Non successe niente. La abbassai mettendoci più forza, e da un'apertura sul tubo di ferro fuoriuscì un rivolo d'acqua. Mi misi a pompare con rinnovata energia, su-giù, su-giù, e l'acqua cominciò a sgorgare come si deve. Sistemai il secchio sotto l'apertura e mi diedi da fare. Be', che faticaccia per riempire un secchio con dell'acqua...

Mi fermai un attimo a riprendere fiato, asciugandomi il sudore dalla fronte. Certo che qualche domestico avrebbe anche potuto venire a darmi una mano, no?, pensai col respiro corto. I miei tricipiti pulsavano per lo sforzo, e sentivo un dolore intenso che neanche con le serie che mi infliggevo sulle macchine della palestra...

Afferrai il largo manico di cuoio e cercai di sollevare il secchio.

Mannaggia, ma quanto pesa?

Del resto quel secchio di ferro era già *pesantissimo* da vuoto, e da pieno sarà stato intorno alla tonnellata...

Oh, il mio bel bagnetto di casa, che nostalgia!

Alla fine riuscii a guadagnare l'ingresso della cucina, lasciandomi però dietro una sottile scia di goccioline: quel cavolo di secchio oscillava come un dannato! Quando raggiunsi il corridoio, le braccia mi tremavano veramente tanto. Posai il secchio, feci qualche stiramento per alleviare il dolore. Poi riafferrai il manico, ma per un pelo non persi l'equilibrio rischiando di fare un vero casino...

No. Così non va!

Pensai quasi di rinunciare. Ma avevo un disperato bisogno di farmi un bagno, e soprattutto dopo quella faticata! La stoffa pesante del vestito mi si era praticamente incollata alla pelle. *Dovevo* farmi un bagno!

Affrontai il secchio con stizza, lo afferrai per il bordo e cominciai a trascinarlo sul pavimento di legno liscio. Era più facile che alzarlo, ma era anche una manovra decisamente rumorosa. In ogni caso, riuscii nell'impresa di far arrivare il secchio fino alla vasca da bagno della mia stanza.

Porca vacca, pensai, mentre inarcavo la schiena per stirarmi un altro po'.

E quello era solo il primo carico. Manco morta sarei andata a prenderne un altro!

Sospirai scoraggiata, poi presi un bel respiro. Con un ultimo sforzo sollevai il secchio e lo misi nella vasca – *non* versai l'acqua nella vasca, ci misi proprio dentro tutto il secchio.

Afferai la brocca poggiata sul tavolino, mi tolsi i vestiti e feci il bagno versandomi addosso l'acqua fredda (non ero nelle condizioni di affrontare uno shampoo, perciò i capelli rimasero così com'erano). Mi tamponai alla meglio con il telo (piuttosto inutile) che avevo a disposizione, poi me lo avvolsi intorno al corpo e afferrai la spazzola. Se fossimo stati negli anni Ottanta avrei avuto l'acconciatura perfetta, pensai con una certa irritazione. Infatti i miei capelli erano gonfi e indomabili, come sempre.

Bagnai le mani nella poca acqua pulita che era rimasta nel secchio, me li inumidii un pochino, dopo di che li raccolsi in una treccia cercando in qualche modo di addomesticarli. Certo che se avessi avuto sotto mano un po' di balsamo... *Va be', pazienza. Concentriamoci sul resto.*

Passai al trucco. Un velo di fard, un tocco di mascara, il gloss rosa chiaro. Indossai il vestito bordeaux, poi mi sciolsi la treccia. Andava un po' meglio, adesso; niente di entusiasmante, ma almeno non sembravo più una scopa di saggina (non troppo, diciamo).

Mi guardai allo specchio, il risultato non era male. Il colore del vestito si intonava al mio incarnato e faceva risaltare la sfumatura dorata dei miei capelli. Mi sentivo un po' ridicola agghindata a quel modo – faticavo ancora a capacitarmi di stare indossando *veramente* quei vestiti – ma almeno l'abito bordeaux nascondeva le scarpe da ginnastica e mi avrebbe risparmiato spiacevoli domande.

Feci un respiro profondo e uscii dalla stanza. Avevo fatto solo pochi passi, quando mi trovai di fronte Ian. Mi squadrò da capo a piedi, per ben *due volte*! A quanto capivo, nessuno gli aveva insegnato che squadrare la gente in quel modo era da maleducati. Il suo esame minuzioso mi mise in imbarazzo. Dopo un po' si decise a parlare.

«Vedo che il mio regalo vi sta molto bene, signorina.» E un sorriso ammirato gli illuminò il viso.

«Grazie» risposi io, piuttosto a disagio. Perché fossi così a disagio non mi era affatto chiaro. «Sono pronta. Stavo proprio venendo a cercarvi.»

«E io sono proprio venuto a vedere se eravate pronta.» Sorrise. «Siete incantevole, stasera, signorina Sofia.»

«Grazie, Ian.» Arrossii (di nuovo!) e abbassai gli occhi. D'un tratto, *io* non sapevo più cosa fare delle mani. Mi stavo comportando come un'adolescente imbranata.

«Posso accompagnarvi in salotto?» chiese lui porgendomi il braccio.

«Non ce n'è bisogno, Ian, ci so arrivare da sola, è uno dei pochi percorsi che potrei fare a occhi chiusi» dissi con una risatina nervosa.

«Insisto.» E con un gesto ben studiato mi prese la mano e se la posò sulla parte interna del gomito. «Una dama tanto incantevole deve essere accompagnata da un cavaliere. E per quanto vi dispiaccia, al momento l'unico cavaliere che può farlo sono io.»

«Non mi dispiace affatto! Da dove ti viene quest'idea? Ma se da quando ti ho incontrato non hai fatto altro che darti da fare per me!» Fra tutte le persone che avevo conosciuto lì, Ian era il migliore. Anzi, forse Ian era addirittura la persona migliore che conoscessi in assoluto, dal 1830 in su! Così gentile, così altruista...

«Noto che siete... come dire... agitata, quando state con me.»

«Agitata? Io?» balbettai come un'idiota. «Non è vero. Cioè, sì, sono agitata, ma lo sono sempre. È la mia condizione normale. Sai com'è, ho sempre un sacco di cose da fare tutte insieme... e a un certo punto il corpo si abitua a tenere quel ritmo e va a finire che non torna normale nemmeno quando le cose sono più tranquille. Quando sono calme.»

«Me ne rendo conto.» Gli intravidi sulle labbra un sorrisetto canzonatorio. «Ma non potete negare che questo pomeriggio siete fuggita da me.»

«No che non sono fuggita!» Sentire il suo braccio sotto la mia mano e il calore del suo corpo accanto al mio mi metteva addosso una certa agitazione. «Sul serio. Ero rimasta d'accordo di vedermi con Elisa. Tu non c'entravi niente» dissi con finta disinvoltura.

«Non servono spiegazioni. Capisco.» Adesso Ian mi fissava. «Non gradite rimanere da sola con me.»

Mi accorsi che, tanto per cambiare, stavo diventando rossa. Che intuito, il ragazzo!

«Suppongo non desideriate che, vedendoci insieme, la gente possa giungere a conclusioni errate. Lo comprendo, non vi crucciate.»

«Ma non è così!» sbottai, incapace di tenere a freno la lingua. «Lo sai benissimo che di queste cose non me ne importa niente.»

«E allora come mai vi siete comportata in quel modo?» domandò lui corrugando la fronte.

Eravamo quasi arrivati in salotto. La mia mano era ancora posata sul suo braccio. Ian mi si piazzò davanti e mi obbligò a fermarmi.

«Perché... mi sento piuttosto... inquieta quando mi guardi come mi stai guardando adesso» sussurrai, stordita dall'intensità della sua espressione e dalle scintille argentee che illuminavano i suoi occhi magnetici. «E non è un bene, né per te né per me.»

«E perché non è un bene?» domandò con voce grave, facendomi venire la pelle d'oca.

«Perché presto me ne andrò, Ian. Non ha senso affezionarmi a nessuno, qui.»

«Ma voi adesso siete qui» disse lui sottovoce, e delicatamente mi mise l'altra mano sulla spalla. «Per ora, il vostro posto è qui.»

Il suo tocco caldo mi dava i brividi. Respiravo a fatica e avevo le ginocchia molli. Guardandolo in quei suoi occhi scurissimi non potevo certo dire che avesse torto, anzi, in realtà non potevo dire proprio niente. Il mio posto era lì? Era una possibilità che mi turbava, anche perché una parte di me avrebbe voluto crederci.

Sorprendendo me stessa, senza neanche sapere come, gli posai una mano sul petto. Alla debole luce dei candelabri lui mi fissava con quei suoi fantastici occhi neri. Il calore emanato dal suo corpo si irradiava alla pelle della mia mano. Feci un passo verso di lui, incapace di resistere all'impulso di avvicinarmi. Mi accorsi che anche Ian aveva il respiro corto. Alzai il viso per poterlo guardare meglio e mi ritrovai a pochi centimetri dalla sua bocca. Trattenni il respiro, ipnotizzata dal luccichio argentato delle sue pupille, e mi avvicinai ancora. Socchiusi le labbra, la sua mano calda scivolò dolcemente sulla mia vita e...

Una risata isterica proveniente dal salotto echeggiò nel corridoio, risvegliandomi dallo stato di trance. Vidi cosa stavo per fare e con un movimento brusco indietreggiai. Ian sembrava altrettanto confuso, guardò verso la sala, e poi di nuovo verso me, senza dire nulla.

Non mi era mai capitato niente del genere! Mai nella vita! Per la prima volta in assoluto *sentivo* di avere perso il controllo. Perché le mie mani lo avevano toccato così? Perché i miei piedi mi avevano fatta avvicinare a lui? Perché la mia pelle bruciava e aveva tanta voglia di toccarlo ancora?

Era come se il mio cervello si fosse disconnesso e agisse per conto suo. Non avrei voluto fare quello che avevo fatto. Avevo la sensazione che la parte cosciente di me, del tutto impotente, si fosse limitata ad assistere ai gesti fatti dal mio corpo. Ed era chiaro che il mio corpo voleva stare vicino a Ian.

Avevo già desiderato un uomo, conoscevo quel tipo di sensazione. E avevo anche già soddisfatto il mio desiderio, ma sempre tenendo tutto sotto controllo, sempre consapevole dei miei movimenti. Ciò che provavo ora era diverso. Molto diverso. Era come se ogni cellula del mio corpo volesse aderire al corpo di Ian, come se lui fosse una calamita potentissima e io fossi rivestita di metallo. Impossibile resistere, impossibile scappare.

Per la prima volta da quando ero venuta al mondo non sapevo come comportarmi in presenza di un uomo.

Diventai rossa per la vergogna, la rabbia, la paura, e senza aprire bocca filai dritta in sala da pranzo, lasciando Ian impietrito in corridoio. Impaurito, immaginai, almeno quanto me.

15

«Signorina Sofia.» Elisa si alzò dal divano. «Come siete elegante!»

Io ero ancora troppo scioccata per parlare, mi limitai ad abbozzare un sorriso.

«Ma vi ostinate a non voler indossare tutti i capi necessari, a quanto vedo. Il vostro vestito sarebbe molto più esuberante se usaste almeno la crinolina» aggiunse sgarbatamente Teodora. «Così sembrate una domestica qualsiasi.»

«Non sono d'accordo, Teodora. Trovo che Sofia sia bellissima e molto originale.» In quel momento Ian, ancora un po' rintronato, entrò in sala da pranzo. «Non sei d'accordo, Ian? Non trovi che Sofia stia molto bene con il vestito che ho scelto per lei?»

Nemmeno lui si era ancora ripreso.

E ci scommetto! Dubito che in quel posto alla fine del mondo una ragazza avesse mai avuto la faccia tosta di arrivare quasi a baciarlo! Che avevo nella testa? Perché gli avevo detto la verità? Cosa stavo sbagliando? Non potevo essere... interessata a lui, per ovvi motivi che non avevano bisogno di spiegazioni. Ci separavano *due secoli*!

E quindi, che problema avevo?

Non trovai una risposta e mi sforzai di comportarmi in modo normale, quanto meno nei limiti delle mie possibilità.

«Sì, le sta bene, anzi direi benissimo» rispose lui evitando di guardarmi.

«E ora, carissimo» Teodora si avvicinò a Ian e gli posò le mani sul braccio, nel punto esatto in cui pochi minuti prima si trovava la mia mano. «Magari ci potete dire chi è questo ospite misterioso?»

«Non è misterioso, signorina Teodora. Qualche ora fa ero troppo occupato per fornirvi dei dettagli» ribatté lui. «È una persona appena arrivata in paese, l'ho conosciuto questo pomeriggio. Il suo nome è Raul Santiago, è alloggiato alla pensione della vedova Herbert e non conosce nessuno da queste parti. Ho pensato che gli avrebbe fatto piacere un invito a cena.»

«Oh! Ma abbiamo già sentito parlare di lui stamattina, all'atelier di madame Georgette» si affrettò a dire Teodora. Rizzai le antenne. «Dicono che il pover'uomo sia stato rapinato. *Rapinato*, signor Clarke! Dove andremo a finire?» esclamò con orrore.

A me invece non faceva tutto quell'effetto. Malgrado sospettassi che non si trattasse di un pover'uomo del diciannovesimo secolo ma di un tizio del ventunesimo, *quand'anche* fosse veramente stato vittima di una rapina, non sarei rimasta tanto sorpresa. Ai miei tempi le rapine erano un evento normale come i tramonti.

Scoraggiata, feci un sospiro. Come *avrei voluto* rimanerci male anch'io! Come avrei voluto che le rapine e la violenza non facessero parte della mia quotidianità.

«Davvero?» domandò Ian con simulata innocenza. Conosceva benissimo tutta la storia, gliel'avevo raccontata io quel pomeriggio alle scuderie. «Tu guarda che coincidenza. A ogni modo, io l'ho incontrato qualche ora fa, mentre ero in paese per... risolvere delle questioni. Mi pare di aver capito che sia appena tornato da un viaggio, non so nulla di più. Mi faceva piacere presentargli la mia famiglia.»

Mentre diceva queste parole mi lanciò un'occhiata.

Allora era andato a cercare quell'uomo senza di me. Ma perché? In ogni caso, gliene ero grata: avevo bisogno di parlare con quel tizio, quel Santiago, e un posto valeva l'altro.

«Con il vostro permesso, signor Clarke, è appena arrivato il signor Santiago.»

«Fatelo accomodare, Gomes.»

Il maggiordomo si affrettò a uscire, e qualche secondo dopo fece il suo ingresso nel salone un uomo con la carnagione scura.

«Come state, signor Clarke?» L'uomo era più vecchio di quanto avessi immaginato. Barba corta e rada, capelli castani lunghi e lisci raccolti in un codino. Se non fosse stato per gli abiti antiquati, avrei anche potuto scambiarlo per un musicista rock, sui quarant'anni. Belloccio, a dire il vero.

«Molto bene, signor Santiago. Lasciate che vi presenti mia sorella Elisa.» Lei fece un leggero inchino. «E queste sono la signorina Teodora Moura e la signorina Sofia Alonzo.»

«È un piacere conoscere delle signore tanto fulgide» disse lo sconosciuto con una riverenza.

Quella scena mi lasciò dubbiosa. Contrariamente a quanto mi ero aspettata, il tizio si comportava come se vivesse veramente nell'Ottocento.

Forse era riuscito a immedesimarsi in quel tempo meglio di me, pensai, visto che almeno non gli toccava indossare un vestito che pesava una quintalata né atteggiarsi a bambolina. *Scommetto che a quello la casetta non gli ha fatto né caldo né freddo!* O magari, il tizio si trovava nel 1830 da più tempo di me.

«State apprezzando la nostra regione, signor Santiago?» gli chiese Teodora come se fosse la padrona di casa.

«A essere onesto, signorina, non ho ancora potuto ammirarne la bellezza.» Si fece serio. «Mi è mancato il tempo per prendere familiarità con la zona.»

«Abbiamo saputo del vostro incidente, signore. Che vicenda biasimevole!» disse Elisa con il suo solito garbo.

«Sì, signorina Elisa. È stato tremendo. Sono ancora scosso, è successo tutto molto in fretta.»

Alzai lo sguardo di scatto. Ora sì che si ragionava!

«Avete intenzione di fermarvi a lungo?» domandai, decisamente sulle spine.

I suoi occhi incontrarono i miei. Mi parve di cogliere qualcosa, nel suo sguardo, ma non avrei saputo dire cosa.

«In realtà intendo tornare a casa il prima possibile.» Il suo viso dall'incarnato scuro mi esaminò con attenzione. Forse, pensai, alla ricerca di qualche indizio utile. Allora andai a sedermi sul divano e incrociai le gambe, mettendo in bella mostra le scarpe da ginnastica. Lui le fissò sgranando gli occhi.

Ecco, sì, ci siamo! mi dissi.

«Spero ci riusciate» commentai.

«Lo spero anch'io.» Stava ancora contemplando le mie scarpe. «Questo posto è piuttosto difforme alle mie abitudini.»

«Non me ne parlate!» ribattei con enfasi.

Le ragazze mi guardavano con tanto d'occhi.

In quel momento, il maggiordomo ci informò che la cena era servita. Ci spostammo in sala da pranzo, io comunque nutrivo ancora qualche dubbio su quel Santiago. Mi pareva si fosse adattato *fin troppo bene* ai modi di fare dell'Ottocento.

Ian sedette al solito posto, sua sorella accanto a lui e Santiago dall'altra parte, con Teodora a rimorchio – immaginai che Teodora ci tenesse tanto a dimostrare di essere in grado di intrattenere un ospite. Io occupai il posto accanto a Elisa, intenzionata a non perdere di vista il tizio. Quel Santiago era molto educato e si comportava come Ian, anche se Ian in realtà aveva un'eleganza innata, inimitabile.

«Da dove avete detto che venite, signor Santiago?» gli chiese Ian iniziando l'interrogatorio.

Il forestiero corrugò la fronte.

«Da un posto molto lontano da qui. Non credo ne abbiate sentito parlare.» *Ta-dah!* «Domattina devo ripartire per un breve viaggio, dopo di che spero di rientrare. Ho faccende molto importanti che mi aspettano a casa.»

Era lui. *Doveva* essere lui. Ma dove stava andando? E per risolvere cosa? «E *quando* rientrerete?» gli chiesi io. Non stavo più nella pelle, e si vedeva.

Elisa e Teodora mi fissarono allibite, Ian invece non batté ciglio.

Avevo come la sensazione che, dopo l'episodio del corridoio, niente di ciò che avrei fatto lo avrebbe più sorpreso.

«Venerdì, credo» rispose lo sconosciuto fissandomi.

«Ottimo! Così potrete venire alla nostra festa. Siete già stato invitato, non è vero?» Teodora non aspettò la sua risposta. «Ci sarà un ballo, signor Santiago. Al quale parteciperanno le persone più in vista della zona.»

Venerdì? Ma io avevo da chiedergli un sacco di cose!

«Allora ci sarò, signorina» rispose il tizio, e fissò di nuovo me.

Come al solito, Teodora monopolizzò la conversazione. Io non persi di vista il tizio per tutta la cena, ma quel Santiago non disse nulla di rilevante, ripeté la storia della rapina e più che altro passò il tempo a lanciarmi occhiate. Forse perché gliele lanciavo anch'io.

Tornammo in salotto, e Teodora offrì del rosolio – non sto scherzando, *rosolio* – e tutti continuarono a conversare animatamente, meno me. Parlarono delle bellezze della regione e di quanto Santiago avrebbe apprezzato le famiglie che lì vivevano, e insomma non ebbi proprio modo di scambiare due chiacchiere da sola con lui.

Quella petulante di Teodora!

Niente da fare, era una disfatta.

Eravamo ormai arrivati ai saluti, e io ancora non avevo

spiccicato parola. Tentai il tutto per tutto: «Sabato sarete dei nostri?» gli dissi con uno sguardo complice. La sua espressione passò dalla sorpresa al compiacimento.

«Sì, signorina, ci sarò» e uno strano sorriso gli si dipinse in faccia.

«Sicuro?» feci io.

«Sì, sono sicuro. Vi prometto che ci sarò. Entro sabato dovrei riuscire a sistemare quel che va sistemato, e poi immagino che potrò tornare a casa.» E mi lanciò uno sguardo significativo.

O almeno, io lo trovai significativo.

«Ottimo, allora vi aspetto. Magari mi racconterete qualcosa in più sul *luogo* da cui venite» e alzai leggermente un sopracciglio.

«Con piacere.» Mi sorrise, mi fece un inchino.

Non appena Santiago se ne andò, mi misi a sbrogliare la matassa. Una cosa era certa, credo: lui sapeva come fare per ritornare indietro. E forse sarebbe riuscito a trovare una soluzione entro sabato. Alla festa, avrei dovuto sequestrarlo, se necessario, e obbligarlo a raccontarmi tutto.

Elisa e Teodora stavano parlando di lui con entusiasmo. *Che persona educata! Che persona elegante! Una vera disdetta che gli sia toccato subire una simile barbarie! Un gentiluomo così distinto...*

«Credete possa trattarsi della persona che stavate cercando?» sussurrò Ian, che si era materializzato accanto a me.

«E certo! Non l'hai sentito? Anche lui non sa bene come fare per tornare indietro. A quanto pare si è adattato più velocemente di me al modo di vivere locale, ma credo proprio che sia lui» sussurrai a mia volta. «Hai visto come mi guardava? Ha capito che anch'io non sono di qui!»

«Sì, ho visto come vi ha guardata durante tutta la cena.» Il suo tono di voce tradiva un certo non so che. Una certa... irritazione?

«Domattina presto mi porti in paese?» gli chiesi. «Magari, senza Teodora fra i piedi, riesco a parlarci e a capire se mi può aiutare con qualche informazione in più.»

«Ve lo avevo già promesso.»

«E vai, Ian!»

«Sono felice di potervi essere utile.» Ma la sua espressione era tutt'altro che felice.

«Ian?»

«Sì?» E mi guardò in quel modo che mi faceva accelerare il respiro.

«Grazie davvero, sai? Grazie di averlo fatto venire qui.»

«Non mi ringraziate, signorina.»

«Non hai idea di quanto sia importante per me.»

«So bene quanto sia importante per voi, perciò sono andato in paese oggi pomeriggio. Dopo che mi avete parlato di quell'uomo, sono andato laggiù per vedere se scoprivo qualcosa. Il cielo ha voluto che lo incontrassi per caso.» Parlava sottovoce, e mi avvicinai per non perdermi una sola parola. «Ho pensato che sarebbe stato più prudente che vi incontraste qui, in casa, anziché nella stanza di una pensione. Non voglio che voi, signorina, vi esponiate in quella maniera.»

Lo guardai dritto negli occhi, stupefatta!

«Tu non volevi che io lo incontrassi da sola?» Mi scappava un po' da ridere.

«Trovo assolutamente sconveniente che vi incontriate da sola con un perfetto sconosciuto.» La sua espressione era seria, lo sguardo si era fatto opaco.

«Ian, sei incredibile!» A modo suo, aveva cercato di proteggermi da un estraneo di cui non sapevamo nulla. Ma che tenerezza! «Tu sei la cosa migliore che mi sia capitata da quando sono qui, lo sai?»

Allora le sue labbra si curvarono in un sorriso mozzafiato, gli occhi tornarono a brillare e io pensai che mi si sarebbe fermato il cuore.

Oh-oh!

«E voi, voi siete la cosa migliore che mi sia mai capitata in tutta la vita.» Il suo sguardo era ardente, la sua voce bassa e rauca mi fece venire la pelle d'oca, e il mio cuore cominciò a battere fortissimo.

Ah, no. No e poi no!

Non è possibile che stia succedendo a me!

Non era possibile!

«Io... Ehm... Io...» Provai a dire qualcosa – *Forza, Sofia, di' una cosa* QUALUNQUE – ma non riuscii.

Non sapevo come reagire davanti all'intensità di ciò che stavo provando. Che *stavo* provando ma *non avrei dovuto* provare. Fissavo i suoi occhi scuri, assolutamente incapace di guardare da un'altra parte. Una forza irresistibile mi sospingeva verso di lui.

«Io... devo andare a sistemare delle cose» disse lui, altrettanto disorientato, o così mi parve. «Ho delle questioni da risolvere.»

«Va bene.» Ero praticamente sotto choc, e non mi venne fuori una risposta più articolata di così.

Mi girava la testa e avevo come l'impressione di avere un iceberg conficcato in pancia. Mi sudavano le mani e morivo dalla voglia di toccarlo.

Oh, no!

«Buonanotte, signorina Sofia.» E, come aveva fatto la sera prima, mi prese la mano e la baciò con delicatezza. Per un attimo pensai sul serio che mi sarebbe esploso il cuore.

«Buonanotte» mugugnai.

Ian se ne andò, e a me servì qualche minuto per rimettermi insieme e dire alle ragazze che ero stanca e volevo ritirarmi. Ero bloccata in una specie di trance. Non riuscivo a concentrarmi su nulla che non fosse il sorriso stupefacente di Ian.

Perché avevo lasciato che succedesse? Perché non me ne ero andata la mattina in cui avevamo litigato? *Perché?*

Non potevo innamorarmi di lui, questo era ovvio. Come *facevo* a innamorarmi, visto che io da lì me ne dovevo andare? Perché da lì *me ne sarei andata*, quello era poco ma sicuro.

Ma che bel casino!

Ian era diverso da tutti gli uomini che avevo conosciuto in vita mia, era un ragazzo educato e pieno di attenzioni. E chissà cosa, nei suoi occhi neri, mi aveva spinta a fidarmi subito di lui, ad accettare il suo aiuto, a confidarmi e... ad avere voglia di toccarlo non esattamente come si addice a una ragazza perbene! Un errore madornale! Un errore che avrei pagato. Dovevo stare attenta a non rimanere più da sola con lui. E soprattutto, a tenere le mani a posto!

In quel momento il cellulare vibrò, e solo allora mi resi conto di essere già nella mia stanza. Per un attimo mi domandai come mai quel telefono funzionasse ancora, come faceva la batteria a essere sempre carica, da dove captasse il segnale e come mai funzionasse solo in modalità ricezione, mentre *io* non riuscivo a usarlo.

Toccai il display e vidi, con meno sgomento rispetto alla prima volta, che c'era un nuovo messaggio.

FASE UNO: COMPLETATA.

Ero confusa. Che significava? Non mi sembrava di avere fatto chissà quali passi avanti. Mi aspettavo più che altro cose tipo *Acqua, fuochino, fuocherello, fuoco...* In paese c'ero andata al mattino, e il messaggio era arrivato solo a tarda sera...

Non sapevo più cosa pensare. Sapevo solo che, a quanto pareva, avevo fatto un altro passo verso casa, che avevo azzeccato qualcosa e presto sarei rientrata alla base.

Avvertii una sensazione sgradevole alla bocca dello stomaco, ma la ignorai. Andai a letto ancora stordita, obbligandomi a non pensare a Ian.

16

Mi svegliai di nuovo presto, ormai succedeva tutte le mattine. C'era troppo chiasso per dormire. Quei maledetti uccellini non chiudevano il becco!

Ero abituata al rumore delle frenate e dei clacson, al brusio della gente e agli altri suoni cittadini che filtravano dai vetri delle finestre di casa mia, ma non alla dolcezza del canto degli uccellini. E quindi per questo motivo quei cinguettii mi svegliavano.

Quando entrai in sala da pranzo per la colazione, trovai Ian già pronto ad accompagnarmi in paese, come mi aveva promesso. Mi disse che Elisa e Teodora erano uscite. Teodora, mi raccontò, era andata a casa sua per avvertire i familiari della rapina. Per un attimo mi fece tenerezza: era sinceramente spaventata, e io però sapevo che non ne aveva motivo.

«Signorina Sofia, la carrozza l'hanno presa loro due, quindi dovremo aspettare che tornino. Immagino preferiate non muovervi a cavallo.»

«Non possiamo! Santiago ha detto che parte, oggi pomeriggio, devo assolutamente vederlo prima! Io non ho problemi a usare il cavallo, basta che tu non mi faccia cadere!»

Lui esibì la sua schiera di denti bianchi e perfetti.

«Non vi lascerei mai cadere. Fra le mie braccia sarete al

sicuro.» Poi fece un inchino e uscì, verosimilmente per andare a bardare l'animale.

Solo allora mi resi conto che quel viaggio sarebbe stato molto... intimo. Mi venne in mente il giorno che ci eravamo conosciuti, e lui mi aveva portata a casa sua in sella a un cavallo. Ero rimasta turbata dalla vicinanza del suo corpo, e ora avrei rivissuto la stessa esperienza per un tragitto più lungo, e per giunta nelle condizioni emotive in cui mi trovavo!

Okay, Sofia, mi dissi, *fai conto che non respirerai.*

Lo trovai ad aspettarmi sul portone d'ingresso, pronto a partire, con il cavallo marrone chiaro sellato. Mi aiutò a salire, poi lui fece lo stesso, dietro di me, e mi circondò la vita con un braccio. Mi concentrai sulla respirazione e fissai lo sguardo sull'orizzonte.

Eravamo già in marcia da qualche minuto quando Ian disse: «Credo che non siate abituata a questo tipo di viaggi».

«Ci hai preso in pieno.»

«Sapete, signorina, la vostra persona mi suscita sempre più curiosità.»

Io non dissi niente, impegnata com'ero a guardare avanti nel terrore di finire faccia a terra.

«Trovo assai affascinante la vostra determinazione» proseguì Ian.

«Determinazione!» sbottai. «Credo che la parola giusta sarebbe cocciutaggine.»

Lui rise, alitandomi sul collo. A me vennero i brividi.

«La parola giusta è la mia, ve lo assicuro» disse.

Cercai di distrarmi ammirando il paesaggio. Quelle colline mi erano familiari, in un certo senso. Avevo l'impressione di non essere stata sbalzata in un luogo diverso, ma solo in un *tempo* diverso. Certo che, senza le favelas, i quartieri residenziali, le strade asfaltate e i palazzi, era difficile dirlo...

Arrivati in paese, Ian mi aiutò a scendere da cavallo; aveva, notai, un'aria soddisfatta, adirittura un filo strafottente, mi parve. Non feci domande in proposito, dato che non ero sicura di voler sapere come mai fosse così felice.

«Ora dove avete intenzione di andare?» mi chiese.

«Non saprei. E se andassimo alla pensione? Magari abbiamo più probabilità di incontrarlo lì all'albergo.»

Ian annuì e mi porse il braccio. Stavolta accettai senza protestare. Ci incamminammo verso la pensione, ma non ci arrivammo mai. Santiago, con il suo inconfondibile codino, era fermo sullo stretto marciapiede davanti alla bottega dello speziale, con l'aria distratta e qualcosa in mano. Quando fummo più vicini, nella debole luce del mattino l'oggetto luccicò.

«Signor Santiago!» lo chiamò Ian.

Santiago infilò di fretta l'oggetto in tasca, impedendomi di vederlo bene, ma io mi ero accorta che aveva una forma rettangolare ed era color argento. Sorrisi fra me e me.

«Signor Clarke. Signorina. Buongiorno!» esclamò sorpreso. «Non immaginavo che avrei avuto il piacere di rivedervi così presto.»

«Ci siamo alzati di buon mattino. La signorina Sofia desidera conoscere al meglio il paese finché si trova da queste parti. Credo sappiate, signor Santiago, che anche la signorina non è di qui» disse Ian.

«Lo avevo notato.» Santiago mi rivolse uno sguardo strano. «Pare che abbiamo qualcosa in comune, signorina.»

«Credo che abbiamo *molto* in comune» dissi, fissandolo con aria allusiva.

«Certamente» si limitò a dire lui.

«Quindi... oggi farete quel viaggio per organizzare il vostro ritorno a casa?» gli domandai senza mezzi termini.

«Sì, e devo arrivare a destinazione prima del tramonto.»

Prima del tramonto?

«Come mai?» indagai.

«È un po' complicato, una lunga storia. Magari sabato potrò fornirvi qualche dettaglio in più» e inarcò un sopracciglio.

Mi resi conto che Santiago doveva saperne molto più di me su quello che stava succedendo.

«Sicuro?» azzardai.

«Non mi è possibile dire nulla, in questo momento, non devo parlare troppo.» E mi fece l'occhiolino.

Ian si schiarì la voce.

Ecco! *Quella là* doveva avergli detto di non raccontare niente a nessuno, come aveva fatto con me.

«Ho capito. A sabato, allora!» gli dissi con entusiasmo.

Santiago annuì.

«Se ora volete scusarmi, dovrei andare a prepararmi.»

«Certamente» rispose Ian ostentando indifferenza.

La freddezza di Ian mi sorprese: lui di solito non si comportava in maniera brusca. C'era qualcosa che non andava...

«Allora ci si vede sabato» ribadii all'indirizzo di Santiago con un sorriso amichevole, nel tentativo di distrarlo dall'espressione di Ian che di amichevole non aveva niente.

«Ci si vede!» fece lui con un inchino prima di affrettarsi verso la pensione.

«Che succede, Ian?» gli chiesi non appena Santiago si fu allontanato.

«Non succede niente» mugugnò lui mettendo il muso.

«A meno non sembra. Perché sei arrabbiato con me?»

«Non sono arrabbiato *con voi*» e s'incamminò da solo verso il cavallo.

Io lo seguii.

«Sei arrabbiato con Santiago, allora?» riprovai dopo un lungo silenzio.

Ian esitò, ma poi, un po' riluttante, disse: «Il modo in cui vi guarda non mi piace affatto».

Accusai il colpo. Stava succedendo proprio quello che volevo evitare: una cosa era infatuarmi di lui, ma che lui si infatuasse di me... quella era tutta un'altra storia!

«Ah!» fu la mia sagace risposta.

Ian si ritirò nuovamente nel suo mutismo. Credevo fosse ancora arrabbiato, ma il suo tono di voce era pacato quando disse: «Cosa pensate di fare, adesso?».

«Niente. Aspetto che Santiago torni e mi dica se ha scoperto qualcosa.» Entro sabato avrebbe saputo come fare per rientrare, io ci contavo. Bene o male. L'unica cosa che mi lasciava ancora un po' interdetta erano i suoi modi, un po' troppo formali.

Avevo riflettuto a lungo sulla situazione in cui ero finita. Ed ero giunta alla brillante conclusione che *la cosa che cercavo* non doveva trovarsi in paese. *Quella là*, insomma la tizia del negozio dei cellulari, aveva detto che mi avrebbe guidata, e quindi mi ero convinta che l'obiettivo dei suoi messaggi fosse proprio quello di farmi da guida. Uno lo avevo ricevuto la prima volta che ero stata in paese, il secondo mi era arrivato la sera prima, dopo cena. Avrei fatto molta attenzione all'arrivo del terzo e, una volta scoperto cosa avevano in comune, finalmente avrei identificato il mio Santo Graal.

«Allora ci rimane ancora qualche giorno» disse Ian. Il braccio con cui mi cingeva la vita strinse più forte. Il suo calore mi fece rabbrividire.

«Posso sempre spaccarti il naso in due, stai attento» dissi io, ma così debolmente che la mia minaccia suonò più che altro come una supplica.

Lui rise.

«Non ho dubbi.» E spronò il cavallo. Non feci nulla per impedire che il suo corpo restasse incollato al mio mentre cavalcavamo verso casa.

Elisa e Teodora non erano ancora tornate, e dopo pranzo immaginai che non le avrei riviste troppo in fretta; Madalena, infatti, mi disse che Elisa, tutte le volte che andava dalla sua amica, non rincasava mai prima del buio. Così, mi resi conto che io e Ian saremmo rimasti da soli tutto il giorno.

«Avete voglia di venire a fare una passeggiata, signorina Sofia?» domandò lui.

«E dove?»

«Per la tenuta. Ma non vi allarmate, non è enorme. Non vi stancherete, e sono sicuro che gradirete il diversivo.»

«Per me va bene, tanto più che ho le scarpe » e risi. Rise anche Ian, non so se per la mia battuta cretina.

La tenuta, come la chiamava lui – a me sembrava più una fazenda – era bellissima. Era come camminare dentro un mondo incontaminato, un luogo dove la natura era esattamente come doveva essere: variopinta e traboccante di vita, brulicante di animaletti che, almeno all'inizio, mi fecero un po' paura. Sembrava diverso addirittura il vento, che mi pareva soffiasse una musica soave, mentre l'aria pura inebriava i miei polmoni ormai abituati allo smog. Forse era per questo che il mio corpo negli ultimi giorni aveva delle strane reazioni: forse tutta quell'aria pura mi faceva male!

Percorremmo un sentiero di terra battuta fiancheggiato da alberi dalla chioma altissima, vidi moltissimi uccelli e persino uno scoiattolo. Poi attraversammo un ampio spiazzo con al centro un albero isolato. Lo riconobbi. Era lì che *ero apparsa* la prima volta. Mi avvicinai per esaminare meglio il posto e vedere se mi era sfuggito qualcosa. Ma non c'era nulla... Anzi no: proprio lì c'era il sasso che mi aveva fatta inciampare, quella stessa pietra a forma di mezza sfera che mi aveva fatto perdere l'equilibrio nel 2010 e precipitare nel 1830. Era interrata per metà. Com'è che nessuno si era mai preso la briga di toglierla di mezzo dalla strada?, mi chiesi.

In quel momento ebbi la certezza assoluta che si trattava proprio dello stesso posto dov'ero caduta. Nel giro di un paio di secoli, quel pascolo si sarebbe trasformato in una piazzetta ricavata all'interno di una città immensa. La mia città. Era un dettaglio di poco conto, ma scoprirlo mi fece sentire meglio.

Ian intanto illustrava il paesaggio e indicava i confini della tenuta. Scendemmo giù per un'altura poco ripida e ci fermammo accanto a un fiume. L'acqua era chiara, limpida, senza nessunissima traccia di bottiglie di plastica, o pezzi di carta o altre schifezze galleggianti. Quello era lo stesso fiume inquinato e fetido che, a ogni pioggia torrenziale, straripava inondando le strade della mia città, a pochi isolati di distanza dal mio palazzo. Roba da non credere...

«Caspita, che bel posto!»

«Sapevo che il fiume vi sarebbe piaciuto. In un certo senso mi ricorda voi.» Prese un sassolino e lo lanciò nell'acqua, che lo ingoiò con un *plop*.

«Me?» Non mi era chiaro il paragone.

«Sì. Come questo fiume, anche voi seguite il vostro corso. Se un sasso vi compare davanti, ci girate semplicemente intorno e cercate un'altra strada. E così come le acque di questo fiume corrono verso il mare, anche voi correte verso la vostra dimora.»

Mi dava le spalle, ma dal tono di voce mi sembrava contrariato.

«Però» dissi, «prova a immaginare se questo fiume all'improvviso mutasse il suo corso e ti passasse in mezzo al salone. Non sarebbe il posto giusto per lui, dovrebbe tornare qui.» A dire il vero un po' contrariata lo ero anch'io.

Mi sedetti sulla riva erbosa, che era leggermente inclinata e molto accogliente.

Qualche istante dopo, Ian mi si mise vicino.

«Lo so.» Continuò a fissare l'acqua. «Ma ciò non mi impedisce di desiderare che vi fermiate ancora un po' nella mia casa.»

«Oh, Ian.» Scossi la testa, ormai estenuata. «Se non fosse stato per te, penso che sarei già impazzita. Ti sei comportato da amico. Se solo potessi raccontarti tutto...»

Ma non potevo. Non senza che mi rinchiudessero dritta dritta in un manicomio.

«Ma ancora non potete» disse lui leggendomi nel pensiero. «Lo capisco. Non pretendo spiegazioni. Mi piacerebbe solo che vi fermaste ancora un po'. Credete che il signor Santiago partirà presto?»

«Spero di sì.» Ma stranamente, la mia voce non sembrava più così convinta.

«È tanto brutto, qui?» domandò lui con una nota di tristezza.

«Non è brutto, è diverso. Non posso nemmeno indossare i miei vestiti senza che qualcuno si senta offeso!» Il suo sopracciglio si inarcò impercettibilmente, e dovetti trattenere una risatina. Neanche in mille anni sarei riuscita a convincerlo che di lì a poco la mia gonna non avrebbe scandalizzato più nessuno. Se almeno avesse potuto capire... «Vorrei tanto che tu conoscessi le cose che mi piacciono e di cui sento la mancanza, cose che esistono solo dove vivo io.»

«Per esempio?» domandò, con la curiosità visibile in quei suoi fantastici occhi neri.

«Per esempio Nina, la mia migliore amica. Ci siamo conosciute all'università e da allora siamo inseparabili. O anche Rafa, il suo fidanzato, anzi il suo quasi marito. All'inizio si fa un po' fatica a mandarlo giù, ma poi ci si abitua. È simpatico, Rafa.» Per incredibile che potesse sembrare, mi mancava persino lui. «Oppure il bagno. Se tu sapessi, Ian... Nel nostro bagno *c'è tutto.* Basta girare una manopola, ed esce l'acqua calda. E poi c'è il water, utilissimo, anzi indispensabile. Mi mancano anche il cinema e la musica. La musica mi manca tantissimo...» Dopo Nina e il bagno, era la cosa di cui sentivo di più la mancanza.

«Come fa l'acqua a uscire da una manopola?» mi chiese lui.

«L'acqua non esce *dalla* manopola!» Risi. «La manopola serve a controllare il flusso dell'acqua che esce dalla... ehm... hanno scoperto un modo per scaldare l'acqua del bagno, che esce fredda da un tubo e poi entra in un apparecchio che si chiama doccia elettrica. Assomiglia a... a... prova a immaginare una scatolina con un sacco di forellini sul fondo. Non saprei spiegarmi meglio... La manopola serve a controllare il flusso dell'acqua o a interromperlo, e anche a regolare la temperatura. Perciò, quando si gira la manopola, l'acqua prima passa all'interno del serbatoio della doccia per riscaldarsi, poi esce da forellini alla temperatura giusta.» Era difficile far capire il funzionamento di una doccia elettrica a qualcuno che non conosceva manco l'elettricità.

«Immagino che dove vivete voi debbano esserci molti scienziati. Al confronto, qui sembriamo rimasti indetro di un secolo.» E rise.

«Due secoli!» lo corressi ridendo anch'io.

«Come avete detto?»

«No... niente.»

Dovevo stare attenta. È che mi veniva talmente facile parlare con Ian!

«Scommetto che quando eri piccolo venivi spesso a giocare qui al fiume» dissi, abbracciandomi le ginocchia.

«Qualche volta, sì. Ci venivo di nascosto da mia madre. Lei pensava che quel tipo di giochi fosse adatto solo ai figli della servitù.» E fece un sorriso storto.

Il mio cuore reagì.

«Però ti piaceva» dedussi.

«Molto. Non ci sono tante altre attività, qui, per un ragazzino, a parte nuotare nel fiume e infastidire i servi.»

Scoppiai a ridere.

«Ma non mi posso lamentare. La mia infanzia è stata bella» proseguì. «Molto diversa da quella di Elisa. Nostra madre è morta quando Elisa aveva solo nove anni. Per lei è stato un momento assai difficile.» Strappò un filo d'erba, soprappensiero, e cominciò ad attorcigliarlo fra le dita.

«Mi dispiace.» Avevo provato sulla mia pelle cosa voleva dire perdere i genitori, e potevo immaginare la sofferenza di Elisa, ancora tanto piccola e costretta ad andare avanti senza la sua sua mamma.

«La mia prima giovinezza l'ho trascorsa cercando di aiutarla. Quand'era ancora una bambina era tutto più facile, ora invece non riesco a esserle utile sotto molti aspetti.»

«Ma tua sorella ti adora. È un fatto lampante!» lo rassicurai.

«Lo so. Elisa ha già sofferto molto, signorina Sofia. Prima nostra madre, poi nostro padre. Io sono tutto ciò che le rimane. E lei è tutta la mia famiglia. Per questo farò il possibile, e l'impossibile, per vederla felice.» Ian adesso tormentava il filo d'erba, come se i suoi problemi fossero raccolti lì dentro e lui potesse sbarazzarsene stritolandoli fra le dita, per poi gettarli semplicemente via.

«Meno male che ci siete l'uno per l'altra. Quando sono mancati i miei genitori, io sono rimasta da sola. Se non fosse stato per Nina, non so dove sarei finita. Ero totalmente disorientata. Troppo, troppo sola...»

«Mi dispiace» disse Ian. «Dev'essere brutto non avere nessuno.»

«È orribile. Mi sarebbe piaciuto tanto avere un fratello.» Cercai di sorridere, ma senza risultato.

Lui rimase zitto per un po', limitandosi a guardarmi.

«Quando è successo?» indagò a bassa voce.

«Nel duemil... Ehm... Cinque anni fa. Io avevo diciannove anni, ero già grande. Immagino che per Elisa sia stato peggio.»

«Non è facile per nessuno, signorina Sofia.» E poi aggiunse: «È un vero peccato non avervi conosciuta allora, avrei fatto qualunque cosa per proteggervi».

«Oh, Ian, tu sei la persona più incredibile che abbia mai conosciuto. E guarda che di personaggi strani ne ho incrociati!» scherzai per alleggerire il clima. «Ma grazie di esserci, adesso. Dopo la morte dei miei genitori, questa è la situazione più difficile che ho dovuto affrontare. E questa volta tu *ci sei.*»

Mi rivolse un sorriso appena accennato, ma i suoi occhi erano ancora tristi.

«Non fare così, Ian. Con Elisa sei stato bravissimo, e presto avrai anche una nuova famiglia, e andrà tutto bene...» Un nodo allo stomaco mi impedì di continuare. Immaginare Ian con una moglie mi dava letteralmente la nausea.

«No, signorina Sofia, non andrà tutto bene.» Chinò la testa e poggiò le braccia sulle ginocchia.

«Invece sì. Anzi, se vuoi posso aiutarti a trovare una brava ragazza» mi sentii dire, mentre avevo la netta sensazione che dentro la pancia mi avessero installato un ottovolante. Cercai di ignorarla. «Tu mi dici cosa stai cercando, e io ti aiuto. E vedrai che quando meno te l'aspetti trovi la persona giusta da amare, e diventi felice.»

«Ma io» disse lui in un sussurro, «questa persona l'ho già trovata, signorina.»

«Davvero?»

«Sì. Ma non può funzionare» mugugnò desolato.

«E perché no?» mormorai.

«Perché questa persona non può fermarsi qui.» E mi rivolse un sorriso pieno di tutta la tristezza dell'universo.

Poi i suoi occhi, quelle due potentissime calamite che

erano i suoi occhi, catturarono i miei, e il mio cuore perse un battito. La testa mi girava come un frullatore a tutta potenza e mi mancò il respiro.

Fu in quell'esatto momento che si sentì un forte rumore di zoccoli. Mentre stavo ancora cercando di capire cosa fosse, Ian balzò in piedi. Lo imitai all'istante.

«Cos'è stato?» domandai.

Lui non disse niente, allungò solo un braccio e mi spinse indietro, in un gesto protettivo. Fu allora che vidi Storm galoppare all'impazzata verso di noi.

17

«Che succede?» chiesi, mentre Ian abbassava lentamente il braccio.

«Pare si siano dimenticati di nuovo di chiudere la stalla» sbuffò lui. «Non è la prima volta che Storm scappa via, ma è la prima volta che non prova a tornare indietro da solo.»

«Si è perso?»

«No, la strada la conosce, non so quante volte l'ho ritrovato nei pressi del paese.» Ian fissava il cavallo incuriosito e Storm sembrava attento ai suoi movimenti, come se capisse le sue parole.

Ian fece un passo avanti tenendo le mani alzate e il cavallo indietreggiò leggermente. Allora Ian cercò di avvicinarsi a lui, ma Storm per tutta risposta scartò di lato con uno sbuffo.

«Calma, cavallino. Ian vuole solo riportarti a casa» dissi cercando di distrarlo, così da dar modo a Ian di afferrare la corda che l'animale aveva al collo.

Funzionò. Storm si acquietò, e lui agguantò la corda.

«Ci sapete fare con i cavalli, signorina. Soprattutto con questo.» E fece girare la corda intorno al muso di Storm, così da bloccarlo. «Non l'ho mai visto dare retta a nessuno, prima d'ora.»

«Oh, io e Storm siamo amici» scherzai, «e lui lo sa.» A

queste parole, il cavallo sollevò la testa e guardò dritto verso di me.

Un brivido mi attraversò il corpo. Era come se mi capisse *sul serio*, e volesse dimostrarmelo.

Inquietante!

«Penso sarebbe meglio tornare, prima che decida di fuggire di nuovo» disse Ian.

«D'accordo.»

Camminammo per un po' in silenzio, ma nella mia testa riecheggiava la sua voce... il momento in cui Ian aveva detto di avere già incontrato la ragazza giusta. Non volevo che fosse un'altra, e al tempo stesso non volevo essere io. Ian aveva ragione: nemmeno se avessi voluto, avrei potuto restare lì – e *non* volevo! –, e quando fossi tornata a casa, lui avrebbe sofferto.

«Avete detto che sentite la mancanza della musica, ho capito bene?» domandò lui a un certo punto, strappandomi al mio vortice di pensieri.

«Sì, è una delle cose che mi mancano di più. Io vado a musica.»

Come al solito non capì.

«Intendo dire che è come se la musica fosse il combustibile della mia anima...» *Aspetta un attimo: se non esistono le macchine, non esiste neanche il combustibile, giusto?* «La musica, per me, è il cibo dell'anima. Mi sono spiegata, adesso?»

«Vi siete spiegata molto bene. E quale musica preferite?» chiese osservandomi con curiosità.

«Ah, mi piace un sacco di roba. Ma più di tutto il rock, il pop rock, il rock indie... Insomma, tutti i tipi di rock. Vado matta per le schitarrate, e... no, lasciamo perdere. Non credo di riuscire a spiegartelo.» Se avessi ancora avuto il mio vecchio cellulare, avrei potuto fargli ascoltare qualche pezzo. E tuttavia, se avessi ancora avuto il mio vecchio cellulare non sarei andata a comprare quel marchingegno del cazzo e quindi non avrei conosciuto Ian. Mi sentivo piuttosto confusa, in preda a un conflitto permanente fra le mie emozioni e la mia razionalità.

«In casa abbiamo un pianoforte, potete usarlo se desiderate. Sarebbe per me una gioia sentirvi suonare.»

«Ma io mica so suonare!» *A meno di considerare il campanello uno strumento.* «La musica mi piace *ascoltarla*, punto e basta.»

«Magari...» Ian esitò. «Magari allora vi piacerebbe andare all'opera? So che da queste parti c'è una compagnia che si esibisce, da qualche settimana. In una città a una cinquantina di chilometri da qui. Partendo nel primo pomeriggio potremo fare in tempo ad assistere allo spettacolo.»

«Sai che non sono mai stata all'opera?» E dire che dove vivevo io era parecchio in voga.

«Non ci credo che non avete mai assistito a un concerto!» Ian pareva non sapere bene se ridere o guardarmi con tanto d'occhi. «Come potete dire di apprezzare la musica senza aver mai apprezzato un'aria?»

«Ian, a me piace un altro tipo di... Ooops!» feci, inciampando su qualcosa. Quello stupido vestito gigantesco! C'era mancato poco che non finissi faccia a terra.

Ma Ian fu veloce e mi afferrò per i polsi prima che succedesse. Purtroppo, però, quei movimenti bruschi spaventarono Storm, che indietreggiò. E Ian, che ancora lo reggeva per la corda, perse l'equilibrio e rovinò sulla schiena trascinandomi con sé.

«Ian? Oddio! Ian, stai bene?» esclamai, ritrovandomi d'un tratto lunga distesa sopra di lui. «Ti ho fatto male?» Gli passai una mano sul petto per capire se c'era del sangue, o qualcosa di rotto, ma non mi sembrava... «Ian?»

«Sto bene, signorina Sofia» ansimò lui. «Non vi preoccupate, non sono ferito. Non è la prima volta che Storm mi fa cadere, e immagino non sarà l'ultima.»

Mi voltai per vedere dov'era finito il cavallo, e con mia grande sorpresa lo trovai lì! Storm stava brucando l'erba, bello tranquillo, come se niente fosse.

«Ma non è scappato!» dissi. Sotto di me, Ian continuava a tenermi stretta.

Con un movimento lentissimo della mano mi scostò una ciocca di capelli dietro l'orecchio. Il mio cuore, che già batteva forte per lo spavento, accelerò. Lui mi stava fissando con occhi se possibile ancora più scuri del solito ed esercitava su di me la stessa attrazione che esercita di solito una tavoletta di cioccolata formato famiglia su una ragazza con la sindrome premestruale: in una parola, era irresistibile. Le mie mani, ancora poggiate sul suo petto ampio – che si era messo a salire e scendere con un certo affanno, come del resto faceva il mio – si aggrapparono d'istinto alla sua camicia.

Sentivo il calore del suo corpo arrivare al mio anche attraverso la stoffa pesante del vestito. Calamitata dall'intensità di quello sguardo, avvicinai il viso al suo, e quando le mie labbra stavano per sfiorarlo, tanto che avvertivo il suo odore pervadermi i sensi e offuscarmi la mente, udii qualcuno gridare.

«Signor Clarke, signorina! State bene?» Il garzone correva verso di noi sventolando il cappello con una mano.

Tornai sulla terra, ripresi coscienza del peso del mio corpo e mi resi conto che ero di nuovo in grado di controllarne i movimenti. Quindi mi alzai di colpo, scrollando la terra dal vestito e cercando di darmi un contegno.

Ian era rimasto giù e mi fissava. Gli tesi una mano per aiutarlo ad alzarsi, ma continuò a fissarmi e non si mosse.

«Forza, Ian, alzati! Il garzone penserà che ti sei fatto male.» I suoi occhi ansiosi si spostarono sul ragazzo e poi di nuovo su di me. «E tu non sei ferito, vero?»

«No.» La voce intensa, rauca.

Un brivido mi scese lungo la schiena, ma riuscii ad aggiungere: «Allora alzati!» Lo afferrai per un braccio e... oh! Era pesantissimo! D'altra parte, alto com'era alto... «Bravo. Sicuro che stai bene? Pensi di riuscire a camminare?»

«Sto bene» mormorò lui mentre si raddrizzava, anche se non sembrava convinto.

«Oh! Signor Clarke...» Il garzone ci aveva raggiunti. «Il cavallo» ansimò, «è scappato... io... lo stavo cercando... da ore... padrone.»

Ian non disse niente.

«Ehm» intervenni a quel punto io, «Storm non era scappato. Era solo andato a fare un giretto, almeno credo.»

Cominciavo a preoccuparmi, Ian non apriva bocca.

«Potresti riportarlo indietro? Io intanto aiuto Ia... il signor Clarke a tornare a casa. Storm lo ha fatto cadere.»

«Maria Vergine! Siete ferito, padrone? Non dovevate riprovare a montarlo. Vi ricordate cos'è successo l'ultima volta...»

«Ma no, mica ha provato a montarlo!» mi affrettai a dire. Ian fissava ancora senza dire niente. «Io sono inciampata, il cavallo si è spaventato, e poi... poi...»

«Portalo via, Isaac» disse Ian finalmente, con piglio sicuro e voce seria. «Io sto bene. Riportalo indietro e questa volta chiudi bene la stalla.»

Sospirai di sollievo: lui stava bene!

«Sissignore!»

Il garzone raggiunse di corsa Storm, che questa volta non oppose resistenza, e i due sparirono alla volta della casa.

Anch'io, se devo essere sincera, non vedevo l'ora di tornare alla sicurezza del focolare domestico, per così dire. Ma d'un tratto Ian mi afferrò di nuovo il polso, bloccandomi di fatto lì dove stavo.

«Niente fughe, questa volta» disse, con inaspettata sicurezza.

«Mica sto fuggendo! E non sono mai fuggita, non vedo perché dovrei farlo adesso» ribattei piccata. Cercai di divincolarmi, ma la sua stretta era salda. Non al punto di farmi male, ma salda quanto bastava. «Ho fame. Sono ore che camminiamo, sai? Scusa, mi faresti la gentilezza di lasciarmi andare?»

Non riuscivo a essere lucida, quando lui mi toccava, e invece dovevo pensare molto bene a ciò che facevo. Non dovevo commettere errori. Né cacciarmi nei guai.

In *altri* guai.

«No» disse lui semplicemente.

«In che senso, no?» E provai a divincolarmi, ma lui non me lo permise. «Lasciami andare, ti ho detto! Subito!»

«No» ripeté Ian, e senza esitare mi attirò a sé. «Questa volta voi rimanete qui con me, Sofia.»

Lo guardai attonita. Il cuore mi batteva a mille.

«Co... come... mi hai chiamata?» domandai sottovoce, le ginocchia di gelatina.

«Sofia. Non è forse il vostro nome?» La sua bocca perfetta si incurvò in un mezzo sorriso. «Adesso ascoltatemi, per favore.»

Mi era piaciuto tantissimo sentirmi chiamare per nome. Fin troppo!

«Cos'è che devo ascoltare?» gli chiesi, ormai sconfitta e turbata dalla sua vicinanza.

«Voglio parlarvi di voi e di me. Di noi due.» Il calore del suo fiato mi pizzicava il viso. Non c'era una sola parte di me che volesse sciogliersi dal suo abbraccio, in quel momento.

Non una sola cellula!

«*Noi* non esiste, Ian. Quindi non c'è niente di cui parlare» gli risposi con franchezza, ma anche ipnotizzata dall'urgenza del suo sguardo.

«Vi sbagliate. So bene che anche voi provate qualcosa quando stiamo così.» E strinse più forte il braccio che mi cingeva la vita, riducendo la distanza fra i nostri corpi, impresa pressoché impossibile visto che eravamo già incollati. «Non negatelo. Ve lo leggo negli occhi.»

«Allora mi sa che ti servono gli occhiali» mormorai, simulando una sicurezza che non avevo.

«Non posso essere certo di ciò che provate, tuttavia *so* di non esservi indifferente. So che provate qualcosa di più della semplice gratitudine. E soprattutto, so come mi sento *io*.»

«E come ti senti?» Non avrei dovuto chiederlo, perché non volevo sentire la risposta. Sapere come si sentiva avrebbe solo complicato le cose. Ma la bocca non diede ascolto al cervello, e la mia famosissima curiosità ebbe la meglio.

«Mi sento... galleggiare, quando sono con voi. È come se sapessi volare! Per la prima volta io mi sento completo, Sofia. C'è in voi una forza che mi attrae, un'energia inspiegabile che mi offusca la mente. Non riesco a pensare ad altro, solo a come sarebbe bello accarezzarvi i capelli...» mi lasciò andare il polso e fece scivolare le dita su una ciocca «... tenervi la mano...» mi prese la mano e se la portò al petto, giusto sopra il cuore. «Sentite cosa succede al mio cuore quando sono con voi?» Batteva forte, fortissimo, come il mio. Io facevo fatica a respirare. «E quando non sono con voi, mi si svuota il petto, come se il cuore si rifiutasse di battere per via della vostra assenza. Sentite! Dice *Sofia*, *Sofia*, *Sofia*! È così fin da quando vi ho incontrata. In quel momento mi sono reso conto che non ero più padrone del mio cuore. Quindi...» mi sfiorò il viso, mi fece scivolare le dita sul collo e infine mi afferrò per la nuca, «non dite che *noi* non esiste.»

E lentamente, continuando a imprigionarmi con lo sguardo, avvicinò le labbra alle mie. Ormai il cuore mi faceva male. Sentivo sulla pelle il suo respiro caldo, e il suo odore inebriante fece sparire tutto il resto che mi circondava.

Allora le sue labbra toccarono le mie. Lui mi tenne ferma la nuca e io presi fuoco, l'ansia di essere toccata ovunque era bruciante, fiamme dense e roventi mi dominavano e vinsero ogni resistenza.

Gli misi le braccia intorno al collo e mi strinsi a lui, poi il bacio che era iniziato in modo dolce si fece più energico, infuocato.

Schiusi appena le labbra per riprendere fiato, e con mia grande sorpresa la sua lingua si insinuò audacemente nella mia bocca. Una piccola parte del mio cervello, forse quella che usavo per sfogliare le riviste, accolse quella scoperta con autentica meraviglia. *Wow! Si baciano già con la lingua!* Il resto di me era concentrato su di lui.

Mentre le nostre labbra – e le nostre lingue – si davano da fare, cominciai a sentirmi diversa. Dentro di me qualcosa si mosse, fu come risvegliarsi da un sonno durato troppo a lungo. Come se un organo nuovo, ma di importanza vitale, avesse cominciato a funzionare solo fra le braccia di Ian, ventiquattro anni dopo la mia nascita.

Aveva ragione lui. C'era davvero un *noi.* Non avrei saputo dire da quando, ma esisteva, ed era forte.

Talmente forte che tornare a casa mi avrebbe spaccata in due. Io sapevo che sarei tornata, *sentivo* che sarei tornata e che il mio cuore si sarebbe spezzato.

Probabilmente anche il suo.

Mi si riempirono gli occhi di lacrime e lo spinsi via, lottando per allontanarlo da me. Non era lui che me lo impediva, era il mio corpo che si rifiutava di lasciarlo.

«No!» gridai.

«Sofia...»

«No. Basta, non dire altro, Ian. Non voglio sentire più niente!» Mi allontanai di più, con il corpo che tremava dal desiderio ardente di tornare in fretta in quel caldo abbraccio. «Non posso lasciarmi coinvolgere! Non voglio farti soffrire e invece *lo farò*, perché so che prima o poi tornerò a casa mia!»

Fra le sue braccia mi ero sentita confusa, ero stata invasa da una sensazione di conforto e protezione così profonda, che per un istante avevo pensato di *esserci già*, a casa.

«Sofia...» Lui si avvicinò e sollevò una mano per sfiorarmi il viso. Io indietreggiai. «Va bene!» Alzò le mani in un segno di resa. «Non vi tocco, vedete? Vi prego, Sofia, perdonatemi. Sono stato un idiota presuntuoso. Ho pensato che...»

«Hai pensato che io fossi... attratta da te. Hai pensato che... che... ho così tanta voglia di toccarti da non capire più cosa è giusto e cos'è sbagliato. Che quando tu mi tocchi, io mi sento più viva. E che quando mi ha baciata è stato come se la mia vita cominciasse in quel momento, come se fino ad allora avessi dormito aspettando solo che tu venissi a svegliarmi.» Cercavo faticosamente di trattenere le lacrime.

«È così che vi sentite?» domandò fissandomi con intensità.

Stavolta le lacrime mi inondarono gli occhi, ormai non potevo farci niente.

Allargai le braccia, stremata.

«Cambia qualcosa?»

Dall'espressione del suo viso – dolore, gioia, angoscia – mi resi conto che aveva capito. Non potevo restare lì un istante di più; sollevai il vestito per essere più veloce, e senza dire altro mi misi a correre verso la villa.

Mi fiondai dritta nella mia stanza, ignorando nel passaggio l'espressione sgomenta dei domestici che mi guardarono sfrecciare con la gonna stretta fra le mani. Ancora senza fiato, mi appoggiai alla porta chiusa.

Cosa diavolo ho combinato?

Mi lasciai scivolare a terra e scoppiai a piangere. Non sapevo bene per cosa stavo piangendo: per me? Per Ian? Per quel *noi* destinato a non esistere? O forse piangevo solo perché, con dolorosa disperazione, volevo tornare fra le sue braccia.

Nina aveva ragione: non mi ero mai innamorata, prima. Mai mi ero sentita altrettanto vulnerabile, debole e stupida. E non sapevo come affrontare i miei sentimenti. Sapevo solo, con ogni fibra del mio corpo, che quell'angoscia sarebbe finita se fossi tornata di nuovo fra le braccia di Ian.

Bzzz. Bzzz. Bzzz.

Sollevai la testa dalle ginocchia e fissai la borsa.

Che c'è, adesso?

Mi trascinai per andare a prendere il cellulare. *Nuovo messaggio?*

Sfiorai il tasto verde.

FASE DUE: COMPLETATA.

Non reagii. Mi limitai a guardare lo schermo, lessi e rilessi il messaggio finché il telefono si spense. Non riuscivo a capire.

Dunque: mi sembrava che la conversazione con Santiago avesse un po' – pochissimo – chiarito le cose, e il cellulare che credevo di avergli visto in mano era la prova che anche lui era finito nella mia stessa trappola. Ma *lei* era stata molto enfatica quando aveva detto che sarei tornata solo quando avessi trovato ciò che *io* cercavo. E di sicuro ciò che stavo cercando non era l'altra persona che come me si era persa in quel posto, bensì qualcosa di misterioso e occulto, qualcosa che aveva importanza solo per me...

Fu allora che, come se all'improvviso si fosse accesa una luce in testa, mi ricordai delle parole che mi aveva detto la commessa alla prima telefonata.

E cominciare finalmente a vivere la tua vita.

Dopo aver baciato Ian, io avevo usato più o meno le stesse parole per dirgli come mi sentivo. *E quando mi ha baciata, è stato come se la mia vita cominciasse in quel momento...* Voleva dire quello? Che Ian, in qualche modo, poteva farmi tornare indietro?

Il primo messaggio era arrivato quando eravamo tornati dal paese. Ian era con me. Il secondo messaggio era arrivato dopo la conversazione che avevo avuto con Ian la sera della cena con Santiago. Anche quella volta, Ian era con me. E avevo ricevuto quest'ultimo messaggio poco dopo il nostro primo bacio. Ovviamente, anche in questo caso Ian era con me. C'entrava lui, allora? Ma in che modo innamorarmi poteva essermi d'aiuto?

Ci rimunginai sopra. Forse il mio viaggio era Ian? Ma se era così, se il vero motivo per cui mi trovavo imprigionata nel passato *era lui*, come facevo a lasciarlo e tornare a casa mia?

Non aveva senso! Non era possibile che Ian c'entrasse qualcosa!

E quindi?

Sapevo che sarei tornata a casa solo se avessi risolto quel mistero. Ormai mi trovavo lì da quattro giorni e non avevo ancora capito cosa cavolo fosse quel maledetto *viaggio*. Riprovai a mettere insieme gli indizi che credevo di avere individuato: Santiago, Ian, il cellulare, e forse il mio libro. Non c'erano collegamenti. Santiago e Ian si erano appena conosciuti. Ian non sapeva cosa fosse un cellulare, e non aveva mai sentito parlare di Jane Austen. Santiago forse li conosceva entrambi. Quindi: che incognita rappresentava Ian in quell'equazione?

Dovevo calmarmi. Era l'unico modo che avevo per sperare di riannodare i fili che ora scappavano via da tutte le parti. Rimisi il cellulare nella borsa e mi alzai con piglio deciso.

Non ero il tipo di persona che restava seduta in un angolo a piangere e lamentarsi. Io ero una che lottava. E avrei lottato con tutte le forze per togliermi Ian dalla testa. Se ero in grado di sopportare tutti i giorni quell'odioso di Carlos, avrei sopportato qualche giorno di convivenza con Ian, per quanto l'impresa si presentasse titanica dato che Ian era incredibilmente gentile e dolce e bello e forte.

Mi lavai la faccia, diedi una sistemata ai capelli – per i quali urgeva trovare una soluzione – e mi incamminai lungo il corridoio.

18

Per distrarmi e tenere Ian lontano dai miei pensieri, provai a concentrarmi su cose più terra terra. Come preparare un balsamo per i capelli, compito tutt'altro che semplice nel diciannovesimo secolo.

Una volta quella pazza di Nina, dopo il suo primo viaggio all'estero, niente meno che in Indonesia, si era fissata che il balsamo fatto in casa usato delle indonesiane fosse molto meglio di quelli carissimi che si comprano in profumeria. Avevo accettato di farle da cavia e il risultato era stato passabile. Non certo all'altezza dei miei cosmetici di fiducia, ma paragonato a quella specie di detersivo per piatti che stavo usando in quel momento, persino il viscidume made in Nina era meglio che niente.

«Madalena, voi sapete come si estrae il latte dalla polpa del cocco?» La frutta l'avevo trovata da me, in cucina.

«Latte? Dalla polpa del cocco?»

«No, mi pare di capire.» Quindi, niente latte di cocco. Uhm...

Però anche l'acqua di cocco era idratante, o per lo meno, stando ai medici ti faceva bene berla in caso di disidratazione...; perciò, se l'acqua di cocco era in grado di reidratare dall'interno, magari poteva funzionare anche per uso esterno? Provarci non costava niente.

«Ehm... non è che potreste bucarmi questo cocco? Io

non sono capace» ritentai, porgendole il frutto. «Mi serve solo l'acqua.»

«Certo» rispose lei sospettosa. «Non sapevo che aveste intenzione di cucinare.»

«Madalena, non voglio cucinare. Non sono neanche capace, ve l'ho già detto» la rassicurai. «Ma ho bisogno di preparare un po' di balsamo per i capelli. Altrimenti fra un po' mi prenderete per un leone e mi scaglierete addosso una pentola di acqua bollente.»

«Balsamo? Per i capelli?» Aggrottò la fronte.

Feci un sospiro.

«Sì, vedete come sono secchi? Sembro una scopa di saggina.»

Mentre lei armeggiava con il cocco, io mi portai avanti col lavoro. Schiacciai mezzo avocado e una banana, ricavando una pappetta densa. Madalena mi passò la brocca con dentro l'acqua di cocco. Sotto il suo sguardo incuriosito, cominciai a versare il liquido goccia a goccia finché la pappetta raggiunse bene o male la consistenza di un balsamo. Il profumo era buono, anzi molto meglio dell'odore di olio d'oliva dello shampoo che stavo usando.

«Ecco fatto» esclamai tutta contenta.

Madalena mi guardava in modo strano.

«Volete provare?» le dissi offrendole la pappetta verdognola.

Lei intinse un dito nella pappetta, e con fare circospetto se lo portò alla bocca.

«Ma no, Madalena! Sui capelli. Volete provare a usarlo sui capelli?»

Mi lanciò una di quelle occhiate da «questa è pazza» e io sbuffai.

«Funziona così. Prima vi lavate i capelli con lo shampoo. Poi, dopo averli sciacquati, ne applicate all'incirca tanto così...» ne misi una noce sulla mano, «e ve lo spalmate in testa. Dopo un po' lo sciacquate via, e vedrete come diventano morbidi e facili da pettinare.»

Non sembrava convinta.

«Non ne ho mai sentito parlare.»

«Lo so! È *per questo* che ho dovuto prepararmelo da sola!» E che cavolo! Avrebbero dovuto cercare di capirmi, no? Mica ero una pazza scatenata. «Ve ne lascio un po', ne ho fatto abbastanza per entrambe. Lo provate, e domani mi dite che ve ne pare, d'accordo?» Ne misi un mucchietto in una tazza.

Sembrava ancora poco convinta.

«Va bene, Madalena. Se non volete provarlo, pazienza. Ma io devo per forza prendermi cura di questa paglia secca.» E mi toccai i capelli, talmente rinsecchiti che recitai fra me una veloce preghiera muta affinché non mi si sbriciolassero fra le dita.

«Vado a prepararvi il bagno, signorina» disse lei afferrando il grande secchio.

«Grazie, Madalena.» Poi mi venne in mente un'altra cosa. «Madalena, avete presente quell'affare che usano gli uomini per farsi la barba?»

«La signorina intende il rasoio?» Corrugò di nuovo la fronte.

«Esatto! Credete di riuscire a trovarmene uno? Ne avrei bisogno.»

«Andrò a prenderne uno di quelli del padrone» ribatté con un'espressione che definire diffidente è ancora poco. «Ve lo lascio sul tavolino da bagno.»

«Okay, Madalena. Siete fantastica.» E uscii di volata dalla cucina, per evitare di spiegarle perché cavolo volevo un rasoio.

Le gambe e l'inguine erano ancora a posto grazie all'epilatore elettrico, che però non ero mai riuscita a usare per depilarmi le ascelle. Il fatto è che, affinché funzionasse, i peli dovevano avere un minimo di lunghezza, e invece io sotto le ascelle non sopportavo di avere nemmeno un millimetro di quella roba. Usavo la lametta praticamente tutti i giorni. Ed era da sabato che non avevo sotto mano un rasoietto usa-e-getta. La situazione si era fatta critica!

Dopo essermi persa per l'ennesima volta nei corridoi, mi ritrovai in una stanza che conteneva strumenti musicali. C'erano, fra gli altri, il pianoforte di cui mi aveva parlato Ian e una gigantesca arpa di legno scuro. Incuriosita, sfiorai le corde con la mano e il suono che ne uscì fu molto più forte del previsto. Un suono gradevole, comunque. Sul pianoforte, uno di quelli senza coda che quando sono chiusi sembrano una scrivania, vidi degli spartiti. Che peccato che non sapessi suonare! Un po' di musica mi avrebbe aiutata a calmare i nervi e a rimettere in ordine i pensieri.

Tornai in corridoio e proseguii fino al salone. Era deserto, quindi Elisa e Teodora non dovevano essere ancora rientrate. Di Ian neanche l'ombra.

Da quel punto di partenza mi era più facile ritrovare la mia stanza, era un percorso che ormai conoscevo bene.

Quando ci arrivai, la vasca da bagno era quasi piena. Aspettai che i domestici finissero di sistemarla e li ringraziai. Ora *sapevo* quanto fosse faticoso preparare un bagno: a me facevano ancora male le braccia...

Feci una passata con lo shampoo, poi mi spalmai per bene il mio bel balsamo fatto in casa. Arrotolai i capelli in una crocchia morbida e iniziai a darmi da fare con l'affilatissimo rasoio. Con attenzione, con attenzione... la lama sulla pelle insaponata... fatto. Meglio andarci molto cauta, perché se mi fossi tagliata da quelle parti non lo sapevo mica come sarebbe andata a finire... A operazione terminata, poggiai il rasoio sul tavolino.

Dopo di che mi accomodai nella vasca e lasciai correre i pensieri a briglia sciolta, mentre aspettavo che il balsamo facesse il miracolo. Non avevo ancora rinunciato, naturalmente, a risolvere il rebus libro-Ian-Santiago-cellulare. Ma stavo giusto cominciando a rifletterci sopra, quando la porta si spalancò con un gran fracasso e Ian irruppe nella stanza.

«Che state facendo?» chiese, il tono di voce allarmato, cercandomi con gli occhi in ogni angolo. Quando mi vide nella vasca si bloccò sul posto.

«Secondo te cosa sto facendo? Un bagno!» Nascosi il seno con le mani, perché se mi fossi allungata a prendere l'asciugamano sarebbe stato peggio.

Ian mi fissò per un secondo, poi il suo sguardo scese alle mie mani, spalancò la bocca e arrossì violentemente.

«Piuttosto, cosa stai facendo *tu*, qui!» esclamai fra il furibondo e l'imbarazzato. Cercai di sprofondare un altro po' nell'acqua della vasca, ma senza successo.

«Io...» Si guardò i piedi, ancora tutto rosso. «Madalena... mi ha detto che... le avete chiesto un rasoio... ho pensato... ho pensato che dopo quello che vi avevo fatto oggi pomeriggio...»

Ci misi qualche secondo a capire la sua mezza spiegazione.

Oh!

«Non avrai pensato che avessi l'intenzione di... farmi del male, solo perché mi hai baciata?»

«Ebbene...» Gli occhi incollati al pavimento. «Perdonatemi, signorina Sofia. Il fatto è che, purtroppo, ho già sentito parlare di fanciulle che, mosse dalla paura di avere irrimediabilmente compromesso la propria reputazione, commettono gesti inusitati...»

«Vabbè, ma io non sono una fanciulla di quel tipo. E non sono neanche una vigliacca.» Per quanto, quel pomeriggio, avevo agito come se lo fossi. «Comunque. Il rasoio mi serviva per... delle cose personali. E ora, se permetti...»

«Certo certo, signorina. Certo. Mi dispiace moltissimo di...» Mi diede un'altra rapida occhiata, tornò a guardare il pavimento, poi alzò di nuovo gli occhi su di me dando a intendere che c'era qualcosa che non capiva. Fissava con curiosità la mia testa. «Perché i vostri capelli sono verdi?»

D'istinto mi portai la mano alla testa. *Oh, merda!*

Con tutto quel trambusto mi ero dimenticata del balsamo.

Ovviamente le eroine dei miei romanzi preferiti, quando vengono sorprese dai loro... innamorati, amanti, fidanzati, trombamici o quel che è, sono sempre naturalmente radiose e gloriosamente vestite. Invece io ero lì, fradicia, nuda e coi capelli verdi e appiccicaticci.

Stavo ancora facendo quel pensiero, quando mi accorsi che Ian era arrossito di nuovo e aveva sgranato gli occhi. Li abbassò di botto. Il punto era che la mano che avevo usato per coprirmi il seno, adesso – non si capiva bene come – si trovava sulla mia testa...

«Fuori!» gridai offesa.

Senza staccare gli occhi dal pavimento, lui fece un mezzo inchino e uscì dalla camera in assoluto silenzio. Ma perché cavolo tutte le volte che succedeva qualcosa di importante la situazione doveva diventare imbarazzante?

Infuriata e mortificata, finii di farmi il bagno. Non solo avevo baciato Ian; avevo anche pianto, ero scappata via, e ora lui mi aveva vista nuda – nuda per davvero, stavolta – e come se non bastasse con i capelli impastricciati di pappetta verde.

Avrebbe potuto andar peggio di così?

Sì!

Non appena arrivai in salotto mi resi conto che poteva andare *molto* peggio.

19

Fosse stato per me, non avrei più messo piede fuori dalla stanza; tuttavia, mi vidi obbligata a farlo perché avevo fame. E con mia enorme sorpresa – dato che avevo pensato che, dopo l'increscioso incidente avvenuto nella mia stanza, per non parlare di quello sul sentiero della tenuta, lui avrebbe cercato in tutti i modi di evitarmi – nel salone trovai Ian. Ma la sorpresa maggiore fu trovarci altre cinque persone: Elisa, Teodora, una coppia di anziani e la ragazza che avevo conosciuto la prima volta che ero andata in paese, Valentina *vattelapesca.*

«Signorina Sofia, che piacere immenso rivedervi!» esclamò Valentina sbattendo le ciglia mentre mi veniva incontro.

Quella ragazza doveva avere qualche problema agli occhi, dico sul serio.

«Stavo chiedendo proprio ora alla signorina Elisa se avremmo avuto il piacere della vostra compagnia» aggiunse, fermandosi accanto a me. Fece un leggero inchino e sorrise.

«Ehm... scusate, Valentina, ero...»

«Stavo appunto per spiegare alla signorina Valentina che eravate indisposta» intervenne Ian. «Vi sentite meglio, ora, signorina Sofia?»

Ancora in forte imbarazzo per la serie di disastri accaduti in quella giornata catastrofica, non riuscii a guardarlo in faccia.

«Sì» risposi brusca. «Sto meglio, grazie.»

«Ne sono lieta.» Elisa mi posò una mano sul braccio. «Mi siete mancata, Sofia.»

Fantastico! Eccone un'altra che avrebbe sofferto per la mia partenza!

Valentina si avvicinò alla coppia di anziani e disse: «Signorina Sofia, permettetemi di presentarvi mio padre, il signor Water di Albuquerque, e mia madre, la signora Adelaide di Albuquerque.»

«Piacere di rivedervi, signorina. Fortuna vuole che questa volta ci incontriamo in un'occasione più piacevole rispetto a quando ci siamo conosciuti.» Ecco dove avevo già visto quei baffoni! Era l'uomo col cilindro, quello nella carrozza. «E Valentina era vieppiù ansiosa di rivedervi. Pare che le abbiate fatto un'ottima impressione, mia cara fanciulla.»

«Il piacere è tutto mio, signore. *Fare impressione* è la mia specialità, me lo dice sempre anche Nina». *Sofia, fai impressione!* mi diceva quando mi vedeva fuori forma. E succedeva abbastanza spesso.

Pensare a lei mi strappò un sorriso, la mia amica mi mancava tantissimo.

Mi ritrovai a ridere da sola perché nessuno aveva capito la battuta. Alzai gli occhi al cielo e sospirai.

«Bene...» Essendosi accorta dell'imbarazzo generale, Elisa si diede da fare per cambiare discorso. «Spero che il vostro vestito sia pronto per tempo, signorina Valentina. Immagino non vorrete mancare al ballo di sabato.»

«Certo che no. L'ho già ordinato, e dovrebbe venire pronto domani. L'idea di partecipare a questo ballo mi mette di buonumore. L'ultimo a cui ho preso parte è stato quello organizzato dal marchese di Bourbon, il mese scorso.»

Esistevano ancora dei marchesi? Ma che figata!

«E non è stato per niente piacevole» intervenne la madre. Valentina ne aveva ereditato la notevole bellezza: nonostante l'età, Adelaide era ancora una donna molto attraente. «Alcuni signori hanno esagerato col whisky, e abbiamo dovuto abbandonare la festa in fretta e furia.»

«È vero, mamma, me ne ricordo. Ma gli amici dei Clarke sono più riguardosi di quelli del marchese. Credo che la mancanza di una brava moglie abbia fatto sì che il marchese si circondasse di amicizie sconvenienti.»

«È proprio vero!» disse con veemenza la signora Adelaide. «Un uomo senza una moglie non trova la giusta direzione.» Vidi che lanciava un'occhiata a Ian. «Valentina sarà una moglie esemplare, è stata preparata molto bene per questo ruolo. Non trovate, signor Clarke?»

Ma che modo squisito di offrirgli la figlia su un piatto d'argento!

«Sono d'accordo, signora Adelaide» replicò Ian dopo essersi schiarito la voce. «Immagino che ogni uomo perbene tragga giovamento dall'avere accanto a sé una brava moglie. E l'uomo che conquisterà l'affetto di vostra figlia potrà di certo dirsi fortunato.»

Valentina arrossì e abbassò gli occhi, con un sorrisetto, e un'espressione fra il soddisfatto e l'imbarazzato con il suo faccino da bambola.

Di bene in meglio. Perché non ero rimasta nella mia stanza?

I due uomini si buttarono in un'animata conversazione sulla caccia, anche se io facevo fatica a immaginare Ian con un fucile tra le mani. Valentina mi venne vicino. I suoi occhi non si staccavano da Ian e gli occhi di sua madre non si staccavano da me, mentre io, a ogni minuto che passava, mi convincevo sempre di più che quella visita fosse stata architettata *ad hoc* da madre e figlia per capire cosa ci facevo lì e cosa Ian pensava della sottoscritta. Adelaide sembrava sospettare qualcosa – e be', in effetti non si può dire che il suo istinto sbagliasse...

Parlai poco, per non correre il rischio di dire stupidaggini, e mi misi ad ascoltare le chiacchiere delle donne. Erano argomenti che non mi interessavano: anche la famiglia Borges aveva acquistato una carrozza nuova; il sarto aveva litigato col panettiere, e non avrebbe aperto la sua bottega fintanto che il panettiere non avesse tolto di mezzo la bancarella che gli aveva piazzato davanti alla porta. Per un buon quarto d'ora parlarono anche, animatamente, di nastri e di vestiti.

Mi resi conto che Valentina doveva essere veramente innamorata di Ian. Il suo sguardo adorante, compiaciuto, e timido insieme, non lasciava spazio a dubbi.

Scoprirlo non mi fece piacere.

Ogni tanto Ian guardava verso di noi e sorrideva. Non ero sicura che i suoi sorrisi fossero destinati a me o alla piccola, delicata e innocente ragazzina che mi sedeva accanto. Valentina arrossiva e abbassava la testa ogni volta che incrociava il suo sorriso. Facevo lo stesso anch'io, ma non per l'imbarazzo.

Come si permetteva? Di flirtare con Valentina davanti a me? E tutte le cose che mi aveva detto quel pomeriggio? E il bacio?

Tuttavia, non appena recuperai un po' di buon senso, pensai che forse era un bene se Ian si interessava a lei. Valentina avebbe potuto essere un'ottima moglie, e una sorella molto affettuosa per Elisa. Si capiva che loro due andavano d'accordo. Per quanto fosse molto difficile, se non impossibile, che a Elisa stesse antipatico chicchessia....

Come un macigno piazzato sopra il cuore, in me si fece spazio la consapevolezza che, se solo non fossi stata catapultata in quel secolo e non avessi stravolto tutto con la mia presenza, forse la vita di Ian avrebbe potuto seguire il suo corso naturale. Io volevo che lui fosse felice e Valentina poteva essere una compagna perfetta. Era bella, nonostante quell'irritante sbattere di ciglia, indossava senza problemi i vestiti arricciati, avrebbe saputo ricevere adeguatamente gli ospiti e organizzare al meglio la casa e i domestici. Avrebbe insegnato a Elisa tutto quello che una donna dell'Ottocento doveva sapere e, chiacchierando con gli amici del marito, non li avrebbe disorientati.

Il sassolino nella scarpa ero io, non lei.

Di colpo mi si serrò lo stomaco e mi passò la fame.

«Elisa, ti dispiace se vado in camera mia? Ho mal di testa e non sarei una compagnia piacevole per nessuno» le dissi sottovoce.

«Che peccato!» ribatté lei dispiaciuta. «Volete che chieda a Madalena di prepararvi una tisana?»

«No, grazie.» Volevo solo uscire da quella stanza, il prima possibile!

«Spero vi riprendiate presto, signorina Sofia» mi disse Valentina con sguardo sincero. «È un vero peccato non poter godere della vostra compagnia a cena...»

Mi limitai ad annuire, perché non volevo starle vicino un minuto di più. Malgrado tutto sembrava proprio una brava ragazza. Temevo che, alla fine, mi sarebbe pure piaciuta, e allora a quel punto mi sarei sentita una specie di rovinafamiglie che interferiva col suo destino. Perché, a differenza di Teodora, Valentina sembrava *sul serio* interessata a Ian, e io non avrei potuto odiarla nemmeno se ci avessi provato. Era una ragazza amabile, e gentile, la donna giusta per lui.

Mi scusai con gli altri ospiti e sfrecciai come un fulmine in camera mia, senza rivolgere a Ian neanche uno sguardo. Se non che, arrivata a metà del lungo e poco illuminato corridoio, sentii dei passi dietro di me e mi voltai.

Ian, ovviamente.

Accelerai il passo nel tentativo di arrivare in camera prima che potesse raggiungermi.

«Signorina Sofia» disse lui in un sussurro.

Perché mi vengono i brividi dappertutto quando sento il suono della sua voce? Argh!

«Signorina Sofia» ripeté più forte.

Mi ero messa a correre. Mi fiondai dentro la stanza come un proiettile e provai a chiudere la porta, ma Ian era più vicino di quanto pensassi. Infilò il piede fra i battenti prima che riuscissi a chiudere la porta doppia. Io allora mi ci appoggiai contro con tutto il corpo e cercai di spingere con più forza, schiacciandogli il piede, ma invano. Vedendomi senza vie d'uscita, mi arresi e lasciai che le due ante si spalancassero.

«Cosa vuoi?» gli chiesi freddamente.

«Voglio parlarvi» disse perentorio.

«Credo che questo non sia né il momento né il luogo ideale. Possiamo parlare domani. Ora torna dai tuoi ospiti e lasciami in pace.»

La sua espressione si fece così triste che mi si strinse il cuore.

«Perché fate così?» domandò sottovoce.

La mia schiena era percorsa da brividi.

«Non sto facendo niente» risposi con petulanza.

«State fingendo che non sia successo nulla. Che non sia cambiato nulla.» Il luccichio argentato dei suoi occhi neri era sconvolgente. Non poteva evitare di guardarmi in quel modo? Proseguì: «Perché mi mandate via?».

Rimasi immobile a fissarlo senza sapere cosa dire.

«Sofia» sussurrò. «Non so cosa volete, ma ditemelo, e lo farò.»

«Voglio che torni a quella cavolo di cena» dissi alzando la voce. Le mie emozioni erano confuse tanto quanto i miei pensieri. «Voglio che torni di là a goderti l'adorabile compagnia della tua *futura moglie perfetta!* Voglio che tu mi stia alla larga! Voglio che tu sparisca!» Provai di nuovo a chiudere la porta, così da rendere il mio messaggio ancora più esplicito, ma Ian non si mosse.

L'ultima cosa che mi aspettavo di vedere era un sorriso sulla sua faccia.

«Siete gelosa» affermò compiaciuto.

«Io? Gelosa? Di te? Ah!»

«Invece penso proprio che lo siate.» Il suo sorriso sfacciato non faceva che esacerbare la mia irritazione. Quanto avrei voluto spaccargli il muso!

«Non me ne frega niente di quello che pensi. Ora, per favore, vattene. Hai già invaso camera mia una volta, oggi. Perché non puoi semplicemente lasciarmi in pace?» Feci ricorso a tutta la mia forza per chiudere la porta, ma lui me lo impedì senza impegnarsi troppo.

«Ho bisogno di farvi una domanda, poi prometto di lasciarvi in pace.»

Sbuffai e mi arresi. Mi facevano male le mani, e non ero riuscita a spostare Ian neanche di un millimetro.

«Allora muoviti, sono stanca» mugugnai.

«Vi ricordate la conversazione di oggi pomeriggio?»

«Potresti essere più specifico? Abbiamo parlato di un sacco di cose.»

Sorrise con malizia.

Argh!

«Certo. Oggi pomeriggio mi avete detto di non avere mai assistito a un'opera, non è così?» mi domandò con gli occhi che brillavano per l'entusiasmo.

«E con ciò?» dissi fingendo indifferenza, ma l'argomento mi aveva effettivamente colta di sorpresa.

«Ebbene, ho mandato Isaac a comprare i biglietti per lo spettacolo di domani sera. Quindi volevo... essere sicuro che non abbiate cambiato idea dopo il mio comportamento... villano.»

«Villano? Sarebbe più adeguato dire che ti sei comportato come un animale.» E arrossii di vergogna al ricordo della sua espressione attonita mentre guardava il mio corpo nudo nella vasca.

«Non potete immaginare quanto mi dispiaccia avere invaso il vostro spazio privato in quel modo, signorina. Non succederà più, ve lo prometto.»

«Davvero? Eppure ho l'impressione che in questo momento tu stia facendo esattamente la stessa cosa!» replicai incrociando le braccia.

Lui fece una smorfia e aggrottò la fronte, palesemente imbarazzato. Imbarazzato e infelice.

«Avete ragione.» E fece un passo indietro, permettendomi di chiudere la porta.

Ma non la chiusi subito. Rimasi a fissarlo. La sua espressione triste mi impediva di sbattergliela in faccia e chiudermi dentro.

«Allora, verrete con me?» chiese incerto, dopo qualche istante di silenzio. «Allo spettacolo? All'opera?»

«Io e te?» Mi stava prendendo in giro?

«Sì, voi e io» disse con cautela. «Verrano anche Elisa e Teodora, immagino. È un'opera molto acclamata di un giovane musicista, Rossini, non so se ne avete sentito parlare.»

«Credo di no, non sono un tipo da opera.» Ma questo lo sapeva già.

Ian rimase ad aspettare, poi ritentò: «Allora? Mi accompagnerete, domani?».

«Sei sicuro che non preferiresti invitare Valentina? Lei di certo lo conosce, questo Rossilli.»

«Rossini» mi corresse, cercando invano di trattenere un sorriso. «Nonostante lo neghiate, signorina, continuo ad avere l'impressione che siate gelosa della signorina Valentina.»

Quando cercai di protestare sollevò una mano, fece un passo avanti e mi posò un dito sulle labbra.

«Non c'è bisogno che vi sforziate di negarlo, credo di conoscervi quanto basta a sapere che non lo ammetterete mai. E comunque, vi garantisco che la vostra gelosia è assolutamente immotivata.»

Il mio corpo reagì immediatamente a quel contatto. E, a quanto potevo vedere nei suoi occhi, anche il suo stava reagendo allo stesso modo. Totalmente fuori controllo, entrambi.

Volevo dirgli di andarsene. Avrei voluto. Ma le mie labbra non rispondevano agli ordini, non perché il suo dito me lo impedisse – mi sfiorava appena, con una pressione impercettibile – ma perché, molto semplicemente, non ero più in grado di fare nulla. E, se non proferii parola, fu perché una parte di me avrebbe volentieri mandato tutto all'inferno per poi saltargli addosso.

Il suo dito, mi accorsi d'un tratto, stava tracciando delicatamente il profilo del mio labbro inferiore. Il mio corpo fu scosso da una miriade di microvibrazioni. Poi di colpo, senza preavviso, Ian si allontanò, e io rimasi come disorientata, senza più equilibrio.

«Scusatemi, non lo farò più. Ve lo prometto» affermò mortificato.

Io non sapevo se ridere di tutta la situazione o piangere di disperazione. Mi stava dando quello che gli avevo chiesto. Cercava di tenere le distanze.

«Ottimo!» mentii, ancora col fiato grosso.

«Allora, domani verrete con me?» L'insicurezza nella sua voce era disarmante.

«Se terrai le mani a posto...» Feci spallucce. Volevo fargli capire che non me ne importava niente se non voleva più toccarmi «Allora okay.»

«Ve l'avevo già promesso poc'anzi. Starò ancora più attento, d'ora in poi, ve lo assicuro.» E vidi il suo viso rabbuiarsi, una nuvola gonfia di pioggia illuminata dalla risoluta fiammella di una candela. Non avevo dubbi che avrebbe mantenuto la parola.

Un po' frustrata, accettai. Non sapevo più nemmeno io cosa volevo veramente...

«Buonanotte, allora» e afferrai le maniglie, cominciando lentamente a chiudere i battenti della porta.

«A domani, Sofia» disse lui sottovoce, e mentre osservavo la sua figura scomparire nel corridoio, mi resi conto che il mio mondo, già abbastanza incasinato, stava crollando definitivamente.

20

Non mi alzai subito dal letto, rimasi un po' a guardare la luce chiara del mattino che disegnava un grazioso balletto di caldi riflessi bianchi.

Anche se avevo dormito, gli occhi mi bruciavano ancora. Era buffo: io non ero mai stata una di quelle che piangevano per un nonnulla... Il punto è che per la prima volta mi stavo innamorando veramente. E non sapevo da che parte girarmi.

Avrei tanto voluto alzarmi e andare da Ian. Ma al tempo stesso non volevo. I sentimenti nuovi e contraddittori che stavo provando erano talmente sconcertanti che non mi ero accorta che era già mercoledì. Avevo solo tre giorni prima che Santiago tornasse con qualche notizia.

Solo altri tre giorni.

Tuttavia non me ne rallegrai, anzi: mi sentivo inquieta e irritata. Saltai giù dal letto e mi vestii in fretta e furia. Mi guardai allo specchio e constatai che in effetti ero riuscita a domare un po' i capelli. Li legai, mi lavai la faccia e uscii dalla camera. Non c'era tempo da perdere, perché quelli forse sarebbero stati gli ultimi tre giorni.

Com'erano cambiati in fretta i miei desideri! La domenica prima ero disperata e volevo soltanto andarmene da lì, fosse anche su un asino volante. Ora invece ero disperata perché mi rimaneva poco tempo.

«Signorina Sofia, buongiorno!» Il maggiordomo mi intercettò nel corridoio. Trasportava una pila di lenzuola piegate, ma riuscì ugualmente a farmi un inchino esagerato. «Spero che oggi vi sentiate meglio.»

«Buongiorno... Mannaggia, non mi ricordo come vi chiamate. Scusatemi» dissi. Dimenticare il suo nome era molto maleducato da parte mia, ma del resto negli ultimi tempi avevo conosciuto un sacco di gente, e per giunta ero anche impegnata a metabolizzare la nuova situazione che si era creata con Ian...

«Gomes, signorina, a vostra disposizione.» E fece un altro inchino.

«Gomes» ripetei, nel tentativo di fissarmelo in testa. «Sapete dirmi se Elisa si è già svegliata?»

«Sì, è in sala da pranzo in compagnia del signor Clarke.»

«Okay, Gomes, allora vado di là. Ho una fame da lupi. Alla fine ieri sera sono andata a letto senza cena.»

Lui si limitò a un sorriso perplesso.

Li trovai a tavola, che chiacchieravano animatamente.

«Buongiorno, Sofia! Vi sentite meglio stamattina?» domandò Elisa non appena mi vide.

Mi sentivo a disagio per averle mentito la sera prima, ma cosa potevo dirle? *Sai, cara, me la sono data a gambe perché ne avevo le palle piene di vedere quella sgallettata stare addosso a tuo fratello. A proposito, sai che mi sono innamorata di tuo fratello?* Ovvio che non le potevo dire così; e fra l'altro, Valentina era tutto fuorché una sgallettata.

«Buongiorno, Elisa. Sto bene, grazie.» Lanciai uno sguardo furtivo a Ian, che non sembrava infastidito dalla mia presenza. «Ciao, Ian.»

«Buongiorno, signorina» disse lui, asciutto e impassibile.

«Teodora dov'è?» chiesi a Elisa.

«È andata a casa a preparare il vestito per stasera. Ah,

Sofia, per fortuna vi sentite meglio, così ci divertiremo insieme. È da parecchio che non andiamo all'opera, vero, Ian?»

Lui annuì senza staccare gli occhi da lei.

«Penso che questa opera vi piacerà, ne ho sentito parlare molto bene. Dicono che in Europa abbia avuto parecchio successo, alcuni anni fa.»

Ian sembrava lo stesso di sempre: educato, voce pacata, sorriso eterno. Solo gli occhi erano diversi, e sembravano tristi anche se sorrideva.

«Avete fame, Sofia?» Elisa indicò la sedia invitandomi a sedere.

«La signorina Sofia ha sempre fame» rispose Ian fissando la sua tazza.

Mi scappò un sorriso involontario. Allora quando parlavo mi ascoltava!

«Sì, ho fame» confermai. «Meno male che Teodora non c'è, così non rompe le scatole. Oggi, fosse per me, divorerei un bue!»

Elisa scoppiò a ridere mettendo in mostra le sue adorabili fossette. E non mi sfuggirono le rughette divertite intorno agli occhi di Ian, nonostante cercasse di ripararsi dietro la tazza di porcellana.

Presi una fetta torta, poi latte, caffè, del pane duro e scuro, molto saporito, e un po' di frutta.

«In che senso Teodora deve preparare un vestito?» chiesi a un certo punto. Non avevo capito bene quell'aspetto della faccenda.

«Perché non c'è abbastanza tempo per comprarne uno all'ultimo momento. Per questo è tornata a casa, per far fare alla domestica delle modifiche a un vestito che possiede già. Credo lo abbia usato solo una volta.»

Avevo la bocca piena, perciò prima di parlare dovetti mandar giù il boccone con una sorsata di latte.

«Ma perché tutto questo lavoro?» Chi se ne importava se il vestito l'aveva già usato? E fra l'altro, solo una volta?

«Andiamo, signorina Sofia! Solo i più nobili della società vanno all'opera. È di certo uno dei modi che hanno per esibire la propria ricchezza e posizione.» Elisa fece una smorfia divertita. «Penso sia per questo! E inoltre, credo abbiate già notato che per Teodora ogni scusa è buona per un vestito nuovo.»

«Sì, l'ho notato.»

Ogni tanto lanciavo un'occhiata furtiva a Ian, che però era sempre girato da un'altra parte e guardava tutto tranne me.

«Comunque, io ho già dato a Madalena un vestito da stirare e un altro a cui allungare l'orlo.»

«Ti metti due vestiti, Elisa?»

«No, uno solo. L'altro è per voi.» E il suo sorriso si allargò.

«Ah, no, non se ne parla neanche! Non ho intenzione di svuotarti l'armadio! Ian mi ha appena regalato due vestiti nuovi. E c'è anche quello per il ballo! Non me ne presterai un altro, lo escludo. Soprattutto ora che la mia partenza si avvicina.»

Due teste si sollevarono di scatto.

«Si avvicina?» domandò Ian sottovoce, con la testa incassata nelle spalle e gli occhi che mandavano scintille.

«Be'... non ne sono ancora sicura, ma è possibile che io parta sabato, domenica al massimo.»

Rendermi conto di quanto quella notizia lo ferisse fece accelerare dolorosamente i battiti del mio cuore. Ian scosse piano la testa, prese un bel respiro e d'un tratto sembrò non saper più che fare.

«Io... ehm... Scusate, devo... Devo...» Non completò la frase, si alzò e uscì di fretta.

Rimasi a fissare la sua schiena che scompariva nel corridoio. Avrei voluto correre da lui, abbracciarlo e dirgli che sarebbe andato tutto bene. Quanto desideravo che fosse vero, che in un modo o in un altro tutto si sistemasse! Ma, a dispetto della bizzarra situazione in cui mi trovavo, quella era vita vera e non una storia inventata. E nella vita vera le storie non vanno mai a finire bene.

«Lui vi stima molto» disse Elisa, sconsolata. «E anch'io. Vorrei vi fermaste più a lungo.» Aveva i bei lineamenti stravolti dall'infelicità, e a me salì in petto un moto d'odio per quella *commessa-strega*. Perché permetteva che due persone come loro soffrissero così tanto?

«Anche voi due mi piacete molto, Elisa. Fin troppo, a dire il vero. Ma non posso fermarmi. Tanto per cominciare, non dovrei nemmeno trovarmi qui» dissi piano. «Vorrei poterti dire che ci rivedremo, ma non sarà possibile neanche questo. Sarà un addio definitivo.»

I suoi occhi erano lucidi, e con orrore mi resi conto che lo erano anche i miei.

«Va bene» dissi tirando su col naso. «Non sprechiamo il nostro tempo in lacrime. Ci restano solo pochi giorni, vediamo di goderceli.»

«Giusto» disse lei sforzandosi di reagire. «Allora che ne dite di cominciare dal vestito?»

«Oh, Elisa...» In quella famiglia l'ostinazione doveva essere un tratto ereditario. «Te l'ho già detto!»

«Mi darete un dispiacere se rifiuterete di indossarlo. È solo un prestito. Poi chiederò a Madalena di accorciarmelo di nuovo.» I suoi occhioni tristi mi fecero sentire in colpa.

«D'accordo» acconsentii, esasperata. Poi mi venne in mente una cosa. «Elisa, ho bisogno di farti un discorsetto. Una chiacchierata fra ragazze» le dissi abbassando la voce. «In un posto più riservato di questo.»

«Possiamo andare a parlare nella mia stanza» suggerì lei.

«A bomba! Voglio dire, ottima idea!»

Si mise a ridere. Ci asciugammo entrambe gli occhi, tirammo un po' su col naso, e ci spostammo nella stanza di Elisa. Sembrava la camera di una principessa delle favole, con tutti i mobili ricoperti di delicate stoffe bianche e rosa, accogliente al pari della sua proprietaria. Elisa chiuse a chiave la porta, poi sedette accanto a me sul grande letto a baldacchino.

«Qui non ci disturberà nessuno. Cosa mi dovete dire di tanto importante che nessuno deve sentire?»

«Ehm...» Credevo fosse più facile iniziare. «Io... ti volevo parlare di... In primo luogo, devi promettermi che non racconterai ad anima viva la nostra conversazione» la implorai afferrandole le mani. «Soprattutto a Ian. Perché se lui dovesse venire a sapere che ti ho parlato di questa cosa, secondo me mi ammazza.»

«Ve lo prometto» ribatté lei allarmata. «Comincio a preoccuparmi, Sofia.»

«Non devi, Elisa. Il punto è che tu hai bisogno di sapere certe... cose che solo una donna più grande ti può spiegare. E tuo fratello mi ha fatto capire che non c'è nessuno che te ne può parlare. Forse avrebbe potuto farlo tua madre, ma visto che...»

Non ero partita bene. Presi un bel respiro e cercai di ricordare il discorso che mia madre aveva fatto a me, anche se lei, probabilmente, aveva avuto più tempo per prepararsi...

Comunque, decisi di adottare il suo stesso metodo. Sondai il terreno, tanto per cominciare, per capire che cosa Elisa sapesse già.

«Elisa, tu lo sai cosa fanno un uomo e una donna in camera da letto, quando sono sposati?»

«Dormono, credo» rispose lei, confusa.

«Certo. E che altro?»

«C'è altro?»

Oddio, e ora?

«C'è molto altro, Elisa. C'è la cosa più importante di un matrimonio.» Sarebbe stata una conversazione complicata.

Lei sgranò gli occhioni azzurri.

«Davvero? Nessuno mi ha mai detto niente. Di cosa si tratta?» E mi afferrò una mano con espressione incuriosita.

«Hai già sentito dire qualcosa sul... fare l'amore?» Pensai che fosse il termine più adeguato all'epoca.

«Uhm... no.»

«E sul sesso?»

Arrossì leggermente. Forse qualcosina la sapeva, allora.

«Be', una volta un'insegnante ha detto qualcosa sul fatto che gli uomini sono guidati dal sesso, ma non ha spiegato nient'altro. Ho chiesto a Ian cosa significasse, ma mio fratello mi ha sgridata e mi ha messa in castigo. Dice che una ragazza di buona famiglia non deve usare certe parole e tanto meno pensare a certi argomenti. "Giammai!" ha detto. Allora ho pensato che doveva essere una cosa brutta e non ho chiesto più niente a nessuno.»

Se Ian avesse scoperto quello che stavo per fare, mi avrebbe strozzata, non avevo dubbi.

«È di questo che ti voglio parlare. Del sesso. Voglio spiegarti come funziona, così che, quando ti sposerai, non ti farai prendere dalla paura, e anzi... ti divertirai.»

Annuì, seria.

Presi l'ennesimo bel respiro e mi misi a spiegare la differenza fra il corpo femminile e quello maschile. Aveva già visto un neonato nudo, il che facilitò abbastanza le cose. Quando iniziai a spiegarle l'atto durante il quale ogni pezzo si incastra, arrossì in viso fino a diventare quasi viola, ma io non mi fermai. Doveva sapere tutto. Ogni donna lo deve sapere.

Risposi a tutte le sue domande, e ricordai che anch'io, se non mi sbagliavo, avevo chiesto a mia madre le stesse cose.

Fa male? Esce sangue? E se non esce sangue, lui che cosa pensa? Devo proprio togliermi tutti i vestiti? E se mi viene paura? Come fa a entrare un coso così grande? Ma è bello? E se non ho l'orgasmo, allora vuol dire che qualcosa nel mio corpo non funziona?

Le dissi tutto: che non doveva avere paura perché, quando si ama davvero qualcuno, tutto diventa naturale. Che anche il suo corpo avrebbe desiderato farlo. Che non erano solo gli uomini a essere guidati dal sesso. Che anche le donne si divertivano molto, persino più degli uomini, considerato che l'orgasmo multiplo è una prerogativa femminile (proprio tutto tutto, le dissi!). A rispondere a certe sue domande, però, non ero preparata. *Allora non è vero che se mi siedo nello stesso posto dove si è seduto un ragazzo avrò un bambino?*

Le insegnai a calcolare i giorni per evitare di restare incinta, le feci ripetere i calcoli diverse volte per sicurezza. Le raccontai della gestazione, anche se su quel punto le mie conoscenze erano solo teoriche, comunque le dissi tutto quello che sapevo.

Quando mi zittii, la sua espressione era un misto di vergogna, gioia e soddisfazione. Mi strappò un sorriso: era felice, e solo perché aveva saputo cosa succede a un coppia quando va a letto.

«Allora quella storia che una giovane può avere un figlio solo perché ha baciato un ragazzo è una menzogna!» esclamò stupefatta.

«Senza dubbio.» Poi però argomentai: «Cioè, se c'è davvero soltanto un bacio non basta di certo...». Le strinsi le mani fra le mie e la guardai negli occhi. «Ma tu non metterti a sbaciucchiare in giro, Elisa!» Era una ragazzina, meglio essere chiari. «Soprattutto qui, in questo luogo dove la reputazione di una ragazza è così importante. Il sesso è diverso dall'amore. Il sesso c'entra con il corpo, invece l'amore c'entra con il cuore. Tu puoi desiderare qualcuno anche se non lo ami. L'ideale è provare entrambe le cose per la stessa persona.» *Come succede a me con tuo fratello*, avrei voluto aggiungere.

«Ho capito. State tranquilla.» Sorrise con imbarazzo. «Non bacerò nessuno.»

La guardai. Anche se erano azzurri, i suoi occhi mi ricordavano quelli di Ian e mi fecero tornare in mente una conversazione che avevo avuto con lui.

«Elisa, devi promettermi una cosa.»

«Ve lo prometto» disse solennemente senza pensarci su. Lei non era una persona diffidente come me. Nemmeno Ian lo era. Forse il ventunesimo secolo non era poi questa gran cosa, in fin dei conti...

«Promettimi che ti sposerai solo quando ti innamorerai veramente di qualcuno. Niente matrimoni combinati.»

«Ve lo prometto! A maggior ragione, dopo tutto quello che mi avete raccontato.» E scosse la testa, le guance ancora un po' arrossate. «Se non amo veramente qualcuno, non potrò mai permettergli di vedermi in sottoveste, figuriamoci senza!» disse scandalizzata. «Grazie, Sofia. Vi adoro!» e mi gettò le braccia al collo.

«Anch'io, Elisa. Voglio che tu sia molto felice. Anche se non potrò essere qui per vederlo con i miei occhi.»

«Oh, Sofia! Se solo poteste capire quanto siete importante per me, e per mio fratello, non ci lascereste mai.»

«Anche voi siete molto importanti per me, devi credermi. Tu è come se fossi la mia sorellina minore.» L'altra mia sorella era Nina, ma lei aveva tre mesi più di me. Era la mia sorella più grande. La mia cara Nina! Mi accorsi che se avessi continuato ad abbracciare Elisa sarei scoppiata a piangere, quindi mi allontanai da lei e provai sorridere.

«Ora è il tuo turno di insegnare qualcosa a me» le dissi.

«Insegnarvi? Io?» Aggrottò la fronte.

«Certo!» Mi misi più comoda, piedi sul letto e braccia intorno alle ginocchia. «Insegnarmi come devo comportarmi all'opera. O meglio, come *non* mi devo comportare!»

Lei rise. «Ho capito.»

Feci molta attenzione a quello che mi disse. Dovevo fare un leggero inchino quando mi presentavano qualcuno, ed evitare di dire «okay», e «a bomba», e «alla grande» o roba del genere. Dovevo legarmi i capelli. Le donne non sposate si sedevano sempre davanti agli uomini. In buona sostanza, mi disse cose che avevo già visto nei film di ambientazione ottocentesca. Cercai di mandare tutto a memoria per benino, onde evitare di dare vita a situazioni imbarazzanti.

Ce l'avrei fatta? E chi lo sa.

21

Quando misi piede in camera, ci trovai Madalena.

«Oh! Signorina Sofia» esclamò la domestica portandosi le mani al petto. «Ho appena finito di sistemare il vestito rosa. Vi starà benissimo» disse, indicando il letto sul quale l'aveva steso.

«Grazie, Madalena. Avevo detto a Elisa che non ce n'era bisogno, ma non mi ha dato retta.»

«Meglio così! Una giovane come voi deve indossare abiti capaci di esaltarne la bellezza. E questo è uno dei capi più belli della signorina Elisa. Lo ha indossato una volta sola, non se ne accorgerà nessuno.»

«Io non faccio caso a queste cose» minimizzai.

Quando si vive con uno stipendio basso come il mio, si impara a far fruttare il lato creativo. E comunque, constatai, anche se mi trovavo in un altro secolo, a quanto pareva non avevo perso l'abitudine di farmi prestare i vestiti dalle amiche. Doveva esser un circolo vizioso destinato a non interrompersi.

«Volete che vi aiuti a vestirvi, signorina?»

«No, Madalena, mi arrangio da sola.»

«Come preferite.» Esitava, con l'aria di voler dire qualcos'altro.

«Tutto bene, Madalena?»

«Volevo sapere se... se la signorina potrebbe insegnarmi a preparare quel balsamo» buttò lì. Io invece scoppiai a ridere.

«Allora l'avete usato!» Non c'era niente da fare: donne e capelli sarebbero sempre stati una coppia forte, a prescindere dal secolo.

«Non avevo mai provato niente di simile, prima d'ora» mi confidò. «Potete insegnarmi a prepararlo?»

«Ma certo, Madalena. Domani, se siete d'accordo?»

«Certamente» esclamò lei soddisfatta. Si sistemò le gonne, diede un'occhiata in giro per controllare che fosse tutto in ordine, e uscì. «Se avete bisogno, signorina, sono a vostra disposizione.»

Mi misi a osservare il vestito ricamato e con la punta delle dita sfiorai le perline trasparenti. Era un vestito da principessa, arricciato, con le spalline larghe che scendevano ad aletta sulle braccia. Ecco una cosa di cui non avrei sentito la mancanza al mio ritorno a casa: i vestiti lunghi. E anche della casetta, aggiunsi velocemente.

Per prima cosa infilai il vestito, e dopo essermi trasformata in un'enorme meringa rosa mi dedicai al maquillage. Un po' di ombretto, un tocco di fard, rossetto e mascara. Il convento non passava altro.

Passai alla fase più complicata: i capelli. Che fare? Elisa aveva detto che le donne non andavano mai all'opera con i capelli sciolti. Anzi, che i capelli le donne non li tenevano *mai* sciolti in presenza di altre persone, e soprattutto uomini.

Mi fissai allo specchio cercando di riportare alla mente qualche pettinatura facile da realizzare.

Ah, se ci fosse qui Nina!

Ma ero da sola e dovevo arrangiarmi. Non avevo molta scelta: a parte la coda di cavallo e lo chignon, che però avrebbe richiesto dei fermagli che non avevo, non sapevo fare altro, così alla fine optai per una treccia laterale morbida. Qualche capello scappò via, ma il risultato mi sembrò ben riuscito. Decisi di nascondere l'elastico nero perché stonava con il resto, così andai a prendere un fiore bianco dal vaso sistemato in corridoio e lo fissai.

Io, con un fiore nei capelli. Avevo decisamente toccato il fondo.

Andai nel salone ad aspettare gli altri, e ci trovai Ian. Indossava uno smoking nero, molto simile a quelli che si usano oggi. In mano teneva un cilindro ed era serio in viso.

Oddio, ma quanto è bello!

Non appena mi sentì arrivare si alzò in piedi e mi fece un inchino, come suo solito.

«Signorina» disse, mentre con gli occhi esaminava i miei capelli, il mio viso e il mio corpo fino alle scarpe da ginnastica rosse che stavolta, grazie al lavoro di Madalena, non si vedevano. «Se me lo consentite, devo dire che stasera siete alquanto...» Esitò.

Mi venne l'ansia.

«Sono ridicola, vero? Lo sapevo. Io glielo avevo detto a Elisa che...»

«No, signorina Sofia» mi interruppe subito. «Stavo cercando di trovare una parola adeguata a descrivervi. Ma una parola sola non basta a dare conto di così grande bellezza.» Il suo sorriso si allargò. «Credo che *splendente* e *magnifica* non facciano giustizia al vostro aspetto in questo momento.»

«Ah!» Arrossii, ma appena appena. «Grazie Ian, anche tu sei uno schianto!»

Sbatté gli occhi tre o quattro volte prima di replicare.

«Scusate, avete detto?» chiese confuso.

«Sei uno schianto. Talmente bello, che se una non è preparata potresti provocarle un attacco di cuore» gli spiegai, arrossendo stavolta come una collegiale. «Dalle mie parti si dice così. Scusami. Io ci provo a evitare espressioni di questo tipo, ma è difficilissimo! Vecchie abitudini, ricordi?»

«Sì, ricordo. E non vi scusate. Quando le usate, vi ascolto volentieri. Credo anzi di avere appena trovato la parola che stavo cercando. Siete uno *schianto*, Sofia!»

Sentire la sua voce profonda pronunciare il mio nome mi fece tremare le ginocchia.

«Elisa dov'è? Non sarò mica in ritardo?» Optai per cambiare argomento, giusto per evitare di saltargli addosso seduta stante, come invece avevo voglia di fare.

«Sono venuti a prenderla con la carrozza, sembra che la signorina Teodora avesse un'emergenza legata a dei nastri o qualcosa del genere...» *Eh, sì, proprio un'emergenza!* «E non siete affatto in ritardo. Siamo in perfetto orario. Possiamo partire adesso e passare a prendere Elisa e la signorina Teodora. Voi siete pronta?»

«Prontissima. Dopo tutto questo pasticcio, credo di essere pronta a qualsiasi cosa.»

«Come avete detto?»

«Ehm... niente, niente.»

Sarebbe stato un lungo viaggio. Non perché la casa di Teodora fosse lontana, o perché la strada fosse dissestata, ma perché ritrovarmi con il corpo di Ian a un palmo di distanza e al chiuso di una carrozza mi provocava una certa inquietudine; il tempo sembrava andare al rallentatore. Senza chiedere permesso, cominciarono a entrarmi in testa dei pensieri peccaminosi... Io provavo a contrastarli, ma ormai le immagini si erano conficcate nella mia mente: io che gli sbottonavo la camicia, gli accarezzavo il torace turgido, baciavo quella sua bocca carnosa e perfetta e poi scivolavo con le labbra sulla morbida pelle del collo assaggiandone il sapore con la lingua...

«Mi state ascoltando, signorina?» chiese Ian sfiorandomi un braccio e risvegliandomi dal sogno. «Vi sentite bene?»

«Oh! Sì, sì, tutto bene. Mi sento benissimo. Perché non dovrei sentirmi bene?»

«Vi ho posto due volte la stessa domanda e ho avuto l'impressione che non mi steste ascoltando» spiegò lui aggrottando la fronte.

«Io... stavo sognando a occhi aperti, credo. Scusami.» Imbarazzata, e col viso in fiamme, abbassai la testa.

Lui scostò subito la mano e la poggiò sulla sua gamba. Poi mi sorrise.

«Spero almeno che il sogno fosse piacevole.»

«Non ne hai idea! Cos'è che mi avevi chiesto?» mi affrettai a replicare prima che chiedesse ulteriori dettagli.

Lui guardò fuori dal finestrino e indicò qualcosa.

«Che ve ne pare?»

Allungai il collo. In lontananza vidi una costruzione enorme a più piani, tre o quattro volte più grande di una casa colonica.

«È un castello?» chiesi. Non mi risultava che in Brasile ci fossero mai stati dei castelli, ma non si sa mai.

«No, è una residenza normale. Che ve ne pare?»

«Mi pare enorme. Perché?»

«Sto pensando di comprare quella proprietà» rispose con un pizzico di spocchia.

Corrugai la fronte.

«Perché, in quel labirinto dove abiti non ci sono già abbastanza stanze?» Tornai ad ammirare l'edificio, che aveva una quantità di finestre francamente esagerata. Avrebbe potuto benissimo ospitare un hotel di lusso.

Ian rise.

«Non è per me, è per Elisa! Per quando si sposerà. Non voglio che vada a vivere troppo lontano.»

Contemplai un'ultima volta il villone che sembrava uscito da un set cinematografico.

«Bah, continuo a pensare che assomigli più a un palazzo che a una residenza normale, comunque è...» mi avvicinai al finestrino, schermando il vetro con la mano, «... favolosa!»

«Stavo pensando la stessa cosa» disse Ian.

Girai la testa, incrociai il suo sguardo penetrante e rimasi paralizzata. Solo allora mi resi conto di essermi avvicinata un po' oltre il consentito: il mio viso era a pochi centimetri dal suo.

Quando i suoi occhi neri cominciarono a mandare quel luccichio argentato che conoscevo, il mio cuore partì al galoppo. Il sangue mi martellava nelle vene e mi ronzavano le orecchie. Non mi mossi, rimasi immobile a guardarlo, anche se avrei tanto voluto obbedire agli impulsi del corpo e dimenticare le raccomandazioni sussurrate dal mio cervello.

«Sofia.» Mi sfiorò il viso. «Io avrei voluto che...» Tacque, e quella frase interrotta mi fece venire i brividi.

Sì, desideravo dirgli, *anch'io avrei voluto.* Ma invece di rispondergli, non riuscii a trattenermi dallo sfiorare anch'io il suo viso, e sotto le dita avvertii il contrasto fra la sua pelle morbida e la barba, ispida, che cominciava a ricrescere.

Non ci fu bisogno di altro.

Quando mi cinse la vita attirandomi a sé non mi allontanai, né cercai di fermarlo quando il suo viso si chinò sul mio col chiaro intento di baciarmi. Non lo respinsi quando premette con delicatezza le labbra sulle mie. Anzi, mi aggrappai al colletto della sua camicia con l'intenzione di non lasciarlo andare. La sua bocca vorace divorava la mia e la mia bocca faceva lo stesso, finché intorno a noi non ci fu più nulla. Ancora una volta, la sensazione di essere viva mi travolse come una valanga. In quel momento preciso, con le sue labbra incollate alle mie labbra e le sue braccia strette intorno al mio corpo in una morsa urgente, ebbi la chiara impressione che tutto si trovasse al posto giusto.

Me compresa.

Ian scese giù, fino al mio mento, poi sul collo, e poi risalì verso l'orecchio. Il cuore mi batteva fortissimo.

«Sofia» sussurrò.

Il mio corpo fu invaso da un fiotto di piacere. Quando la sua bocca ricatturò la mia, anche se respiravo a fatica mi strinsi più forte a lui. Ma ancora non bastava.

Gli cinsi i fianchi con le gambe poggiando le ginocchia sul sedile della carrozza, per far sì che il mio corpo aderisse del tutto al suo. Allora lui mi baciò in un modo quasi selvaggio. Mi strinse forte a sé, annullando anche la più piccola distanza rimasta tra noi, e in quell'istante, così incollati, alla fine eravamo una cosa sola. Un gemito rauco gli sfuggì dalle labbra e io capii subito come sarebbe andata a finire. E non feci nulla per evitarlo.

Assolutamente nulla!

Lasciai che le mie mani gli accarezzassero il petto liscio e provai a slacciare qualche bottone, mentre le sue dita facevano scendere la spallina del mio vestito allentando la scollatura. Mi resi conto, con un po' di sorpresa e una bella dose di soddisfazione, che la sua mano si era fermata sul mio seno. Non avevo niente in contrario, figuriamoci! Fui scossa da un brivido quando il suo palmo caldo mi sfiorò proprio lì, ma purtroppo ero ancora vestita. Poi una nuova ondata di desiderio cancellò tutto il resto.

Cercai, affannosamente, di strappargli via la cravatta; disfare quel nodo era un'operazione decisamente complicata. Volevo vederlo, vederlo veramente, senza schermi.

Lui staccò le labbra dalle mie, e la barba appena rasata mi lasciò una scia di fuoco sul collo, provocandomi un pizzicorino delizioso. Senza fermarsi scese più giù, fino a raggiungere la curva del seno. Le sue dita seguirono il bordo della scollatura con una carezza talmente dolce, delicata e calda che per poco non esplosi. E poi, quando finalmente mi scoprì il seno e la sua bocca lo accolse, io non riuscii a trattenere un lungo gemito. Inarcai la schiena per spingermi ancora di più verso di lui, e intanto le mie dita si perdevano fra i suoi capelli morbidi...

Rimasi piacevolmente sorpresa nel constatare, nonostante la presenza della voluminosa stoffa del vestito, che anche lui mi desiderava. *Altroché!*

«Sofia» mormorò.

Fu allora che un sobbalzo della carrozza mi fece sbattere la testa sul tettuccio. Se non fosse stato per la prontezza di Ian nel trattenermi, sarei sicuramente rotolata giù.

Ma grazie a quello scossone, tornai in me. Mi risvegliai dalla trance. E vidi, con imbarazzo, che ero ancora in braccio a Ian, e per giunta piuttosto scoperta.

«Cosa stiamo facendo?» dissi, mentre sistemavo velocemente il vestito e mi sedevo al suo fianco.

«Avete ragione. Mi... mi dispiace. Non so cosa mi è preso. Perdonatemi, Sofia» mormorò lui mentre riabbottonava la camicia e metteva a posto la cravatta. «Non posso trattarvi così... Cosa mi è saltato in mente? Avevo promesso che non vi avrei più toccata... Fatto sta che...»

«Che?...» chiesi.

«Quando sono accanto a voi, io perdo il controllo di me stesso» concluse lui abbassando la testa.

«Non è colpa tua. O meglio, non è *solo* colpa tua. Anch'io non riesco a trattenermi quando... mi... baci» dissi, dando prova di un'onestà che non avrei voluto esibire.

Trattenne un sorriso.

«Davvero?»

Davanti alla sua espressione compiaciuta, venne da sorridere anche a me.

«Non dirmi che non te ne eri accorto.»

Rise.

«Ho pensato che... magari... foste solo accondiscendente.»

«Hai voglia di scherzare? Ian, rispondere a un bacio è una cosa, ma quello che stavamo facendo noi... era tutt'altro... No. Non sono accondiscendente. Non mi tocca nessuno, se io non lo desidero» riuscii a dire, non so come, perché in realtà mi girava ancora un po' la testa.

Il suo sorriso si allargò.

«E piantala di sorridere!» sbottai, seria. «Quello che stavamo facendo è sbagliato! Ci farà soffrire entrambi, in un futuro non lontano.»

Il suo sorriso si spense e la sua espressione si fece dura, una nuvola carica di tempesta.

«Perché vi piace così tanto vivere nel futuro?» domandò a bruciapelo.

Lo guardai stupefatta. Avevo capito che era un uomo intelligente, perspicace, ma comunque come aveva fatto a scoprire il mio segreto?

«Come fai a sapere...» provai a dire, ma mi sconvolgeva troppo che avesse scoperto, *vai a sapere come*, che venivo dal futuro, e nonostante questo continuasse a guardarmi allo stesso modo.

Anzi, quasi allo stesso modo, perché ora sembrava proprio arrabbiato.

«Basta guardarvi. Voi non vivete mai il presente, il qui e ora. Avete sempre la testa nel futuro, nel domani, in quello che ancora deve succedere.» Nella sua voce era comparsa una vena di risentimento.

Ah, ecco. *Quel* futuro.

«Mi capita spesso. Nina mi rompe sempre le scatole perché dice che non so godermi il "momento". Credo che vi trovereste bene voi due, sai?»

«Non avete risposto alla mia domanda» disse lui serio. Nei suoi occhi c'era un luccichio nuovo del quale non riuscivo a cogliere il significato.

Una risposta non l'avevo. Quindi non dissi niente, mi limitai a guardare fuori dal finestrino e vidi avvicinarsi un'altra casa.

«Siamo arrivati?» domandai, provando a distrarlo.

«Sì, questa è la casa della signorina Teodora.»

La casa era molto più piccola di quella che avevamo visto lungo la strada, era più *normale*, come la casa di Ian. Era una bella casa.

«Se vi faccio una domanda, mi risponderete con sincerità?» Sembrava ancora piuttosto sulle sue.

Ci fu un breve silenzio, dopo il quale lui si girò e prese a fissarmi con una tale intensità che non potei fare altro che annuire, nell'abbandono più totale.

«Siete già impegnata con qualcuno?»

«No.» A questa domanda era facile rispondere.

«Nemmeno nel luogo da cui venite?»

«No, non c'è nessuno che mi aspetta» sussurrai.

Annuì. Si rimise a guardare fuori dal finestrino, poi i suoi occhi tornarono a cercare i miei con forza.

«Sono felice di sentirvelo dire. Questo significa che non dovrò lottare con altri che con voi.»

Presi un respiro bello profondo.

«Lottare con me?» gemetti.

Lui annuì, con in faccia una maschera di determinazione.

«Sì, Sofia, vi farò capire ciò che sembrate così riluttante ad accettare.»

Gemetti sottovoce al pensiero che se si fosse impegnato più di così... sarei stata definitivamente perduta. E non per modo di dire.

22

Arrivammo al grande teatro che erano circa le sei. Uno dei posti più belli che avessi mai visto. Era lussuosissimo: le pareti erano rivestite di legno color miele con intarsi in oro e, appeso al soffitto, faceva bella mostra di sé un gigantesco lampadario di cristallo con centinaia di candele; la raffinata balaustra era decorata in oro e le poltrone, rivestite di un tessuto rosso scuro, forse velluto, davano al palchetto che ci ospitava un'aria elegante e suggestiva. Mi sedetti accanto a Teodora in una delle tre sedie della fila davanti, mentre Ian sedette dietro di me, accanto a Elisa.

Il viaggio era stato lungo, ci era voluto un sacco di tempo per raggiungere il posto. Non era un problema di distanza: il fatto è che con quattro passeggeri a bordo la carrozza era molto più pesante, e quindi si era trascinata a una velocità di pochi chilometri l'ora.

Durante il tragitto più che altro ero stata zitta. Ero ancora molto spaventata dalla mia condotta, o meglio, dalla mancanza di condotta di cui avevo dato prova mentre andavamo a casa di Teodora. *E se qualcuno ci avesse visti avvinghiati in quel modo? E se ci avesse visti Elisa?* Mi limitai a rispondere a qualche domanda banale di Elisa e, sorpresa delle sorprese, di Teodora.

Facevo uno sforzo immane per non guardare Ian. Non volevo rivedere nei suoi occhi quella domanda muta. *Perché non vivete il presente?* Non avrei saputo cosa rispondere. Non sempre riuscii nell'intento, perché di tanto in tanto il mio sguardo, in totale autonomia, si spostava su di lui, e ogni volta lo coglievo che mi osservava con attenzione.

Persino Elisa si era accorta che qualcosa non andava. Quando scendemmo dalla carrozza, mi prese in disparte e disse: «Avete litigato con mio fratello?».

«Certo che no» la rassicurai.

Fece un mezzo sorriso.

«Oh!» E il suo viso si illuminò.

«Cosa vuol dire *Oh*?» Quella sua espressione non mi piaceva affatto.

«Nulla. Io però non l'ho mai visto così turbato in presenza di una ragazza come quando è insieme con voi.» Altro sorriso, un po' più ampio.

«Elisa, io non...» Ma non sapevo cosa dirle.

«Non siate sciocca, Sofia, non è mica colpa vostra se si è innamorato, no?»

Rimasi a bocca aperta, incapace di replicare. Ian non era innamorato di me. Provava un'attrazione fisica apparentemente forte e un filo fuori controllo, ma niente di più. O almeno così credevo. Ma non potei spiegare a Elisa che si sbagliava, perché nel frattempo Ian e Teodora si erano uniti a noi.

Mi costò molto sforzo non girarmi a guardarlo troppe volte. Ma poi, finalmente, l'orchestra iniziò a suonare, catturando la mia attenzione. Non appena si aprì il sipario e gli attori cominciarono a cantare, però, mi resi conto di non capire assolutamente nulla. Elisa mi diede un opuscolo, una specie di programma, simile a quelli in cui vengono illustrati al pubblico, alla gente normale come me che altrimenti buonanotte, i costumi e i carri allegorici delle sfilate del carnevale. Lo sfogliai con attenzione.

«È in italiano anche questo!» mormorai.

«Ma certo, mia cara. Tutta l'opera è in italiano» rispose sottovoce Teodora, irritata dall'interruzione.

«Non riuscite a seguirla?» mi domandò Elisa. Le sue sopracciglia arcuate stavano a indicare che secondo lei io *avrei dovuto sapere* l'italiano.

«No!» ribattei. «Di cosa parla?»

Elisa si sporse in avanti, ma tornò subito al suo posto non appena vide Ian fare la stessa cosa. Ian posò la sua mano calda sulla spalliera della sedia, sfiorandomi la pelle, poi mi avvicinò la bocca all'orecchio e il calore del suo respiro mi deconcentrò definitivamente.

«Si tratta di un melodramma giocoso. Don Magnifico è un uomo molto ambizioso. Ha due figlie, anch'esse ambiziose, Clorinda e Tisbe, e una figliastra buona e gentile, Angelina, che però tratta come una serva. Il principe Ramiro...»

Ian disse qualcos'altro, ma ormai il mio cervello non assimilava più le sue parole. Per me contava solo il suono della sua voce rauca, e quel suo profumo delizioso – un misto molto sensuale, di legno ed erba – che mi stordiva.

«Ah-ah» borbottai, quando lui si zittì. Avevo cercato di stare attenta, ma senza grandi risultati. La punta del suo naso mi stuzzicava il lobo dell'orecchio, e ormai non avrei più saputo dire neanche come mi chiamavo.

«Non è ancora finita.» Si avvicinò ancora un po', le dita sulla mia spalla nuda. Il cuore mi batteva forte, e avevo come l'impressione di avere le sue labbra sulla pelle. Da impazzire! «Il principe Ramiro li informa che darà un ballo per tutte le giovani del regno. Angelina ci va di nascosto, vestita con eleganza grazie all'aiuto di Alidoro, il tutore del principe Ramiro, e tutti restano incantati. Tuttavia, don Magnifico la riconosce e teme che si scopra che le ha negato i diritti di figlia. Non vi voglio raccontare come va a finire, ma credo che ora possiate seguire meglio.» Mi sospirò sui capelli senza togliermi la mano dalla spalla. «Vi è più chiaro adesso, signorina?»

«Io...» Cercai di ricordarmi quello che aveva detto, ma non c'era verso. Dovevano esserci di mezzo un principe, un ballo e la sorella di qualcuno, ma tutto quello che sapevo era che il mio cervello era offuscato da una nuvola densa...

Girai la testa per ringraziarlo, e lui era ancora così vicino a me che andai a sbattere col naso sul suo mento. Ian non si mosse.

«Certo. Grazie» sussurrai stordita.

«Sempre lieto di esservi utile.»

Poi, prima di commettere un'idiozia in un luogo pubblico, tipo saltargli addosso e baciarlo davanti alla sorella adolescente, presi la saggia decisione di girarmi a guardare il palcoscenico.

Alla fine, lo spettacolo mi divertì. Don Magnifico faceva ridere, e dopo una mezz'oretta quella storia cominciò ad avere pure qualcosa di vagamente familiare.

Durante l'intervallo nessuno del nostro gruppetto si alzò. Ian ed Elisa chiacchieravano di musica, sperticandosi in lodi per quel Rossini, io mi limitai ad assentire, visto che dell'argomento non sapevo un'acca. Teodora era più che altro interessata ai vicini di palco e chiacchierava con entusiasmo con una signora tutta ingioiellata.

Cominciò il secondo e ultimo atto, e fu allora che capii perché quella storia mi suonava familiare: c'erano due sorelle invidiose, una serva a un ballo lussuoso e, quando il vero principe rivelò la propria identità, la ragazza fuggì via spaventata e perse il braccialetto; allora il principe decise di farlo provare a tutte le ragazze del regno in modo da ritrovare la sua amata. Mi venne da ridere.

«Ma è la storia di Cenerentola!» sussurrai a Elisa e Ian.

«Sì, il titolo è proprio *La Cenerentola*» disse Ian con un sorriso.

«Potevi dirlo subito, e non avresti avuto bisogno di spiegarmi tutto per filo e per segno.» Cercai di fare un po' l'offesa.

Ian si allungò verso di me, fino a tornare con le labbra a pochi millimetri dal mio orecchio.

«E perdermi la possibilità di sentire da vicino il vostro delizioso profumo?» E rise, a mezza voce, ottenendo l'effetto di farmi riempire di pelle d'oca. Ormai mi girava anche un po' la testa.

«Andiamo?» domandò Ian non appena lo spettacolo finì, toccandomi una spalla.

«A tutta birra!» risposi. Ian mi lanciò uno sguardo confuso. Alzai gli occhi al cielo. «Certo, Ian, andiamo.»

Lui rise, e poi percorremmo tutti insieme il corridoio sontuosamente decorato.

All'uscita, Ian salutò diverse persone tutte vestite molto eleganti, almeno per l'epoca, e insisté per presentarmi a ognuna di loro. Io seguii il consiglio che mi aveva dato Elisa e mi limitai a dire: «Piacere di conoscervi», «Bene, grazie», «Sì, lo spettacolo mi è piaciuto tanto». I nomi che dicevano li dimenticavo non appena li sentivo, ma tanto chi se ne importava? Quella gente, io non l'avrei più rivista. Notai, comunque, che soprattutto le donne si fermavano a osservarmi con espressione interdetta.

«Ian, non riesco a credere che tu ti sia dimenticato di dare a Sofia i gioielli che le avevo lasciato da mettere stasera. Hai visto come l'ha guardata lady Catarina Romanov?» disse Elisa arrabbiatissima mentre aspettavamo la nostra carrozza. C'era una lunga fila di carrozze, tutte molto simili, a parte una decisamente più grande, tirata da cavalli con un ornamento rosso sulla testa. Su quella carrozza salì la donna ingioiellata che Teodora aveva vezzeggiato per buona parte della sera.

«Scusa, Elisa. Me ne sono dimenticato.» Ian si passò la mano fra i capelli scuri, apparentemente imbarazzato.

«*Dovevi* ricordartene. Hanno notato tutti che non aveva niente che ne mettesse in risalto la bellezza del viso» Elisa incrociò le braccia al petto.

«Ma lei non ne ha bisogno» disse lui con semplicità, facendomi arrossire.

«È vero anche questo» fu tutto ciò che replicò Elisa, dopo di che mi sorrise e il litigio con il fratello fu presto dimenticato.

Sulla via del ritorno, Teodora era tutta euforica perché aveva parlato con lady Catarina *vattelapesca*, una signora che discendeva da una nota famiglia russa e aveva un figlio adulto in cerca di moglie. A giudicare dall'acceso interesse di Teodora per il tizio, immaginai che fosse un importante rampollo della società locale.

Attraversare il paese di notte fu per me un'esperienza incredibile. Non c'era l'illuminazione elettrica, ovviamente, ma ritrovarsi sotto tutte quelle lanterne appese sulla parte alta delle case aveva qualcosa di magico.

Anche dentro la carrozza c'era una piccola lanterna, che mandava una debolo luce appena sufficiente a confermarmi che gli occhi di Ian non mi mollavano mai.

«Vi è piaciuto lo spettacolo, signorina?» mi chiese Teodora quando eravamo ormai sulla strada di casa.

«È stato super! E chi l'avrebbe detto che l'opera fosse così divertente? Io credevo fosse di una noia mortale.»

Elisa scoppiò a ridere.

«Sapete che a volte la penso come voi? Le cose noiose non piacciono neanche a me» confessò.

«Sul serio vi è piaciuta, signorina?» indagò Ian che fino a quel momento era rimasto zitto, limitandosi a fissarmi.

«Di brutto! Anche se la storia era un po' diversa da quella che conosco io, mi sono divertita. Quando ero piccola mi piaceva tanto Cenerentola, era la mia principessa preferita.»

«Davvero?» chiese lui, incuriosito.

«Davvero sì! Quando avevo sei o sette anni, prendevo di nascosto i vestiti di mia madre e li mettevo uno sopra l'altro per farli diventare voluminosi come questi.» Ma tu guarda come poteva sorprenderti la vita! «Giocavo alla principessa per ore, aspettando l'arrivo del principe sul suo cavallo, e poi...» Mi bloccai perché mi tornò in mente Ian a cavallo con la sua giacca lunga. In un certo senso, stavo vivendo la mia favola personale.

Scossi la testa domandandomi se per caso, da qualche parte, non avessi anch'io una fata madrina che mi poteva aiutare a risolvere la situazione in cui mi avevano cacciata. Ma sapevo benissimo che la vita reale non era affatto una favola.

«E poi?» chiese Ian.

«E poi sono cresciuta! E ho imparato che le favole hanno il lieto fine solo nei libri.» Feci spallucce e sospirai.

«Le favole possono trasformarsi in realtà, Sofia. Basta che la principessa non lotti contro la propria felicità» disse Ian.

Elisa e Teodora si guardarono senza capire, io invece avevo capito molto bene.

«A volte però non c'è via d'uscita. A volte la principessa non può scegliere la felicità perché si trova nel posto sbagliato, anche se il principe...» *può sembrare quello giusto*, avrei voluto aggiungere, ma non riuscii. «Magari la principessa potrebbe anche desiderare certe cose, però non è libera di scegliere un bel niente.»

«Allora, magari, dovrebbe lottare per ciò che desidera.»

Lo fissai per un momento senza sapere cosa rispondere. Perché, se da un lato avrei voluto restare con lui, dall'altro volevo anche tornare a casa mia. E allora, che razza di lotta era? Quella per conciliare due cose incompatibili?

«Allora, magari, la principessa non può scegliere di fare neanche questo» sussurrai con una stretta al cuore.

Le ragazze facevano rimbalzare lo sguardo su di noi come se fossero a una partita di ping-pong.

«Magari non da sola. Magari il principe la potrebbe aiutare, se lei glielo permettesse.» Anche alla debole luce della lanterna, gli occhi di Ian brillavano.

«Non è possibile. Lei deve cavarsela da sola» dissi simulando una determinazione che non avevo.

«Magari allora si tratta di una principessa cocciuta!» disse lui.

«Magari però il principe non dovrebbe giudicarla, visto che non conosce tutta la storia!»

«E come fa a conoscere tutta la storia, se lei non si fida abbastanza da raccontargliela?» Inarcò un sopracciglio con fare di sfida.

«Non è mancanza di fiducia, Ian.» Scossi la testa, ero emotivamente esausta. «Io... La principessa non gliela può raccontare perché nemmeno lei sa bene cosa sta succedendo.»

«Non ci credo.»

«Hai una bella testa dura, tu!» ribattei un po' irritata.

«Certo che ce l'ho, io sono uno che lotta quando sa quello che vuole.»

«Anch'io lotterei se sapessi cosa voglio *io*!» dissi a voce un po' più alta del dovuto.

Lui sorrise, divertito dalla mia rabbia. Incrociò le braccia sul petto ampio e allungò le gambe nel poco spazio rimasto all'interno della carrozza. La punta dei suoi stivali andò a finire sotto l'orlo del mio vestito.

«Non credo neanche a questo.»

«Ah, no?»

«No. Voi sapete bene cosa volete ma avete paura di ammetterlo» concluse, molto sicuro di sé.

Argh! Era talmente ostinato!

«Ha parlato il signor so-tutto!» ribattei con una punta di acidità.

«Signorina, vi posso assicurare che conosco i vostri sentimenti meglio di quanto li conosciate voi stessa.»

«Avrei dovuto spaccarti il naso quando potevo farlo!» Incrociai anch'io le braccia al petto.

Ian scoppiò a ridere, e il suono della sua risata provocò nel mio corpo strane reazioni.

«Non è mai troppo tardi per rimediare a un errore» aggiunse poi con tono affettuoso. «Sono a vostra disposizione, signorina.»

«Voi due state litigando?» esclamò Elisa sbigottita.

«No!» rispondemmo all'unisono io e Ian.

Lo guardai, vidi che mi fissava con un'espressione fra il tenero e lo scanzonato e tutta la mia irritazione svanì. Scoppiammo a ridere insieme, e le due ragazze ci guardarono come se fossimo impazziti.

«Non stiamo litigando, Elisa» disse lui alla sorella con il sorriso ancora sulle labbra, mentre i suoi occhi non si staccavano da me. «Stiamo solo cercando di raggiungere un accordo su un argomento di interesse reciproco. Non preoccuparti. Non è la prima volta che la signorina Sofia minaccia di spaccarmi il naso. E oso dire che non sarà l'ultima.»

«Io so solo che non mi piace vedervi discutere. Vi stimo troppo entrambi, e se litigaste non lo sopporterei.» Elisa scosse la testa, afflitta.

«Non è un litigio, Elisa» dissi. «Davvero. È che nessuno riesce a farmi perdere il controllo come tuo fratello, deve avere una specie di dono.»

«Potrei dire la stessa cosa di voi» fece lui, e nei suoi occhi spuntò il solito luccichio argentato. Cercai di mantenere un ritmo di respiro normale.

Teodora si fermò a dormire alla villa anche quella sera. Non appena arrivammo, io augurai la buona notte a tutti e mi affrettai verso camera mia.

Andai di corsa a prendere il cellulare, che come al solito trovai spento. Avevo stupidamente sperato di trovarci qualcosa, magari un messaggio, dopo «l'incidente» in carrozza con Ian, ma niente da fare. A quanto pareva, le mie supposizioni erano sbagliate.

23

Quella sera ci misi parecchio a prendere sonno, in parte perché Ian non mi usciva dalla testa – il ricordo dell'odore della sua pelle mi faceva ancora venire i brividi – e in parte perché non mi ero fatta il bagno. Avevo usato l'acqua della brocca per lavare l'essenziale e nient'altro.

Quando infine mi addormentai, però, feci un sogno molto reale. Io e Ian eravamo a casa, intendo dire a casa mia. Lui era seduto sul divano e io ero sdraiata, con la testa sulle sue ginocchia. Chiacchieravamo del più e del meno e lui con la mano mi accarezzava i capelli. In sottofondo c'era della musica. Sembrava tutto talmente reale che mi ricordo perfino il titolo della canzone.

Mi svegliai presto, non so se per via di quel sogno strano o perché ero ancora indispettita. Ma cominciava a farsi giorno, perciò decisi di alzarmi. Presi il necessario per farmi il bagno e i miei vestiti – la mini di jeans e la canottiera – e uscii di soppiatto.

In cucina e nei corridoi non trovai nessuno, immagino fosse troppo presto persino per i domestici. Ripercorsi la strada che avevo fatto qualche giorno prima con Ian, e non appena arrivai al fiume mi misi a cercare un angolino riparato. Ma era uno sforzo inutile, perché in ogni caso ero da sola.

Poggiai il mio fagottino sulla riva e mi spogliai. Non chiedetemi perché, ma al posto di entrare in acqua un po' alla volta, come in effetti avevo pensato di fare, feci una corsetta e mi tuffai di botto.

Cazzo! Era gelida! Gelida gelida gelida!

Assalita dai brividi, mi ritrovai con il respiro accelerato, e battendo i denti recuperai le cose dal fagottino e cominciai a lavarmi; più in fretta facevo, mi dissi, prima sarei uscita tutta intera da quel fiume ghiacciato. Se non che, dopo alcuni minuti, il mio corpo si abituò a quella temperatura impossibile e mi rilassai. Non ricordavo l'ultima volta in cui avevo fatto un bagno al fiume, forse quand'ero piccola... La corrente mi solleticava la pelle, perciò decisi di godermela un po'. Anzi, più di un po', visto che quando Ian mi trovò stavo giocando come una bambina, schizzando quell'acqua cristallina dappertutto.

«Ma siete incorreggibile!» mi rimproverò, spaventandomi.

«Ian!» gridai, affondando nell'acqua il più velocemente possibile, ma dalla sua espressione imbarazzata ebbi la certezza assoluta che aveva visto ben più dei miei occhi castani.

Era la seconda volta che mi vedeva fare il bagno. Quanto meno stavolta non avevo i capelli verdi, mi consolai.

«Che ci fai qui?»

«Stavo per farvi la stessa domanda. Cosa ci fate qui così presto, senza compagnia e...» guardò il vestito sulla riva, «... senza vestiti?»

«Secondo te? Sto facendo il bagno, non si nota?»

«Certo che l'ho notato. Dalla strada laggiù.» Il suo sorriso era inquietante. Non capivo se si stava divertendo o se era disgustato. Di sicuro non era un sorriso felice.

Merda!

«*Dovevate* chiedere ai servi che vi preparassero il bagno. Non è sicuro, e ancor meno appropriato, che ve ne stiate qui in codeste condizioni» disse tutto serio.

«Sai che c'è? C'è che fare il bagno da queste parti dà da fare a un sacco di gente. Hai mai provato a preparartelo da solo, il tuo bagno, qualche volta?» Lui aggrottò la fronte. Ovviamente no. Andai avanti: «E smettila di chiamare servi i tuoi domestici. È fastidioso, è da cafoni ed è offensivo!»

«Perdonatemi, signorina, non credo di avere capito.»

«Hai capito benissimo, invece! Smettila di dire che sono i tuoi *servi.* Sono i tuoi domestici. I tuoi dipendenti. È ridicolo che li chiami in quel modo!»

Ian non sapeva se mettersi a ridere o fare l'offeso.

«Perché vi interessa come li chiamo?» domandò.

«Perché lavoro anch'io! E se il mio capo mi desse della serva, ti giuro che gli farei uscire le budella dalle orecchie!»

Davanti al mio discorso da sindacalista, Ian alla fine scoppiò in una risata. Solo allora mi resi conto che con lui c'era Storm.

«È scappato ancora?» chiesi indicandolo.

«No. Stavamo provando a fare una passeggiata distensiva.» Passò la mano sul collo dell'animale. «Cerco di diventargli amico.»

«Senti, Ian, bisogna che io esca da qui prima che aumenti il pubblico» dissi. «Non è che ti puoi girare, per favore?»

«Ma certo, signorina. Vi lascerei da sola, se avessi la certezza che non salterà fuori qualche ragazzino, che...» si girò e abbassò la voce, «... potrebbe farsi delle strane idee.»

«È buffo, sai?» dissi io risalendo la riva e avvolgendomi nel telo. «Mi sa che hai ragione. C'è proprio un ragazzino che continua a spiarmi mentre faccio il bagno. È già successo due volte!»

«Non era mia intenzione...» iniziò a dire lui, poi si girò di scatto per guardarmi negli occhi. «E chi sarebbe questo ragazzino?» chiese con espressione indignata. Si era offeso?

«Tu, ovvio.» Tenevo il telo bello stretto, e purtroppo sentivo che, man mano che assorbiva l'acqua, si incollava sempre meglio alle curve del mio corpo.

«Io sono un *uomo* da molto tempo! E se non sbaglio, ho già avuto occasione di darvene prova.»

Arrossii. Mi tornarono in mente con molta chiarezza i suoi baci, le sue carezze, il suo turgore...

«Grazie di avermelo ricordato. Ora girati che vorrei vestirmi.»

Fece ciò che avevo chiesto e non disse altro. Non che fossi asciutta, comunque mi rivestii con gli abiti che mi ero portata dietro. Pazienza. Frizionai i capelli con il telo, li sistemai alla bell'e meglio con l'aiuto delle dita, poi andai a riprendere la roba rimasta sulla sponda del fiume.

«Scusatemi, signorina, non era mia intenzione offendervi» disse Ian sempre dandomi le spalle.

«D'accordo» ribattei, anche se non gli credevo. Lo raggiunsi e gli cacciai in mano malamente il fagotto con la mia roba. «Già che sei qui, vedi almeno di renderti utile.»

Ian mi turbava moltissimo; a volte mi sarei messa a baciarlo senza sosta, altre volte lo avrei sgozzato!

Feci per incamminarmi, ma un secondo dopo lo sentii dire: «Perché non vi siete vestita?».

«Ma io *sono* vestita» Allargai le braccia per enfatizzare il concetto.

«No che non lo siete! Rimettetevi l'abito» ordinò. «Non voglio che qualche ragazzino malintenzionato vi veda così.» Tolse il vestito dal fagotto che gli avevo passato e me lo porse.

«Io. Sono. Vestita. Se mi hai vista dalla strada, sono sicura che sai distinguere perfettamente quando sono nuda e quando sono vestita. Dico bene?»

Arrossì, confermando i miei sospetti. Presi un bel respiro e ripresi a camminare, scherzando con il cavallo quando gli passai accanto. Ian mi venne dietro.

«Non voglio che nessuno vi veda così. Per favore, signorina?» Supplicante, mi porse nuovamente quell'assurdo vestito.

«Tranquillo, Ian, appena arrivo a casa mi cambio. Non ho portato l'altro vestito per non infangarlo. Tranquillo, non ti faccio fare brutta figura con nessuno» lo rassicurai.

«Non è questo che mi preoccupa. Non voglio che altri uomini...» Si zittì, come incapace di continuare.

«Cosa?» lo incitai.

«Non voglio che altri uomini possano vedervi mentre indossate quegli abiti che lasciano ben poco spazio all'immaginazione» concluse fissandosi la punta delle scarpe.

«Tu non vuoi...» A poco a poco il mio cervello rimise insieme le sue parole e fece una simpatica connessione di idee. «Sei geloso, per caso?»

«In verità sì, sono geloso.» La voce bassa lo rendeva ancora più irresistibile. «Credo sappiate che io vi... vi stimo tantissimo.»

Pur sapendo che era sbagliato sotto diversi punti di vista, non potei fare a meno di sorridere. Mi avvicinai a lui con cautela, pronta a scappare se le sue braccia mi avessero circondata, e gli diedi un bacetto sulla guancia.

«Anche tu mi piaci, Ian.»

E, come avevo previsto, le sue braccia provarono a prendermi per la vita, ma stavolta fui più veloce di lui e filai via. Però, dopo pochi metri mi girai a guardarlo: Ian era ancora fermo lì, piantato come un palo e con l'espressione sconcertata.

«Non sai quanto!» dissi senza riuscire a farne a meno.

Per tutta risposta lui mi sorrise e riprese a camminare, e io mi misi a correre.

24

Mi misi il vestito «giusto», e mi fiondai in cucina. Avevo una gran fame, ma non volevo incontrare Ian che, immaginavo, poteva essere in sala da pranzo. Quando ero con lui non riuscivo a controllare le reazioni del mio corpo e non andava bene, ero troppo irrazionale. Trovai Madalena in piedi accanto alla stufa a legna che preparava qualcosa dal profumino delizioso.

«Ne voglio un po'» dissi per annunciare la mia presenza.

«Oh! Buongiorno signorina Sofia. Com'è andata la vostra escursione, ieri?» chiese con un sorriso.

«Alla grande. Posso mangiare qualcosa? Ho fame.»

«Ma certo. Vi porto la colazione fra un momento, potete aspettare in sala...»

«Non posso mangiare qui?» la interruppi.

Corrugò la fronte.

«Qui?»

«È un problema? Non voglio cacciarvi nei guai.»

«Un problema? No, signorina, non è un problema. È che i padroni non mangiano qui» mi spiegò.

«Ottimo, allora! Io non sono la padrona di nessuno!» Risi e avvicinai una sedia mentre prendevo una fetta della torta che spuntava dal piatto poggiato sul tavolo. «Mmh!» mormorai a bocca piena.

Madalena mi passò una tazza e poi la riempì di caffè fumante.

«Desiderate mangiare qualcosa in particolare?» e mi guardò incuriosita.

«Mmh.» Mandai giù. «No, solo torta e caffè, va bene così. È veramente buonissima!» Diedi un altro morso, facendo cadere a terra un po' di briciole.

Madalena rise e scosse la testa.

«Sapete che piaceva anche alla signora Clarke? La torta con il caffè, voglio dire. E spesso, quando suo marito era via e i bambini erano ancora piccoli, faceva colazione qui in cucina. Non gradiva mangiare da sola, poverina.» A quel ricordo, i suoi occhi si fecero assenti. «Era una buona padrona. Molto buona!»

«Vi piaceva davvero, Madalena?» le chiesi con curiosità.

«E a chi non piaceva?» escamò lei. «Era gentile, educata, non trattava mai male nessuno.»

«Non stento a crederci.» Del resto, avendo cresciuto due figli come Ian ed Elisa, doveva essere stata una donna straordinaria. «Com'era?» indagai.

«Elisa le assomiglia molto, eccetto che per i capelli. Quelli della signora Laura erano biondissimi.»

Rimasi sorpresa, perché Ian ed Elisa avevano entrambi i capelli neri come il carbone. Madalena se ne accorse.

«Il signor John aveva i capelli scuri, come i suoi figli, ma gli occhi azzurri sono un'eredità materna. Era una donna molto bella.»

«Non ho dubbi.»

Mentre finivo di fare colazione, Madalena si mise a trafficare coi panni sporchi. Sollevò una camica, la esaminò per un paio di secondi, poi scosse la testa.

«E un'altra è andata!» disse sbuffando.

Guardai l'indumento che aveva in mano: sul davanti e sulle maniche c'erano delle grosse macchie di colore.

«Tutte le volte che il signor Clarke si mette a dipingere di sera, è sempre la stessa storia!» protestò scoraggiata. «Ormai ho perso il conto di quante camicie ha rovinato.»

«Ian dipinge?» domandai, con un tono un po' troppo interessato rispetto alle intenzioni.

«Sì, ma stavolta l'ha fatto in camera da letto!» disse scandalizzata. «Non so cosa gli sia preso, al padrone! Stamattina, quando sono andata a sistemare la sua stanza, ho trovato i colori in giro e una tela coperta.» Corrugò la fronte. «Il che è strano, perché non ha mai fatto niente di simile, prima...»

Ecco una cosa che mi sarebbe piaciuto vedere: Ian che dipingeva. Ma se non voleva farsi vedere dalla governante, figurarsi se avevo qualche possibilità...

«Il signor Clarke è molto strano in questi giorni. Mi domando cosa sia cambiato nella sua vita da farlo comportare con tale scostanza...» E mi lanciò uno sguardo che suggeriva nome e cognome di quel cambiamento.

Mi schiarii la voce.

«Sarà... una *fase*. I giovani uomini come lui attraversano sempre delle fasi. Ma poi passa!» provai a rassicurarla, aggiungendoci anche un'alzata di spalle.

Vidi il punto di domanda dipinto sul suo viso tondo e rinunciai a fornire spiegazioni.

«Quella che fine farà?» domandai indicando la camicia.

«Credo non ci sia modo di salvarla. Non posso nemmendo mandarla alla parrocchia, perché queste macchie non se ne andranno mai» e mi mostrò meglio i larghi aloni colorati.

«Non è che posso averla io, allora?»

«La camicia del signor Clarke?» esclamò, mentre tre rughe parallele le solcavano la fronte.

«Madalena, non guardatemi così! Ho pochi vestiti, ricordate? Questa camicia sarebbe perfetta come pigiama. O preferite forse che dorma senza niente addosso?»

Lei ci pensò e arrossì. Poi rimise la camicia nel mucchio della roba sporca.

«La lavo e ve la lascio in camera, signorina.»

«Fantastico, Madalena. E grazie della colazione. Era meravigliosa, come al solito.»

Non appena misi piede nel corridoio mi arrivò alle orecchie una melodia molto piacevole, e come ipnotizzata mi ritrovai a seguirla fino alla sala della musica. Lì ci trovai Elisa, intenta a suonare l'arpa. Quando mi vide si interruppe e fece per alzarsi.

«No, non smettere! Per favore. Suona ancora un po', Elisa. Sento così tanto la mancanza della musica!»

Lei mi sorrise.

«Buongiorno, Sofia. Qualche brano in particolare?» domandò mettendo in bella mostra le fossette.

«No.» Scossi la testa. «Suona quello che vuoi tu.» Io tanto di musica classica non sapevo niente, perciò era uguale. Lei attaccò all'istante con un'aria vivace, e nello stesso tempo celestiale. Una musica delicatissima, pura.

Mi accomodai accanto a Teodora, valutando tra me e me che sarebbe stato sgarbato se fossi andata a sedermi dalla parte opposta della sala.

«Buongiorno, signorina Sofia» disse lei.

«Buongiorno Teodora, come state?»

«Sto molto bene, signorina. Tanto più che il ballo si avvicina. Sono molto ansiosa di conoscere il figlio di lady Catarina!» Aveva un sorriso *enorme.*

«Allora alla grande!» approvai io.

Poi, dopo quel brevissimo scambio, rimanemmo un po' in silenzio, ad ascoltare le note che riempivano la sala.

«Posso farvi una domanda, signorina?» disse Teodora dopo un po', vagamente impacciata.

«Ma certo.» Che cavolo voleva?

Lei aspettò ancora qualche secondo, prima di dire:

«Lui vi piace, vero?». Ovviamente sapevo di chi stava parlando.

«Certo che mi piace. Mi piacciono tutti, qui.»

Scosse la testa.

«No, signorina Sofia. Mi riferisco a un altro tipo di affetto, quello romantico. Lui vi piace in quella maniera, non è vero?»

«Io... Perché lo volete sapere?»

«Perché stimo molto la famiglia Clarke. Non voglio vederli soffrire.» I suoi occhi, in quel momento, sembravano sinceri.

«Nemmeno io, Teodora.» Feci un sospiro. «Nemmeno io.»

«Ma ho notato come lui vi guarda. E dopo la scena a cui ho assistito ieri in carrozza... Lui vi stima tanto. Lo conosco abbastanza da aver capito che è incantato dalla vostra persona. Forse addirittura innamorato.»

Non risposi. Cincischiavo con la gonna del vestito, in preda a una certa apprensione.

«So che avete intenzione di andarvene a breve, e lui soffrirà molto per la vostra partenza» concluse Teodora.

Lo sapevo anche da me. Lo sapevo benissimo!

Mi limitai ad annuire, incapace di risponderle.

«Quindi, vi volevo chiedere di non ingannarlo.» La sua voce si era fatta seria, senza quella sfumatura di freddezza che usava di solito parlando con me.

«Non lo farò! Non potrei mai ingannarlo» mi affrettai a dire. «Vorrei che le cose fossero diverse.» Come nel sogno che avevo appena fatto, magari. «Ma non sono in grado di controllare la situazione. Dovete credermi! E comunque, lui lo sa che partirò presto. Non sto ingannando nessuno.»

Lei annuì, lo sguardo fisso su Elisa.

«Se non doveste partire, restereste qui?»

«Io... io...»

Sarei rimasta lì? Avrei rinunciato a tutto per restare imprigionata in quel posto?

Era una domanda a cui non potevo rispondere. Avevo la mia vita, i miei amici, il mio lavoro. Non potevo mollare tutto per fermarmi nel passato, ammesso che fosse possibile. Ma pensare di andarmene e non rivedere mai più Ian era troppo doloroso, e altrettanto impossibile da immaginare. Perdere Ian sarebbe stato straziante.

«Non lo so» risposi con sincerità.

Lei vide di sicuro la tristezza nel mio sguardo. E sorprendendomi ancora una volta, mi sfiorò la mano.

«Scusatemi. Non vi volevo affliggere, desideravo solo verificare che non vi fossero inganni ai danni di amici a me così cari. Ma voi li stimate veramente.» Mi sorrise. «Pare allora che io mi sia sbagliata.»

«Loro mi piacciono tanto, Teodora.»

«Lo vedo ora nei vostri occhi. Spero che tutto si risolva per il meglio. Lui con voi sarebbe felice, non l'ho mai visto tanto allegro come in questo periodo.» Un altro sorriso. «Sembra quasi che lo abbiate stregato con un incantesimo.»

Mi uscì fuori una risatina nervosa.

«Buttare all'aria la vita di una persona non mi sembra un incantesimo. Lo chiamerei flagello, più che altro! Forse dipende dal fatto che anche per lui è tutto così nuovo... Ma non appena si abituerà, neanche si accorgerà più di me.» Dissi queste parole e deglutii a secco. Sarebbe davvero andata così?

«Ne dubito fortemente, lui non è una persona volubile» ribatté lei con enfasi.

Elisa smise di suonare quando sulla porta apparve il maggiordomo. Aveva in mano un vassoio con sopra una lettera. Elisa la lesse, e la sua bocca si curvò in un sorriso.

«Splendido! I nostri vestiti sono pronti, Madame Georgette dice che possiamo andarli a prendere oggi.» Si alzò in piedi, incapace di trattenere l'eccitazione. «Tu sarai bellissima con il tuo vestito, Teodora» esclamò.

«Spero di sì. Madame Georgette è un'artista. E io devo essere regale per questo ballo!»

«Anche il vostro sarà sfolgorante, Sofia.» Era talmente entusiasta che sembrava rimbalzare sul pavimento di legno. «Un abito così squisito e delicato... Si armonizzerà alla perfezione con la vostra persona.»

Io... delicata? Sì, come no.

«Sai che non sono sicura di ricordarmi il modello che avevi scelto...?» Ero stata talmente catturata dalle chiacchiere di madame Georgette, che non ricordavo nemmeno se aveva le maniche o le spalline. Ma il colore sì, quello me lo ricordavo: era bianco.

«Tanto meglio. Così non potrete lamentarvi quando sarà pronto» disse Elisa lasciandomi di stucco. «Non che vi lamentiate mai di niente» aggiunse, «ma ho già notato che i vestiti ampi non vi piacciono.» E fece un gesto esplicativo con le mani, disegnando un arco intorno ai fianchi.

«Colpita e affondata!» confermai. Lei fece quella sua faccia da «*eh?*», perciò mi spiegai meglio: «Hai ragione, non mi piace assomigliare una mongolfiera». E, con mia grande sorpresa, stavolta rise anche Teodora.

25

Restammo nella sala della musica fino all'ora di pranzo. Quando Madalena e altri due domestici fecero la loro comparsa con le braccia cariche di vassoi e fiamminghe, Ian non si era ancora visto.

«Signorina Elisa» esordì la domestica. «Ho mandato a chiamare vostro fratello avvisandolo che stavamo per servire il pranzo, ma ha detto che non uscirà dalla sua stanza fino a quando non avrà finito di fare quello che sta facendo...» comunicò impensierita. «Oggi non si è presentato nemmeno a colazione. Sono preoccupata, non vorrei che si fosse ammalato.»

Elisa si agitò, e io pure.

Ian si sentiva poco bene? E se si era ammalato veramente? Ce le avevano, le medicine, in un posto così arretrato? Eppure, quando lo avevo visto quella mattina, mi era sembrato assolutamente in buona salute!

«Ci vado io» mi affrettai a dire mentre gli occhi delle tre donne si fissavano su di me. «Magari riesco a convincerlo a mangiare qualcosa, okay?»

«Vi prego, fatelo» mi disse Elisa.

Mi misi a correre verso il corridoio, ma quando arrivai alla porta mi bloccai.

«Ehm...» feci, girandomi verso gli altri. «Non so dove si trova la sua stanza.»

«Tre porte a sinistra della mia.» Elisa si alzò. «Se volete, posso venire con voi.»

«Non ce n'è bisogno, ci so arrivare. Credo che a volte un'amica possa avere argomenti più persuasivi di una sorella.» Sorrisi forzatamente, dato che quella scusa suonava falsa persino a me.

Imboccai il corridoio che portava al salone principale, perché potevo sperare di trovare la stanza di Elisa solo partendo da lì. Accelerai il passo mentre nella mia testa si insinuavano pensieri sgradevoli. Stava male? Eppure mi era sembrato così normale, al mattino.... Colorito in viso, e bello, e forte, e profumato, e... Magari invece non si sentiva bene e non aveva detto niente per non farmi preoccupare? Ian, del resto, non sembrava affatto uno di quei frignoni che invocano la morfina per un'unghia incarnita.

Trovai la stanza di Elisa. Contai tre porte alla sua sinistra. Bussai. Nessun rumore di passi, nessuna risposta. Bussai di nuovo, con una certa impazienza.

Stavolta sentii i suoi passi, poi la sua voce.

«Madalena, vi ho già detto che non ho...» Aprì la porta e mi vide: «... fame» concluse confuso.

«Salve.»

«Salve!»

Lo squadrai attentamente, non aveva l'aria ammalata. Anzi, con quei capelli spettinati e una macchia di pittura rosa sulla fronte sprizzava salute da tutti i pori. Non indossava la solita giacca ma solo una camicia bianca con i primi due bottoni aperti che lasciavano intravedere i peli scuri del petto. Aveva le maniche arrotolate fino ai gomiti e sulla camicia c'era un bel casino di macchioline colorate. Io così bello non l'avevo mai visto!

«Va tutto bene?» riuscii a dire dopo aver recuperato la facoltà di respirare.

«Ma certo, perché non dovrebbe?» Corrugò la fronte.

Vestito in quel modo, con una semplice camicia e i pantaloni scuri, sembrava un ragazzo qualsiasi, nel senso di un ragazzo degli anni Duemila. Camicia e pantaloni, a quanto pare, fanno parte da molto tempo del guardaroba degli uomini.

«Madalena aveva paura che fossi ammalato, ci siamo preoccupate. Sono venuta a vedere se ti senti bene. In caso affermativo, ti trascinerò in sala da pranzo per obbligarti a mangiare qualcosa.»

Sbuffò.

«Madalena si preoccupa sempre per niente. Sto bene, voglio solo finire quello che sto facendo, mangerò dopo.»

«Stai facendo un quadro?»

«Sì» rispose lui esasperato. «La mia governante non sa tenere la bocca chiusa.»

«Non lo fa per cattiveria. Posso vederlo?»

«No!» sbottò Ian. Una reazione eccessiva che mi lasciò sbigottita. «Voglio dire, non ancora. Non è pronto.»

«Ah!» esclamai frustrata. «Allora, vieni a mangiare?»

«Avevo intenzione di finire il quadro, prima.»

«Va bene» mormorai afflitta. «Oggi pomeriggio vado in paese con tua sorella e Teodora a prendere i vestiti.»

«Sono pronti? Che bella notizia. Così non avrete scuse per non ballare con me alla festa.» Mi rivolse un sorriso malizioso, e il mio cuore partì al galoppo.

«Non vorrei darti un dispiacere, ma credo di non saper ballare le cose che conosci tu.» Feci dietro front, e mentre mi incamminavo aggiunsi: «Ci vediamo dopo, allora». Ero rimasta un po' delusa.

«Aspettate» disse lui. «Datemi solo un momento.»

«Perché, hai cambiato idea?»

«Sì.» Aprì un po' di più la porta della stanza. «Ma prima devo liberarmi di questo colore.» Mi mostrò le mani macchiate ed entrò, richiudendosi la porta alle spalle.

Lo aspettai in corridoio, osservando i quadri appesi a entrambe le pareti e poi giocherellando con un fiore del grande mazzo sistemato in un vaso sopra il mobiletto. Poco dopo, Ian uscì dalla sua stanza ben rassettato, con i capelli leggermente umidi e una camicia pulita sotto la giacca.

«Così vado meglio» disse avvicinandosi.

«Non so se sono d'accordo...» Personalmente, mi piaceva di più prima.

«Perdonatemi, come avete detto?» Corrugò la fronte. La macchia rosa era ancora lì.

Mi morsi un labbro per non ridere.

«Hai la fronte rosa. Se Madalena ti vede così, penserà che sei vittima di un morbo sconosciuto.»

«Dove?» chiese lui portando una mano alla fronte.

«Proprio qui.» Sfregai leggermente la macchia, ma il colore non si staccava. «Credo dovrai lavarti con il sapone, il colore si è seccato.»

Con uno scatto degno di un serpente all'attacco, le sue braccia mi avvolsero e d'un tratto mi ritrovai incollata al suo corpo. Cercai di respingerlo e liberarmi dall'abbraccio, ma Ian era più forte di me.

«E adesso, signorina, mi direte esattamente quanto.»

Cercai di staccarmi la sua mano dalla vita, ma non riuscii a smuovergli neanche un dito.

«Basta scherzare, Ian. Qualcuno potrebbe vederci. Lasciami andare!» gli chiesi inquieta.

Il suo sorriso si allargò.

«Vi lascerò andare non appena mi avrete detto quanto.» I suoi occhi brillavano come stelle nere e aveva uno di quei sorrisi che mi fermavano il cuore.

«Quanto cosa?» domandai. Se Elisa fosse venuta a cercarlo e ci avesse trovati avvinghiati in quel modo, dopo tutto quello che le avevo raccontato...

«Quanto vi piaccio» disse lui divertito. «Mi avete detto che vi piaccio, e che non posso immaginare quanto.»

«Ian, lasciami andare e smettila.» Avevo paura che il mio corpo perdesse di nuovo il controllo, eravamo da soli in un corridoio pieno di porte, con dietro camere piene di letti. «Potrebbe arrivare Elisa...»

«Allora ditemelo!» supplicò lui con quella sua voce roca. Un'emozione che non sapevo interpretare aveva preso il posto dell'espressione divertita. «Vi prego, ditemelo.»

«Non te lo dico finché non mi lasci andare!» ribattei disperata. Avevo la pelle d'oca e l'aroma virile della sua pelle mi annebbiava i pensieri.

«Sofia» bisbigliò Ian chinandosi per baciarmi.

Cercai di respingerlo, ma quell'impeto mi aveva colta impreparata e non ebbi il tempo di allontanarlo. Ovviamente, non appena la sua bocca trovò la mia il mio corpo reagì, e tutti i miei buoni propositi andarono a farsi friggere. Mi ritrovai di nuovo avvinghiata a lui in un modo non certo decoroso, ma non me ne fregava niente che qualcuno potesse vederci o che arrivasse magari la fine del mondo. Avevo la sensazione che, a ogni suo bacio, una nuova parte di me si risvegliasse. Ero una persona totalmente nuova, più appagata e completa.

In men che non si dica ero intrappolata fra lui e la parete, coi bottoncini del vestito che mi si conficcavano nella schiena, ma comunque ero molto soddisfatta. Le sue mani non erano più sulla mia vita ma scivolavano ovunque accarezzandomi la schiena, le anche, e poi giù fino alle cosce. D'istinto sollevai le gambe e gli cinsi i fianchi. Lui mi schiacciò con più forza ancora contro la parete fredda. Intorno a me tutto girava vorticosamente, e le sue labbra mi solleticavano il collo.

«Ian» ansimai, richiamando la sua bocca sulla mia.

Animate da volontà propria, le mie mani andavano alla

scoperta della muscolatura soda del suo petto, dell'addome piatto, delle spalle larghe. Il calore bruciante irradiato dal suo corpo mi faceva impazzire e avrei voluto che la sua camicia si disintegrasse. La sua mano si fece strada sotto la gonna insinuandosi lungo la mia coscia, e io aumentai la stretta delle gambe intorno ai suoi fianchi tirandolo ancora più vicino a me.

Così intrappolata non potevo scappare. Comunque, io *non volevo* scappare! Scesi con le mani per cercare il bottone dei pantaloni, ma trovai qualcos'altro. Qualcosa di molto più grande! Lui gemette.

I suoi baci si fecero più profondi, più urgenti, e quando sentii che cercava i bottoncini sulla mia schiena sorrisi, tantissimo, tra me e me.

«Oh, sì...»

Di colpo, Ian mi lasciò andare. Io scivolai e caddi picchiando il sedere a terra, la gonna arrotolata sulla testa.

«Oddio, scusa, Sofia. Voglio dire, signorina Sofia» disse con una voce strana mentre cercava di liberarmi dal groviglio della stoffa.

«Ian... Ma cosa...»

Quando riuscii a scoprirmi la faccia, lì c'era un uomo anziano che ci dava le spalle. Era il maggiordomo, mi ricordai il suo nome, Gomes.

«Scusate, signore. Non avevo intenzione di interrompervi. Ero venuto ad avvisarvi che le bevande per la festa sono arrivate. Ho pensato che voleste controllarne la qualità, come siete solito fare.»

Oh, merda!

Merda! Merda! Merda!

«Ehm... arrivo fra un momento, Gomes.» Credo che Ian non sapesse bene cosa fare: se aiutarmi o allontanarsi con il maggiordomo. «Vado solo... ad accompagnare la signorina Sofia in sala da pranzo e poi ci vediamo nelle cantine.»

Continuando a darci le spalle, l'uomo disse: «Sissignore» e si ritirò velocemente.

Ian mi aiutò a rialzarmi. Accettai la sua mano tesa senza esitazioni.

«State bene?» chiese preoccupato scostando le ciocche di capelli che mi coprivano il viso.

No, avrei voluto dire. *Non sto bene. Non starò bene fino a quando non mi bacerai ancora.*

«Benissimo!» risposi con un certo affanno.

Sistemai il vestito e mi rassettai i capelli cercando di darmi un tono. Era chiaro che questo genere di cose – io e Ian da soli da qualche parte – non andava bene.

«Pensi che racconterà a qualcuno?» domandai, preoccupata più che altro per Elisa.

Lui sfiorò la ciocca di capelli che si ostinava a scendere sul mio viso e me la spostò dietro l'orecchio.

«Non vi preoccupate, Gomes è molto discreto. Fa parte del suo lavoro» e sorrise.

Indietreggiai un po'.

«Non voglio crearti dei problemi» dissi.

«Non li create affatto. Se non sbaglio, sono stato io a cominciare.» E intanto mi scrutava. «Perché vi allontanate, come se foste in pericolo?»

La distanza fra di noi era di alcuni passi, adesso.

«Perché così possiamo conversare da persone civili, senza finire... come è finita poco fa» dissi, con una punta di vergogna.

Lui rise.

«Credo abbiate ragione.» Si passò una mano fra i capelli. «E credo anche che dovremmo parlare di quanto sta succedendo fra di noi. Non potete più fuggire da ciò che provate.»

«Lo so» confermai, pensando alla conversazione che avevo avuto con Teodora nella sala della musica. Quella stronza della commessa poteva andare all'inferno, coi consigli! Lui lo doveva sapere; dovevo raccontargli la mia storia, tutta la storia, altrimenti non avrebbe mai capito che non avevo la libertà di decidere niente. «Devo spiegarti molte cose. Ma non adesso. Elisa mi sta aspettando e tu devi andare a controllare le bevande.»

Ero di nuovo appoggiata alla parete, solo alla parete, però. Non sembrò soddisfatto di dover rimandare la chiacchierata.

«In un altro momento, allora» disse solennemente. «Vi accompagno in sala da pranzo, così Elisa smette di preoccuparsi» e mi offrì il braccio.

Scossi la testa. Lui inarcò le sopracciglia.

«Tu stai da quella parte» e indicai la parete opposta, «e io sto qui. Ci sono molti corridoi simili a questo, in casa» spiegai goffamente.

Ian sorrise.

«Non vi salterò addosso, Sofia.»

«Ma potrei farlo io.» Ricambiai il sorriso. «Meglio non correre rischi.»

Annuì senza smettere di sorridere. Avanzammo in silenzio, ogni tanto spiavo il suo viso e lo sorprendevo sempre a osservarmi. Dopo un po', Ian ruppe il silenzio.

«Allora oggi pomeriggio andrete in paese?» domandò.

«Certo. Elisa non mi ha dato scelta.»

«Se volete potete restare a casa con me.» E si avvicinò.

«Ormai le ho promesso che ci vado» mentii. Era meglio evitare la tentazione di avere di nuovo tutta la casa solo per noi.

Continuò a camminare, poi infilò le mani in tasca e si avvicinò ancora.

«Forse potremmo parlare dopo cena.» Il tono basso della sua voce mi diede un brivido.

«Forse. Oppure domani in giornata, in un posto dove non ci siano né porte né muri.» Non avere tutte quelle camere a disposizione sarebbe stato decisamente più prudente.

Lui si avvicinò di più, sempre con le mani in tasca, ma i nostri gomiti si sfiorarono. D'un tratto mi venne in mente un pensiero sgradevole. Mi fermai, lo presi per un braccio e mi piazzai dritta davanti a lui.

«Ian, c'è una cosa che devo dirti.»

«Ditemi!»

Studiai attentamente il suo viso. Sembrava aspettarsi qualcosa di preciso, ma non avrei saputo dire cosa fosse.

«Tu lo sai che io... ho già *dormito* con alcuni uomini? Non molti» mi affrettai a specificare mentre osservavo la sua reazione. «Ma qualcuno sì.»

I suoi occhi si intristirono. Non era quello che si aspettava.

«Non vorrei pensassi che con tutti gli uomini che incontro mi comporto come ho fatto con te. Non è questo che pensi, vero?»

Il suo viso si rabbuiò, come le sere d'estate quando arriva il temporale.

«Credete che voglia approfittarmi di voi solo perché so che siete già stata di un altro uomo?» disse con rabbia.

«Conosco uomini di tutti i tipi e non mi sorprenderei.»

Mi afferrò un braccio con forza, ma non tanto da farmi male, e si avvicinò fino a occupare tutto il mio campo visivo.

«Non so che tipo di uomini conosciate, ma io non sono un approfittatore! Siete così cieca, Sofia?» La furia e la disperazione che riconobbi nella sua voce mi allarmarono. «Non riuscite a vedere cosa provo per voi? Non vi tratterei mai in modo così riprovevole se non fossi tanto... tanto...»

Si zittì e scosse la testa, poi mi lasciò andare e indietreggiò. Io rimasi paralizzata dalla paura, dallo sgomento e dall'ansia. Avrei voluto che completasse la frase. Se non fosse tanto... innamorato? Quanto lo ero io?

«Scusate. Forse non sono stato abbastanza chiaro con voi. Non posso certo incolparvi di non capire ciò che provo, soprattutto dopo avervi trattata in modo così abominevole.» Mi fissò con gli occhi ancora pieni di rabbia e tristezza. «Abbiamo davvero bisogno di un chiarimento definitivo» aggiunse.

Annuii, incapace di aprire bocca.

Lui si girò per imboccare il corridoio ma fece solo un passo e poi tornò verso di me, che ero rimasta impietrita, come inchiodata al pavimento.

«Perdonatemi, Sofia» disse toccandomi il braccio nel punto in cui la sua mano mi aveva afferrata pochi istanti prima.

«È tutto a posto» sussurrai. «Non mi hai fatto male.»

Sembrava sconsolato.

«Non me la sto cavando per niente bene. Ma questa è la prima volta che mi innamoro.» E fece un sorriso timido.

Un tremore attraversò ogni centimetro del mio corpo. Un'emozione obnubilante si impadronì di me. E prima che potessi dire qualcosa, prima ancora che riuscissi a fare un respiro, lui mi prese il mento fra le mani e posò con delicatezza le sue labbra sulle mie. Poi mi lasciò andare, troppo in fretta per i miei gusti, e sospirò.

«A dopo.»

Era innamorato di me! Di me!

Mi desiderava tanto quanto io desideravo lui, e anche per lui era la prima volta. Cercai di riprendere fiato per dirgli che anch'io ero pazza di lui ma non riuscii a rispondere per tempo. Quando l'aria tornò nei miei polmoni, Ian era già sparito nel corridoio.

È innamorato di me!

Avrei voluto gridare la mia gioia ai quattro venti. Feci qualche respiro profondo, mentre un sorriso immenso e involontario mi si allargava sulla faccia.

È innamorato di me!

Non riuscivo a smettere di ripeterlo, avevo il cuore sul

punto di esplodere per la felicità. Un nuovo tipo di felicità, molto più intensa, bella, importante, meravigliosa!

Bzzz. Bzzz. Bzzz.

Il debole ronzio che conoscevo bene, poco più di un sussurro, echeggiò nel corridoio.

Mi precipitai in camera, quasi sfondando la porta. Corsi al cellulare con le mani che tremavano.

FASE TRE: COMPLETATA.

BENVENUTA AL NUOVO LIVELLO. TIENITI PRONTA.

Oh, no! Oh, no!

Non ora! Non ora che Ian...

È innamorato di me!

Fui invasa dal terrore. Dal dolore. Dalla paura.

Che cosa ho fatto? Lo avrei fatto soffrire! E troppo! Lo sapevo. Lo avevo sempre saputo!

E cosa significava *nuovo livello*? Non sapevo nemmeno che diavolo avevo fatto per terminare il livello precedente!

Ormai non sapevo più nemmeno io cosa volevo. Ma ero sicura di cosa non volevo: non volevo far soffrire Ian. Non ero sicura di cosa volesse dire «tenersi pronta», ma l'intuito mi suggeriva che quella frase c'entrasse con il mio ritorno a casa. Mi rannicchiai vicino alla poltrona abbracciandomi le ginocchia e lasciai scendere le lacrime, mentre un dolore affilato mi penetrava il cuore.

26

«Vi sentite bene, Sofia?» mi chiese Elisa mentre il cocchiere sistemava le scatole dei vestiti sul portapacchi della carrozza.

«Certo. Perché non dovrei sentirmi bene?» In fin dei conti mi ero solo innamorata perdutamente di un tizio incredibile, anche lui innamorato di me, e sapevo che molto presto lo avrei fatto soffrire *per forza*. Inoltre, non sapevo nemmeno più quale fosse il mio posto, perché quando stavo con Ian mi sentivo a casa. E questo avrebbe dovuto essere un motivo sufficiente per non sentirsi bene? Figuriamoci.

«Siete triste» constatò Elisa. «Non vi ho mai vista così prima d'ora. Forse potrei aiutarvi in qual...»

«No, grazie davvero. Sto alla grande, è tutto a posto. È solo che... boh, non so... Sono un po' in apprensione per il ballo» mentii.

Lei non ci cascò.

«È stato mio fratello, vero? Se ha fatto qualcosa che vi ha infastidita...»

«Elisa, Ian è l'uomo più sensazionale che abbia mai conosciuto. Non mi ha mai infastidita. Sono io che ho sbagliato tutto» e scossi la testa desolata.

«Voi?»

«Sì, io. Gli ho scombussolato la vita!»

«Non è vero. Non l'ho mai visto così felice.»

«Per ora» sussurrai contrariata.

Elisa non disse niente. Alla fine, dopo aver discusso animatamente con la sarta a proposito di un nuovo vestito, anche Teodora si unì a noi. Durante il viaggio di ritorno non volò una mosca, ma Elisa mi osservò per tutto il tempo; a volte con curiosità, mi parve, a volte con pena.

Arrivata alla villa, andai subito a cercare Ian. Dovevo parlargli. Dovevo dirgli che non potevo più accettare i suoi baci, le sue carezze, il suo affetto, perché dovevo tornare a casa mia.

Lo cercai ovunque, perdendomi non so quante volte in quell'alveare di sale e salette, ma non lo trovai. Madalena non l'aveva visto, e allora andai a cercare l'unica persona che avrei preferito non rivedere tanto presto.

Gomes.

Il vecchio maggiordomo, col suo bel viso asciutto e l'espressione concentrata, era in sala da pranzo intento a lucidare le posate. Pensai che molto probabilmente doveva considerarmi come certe ragazze che c'erano – ovvio – anche da dove venivo io. Una troietta, diciamo? E io potevo dargli torto?

«Buon pomeriggio, Gomes. Cioè, in realtà è quasi sera.» E gli rivolsi un sorriso tirato. «Sto cercando Ia... il signor Clarke. Mi sapete dire dove lo posso trovare?»

«Il padrone è andato in città, signorina Sofia. Credo avesse bisogno di recuperare qualcosa per la festa.» Non mi guardava con rimprovero, anzi il suo sguardo era amichevole.

Mi misi a cincischiare con le posate sparse. Ce ne saranno state a centinaia, sopra il tavolo.

«Per sabato?» domandai prendendo in mano una forchetta.

«Sì, signorina Sofia. Domani sarà una giornata molto movimentata. Dovremo preparare il banchetto, oltre a svolgere i normali servizi quotidiani.» La velocità con cui lucidava era un chiaro indice della sua lunga esperienza.

«Potrei aiutarvi» mi offrii.

«Assolutamente no, signorina. Questo è un lavoro di cui si occupa la servitù» mi disse senza alzare gli occhi.

«Oh, Gomes, per favore! Sono nervosa e non ho niente da fare. Madalena si mette quasi a sputare fuoco quando mi avvicino alla cucina. Lasciate che vi aiuti. Sempre se non vi disturbo. Per favore!» lo implorai.

Per qualche istante, Gomes mi esaminò a occhi stretti. Immagino dovessi avere un'aria seriamente disperata, perché a un certo punto si alzò, e senza una parola andò a prendere un'altra pezza di flanella, o almeno a me sembrava flanella.

Osservai i suoi gesti e cercai di imitarlo – per quanto a velocità decisamente ridotta. Per un po' di tempo andammo avanti così, a lustrare posate su posate senza dire nulla.

Il primo a parlare fu lui, di punto in bianco. «Siete una strana creatura, signorina» disse con un mezzo sorriso.

«Chi, io?» Ci pensai un po' su. «Preferirei essere definita "*quasi* normale"».

La sua risata riempì la sala.

«D'accordo, come volete voi.»

Lustrammo altre posate in completo silenzio.

«Perché dite così?» chiesi poi.

«Voi non siete come le altre giovani. Non vi dispiace lavorare, i vestiti non vi interessano e non avete paura di dire ciò che pensate» mi rispose con una certa dolcezza.

«È perché sono forestiera, ricordate?» E gli diedi di gomito. «E lavoro da tanto tempo. Stare senza far niente mi fa diventare nevrotica.»

Scoppiò di nuovo a ridere.

Non sapevo come affrontare l'argomento. Ma forse, mi dissi, la cosa migliore era parlare senza nascondersi.

«Gomes, a proposito di quello che avete visto oggi...»

«Ma io non ho visto niente, signorina» mi interruppe. «Nient'altro che un abbraccio amichevole.»

Molto amichevole, certo, come no!

«Volevo solo sapeste che non sono una che va in giro a...» Le mie guance stavano prendendo fuoco.

«Signorina, io non penserei mai una cosa del genere di voi» mi disse, fissandomi, e a me sembrava sincero. In caso contrario, era un grandissimo attore.

«Grazie» sussurrai.

«Sempre a vostra disposizione.»

Lucidammo qualche altra posata in assoluto silenzio, ma non c'era imbarazzo, mi pareva. Semplicemente, eravamo molto concentrati sui cucchiai.

«Lui mi piace davvero» dissi dopo un po'.

Gomes sorrise senza staccare gli occhi dall'argenteria.

«Me ne ero accorto da tempo, mia cara.»

«Sul serio?» E come aveva fatto? Io me n'ero accorta da pochissimo! Anche perché, effettivamente, *ero lì* da pochissimo...

«Direi dal nostro primo incontro. La vecchiaia ha i suoi vantaggi, ne ho già viste parecchie, di giovani innamorate.»

«Di lui?» lo pungolai.

Gomes fece sì con la testa.

Be', che scoperta. Ian era galante, intelligente, superbello, affascinante, gentile, divertente, era sexy da morire e poi era pure ricco – anche se a me non importava. Come si faceva a *non* innamorarsi di Ian?

«Ma questa è la prima volta che anche lui contraccambia» aggiunse Gomes.

Le sue parole ferivano e al tempo stesso curavano il mio cuore lacerato.

«Sapete se tornerà presto?» La nostra conversazione, continuavo a pensare, non poteva più essere rimandata. Gli avrei raccontato tutto. Ma proprio *tutto.* Forse avrebbe riso di me o mi avrebbe cacciata di casa, ma non me ne fregava niente. Ian aveva il diritto di sapere perché non potevo rimanere lì con lui.

«Non lo so, signorina, ma non credo. La città è distante, ricordate quanto è durato il viaggio per andare a teatro?»

Ah! Parlava di *quella città*. Effettivamente era abbastanza lontana, soprattutto non avendo a disposizione un veicolo a benzina.

Quando finimmo con l'argenteria era quasi ora di cena, ma di Ian neanche l'ombra. Anche se adesso mi trattava molto meglio, non ero in vena di ascoltare le chiacchiere sciocche di Teodora sui nastri, i cappelli, sulla festa e su lady Catarina, così andai in camera mia subito dopo cena e chiesi a Gomes di avvisarmi non appena Ian fosse rientrato. Mi feci il bagno, dopo di che indossai la camicia di Ian con le chiazze di pittura e mi misi alla finestra ad aspettarlo, ma era una notte senza luna e non si vedeva niente.

Andai a letto e presi il mio libro sbrindellato per passare il tempo. Ogni tanto mi alzavo a guardare fuori dalla finestra, tanto per fare qualcosa. Lessi un mucchio di pagine, e poi scivolai nel sonno. Mi risvegliai quando il sole ormai mi sbatteva in faccia. Mi sfilai via il libro – sempre più malmesso e pieno di orecchie – da sotto la pancia, mi vestii di corsa e schizzai fuori a cercare Ian. Dovevo raccontargli tutto prima che quel maledetto cellulare vibrasse di nuovo. Magari il successivo messaggio sarebbe stato una cosa tipo «hai perso, hai perso!» e allora, se così fosse stato, *puf!*, mi sarei trovata ricatapultata nel presente.

In cucina regnava il caos. Il grande tavolo di legno era ingombro di frutta, verdura, piatti, tegami, spezie, uova e sacchi di juta – non so se con dentro della farina o dello zucchero, forse entrambi. C'era un gran movimento di gente che andava e veniva, come quando c'è un terremoto e nessuno sa dove sbattere la testa. Scrutai in mezzo a quella baraonda, ma inutilmente. Allora andai in sala da pranzo, dove Elisa e Teodora erano sedute a tavola.

«Buongiorno» le salutai.

«Buongiorno» mi disse Elisa con un sorriso.

«Buongiorno, signorina Sofia, avete già fatto colazione?» chiese Teodora.

Sembrava proprio che si sforzasse di essere gentile con me. Be', ottimo! Anche a me stava più simpatica, da quando avevo capito che si preoccupava del benessere dei miei amici.

«No, non ho ancora mangiato.» Afferrai una sedia e mi accomodai con loro.

Mentre sbocconcellavo un pezzo di pane, le osservai. Si comportavano come al solito, quindi Ian doveva essere tornato.

«Ian dov'è?» chiesi qualche secondo dopo.

Le due si scambiarono uno sguardo complice e poi sorrisero.

«Che c'è?» chiesi, confusa.

«È alle scuderie che cerca di convincere Storm a non disarcionarlo» spiegò Elisa trattenendo una risata. «Poco fa, io e Teodora dibattevamo su quanto tempo ci avreste messo a chiedere di lui.»

Non so se fu per l'imbarazzo o l'irritazione, ma mi alzai di colpo lasciandole lì a sghignazzare, con l'intenzione di fiondarmi alle scuderie. Comunque sulla porta mi fermai.

«E chi ha indovinato?» chiesi.

«Io!» esclamò Teodora. «Non vi adirate, signorina. È impossibile non vederlo, ve lo si legge negli occhi.»

«Voi lo amate!» trillò Elisa, come se quella fosse una bella notizia.

Non risposi, abbassai la testa e uscii di gran carriera. Speravo si sbagliassero. E soprattutto, speravo che per lui non fosse altrettanto facile leggere nei miei occhi.

27

Fuori dalla villa, la confusione era paragonabile a quella che c'era dentro. Un sacco di gente che andava e veniva dai numerosi carretti e barrocci carichi di materiale e cibo che stazionavano sul retro, trasportando cassette piene di roba.

Ian era nelle scuderie con Storm. Aveva un aspetto molto diverso da quello a cui mi ero abituata. Come la sera prima, indossava solo camicia e pantaloni, ma ora la camicia era sporca di terra e grandi chiazze di sudore la facevano aderire alla pelle; i capelli spettinati erano umidi per lo sforzo e aveva le ginocchia piene di terra. Anche in faccia era sporco. Era di una bellezza sconvolgente! Rimasi ferma ad ammirare quella scena per un po', non volevo perdermi un solo dettaglio.

Con le mani aperte davanti a sé, quasi volesse dimostrare al cavallo di essere disarmato, cercava di avvicinarsi a Storm. Ma Storm non si lasciava ingannare e, tutte le volte che Ian riusciva a fare qualche passo, lui arretrava.

Dopo diversi tentativi, comunque, alla fine riuscì a raggiungerlo e a montare in sella. Ma il sorriso di trionfo che vidi sul suo splendido volto durò poco, perché Storm, con un'impennata ribelle, lanciò un forte nitrito e lo disarcionò.

«Ian?» gridai, aprendo il cancelletto della staccionata e sollevando la gonna per precipitarmi da lui. «Stai bene?»

Caddi in ginocchio e gli feci scorrere le mani su petto, spalle e collo. Niente di rotto.

Con un gemito cercò di rialzarsi.

«Ahi, la schiena!» mugugnò, appoggiandosi ai gomiti. Poi mi fissò, sorridendo fra un gemito e l'altro. «Buongiorno, signorina. Come state oggi?»

«Io? Come stai *tu*! Vuoi che faccia chiamare il dottore? Ti portiamo in ospedale? O al pronto soccorso? Come cavolo lo chiamate, qui? Ti sei rotto qualcosa? Hai battuto la testa? Quante Sofie vedi?»

La sua risata mi tranquillizzò.

«Calmatevi. Sto benissimo.» Posò la mano sulla mia, che era ancora sul suo petto. «Ricordatevi che non è la prima volta che vengo disarcionato.»

Cercò di mettersi a sedere e io lo sorressi per le spalle.

«Sei sicuro di non esserti fatto male?» Il cavallo era altissimo, e lui magari non sentiva dolore perché la botta era ancora fresca.

«Sono sicuro. Ora smettetela di preoccuparvi per me.» Scrollò via la terra dalla camicia e piovve una cascata di terra. «Credo che Madalena oggi mi farà un'altra predica. Già ieri non la finiva più di rimproverarmi per un paio di macchie.» Poi sorrise, con in faccia l'espressione di chi è stato beccato con le mani nella marmellata, ma senza sentirsi in colpa.

Non lo trovai affatto divertente.

«Potevi ammazzarti, razza di imbecille.» Lo lasciai andare e mi alzai in piedi di scatto. «Credevo che ormai avessi rinunciato a cavalcare questa bestia. Vuoi che Elisa resti da sola? Senza padre, senza madre e pure senza fratello?» Come si permetteva di fare certe idiozie? Chiunque avrebbe capito che Storm non si sarebbe lasciato domare da nessuno, era chiaro come il sole. Solo quel testone non voleva capirlo. Perché insisteva tanto?

«Ma no. Sto solo provando una nuova tecnica» disse serafico.

La mia rabbia aumentò.

«E quale sarebbe questa nuova tecnica? Farsi scaraventare a terra da un animale selvaggio alto due metri? Complimenti! Funziona alla perfezione!» commentai sarcastica.

Lui si alzò e si scrollò i pantaloni, facendo piovere altra terra.

«Lo ritenevo impossibile, e invece mi sbagliavo» disse raddrizzando la schiena.

Ero confusa.

«Impossibile cosa?»

«Credevo impossibile che foste in grado di essere più adorabile di quanto siete di solito. Ma mi sbagliavo» spiegò con un sorriso affettuoso. «Quando vi preoccupate per me, siete ancora più incantevole.»

Sbuffai e gli girai le spalle, diretta verso la casa. Se era capace di prendermi in giro, allora voleva dire che stava benone!

Non ci vedevo più dalla rabbia, e nella fretta di andarmene l'orlo del vestito s'impigliò sulla staccionata e la stoffa si lacerò, aprendo uno strappo grande quanto un'arancia.

«Vestito di merda!» borbottai, strattonando la gonna e allargando il buco.

Quando ripresi a camminare, Ian era già dietro di me.

«Cos'è che vi rende tanto furiosa?» disse serio.

«Cos'è che ti rende tanto imbecille?» ribattei.

Mi afferrò per il gomito, costringendomi a fermarmi.

«Perché siete adirata con me?» chiese confuso. «Non può essere solo per colpa del cavallo.»

Effettivamente non era *solo* per quello. Mi obbligavano ad andarmene da lì, e quindi a dimenticarlo. Avrei dovuto dimenticare la cosa più meravigliosa e vera che mi fosse mai capitato di provare, prima ancora di provarla veramente.

Feci qualche respiro profondo per recuperare la calma, e lui rimase in silenzio, in paziente attesa.

«Ti devo parlare. Adesso! Ieri sera ti ho aspettato ma non arrivavi mai... Insomma, dov'eri finito?»

«Sono dovuto andare in città, avevo qualche ultima commissione da fare per la festa, e poi volevo comprarvi una cosa...»

«*Comprarmi* una cosa?» domandai cauta. Non mi era piaciuta la sua faccia mentre lo diceva. *Altri guai in vista*, mi diceva l'istinto. Guai deliziosi, magari, ma comunque guai!

«Sarà pronta fra qualche giorno» fu tutto quel che aggiunse. «Perché mi volevate parlare?» disse poi. E la dolcezza nella sua voce fece definitivamente evaporare la mia rabbia.

Sospirai.

«Lo sai perché.»

«Ah.» Annuì. «Possiamo parlare adesso. Anch'io devo dirvi una cosa importante.»

Ian sembrava ansioso di parlare con me, forse credeva che avremmo trovato il modo di aggiustare le cose e che tutto sarebbe finito bene. Ma non conosceva la storia fino in fondo, e io sapevo che non c'era conversazione che poteva aggiustare la mia vita in quel momento.

«Ottimo! Ma preferirei un posto un po' più riservato.» Se gli dovevo raccontare che ero nata duecento anni dopo di lui, era meglio non avere nessun pubblico. Anche se i domestici erano indaffarati con i preparativi per il ballo e ci sfrecciavano accanto senza vederci, un orecchio curioso poteva sempre captare qualcosa che non avrebbe dovuto. Alle conseguenze non ci volevo neanche pensare.

«Dove vorreste andare?»

«Un posto vale l'altro, basta che non ci senta nessuno» e alzai le spalle. Cominciavo a sentire che il coraggio scivolava via. Sarebbe stato bello se avessi potuto semplicemente non pensare a nulla, non dover raccontare nulla e comportarmi solo come volevo *io*.

Un altro sospiro. Era inutile cercare di rimandare l'inevitabile. Ian doveva sapere tutto, prima che sparissi definitivamente dalla sua vita.

Si sistemò il colletto della camicia, si passò una mano fra i capelli sudati.

«Se per voi il fatto che non sia vestito in modo adeguato non è un problema...»

«Ian, non essere ridicolo! Stai benissimo così. Muoviamoci, prima che mi passi il coraggio.» E mi misi in marcia, sperando che mi venisse dietro. Lui lo fece.

Ma avevamo fatto solo pochi passi quando Madalena arrivò di corsa gridando come un'invasata. Qualcuno si era lasciato scappare degli animali, e ora la sua cucina era invasa da galline appollaiate dappertutto e maiali giganti che grufolavano nei sacchi di mais poggiati a terra, e questo mentre lei doveva cominciare a preparare gli arrosti per il giorno dopo.

Ian mi lanciò uno sguardo implorante.

«Vai pure, ti aspetto» gli dissi sconfortata.

Provai ad avvicinarmi alla cucina, ma era impossibile: troppa gente occupata a catturare le bestie, meglio aspettare fuori. Acciuffarle tutte richiese più tempo del previsto, mentre da fuori si sentivano *coccodè* misti e urla umane e fastidiosi *oink oink*.

«Cazzo!» esclamò Ian, e io spalancai gli occhi dallo stupore. Era bello scoprire che poteva spogliarsi di quella sua patina di ragazzo perfettino ed esprimersi come le persone che frequentavo di solito. Quando anche i domestici si misero a sparare parolacce, mi sentii davvero a casa.

Dopo quasi mezz'ora, Ian uscì dalla cucina con una gallina in ciascuna mano e i capelli pieni di piume.

Provai a non ridere. Giuro che ci provai!

Consegnò le galline a un garzone di passaggio.

«Pensaci tu, per favore» gli disse stremato.

Poi si avvicinò alla vasca di pietra e infilò la testa sotto l'acqua, inzuppando i capelli che assunsero un riflesso blu. Un po' d'acqua colò sulla camicia che gli si incollò al petto, e i suoi muscoli scolpiti apparvero sotto la stoffa trasparente. Non riuscivo a staccare gli occhi, ma lui non parve notare il mio sguardo libidinoso.

Si avvicinò e mi sorrise.

«Dove hai imparato quella parola?» gli chiesi, morta di curiosità.

«Quale parola?»

«Cazzo! Dove l'hai imparata?»

«Ah, perdonatemi, Sofia! Non pensavo che poteste sentirmi.»

«Non scusarti, mi sono divertita! Ero solo curiosa di sapere dove hai imparato una parolaccia come quella. Credevo che qui non si usasse.»

«Io leggo molto» spiegò lui con un pizzico di vergogna.

«E l'hai trovato in un libro?» indagai, sempre più curiosa. «Un libro con scritto *cazzo*? Davvero?»

Lui arrossì.

«Sì. E non continuate a ripeterlo, per favore.»

«Che libro è? Dev'essere un autore rivoluzionario!»

L'imbarazzo lo rendeva riluttante, ma alla fine si sbottonò.

«Bocage» disse in un sussurro.

«Ah sì, credo di averne sentito parlare. Non è quel tizio portoghese che scriveva poesie erotiche?» Mi ricordavo qualche verso che gli studenti di Lettere si divertivano a citare. *Or qui giace Bocage il puttaniere / di vita dissoluta e strabiliante / mangiò, bevve e chiavò senza pagare.*

«E *voi* come lo sapete?» m'interrogò esasperato.

«Fa parte di quello che ti devo raccontare» risposi.

Stavolta a sospirare fu lui.

«Che ne dici di andare a parlare al fiume? Credo che laggiù non correremo il rischio di...»

«Signor Clarke, meno male che siete qui!» Gomes scese i gradini della cucina con un'espressione impanicata dipinta in faccia. «C'è stato un incidente, signore. Due carretti delle consegne si sono scontrati e ora i due uomini non riescono a mettersi d'accordo. Sono molto agitati e temo che possano perdere la testa.»

Il tono usato dal maggiordomo non lasciava dubbi circa il significato di «perdere la testa».

«Non a casa mia!» urlò Ian, e partì a razzo col maggiordomo alle calcagna.

Cominciavo a convincermi che il destino non volesse che gli raccontassi la mia storia. Ogni volta che ci provavo, qualcosa andava storto.

Cercai di parlare con Ian diverse volte, quel pomeriggio, ma spuntava sempre fuori qualche nuova emergenza e lui doveva andare a *salvare il mondo.* Decisi che avremmo parlato dopo cena; sinceramente non capivo il perché di tutto quel circo, in fin dei conti era solo un ballo, no?

«È per come verrà ricordata la nostra famiglia» mi spiegò Ian mentre andavamo verso la sala della musica. Elisa voleva suonare un po' prima di andare a dormire. «Vi ricordate cosa ha detto la signora Albuquerque del ballo a casa del marchese?»

«Certo.» Per colpa di alcuni uomini che si erano comportati male, loro erano state costrette ad andarsene dalla festa.

«Ecco. Per quanti balli possa ancora offrire il marchese in futuro, siano pur essi i belli meglio organizzati nelle vicinanze, lui sarà sempre ricordato per il ballo dal quale gli invitati furono costretti ad andarsene a causa del cattivo comportamento di alcuni uomini di fronte alle signore.»

Io presi posto accanto a lui, mentre Teodora si mise vicino a Elisa che si era accomodata al pianoforte. Probabilmente lo aveva fatto per discrezione. Teodora cominciava proprio a piacermi.

«Come mai è così importante per te?» Ian non mi sembrava vanitoso al punto di voler dare la festa più perfetta di tutti i tempi.

«In realtà per me non è così importante, ma lo è per Elisa.» E guardò con tenerezza la sorella. «Voglio che tutto vada secondo i suoi programmi.»

Anch'io guardai Elisa, che aveva iniziato a suonare un brano che mi era familiare. Lo riconobbi subito, perché era nella playlist mio lettore MP3, anche se nella versione di una rock band giurassica insieme a un'orchestra filarmonica.

Sorrisi. Finalmente avevamo qualcosa in comune! Be', a parte la parolaccia detta poco prima da Ian.

«Questa vi piace?» e indicò il pianoforte con la testa.

«Molto!» risposi con entusiasmo, afferrandogli il braccio con entrambe le mani. «Questo brano ce l'ho! È una versione un po' diversa, molto più strong, ma la melodia è la stessa. Scaricarla da Internet è stato un incubo, non riuscivo a...» Mi bloccai nel momento esatto in cui il solco sulla sua fronte si approfondì. Dovevo parlargli *subito*, la situazione stava diventando insostenibile.

«Prima o poi, avrete intenzione di raccontarmi dove si trova questo posto?» domandò Ian dopo una pausa di silenzio, riempita solo dalla musica.

«In realtà te lo volevo raccontare oggi. Devo raccontarti *tutto*, Ian! Credi che qualcuno se la prenderebbe a male se andassimo a parlare nel salone? Io e te da soli?»

«Non lo so, cosa significa *prenderla a male*?» chiese lui.

Argh!

«È tipo... se uno fa una cosa brutta, disdicevole, che può offendere. Una cosa inopportuna...»

«Signor Clarke! Meno male che siete qui!» Era Gomes, ancora.

Basta, per amor di Dio!

Non mi preoccupai di sapere qual era l'emergenza che Ian *doveva assolutamente* risolvere a così tarda ora. Aspettai impaziente il suo ritorno ma il tempo passava, lui non tornava, Teodora ed Elisa erano stanche e decisero di ritirarsi, e a me non restò che fare la stessa cosa.

Non riuscii ad addormentarmi, ovviamente, anzi non ci provai nemmeno. Rimasi a camminare su e giù per la stanza convinta che Ian sarebbe venuto a cercarmi. Aspettai un bel po', e alla fine decisi che non avrei aspettato un minuto di più.

Aprii la porta con risolutezza e vidi che il corridoio era buio. Qualcuno doveva aver spento le candele senza che me ne accorgessi. Presi la candela di camera mia e m'incamminai, cercando di non fare rumore per non attirare l'attenzione. Pure il salone era vuoto e buio. Proseguii. Dovevo parlare con Ian, anche a costo di aspettarlo tutta la notte seduta davanti alla porta della sua stanza.

Bussai piano; Elisa dormiva a pochi metri di distanza e non avevo idea di quale fosse la camera di Teodora. Sentii un fruscio.

Ian era in camera.

La porta si aprì appena, e vidi che era ancora vestito.

«Che bello, sei ancora sveglio!» bisbigliai. «Possiamo parlare? Subito!» pretesi.

Aprì ancora un po', ma sembrava turbato.

«Cosa ci fate qui a quest'ora?» sussurrò con una traccia di rimprovero nella voce.

«Ti ho aspettato per un sacco di tempo. E siccome non sei venuto a cercarmi, ho deciso di venire io. Infatti ti ho trovato. Vuoi lasciarmi entrare o restiamo a parlare in corridoio e svegliamo tutta la casa?»

«Sofia, non posso lasciarvi entrare, siete impazzita?»

«C'è qualcun altro lì con te?» chiesi sul chi va là.

«Ma no!» rispose inorridito e offeso, a voce molto più alta della mia. «Come potete pensarlo?»

«Non lo penso. Fammi entrare, dai.» Non aspettai la risposta, mi infilai fra lui e la porta ed entrai nella sua stanza.

Ian guardò da una parte e dall'altra del corridoio prima di chiudere.

«Cosa credete di fare, Sofia?» Si avvicinò a un tavolino – era identico a quello che c'era nella mia camera, con brocca e catino – e si lavò le mani sporche di colore. In un battibaleno, l'acqua divenne scura. «Se qualcuno viene a sapere che siete qui... per la vostra reputazione sarà la fine!»

«Ci sono cose molto più importanti della mia reputazione.» Non gli staccavo gli occhi di dosso, era di nuovo in camicia e pantaloni. «Ti devo parlare di cose importanti, e non me ne andrò finché non mi avrai ascoltata!»

Si asciugò le mani, posò lo straccio sul tavolino e si avvicinò.

«Non potete aspettare domani?»

«No.»

«D'accordo, allora» sospirò. «Parliamo.»

«Sì, parliamo» confermai.

In quel momento, però, mi vennero meno le parole; non sapevo più da dove cominciare. Presi qualche respiro profondo per radunare il poco coraggio che mi restava, Ian era attentissimo.

«Magari...» attaccai con un po' di titubanza, «magari per ascoltarmi potresti metterti a sedere...» Gli indicai il letto ma mi bloccai subito.

Smisi anche di respirare.

Accanto al letto c'era un quadro, un dipinto non ancora finito. I miei piedi si mossero da soli, mi avvicinai, sollevai la candela che avevo ancora in mano per illuminarlo meglio e mi venne un mezzo colpo.

Ma quella... ero io!

Il dipinto incompiuto era il mio ritratto perfetto, della sera in cui eravamo andati all'opera. Il vestito rosa, il fiore infilato nella treccia, gli occhi luminosi. La mia figura era quasi finita, i capelli, la pelle, le labbra. Il vestito invece era colorato di rosa solo in parte, intorno alla scollatura.

Avvicinai una mano per toccarlo, era così reale che mi sembrava di stare allo specchio. Uno specchio che rifletteva un'immagine del mio corpo molto più bella dell'originale.

«Non toccate!» disse lui dall'altra parte della stanza. Mi girai a guardarlo. «Il colore è umido, si macchierebbe.» Sembrava a disagio, sgomento, insicuro.

Mi voltai verso il dipinto.

La bellissima donna del quadro sono io? È così che mi vede?

«Ian.» La mia voce uscì distorta dal nodo che avevo in gola. «Perché mi hai fatto un ritratto? Credevo non ti piacesse dipingere le persone.»

Non rispose. Mi girai a guardarlo con la domanda ancora negli occhi. Ci fissammo per un momento lungo un'eternità, poi mi rispose.

«Perché non posso perdervi, Sofia. Perché se tutto quello che posso avere è questo ritratto...» E lo indicò con un gesto di sconfitta.

«Oh, Ian.» Posai la candela sul tavolino dei colori e mi gettai fra le sue braccia.

28

Ian fu colto di sorpresa dal mio gesto repentino, ma non appena le mie labbra toccarono le sue la sorpresa lasciò spazio a tutt'altro.

Lo afferrai e cercai di tirarlo verso di me, mentre lui faceva lo stesso tenendomi per la vita. Il cuore mi batteva all'impazzata e fui sopraffatta dalla sensazione di essere a casa, e non sentivo più la vocina nella mia testa che mi implorava di fermarmi per non farlo soffrire ancora di più. Non pensavo più a niente, solo al fatto che lui mi voleva.

Ma di colpo le sue labbra si staccarono da me e Ian mi afferrò per le spalle.

«Ian?» Facevo fatica a parlare, facevo fatica a respirare.

«Non posso farvi questo... Non posso disonorarvi in questo modo» mormorò afflitto. «Non possiamo!»

«Sì che possiamo, Ian. *Sì* che possiamo.»

«No, dobbiamo aspettare. Io avrei voluto dirvelo in un modo più...»

«Ma non c'è più tempo!» lo interruppi scuotendo la testa. «Non capisci? Io... io non so quanto tempo mi rimane, ma so che è poco. Non so nemmeno se domani sarò ancora qui, Ian!»

«Ma è sbagliato, Sofia» sussurrò lui appoggiando la sua fronte alla mia, e chiuse gli occhi. Sembrava straziato. «È del tutto sbagliato, l'avete detto anche voi.»

Gli sfiorai il viso.

«Non c'è niente di sbagliato. Quello che provo quando sono con te è la cosa più giusta che abbia mai provato in vita mia. Ian, io per la prima volta sento di appartenere a un luogo.»

Spalancò gli occhi.

«Voi appartenete a questo luogo?» mi chiese confuso.

«No, a *questo*» E per farglielo capire feci scivolare le mani dal collo alle sue braccia forti. «E a *questo*» E gli posai una mano sul cuore che batteva forte. «Come fa a essere sbagliato?»

Vidi, guardando i suoi occhi neri, il dilemma che lo lacerava: doveva comportarsi bene, e difendere il mio onore, oppure doveva cedere a quel folle desiderio? Vidi quegli occhi farsi ancora più scuri quando il dilemma si risolse. Poi, quando infine riprese a baciarmi, vidi sul suo viso un'espressione disperata e vorace.

Le sue labbra si unirono alle mie con urgenza e sentii che la verità delle mie parole penetrava anche tutte le cellule del mio corpo, mentre lui mi stringeva a sé, come se fosse possibile avermi più vicina di così.

Niente importava più, non il domani, non cosa sarebbe successo dopo, niente, c'era solo il qui e ora.

Solo Ian.

Le nostre bocche si consumavano l'una nell'altra, le sue mani grandi e salde mi toccavano con frenesia. Ero senza fiato. Mi esplorava, e mi faceva girare la testa, ma soprattutto scatenava il desiderio fortissimo addormentato dentro di me. Fino a quell'istante avevo avuto solo un assaggio di ciò che desideravo veramente. Dentro di me, un'esplosione adesso stava consumando e trasformando tutto, modificando chi ero, la mia stessa essenza.

Non riuscii a resistere all'impulso di aprirgli la camicia con violenza, strappando alcuni bottoni. E poi feci scivolare le mani sul suo petto marmoreo e il calore della sua pelle, bollente come fuoco, scacciò via ogni residuo timore. In quell'istante c'eravamo solo io, Sofia, e lui, Ian. Nient'altro.

Ansimavo sotto le sue labbra, impedendogli di allontanarle da me. E lui continuava a baciarmi con foga, e a scoprirmi con mani così ansiose da farmi temere che il mio vestito avrebbe fatto presto la stessa fine della sua camicia. Ma invece Ian fu gentile e sbottonò con delicatezza la fila di bottoncini sulla mia schiena. Le sue labbra mi perlustrarono il collo e le sue mani mi scivolarono dalle clavicole alle spalle facendo cadere a terra l'abito.

Ian alzò la testa per guardarmi alla debole luce del candelabro. Io non sentivo vergogna, nemmeno un briciolo di imbarazzo, e anzi, quando i suoi occhi affamati presero a scrutare il mio corpo e quel sorriso malizioso che adoravo comparve sulle sue labbra, mi sentii sopraffatta da un'ondata di piacere. Le sue mani cercarono le mie, e il bisogno che avevo di lui mi travolse. Mi avventai su di lui premendo la bocca contro la sua, mentre le sue dita febbrili percorrevano con calma le mie curve, provocandomi infinite scosse elettriche fin dentro le ossa.

Nemmeno mi accorsi quando d'un tratto mi prese in braccio e mi posò sul letto, e poi si stese su di me. Sentire il suo peso addosso me era quasi insopportabile. Le sue labbra ricominciarono a esplorarmi, millimetro per millimetro. Osservò incuriosito le mie mutande – mutande vere, per fortuna non avevo messo quelle che mi ero fatta con quel vecchio scampolo di stoffa –, ma le sfilò via senza dire niente.

Eravamo nudi, e anch'io mi misi a osservare il suo corpo alla luce fioca della candela. Era più bello di quanto avrei mai potuto immaginare, con tutti quei muscoli sotto la pelle chiara, i capelli neri e morbidi a incorniciare il viso perfetto, gli occhi scintillanti come stelle e affamati di desiderio... Finalmente potevo contemplare ogni suo dettaglio, ogni particolare. E, se devo essere sincera, Ian aveva particolari *enormi* da ammirare.

Ricominciò a baciarmi e ad accarezzarmi con foga, e io non ce la feci più: mi mossi sotto di lui, cercandolo... Lui se ne accorse e si mosse, facendosi trovare.

E quando finalmente – finalmente! – i nostri corpi si unirono in un incastro perfetto, avrei potuto mettermi a piangere, lo giuro. Sentire Ian dentro di me fu l'esperienza più ricca di piacere, più intensa e indescrivibile che mi è mai capitata. Ogni più piccola parte di me si trasformava man mano che lui mi baciava, mi toccava, mi possedeva.

Non stava possedendo soltanto il mio corpo: Ian si prendeva anche la mia anima. Sentii i nostri due cuori fondersi in un'unione definitiva.

«Sofia...» mi sussurrava ogni tanto a fior di pelle.

L'ondata di piacere si avvicinava, veloce e intensa. Mi aggrappai alle sue spalle, unico punto fermo in quel turbinio di sensazioni. Lui si accorse che avevo aumentato il ritmo e mi accompagnò con la stessa intensità. Qualche istante alla deriva, poi un'esplosione luminosa di colori. Pochi secondi dopo sentii Ian che gemeva, prima di crollare su di me.

Rimanemmo fermi, ansimanti, fluttuando in quell'immensità di emozioni, mentre cercavamo di riprendere fiato e di riconnetterci al pianeta.

Non avevo mai provato niente di altrettanto forte e grandioso. Non mi ero mai unita a qualcuno in maniera così intenso, nel corpo e nell'anima, come accadde quella notte. Non avevo mai sperimentato un piacere così vero, una passione così travolgente, una sincronia così perfetta. Era come se noi due esistessimo al solo scopo di completarci a vicenda.

Sentii che tutto dentro di me si componeva, mentre l'amore che provavo per lui invadeva ogni cellula del mio essere. E allora, come se il velo davanti ai miei occhi si fosse squarciato, capii.

In quel preciso momento capii cosa stavo cercando, cosa volevo veramente, cosa dovevo trovare in quel luogo.

Ian.

Ian era la risposta a tutte le mie domande, non avevo più alcun dubbio. Ciò che cercavo da tutta la vita senza neanche saperlo era lui. Ciò che volevo disperatamente e per tutta la vita era lui. Il mio viaggio, la mia missione era lui.

Il suo viso ancora affondato nel mio collo e il suo respiro caldo nei miei capelli furono le uniche cose in grado di convincermi che era tutto reale, che quel momento magico esisteva davvero.

«Santo cielo!» disse, ancora senza fiato. «Allora il paradiso è così!»

Io risi.

«Non credo che lassù queste cose siano permesse.» Avevo il fiatone anch'io.

Rise, e il sussulto del suo corpo si propagò al mio.

«Credo che abbiate ragione. Intendevo dire che non riesco a immaginare niente di più straordinario.»

Mi ci volle un attimo per capire bene il senso di quelle parole, persa com'ero in quel momento di beatitudine. Quando però accadde, spalancai gli occhi con sgomento.

«Ian?» sussurrai.

«Sì?»

«Eri già stato con altre donne... prima?» *Doveva* averne avute altre, no?

Lui esitò.

«A dire il vero...» Sollevò la testa per guardarmi negli occhi, e io seppi la risposta prima ancora che aprisse bocca. «Questa è stata la mia prima volta.»

«Oh! No!»

«Qui le cose sono diverse, Sofia. Non è normale che succeda... quello che è appena successo, a meno che due persone non siano sulla strada per il matrimonio» e fece un mezzo sorriso.

Oh, merda! Andrò dritta all'inferno, senza diritto a una sosta in purgatorio.

Merda!

«Ian, scusami, non immaginavo che... Non avevo idea... Sembravi così sicuro di te! Io...»

«*Ssh.*» E posò un dito sulle mie labbra. «Non vi scusate, non potete scusarvi per avermi regalato la notte più bella della mia vita. Ve lo proibisco.»

«Ma...» provai a dire.

«No. Non ho fatto niente che *io stesso* non desiderassi, anzi, proprio il contrario!» In quel momento le sue pupille si dilatarono, nei suoi occhi riapparve la solita scintilla argentata e vidi che una parte di lui riprendeva vita. «E ho intenzione di rifarlo...»

La sua bocca si incollò alla mia e una carezza nuova e più audace mi mozzò il fiato. Per farmi dimenticare l'ansia e rientrare nel clima bastò poco, pochissimo, praticamente niente!

***

Rimasi sdraiata a letto cercando di riprendere fiato. Pensai che una notte più perfetta di così non poteva esistere.

Era stata la prima volta che Ian aveva fatto l'amore – anzi, per essere esatti, *le prime due volte*, il suo appetito era molto robusto – ma era stata anche la mia prima volta. Non il mio primo rapporto sessuale, è chiaro, ma la prima volta in cui avevo veramente *fatto l'amore.*

Ed era stato incredibile.

La mia testa vagava, in assenza di pensieri, perfettamente in pace.

«A cosa pensate?» disse Ian sfiorandomi i capelli.

«A niente. Stavo ascoltando una canzone» risposi languida mentre giocavo coi peli del suo petto.

«Ascoltando?» fece lui.

«Sì, ascoltando!» Sorrisi a occhi chiusi, deliziata dalle nuove piacevoli sensazioni che Ian mi dava. «Non ascoltando nel senso di ascoltare, ma tipo che ci stavo pensando, che stavo ricordando la musica e le parole.»

Sollevai la testa per guardarlo, e lui aveva in faccia un'espressione felice, anzi trionfale. Ed era bello in modo assurdo.

«Io la conosco?»

«No, non credo proprio. Ma scommetto che ti piacerebbe. È di una band spaziale che ha avuto un successo enorme su MySpace. È una delle mie canzoni preferite.»

Poggiai il mento sul suo petto e ricominciai a giocherellare con i suoi peli ricci.

«Cantatemela, allora» chiese dolcemente.

«Ma sei matto?»

«Ve ne prego» mi implorò.

«Neanche per sogno, io canto malissimo!» esclamai inorridita.

«Non m'interessa» disse con un sorriso scherzoso. «Invece, mi interessa conoscere le cose che vi piacciono... E come faccio a conoscerle se non me le fate vedere voi?»

«Ian, davvero, io non so cantare!»

«Ve ne prego, Sofia» supplicò.

«Ma è in inglese!» dissi cercando di convincerlo a rinunciare.

«Credo di poter seguire.» Il suo sguardo era molto esigente. «Vi prego, datemi la possibilità di capirvi meglio.»

Sospirai. Era impossibile negargli qualcosa quando la

chiedeva in quel modo. Tuffai la testa sul suo addome piatto, nel tentativo di nascondermi un po', chiusi gli occhi e mi misi a canticchiare sottovoce, mentre la sua mano giocherellava con i miei capelli. Alla fine dell'esibizione fece un sospiro.

Mi toccò guardarlo in faccia.

«Te l'avevo detto che non canto bene.»

Lui sorrise, ma poi la sua espressione si fece seria. Non appena vidi cosa c'era scritto nei suoi occhi, il mio cuore accelerò.

«Io vi amo, Sofia.»

La reazione del mio corpo fu immediata, il cuore prese a pulsarmi dentro come un martello pneumatico e mi sentii venire meno. Ma mi arrampicai faticosamente su di lui e gli presi il viso fra le mani.

«Io ti amo, Ian. Dovunque andrò, e per quanto tempo potrà passare, ti amerò per sempre» gli promisi, scrutando la profondità dei suoi occhi neri. Ero sicura che mai, mai e poi mai avrei amato nessun altro.

Mi infilò una mano fra i capelli tirandomi piano a sé.

«Per sempre» ripeté, e mi zittì con la sua bocca.

29

Fui svegliata da qualcuno che bussava alla porta e lì per lì non capii dove mi trovavo. Mi guardai intorno e vidi Ian, abbracciato a me, che mi dormiva accanto. Ero ancora in camera sua.

Continuavano a bussare.

«Signor Clarke? Ho bisogno del vostro aiuto, signore. Per favore, aprite la porta» La voce attutita di Gomes aveva un che di disperato.

Oh, merda!

«Signore, comincio a preoccuparmi. Se non mi aprite sfonderò la porta!» minacciò.

Merda! Merda! Merda!

Ian non si mosse, dormiva profondamente. Gli toccai un braccio, spaventata.

«Ian, svegliati!» sussurrai. Non si mosse. «Ian, svegliati, per favore!» e lo scossi con più forza.

Se Gomes avesse sfondato la porta e ci avesse visti insieme, non avrebbe più potuto far finta di niente come quando ci aveva colti in flagrante, a baciarci, nel corridoio. E tutta la casa avrebbe saputo. Sarebbe scoppiato uno scandalo, proprio nel giorno speciale della festa di Elisa. Non potevo permetterlo. Diedi un altro scrollone a Ian.

Lui sbatté un paio di volte le palpebre, poi mise a fuoco la mia faccia e sorrise.

«Buongiorno, signorina» mormorò con la voce rauca di sonno, tirandomi a sé. Mi resi conto che *tutto* in lui si era svegliato.

Toc! Toc! Toc!

Ian sgranò gli occhi e si mise velocemente a sedere sul letto.

«Vi avviso, signor Clarke, se non aprite questa porta entrerò di forza nella stanza!»

«Ehm... Aspettate solo un attimo» rispose lui, ancora stordito.

Era già scattato in piedi e si stava infilando i pantaloni, guardandomi in preda al panico.

«E adesso che si fa?» bisbigliai.

«Cercherò di liberarmene» sussurrò di rimando mentre raccoglieva la camicia dal pavimento. «Voi non muovetevi.»

Annuii. Del resto non avrei potuto uscire se non dalla porta, dato che la finestra era decisamente troppo alta, anche nell'ipotesi che avessi voluto tentare un salto.

Ian andò verso la porta e inciampò in qualcosa (le mie All Star), raccolse in un lampo tutte le mie cose e le scaraventò nell'angolo opposto della stanza; poi aprì il battente quanto bastava per uscire e se lo richiuse alle spalle.

Rimasi immobile, tentando di sentire cosa dicevano.

La situazione stava peggiorando a vista d'occhio!

Gomes informò Ian che io ero scomparsa. Quella mattina, uno dei domestici si era accorto che la porta della mia camera era rimasta aperta e io non c'ero, mentre il mio letto era intatto. Diversi domestici mi stavano cercando per tutta la tenuta, ma nessuno aveva mie notizie.

E, per forza!

Ian si finse stupito, e io dovetti mordermi un labbro per non scoppiare a ridere dall'altra parte. Poi assicurò a Gomes che prima di pranzo mi avrebbe trovata, disse di dargli solo un momento per cambiarsi e gli suggerì di andare a controllare nella sala di lettura perché, stando a quanto gli aveva raccontato Elisa, mi piaceva leggere.

Dopo aver richiuso la porta e atteso qualche istante, si precipitò da me e si sedette sul letto.

«E ora, Ian?» dissi coprendomi con il lenzuolo. «Come faccio a uscire? Ti ho cacciato in un bel guaio.»

«In verità, in un guaio mi ci avete cacciato la prima volta che vi ho vista» scherzò lui prendendomi il mento fra le dita.

«Non è divertente! Come faccio a uscire da qui senza che mi vedano?»

Le sue sopracciglia si inarcarono e sul suo volto apparve un sorriso estremamente significativo.

«Semplice, basta che non usciate mai più.»

«Sto parlando seriamente, Ian!» sbraitai. «Che ore sono adesso?»

Sfilò l'orologio con la catenella dorata dal taschino dei pantaloni.

«Sono le dieci e mezzo in punto.»

«Le dieci e mezzo?» Oh, cavoli! In casa erano già tutti svegli da ore!

Perché non me n'ero andata di notte, mentre dormivano ancora tutti? Perché, invece di tornare in camera mia, avevo lasciato che Ian mi abbracciasse in quel modo promettendomi che non si sarebbe addormentato? Avevamo fatto l'amore tutta la notte, era ovvio che saremmo crollati.

Sempre tenendo stretto il lenzuolo davanti al corpo, mi sollevai a sedere sul letto e sospirai di frustrazione. Non mi stava venendo in mente nessuna idea brillante per uscire da quella trappola.

Mi resi conto che Ian mi fissava.

«Che c'è?» E mi passai una mano fra i capelli per essere sicura di non assomigliare alla Medusa.

«Siete bellissima» disse lui con quella sua voce suadente. «Voglio solo fissarmi nella memoria questo momento» aggiunse, sfiorandomi i capelli, e con delicatezza mi spostò una ciocca dietro l'orecchio.

E all'improvviso, io mi ricordai il motivo che mi aveva portata in camera sua la sera prima.

«Oddio, Ian, alla fine non ti ho raccontato quello che ero venuta a raccontarti!» esclamai, inciampando nelle parole.

Lui si mise a ridere.

«Anch'io vi devo parlare di una cosa della massima importanza, signorina, ma dovremo rimandare ancora, altrimenti saremo costretti a dare delle spiegazioni ai domestici e a Elisa. Se non esco subito di qui, non ho dubbi che Gomes sfonderà la porta, come ha promesso.»

Corrugai la fronte.

«Mi prometti che parleremo oggi stesso? È importante!»

«Lo prometto» affermò lui con solennità.

Annuii, buttai il lenzuolo da una parte e mi alzai, intenzionata a prendere le mie cose e uscire di soppiatto, ma Ian fu più veloce di me. Col guizzo di un serpente le sue braccia mi catturarono, e all'improvviso mi ritrovai bloccata.

«Non so se sono d'accordo sul fatto di lasciarvi uscire da qui.» Ormai conoscevo bene il significato di quel luccichio nei suoi occhi.

«Ian, lo hai detto tu che Gomes...» Ma la sua bocca mi impedì di finire la frase. E quando una delle sue mani cominciò a tracciare un sentiero di fuoco dalle ginocchia alle mie cosce, pensai che non era un problema se mi fermavo ancora un po', giusto un altro bacio.

«Vi dovete vestire» disse, e intanto mi stringeva forte.

«Appena mi lasci andare» sussurrai aggrappandomi a lui.

«È meglio che vi vestiate subito.»

«D'accordo» mormorai scoraggiata, cercando di divincolarmi dal suo abbraccio, ma la sua lingua invase la mia bocca mandando all'aria la mia capacità di pensare.

Continuò a baciarmi e a un certo punto mi sdraiò sul letto, mentre la sua bocca scivolava dal collo al cuore, che ormai batteva all'impazzata e sembrava voler spiccare il volo. Come da copione, persi il controllo.

Cos'era che dovevo fare, esattamente?

Decisi che, quale che fosse la cosa che *dovevo* fare, avrebbe potuto aspettare ancora un po'...

30

Ian uscì per primo e controllò che il corridoio fosse effettivamente vuoto. Io mi affacciai subito dopo e m'incamminai nella direzione opposta. Mi toccò spiegare a un'Elisa molto agitata che avevo cercato di arrivare al fiume da sola, mi ero persa nella tenuta e, dopo ore, finalmente avevo ritrovato la strada giusta. Dirle una bugia mi fece arrossire per la vergogna.

Passato il trambusto della mia presunta sparizione, ne iniziò un altro: quello dei preparativi per il ballo.

Aiutai Elisa a togliere vasi e altri soprammobili dal salone, mentre i domestici toglievano di mezzo buffet e consolle e tavoli e tavolini. «Ci sarà bisogno di spazio per le danze» mi spiegò.

Una grande agitazione, molto simile a quella degli acquisti natalizi dell'ultima ora, si era impossessata di tutti gli abitanti della casa. Ian lo incrociai al volo all'ora di pranzo, ed era occupatissimo a istruire Gomes sulle cose che bisognava ancora fare. Ma nel breve istante in cui ci vedemmo – con estrema gentilezza si era offerto di accompagnare Elisa, Teodora e me nel salone subito dopo pranzo, e aveva strategicamente lasciato passare avanti le due ragazze per restare al mio fianco e prendermi furtivamente la mano – il sorriso stampato sulla sua faccia mi assicurò che non avevo commesso l'errore più grosso della mia vita. In realtà, quella era la cosa più fantastica che avessi mai fatto!

Per il resto della giornata non lo vidi. E, quando Elisa disse che era ora di andare a vestirsi, rinunciai definitivamente a fargli il mio discorso prima della festa.

Mi feci un bagno lunghissimo, perché quella sarebbe stata una serata importante. Ian avrebbe finalmente saputo tutto, non volevo nascondegli più niente.

A un certo punto, *per combinazione*, mi tornò in mente Santiago. Avrebbe saputo dirmi come si faceva a tornare indietro? Sarebbe dovuto rientrare subito anche lui? Ora che finalmente avevo capito qual era il mio viaggio, avrebbe avuto qualche altra informazione utile per me?

Mi tamponai i capelli alla bell'e meglio e mi allacciai l'asciugamano in testa a mo' di turbante. Poi presi il mio nécessaire e mi sbizzarrii con il maquillage: palpebre appena appena sfumate nei toni del grigio, fard, una bella dose di mascara e un rossetto del colore delle mie labbra. Ero consapevole di non essere in linea con lo stile dell'epoca, ma volevo sentirmi bella, anzi volevo *essere* bella per Ian, e un trucco come quello avrebbe trasformato qualunque donna in una dea, indipendentemente dal vestito.

A proposito, il vestito...

Nella confusione degli ultimi giorni non avevo neanche dato un'occhiata al vestito che dovevo indossare per il ballo. Non avevo la minima idea di cosa aspettarmi. Presi la scatola, sciolsi il nastro, sollevai il coperchio e tirai fuori lentamente l'abito di raso bianco. Rimasi a bocca aperta. Era un incanto: non aveva le spalline, e la gonna era molto meno ampia rispetto agli abiti che avevo usato fino a quel momento. Sul fondo della scatola trovai una specie di gonna lunga a più strati. *Quella* sì, che la potevo mettere. Trovai anche un paio di guanti bianchi lunghi.

Lo provai subito, come facciamo di solito noi ragazze

coi vestiti nuovi, per vedere come mi stava. E siccome il mezzo specchio non era sufficiente a riflettere il corpo intero, mi girai verso il vetro della finestra che, oltre a essere molto più grande, era diventato uno specchio per via dell'oscurità della notte.

Mi stava da dio. La parte superiore era attillata, poi la gonna si apriva in una leggera svasatura, per cui non era né a ruota né aderente. Nessuna arricciatura in vita. Sei piccole piegoline scendevano trasversalmente dalla scollatura alla vita, dove un delicato fiore argentato si allargava sui fianchi, proseguendo poi, in un bel ricamo, fino all'orlo della gonna. Ricordava moltissimo un vestito da sposa moderno. Era meraviglioso!

Infilai i lunghi guanti e feci qualche giravolta davanti alla finestra per vedermi da tutti i lati. L'immagine riflessa mi piaceva un sacco, se si toglieva l'asciugamano che avevo in testa.

Usai i fermagli che mi aveva prestato Elisa, ovvero delle forcine molto più grandi di quelle che vendono da noi in profumeria, e mi impegnai per dare vita all'unica acconciatura che sapevo fare: uno chignon basso, con la frangia pettinata lateralmente sulla fronte e fissata dietro l'orecchio. In mancanza del gel, per fermare le ciocche ribelli usai il sapone diluito con dell'acqua

Mi specchiai di nuovo nella finestra e il risultato finale mi piacque molto. Ero pronta e smaniavo per rivedere Ian, ma non ebbi bisogno di attendere troppo. Quando aprii la porta, lo trovai nel corridoio che mi aspettava.

Vederlo mi mozzò il fiato. Indossava lo smoking, ma stavolta, rispetto alla serata che avevamo trascorso all'opera, il gilet era bianco e non nero, come la cravatta. I capelli pettinati all'indietro erano lucidissimi. Forse usava qualcosa, dovevo ricordarmi di chiedergli lumi.

Lui mi squadrò da cima a piedi, e mi rivolse un sorriso

smagliante. Sorrisi anch'io, un po' in imbarazzo ma pure compiaciuta.

«Io... io... Voi... Santo cielo!»

«Grazie.» Il fatto che fosse senza parole era il complimento migliore. «Sei bellissimo.»

«E voi siete... Com'è che avete detto l'altro giorno? Ah, sì! Uno schianto!» E mi sfiorò una guancia con tenerezza. «Ma credo manchi ancora qualcosa.» Corrugò la fronte e portò una mano al mento, in faccia un'espressione scherzosa. «Ah, ecco!» esclamò, come se gli fosse venuta una grande idea.

Lentamente, Ian fece comparire la mano che teneva dietro la schiena e mi offrì un fiore, uno splendido giglio bianco. Accorciò il gambo e me lo infilò con cura nello chignon. Poi tornò a guardarmi.

«Ora siete perfetta.»

La sua faccia estasiata mi fece ridere.

«Smettila di fissarmi in quel modo, sono sempre la stessa, solo un po' meno spettinata.» Lui negò con un cenno della testa e allora sollevai il vestito, per dimostrargli che avevo ragione: lì sotto, come al solito, c'erano le mie amate scarpe da ginnastica rosse.

Non riuscì a trattenere una risata, poi fece finta di essere contrariato.

«Posso domandarvi perché non avete comprato un paio di scarpe da abbinare a questo bellissimo vestito, signorina Sofia?»

«Sai che non ci ho neanche pensato?» Feci spallucce. «E poi queste mi piacciono. E a festa finita avrò ancora i piedi interi, senza vesciche.»

Prima annuì, poi sul suo viso si fece strada l'ennesimo sorrisetto.

«Effettivamente è preferibile che i vostri piedi stiano bene, stasera. Dopo la festa dobbiamo parlare.» E i suoi occhi mandarono quel luccichio argentato che avevo imparato a conoscere bene, mentre mi considerava con un'espressione divertita che suggeriva quanto diverse fossero le sue intenzioni.

«Però parlare davvero, Ian, è importante.»

Lui si fece serio.

«Anch'io vi devo dire di una cosa importante.»

«Ah, sì?» dissi con apprensione. «Ovvero?»

«Una cosa *molto* importante» fu la sola risposta che ottenni.

E tuttavia, il suo bel sorriso mi suggeriva che non era il caso di preoccuparsi.

«Alla grande!» feci. «Ma prima ti devo raccontare la mia storia. Voglio tu sappia una volta per tutte da dove vengo. Questi segreti non mi piacciono più.»

«Non desidero altro, Sofia. E forse... forse io posso... aiutarvi, o magari presentarvi qualcuno che... potrebbe...» iniziò a dire con tono inquieto.

Lo interruppi. «No, Ian.» Poi sorrisi. «Non c'è nessuno qui che può aiutarmi. Santiago, magari, ma lo scoprirò solo stasera.»

L'eventualità che di lì a poco sarei potuta tornare a casa lo intristiva immensamente, questo era chiaro.

Mi offrì il braccio. «Gli invitati cominciano ad arrivare» disse, cambiando argomento. «Quindi... Lasciate che vi accompagni nel salone, o volete obbligarmi un'altra volta a camminare rasente i muri?»

«Cerca di comportarti bene» risposi avvicinandomi a lui.

Prima di entrare nel grande salone delle feste mi diede un bacio affettuoso sulla fronte e sospirò. Non disse niente, si limitò a guardarmi negli occhi. Si sentiva già il brusio delle voci degli ospiti.

«Lo sai, vero, che non sono capace di comportarmi secondo i vostri costumi?» lo avvisai, pensando che avrei tranquillamente potuto fare qualche gaffe, e rovinare la festa di Elisa.

«Di questo ringrazio il cielo.» E per fortuna mi sorrise. «Non preoccupatevi, ve la caverete bene.»

Annuii, più per abitudine che per convinzione. Non avrei saputo dire perché, ma avevo un cattivo presentimento.

31

Non appena entrammo nel salone, tutti si voltarono a guardarci. Arrossii, credo, e mi misi in cerca di qualche viso conosciuto. Trovai quello di Elisa, che mi guardava con assoluta meraviglia. Con il suo vestito color avorio, che faceva risaltare i suoi capelli neri, sembrava una principessa delle favole. Individuai anche Teodora, che non mi sorrise ma nemmeno mi rivolse uno sguardo particolarmente gelido. Fece un lieve cenno con la testa e tornò a chiacchierare con una ragazza. Indossava un abito dorato tempestato di pietre preziose, un filo appariscente e senza dubbio kitsch.

«Mi guardano tutti!» sussurrai a Ian.

«E perché non dovrebbero? Dubito che qualcuno di loro abbia mai visto da vicino una giovane bella e incantevole come voi.»

«Smettila di prendermi in giro, Ian!» lo rimproverai sottovoce.

«Non vi sto prendendo in giro» disse lui. Bastarono quelle poche parole perché il mio cuore facesse una capriola, e cominciai a guardarmi intorno nel tentativo di distrarmi, ovvero per evitare di trascinarlo in una delle numerose stanze vuote della villa.

Il salone pieno di gente mi faceva sentire a disagio, come se fossi fuori posto. Senza contare che il fatto di trovarmi in un secolo diverso dal mio non facilitava certo le cose.

Ian mi venne incontro accompagnandomi da Elisa e presentandomi delle persone. Io cercai di memorizzare qualche nome, mi sforzai *molto* di non fargli fare brutta figura, e mi limitai alle domande di prassi tipo: «Come va?», «Bella serata, vero?». In realtà era bella solo dentro, perché fuori minacciava temporale.

Il salone, senza i mobili, sembrava ancora più gigantesco. C'erano solo qualche sedia, un piccolo divano e un grande tavolo ingombro di roba: candelabri, le posate che avevo lucidato insieme a Gomes, pigne di piatti e una gran quantità di cibo. Vidi diversi tipi di arrosti, delle patate, molte verdure, parecchie torte elegantemente decorate, la frutta e tanto pane. Una zuppiera con dentro del liquido rosa e qualcos'altro attirò la mia attenzione. Più tardi venni a sapere che si trattava di una specie di sangria fatta con vino rosso, cognac e pezzettini di mela. Avrei preferito una birra, comunque la sangria non era male.

In un angolo del salone, una piccola banda accordava gli strumenti.

Mi misi a chiacchierare con la famiglia Albuquerque. Se non sbagliavo, la madre di Valentina non sembrava molto felice di vedermi indossare un bel vestito. La figlia fu più educata e fece i complimenti al lavoro di madame Georgette, ma con un'espressione intristita che io sapevo a cos'era dovuta. Dovunque e con chiunque si trovasse, Ian non mi toglieva gli occhi di dosso. E non ero l'unica ad averlo notato.

M'intristii anch'io. Mi dispiaceva per Valentina, ma anche per me stessa, perché in fondo nessuna delle due avrebbe ottenuto quello che voleva. Lei apparteneva a quel secolo e voleva Ian, ma non lo aveva. Io avevo Ian, ma non appartenevo a quel tempo.

Magari, quando me ne fossi andata, lei avrebbe potuto consolarlo.

Chissà che non finisca per innamorarsi di lei e dimenticarmi per sempre...

Mi sentii sprofondare il cuore.

La banda – o forse era un'orchestrina? – attaccò a suonare una musica allegra. Il suono vibrante del violino contagiò subito i presenti che si misero in fila, gli uomini da una parte e le donne dall'altra. Rimasi a guardare incredula, aspettandomi che qualcuno si mettesse a gridare e a fare gli scherzi che ero abituata a vedere alle feste di strada, nel mese di giugno. Ma ovviamente nessuno lo fece.

La danza mi era familiare, assomigliava proprio alla quadriglia di san Giovanni, però in versione seria, senza gli scherzi. Rimasi a guardare le donne e gli uomini che non sbagliavano un passo, manco fossero tutti dei ballerini professionisti. Forse, pensai, è una cosa che t'insegnano a fare a scuola.

Elisa, vidi, ballava con un tizio carino a cui ero stata presentata un attimo prima. Lucas, se non sbaglio. Lei comunque era raggiante e lui se la mangiava con gli occhi.

Una mano grande e calda mi toccò una spalla. Un brivido mi salì lungo la schiena, perché avrei saputo indovinare a chi apparteneva anche senza girarmi.

«Mi concedete l'onore della prossima danza, signorina?» disse Ian con un sorriso.

Il viso di Valentina si fece di cera ma lui non se ne accorse. Io non volevo far soffrire nessuno. E men che meno una ragazza che avevo incontrato a malapena un paio di volte. Ma lo amavo, e non era colpa mia: era successo tutto in modo naturale, e ormai era tardi per tornare indietro. L'unica colpa, semmai, l'aveva quella strega, la commessa che mi aveva spedita in quel secolo senza biglietto di ritorno. E ora, *per colpa sua*, io mi trovavo a interferire con la vita di tante persone...

Che situazione assurda.

Ma perché non potevo semplicemente essere felice senza provocare dolore a nessuno?

«Ian, questo ballo non lo conosco» gli dissi, spaventata all'idea di ballare con lui e anche parecchio a disagio per l'occhiataccia che mi lanciò la signora Albuquerque quando, senza pensarci, lo chiamai per nome.

«Il prossimo sarà un valzer» disse lui, con un sorriso fiabesco sulla sua bocca perfetta. «Credo che ve la caverete, è molto semplice.»

Mi morsi un labbro. Desideravo tantissimo stare ancora fra le sue braccia, ma aspettavo anche con impazienza l'arrivo di Santiago, che a quanto pareva era in ritardo. Se la soluzione era vicina, io volevo che quell'uomo me lo dicesse. Non appena avessi saputo quello che c'era da sapere, allora avrei potuto godermi davvero il tempo che mi restava da passare insieme a Ian.

Ma il suo sguardo implorante mi impedì di dirgli di no.

«Va bene. Ma ti avviso, non so ballare neanche il valzer. Finirò di sicuro col pestarti i piedi.»

Scoppiò a ridere.

«Credo di poter sopravvivere.»

Quando la quadriglia terminò, Ian prese la mia mano e se la posò sul braccio, conducendomi con orgoglio al centro del salone come se fossi la persona più speciale del mondo. Scossi la testa e sorrisi fra me, perché lui era troppo incredibile per essere vero.

In un battibaleno il centro della stanza si riempì di coppie, e quando l'orchestrina riprese a suonare cominciarono tutti a volteggiare con disinvoltura. Fui assalita dal panico.

«Basta che mi seguiate, Sofia. Così!» E provò a guidarmi. Io provai ad accompagnare i suoi passi, ma come previsto gli pestai un piede.

«Scusa, Ian.».

«Non vi preoccupate, ora rilassatevi e seguite la musica.»

Ci provai, la sua mano sulla mia schiena nuda aveva un effetto calmante.

«Il valzer è un ballo molto intimo.» E mi tirò piano verso di sé. «Bisogna scivolare, girare. Immaginate che siamo da soli, rilassatevi e fidatevi di me.» La sua voce bassa e arrochita mi fece tornare in mente altri momenti intimi, momenti in cui mi ero fidata di lui ciecamente. Quel ricordo mi fece venire i brividi, e quando lui mi sorrise con passione e tenerezza mi lasciai andare davvero e mi feci guidare senza più pensieri. Gli pestai i piedi altre due o tre volte, ma dopo un po' riuscii a prendere il ritmo. Forse non fluttuavo con la leggiadria delle altre donne, però cominciavo a divertirmi.

«Sarebbe bello se Storm cedesse alle mie suppliche altrettanto facilmente» disse lui dopo qualche giro.

«Mi stai paragonando a un cavallo?» replicai fingendomi offesa.

«Non a un cavallo qualsiasi, a Storm». Credo che voi due abbiate la stessa espressione negli occhi. E lo stesso senso di libertà conficcato nell'anima.»

«Libertà? La mia anima non mi appartiene più, secondo te come faccio a essere libera?»

Lui mi strinse a sé, con gli occhi neri che bruciavano nei miei. Ero sicura che nessuna delle altre coppie danzasse con i corpi altrettanto incollati, ma non dissi niente. Adoravo trovarmi di nuovo al sicuro fra le sue braccia.

«Mi hai detto che avevi rinunciato a montarlo, ieri però ci stavi riprovando. Perché?» domandai, riprendendo la conversazione dove si era interrotta. Ian aveva il potere di confondermi le idee con il solo sguardo.

Lui esitò un istante, come in imbarazzo.

«Non me lo puoi dire?» insistetti.

«È che... Può sembrare ridicolo, ma ho pensato che se fossi riuscito a montarlo, a vincerlo... forse avrei scoperto il modo di fare lo stesso con voi.»

Lo guardai storto, e un battito doloroso del cuore mi tolse il fiato. Non mi era piaciuto quello che aveva detto.

«Tu vuoi vincermi?»

«No!» si affrettò a rispondere con un tono di voce orripilato. «Certo che no! Credo di non essermi espresso nel modo giusto... Storm per me ha sempre rappresentato un obiettivo, volevo riuscire a montarlo, a vincerlo, come ho detto. Ma da quando vi ho conosciuta... i miei obiettivi sono cambiati. Le difficoltà invece sono rimaste le stesse, perché in seguito ho capito che anche voi, come lui, non vi lasciate dominare, non vi lasciate catturare...» Il suo sguardo si fece più intenso. «Vorrei trovare il modo di prendervi con me per sempre, Sofia. Vorrei che non ve ne andaste più, che mi fosse possibile tenervi qui accanto me.» E mi abbracciò ancora più forte.

«Ian...» cominciai a dire.

«Non preoccupatevi, me lo avete già detto più di una volta che non potete restare. Ma io posso smettere di desiderare ardentemente che, nonostante tutto, qualcosa accada.» Il suo sorriso infelice mi fece salire un nodo alla gola.

«Anch'io» mi sentii dire sottovoce.

Fu sorpreso, molto sorpreso dalla mia risposta. Ma mai quanto me. Cosa avevo detto? Che se avessi potuto mi sarei fermata per sempre?

La danza terminò e gli ospiti applaudirono. Noi, nell'immediato, non tornammo più sull'argomento.

Ian ed Elisa intrattenevano a turno gli invitati e io, a quanto pareva, ero il fulcro dell'attenzione dei loro amici. Alcuni si avvicinavano per pura e semplice curiosità, era chiarissimo, e malgrado mi sforzassi di comportarmi nel modo giusto, la differenza fra me e le altre donne era abissale. Come mi fece prontamente notare lady Catarina.

«Signorina Sofia, sono molto colpita dalla vostra audacia» disse scrutandomi, pallidissima in viso. «Da tempo non incontravo una giovane che non ha timore di diventare un bersaglio.»

«Bersaglio? Bersaglio di che?»

«Suvvia, mia cara, ci vuole molto coraggio per vestirsi in modo tanto originale. Non tutte le donne possiedono la vostra audacia.» Ed esaminò incuriosita il volume ridotto della mia gonna.

«Be', la mia non è audacia. È caldo. Questi vestiti sono già abbastanza soffocanti, non so come facciate, qui, a indossare tutta quella roba.» Specialmente senza aria condizionata, o almeno un ventilatore portatile. «È tipo lo stile a cipolla.»

Lady Catarina tossì, le era andata di traverso la sangria.

«Stile cosa?»

«Cipolla. Ci si veste a strati» spiegai.

Mi fissò incredula, ma prima che riuscisse a spiccicare parola la interruppe il figlio. Dimitri, quello per cui Teodora si squagliava in mille sorrisi.

«Madre, mi fareste la gentilezza di presentarmi codesta avvenente dama?» disse fissandomi in modo tutt'altro che lusinghiero.

«Le sei già stato presentato, Dimitri, appena siamo arrivati.» Lady Catarina sembrava seccata.

«Oh, indelicatezza mia. Perdonatemi, signorina, ma con tante incantevoli fanciulle riunite in questo salone diventa difficile ricordare tutti i nomi. Non so come scusarmi per aver dimenticato il nome di un così leggiadro fiore!» E accennò un sorriso che avrebbe dovuto essere seduttivo.

«Non è un problema, anch'io faccio fatica a ricordare i nomi.»

Povera Teodora! Era quello il tizio che voleva? Un biondino slavato con la pelle butterata che, a quanto pareva, faceva pure il cascamorto?

Poco dopo, finalmente, fece il suo ingresso anche Santiago. Ian andò subito a salutarlo e io lo seguii.

«Scusatemi per il ritardo, signor Clarke. Sono arrivato in paese meno di un'ora fa, ho avuto a malapena il tempo di dar da mangiare al cavallo» spiegò a Ian, ma i suoi occhi erano fissi su di me.

«Non siete in ritardo, signor Santiago, la festa è appena cominciata.»

Sembrava a disagio per il modo in cui Santiago mi guardava. A dire il vero, non era piaciuto neanche a me lo sguardo che aveva piantato nella mia scollatura.

Ian lo presentò ad alcuni invitati e io gli restai sempre accanto. Dopo un po', però, la signora Almeida lo chiamò, molto irritata perché non trovava il coltello per l'arrosto. A quanto pareva, si erano dimenticati di mettere a tavola i coltelli.

«Col vostro permesso.» E mi lanciò un'occhiata che era un invito alla cautela.

«Ma certo!» risposi, confermandogli che andava tutto bene.

«Certamente, signor Clarke» mi fece eco Santiago. Che sembrava entusiasta, non avrei saputo dire se per l'arrosto o perché stava per rimanere da solo con me.

Perciò, nonostante l'evidente riluttanza di Ian a lasciarmi lì con un estraneo, alla fine mi trovai sola soletta in compagnia di Santiago.

Se aveva trovato qualcosa dovevo saperlo. Io avevo bisogno di risposte, malgrado il caos emotivo in cui mi trovavo, e anche se non ero più così sicura di voler tornare a casa. Perché ormai mi sentivo a casa pure lì.

«Allora?» attaccai titubante. «Avete capito come tornare?» dissi andando dritta al punto. Non c'era bisogno di tanti giri di parole.

«Sì» rispose lui, continuando a guardarmi in quel modo strano. «Se tutto va bene, domani sarò in viaggio verso casa.»

«Domani?» *Così presto?*

Annuì.

«Allora...» Era meglio saperlo subito, così mi sarei potuta... preparare. «Di cosa c'è bisogno?»

«Vedo che siete ancora interessata all'argomento.»

«Certo che sono interessata, e sapete benissimo perché.» Sollevai significativamente un sopracciglio.

Lui annuì di nuovo con un piccolo sorriso sulle labbra.

«Allora...» lo incalzai, sperando che aprisse quella cavolo di bocca e parlasse una volta per tutte. Se dovevo andarmene il giorno dopo...

A quel pensiero mi si rivoltò lo stomaco e il dolore che mi squarciava il petto mi fece mancare il respiro.

«Credo sarebbe più opportuno discuterne in un luogo più appartato» mormorò Santiago.

«Ma certo!» Ero talmente frastornata che mi sembrava di avere il cervello pieno di lombrichi. «Andiamo nella sala di lettura.»

32

Santiago mi seguì nella sala di lettura, ma non riuscimmo a entrare perché buona parte dei mobili del salone era stata sistemata lì. Proseguimmo quindi fino alla sala della musica, nella quale erano stato portati solo un tavolino e un divanetto.

Entrai e chiusi la porta.

«Allora, ditemi cosa avete scoperto» chiesi perentoria, incrociando le braccia al petto. Ero impaziente, e poi volevo tornare subito da Ian, ora più che mai.

«Calmatevi, abbiamo tutto il tempo.» E si mosse verso di me.

«No che non abbiamo tempo, se dobbiamo partire domani...»

«Ma noi non partiremo domani!» mi interruppe con un sorrisetto malizioso. Ma non assomigliava affatto ai sorrisi di Ian, il suo era spaventoso e ripugnante.

«Come no?» esclamai.

«No. Io partirò domani. Ma non posso portarvi con me, ho moglie e figli.» E si avvicinò ancora. Ero confusa.

«Non me ne frega niente se siete sposato o no! Se sapete come tornare, esigo che mi diciate come farlo! Ha qualcosa a che vedere con il cellulare?» dissi senza ragionarci su. Il modo in cui mi guardava mi innervosiva davvero.

«Cellulare?» La sua fronte si riempì di rughe. «Non importa. Vediamo di risolvere subito il vostro problema e poi parliamo del mio viaggio, va bene?» E intanto avanzava verso di me.

Io feci un passo indietro e andai a sbattere sulla sponda del divano, restando intrappolata.

«Il mio... problema?» ripetei lentamente.

«Sì, mia cara. Ho notato che mi guardate in un modo... diverso. E so il perché.» Il suo sorriso disgustoso mi suggeriva che forse, anzi sicuramente, mi ero cacciata in un bel casino. Un casino gigantesco. «Non è la prima volta che un bocconcino come voi resta incantato dalla mia persona.»

«Cosa?» Non sapevo dove scappare. «Siete pazzo?»

«Sì, sono pazzo, quel vestito...» I suoi occhi mi percorsero il corpo da cima a fondo, e io sentii che mi veniva da vomitare. «Venite qui, dolcezza, che vi insegno qualcosa!»

«Dolcezza un ca...»

Ma Santiago fu più veloce e mi saltò addosso. Cercai di spingerlo via, prima che le sue labbra mi toccassero, ma con le sue manacce mi afferrò per i polsi e non feci in tempo a fare nulla. Gli morsi un labbro, più forte che riuscii, lui gemette e mi lasciò andare. Approfittai di quell'attimo di incertezza per scappare, ma il suo braccio mi abbrancò; mi diede uno strattone, persi l'equilibrio e caddi sul divano.

Non so come faceva a muoversi così in fretta, ma senza nemmeno accorgermene ero finita sotto di lui. Lottavo, cercavo di tirargli calci e manate, ma non c'era verso; lui pesava troppo.

«Togliti!» gli ordinai.

«Non gridate, mia cara, non vorrete che qualcuno ci senta, vero?» Sentii la sua mano poggiarsi sulla mia vita.

Io continuavo a contorcermi. E poi, quando la sua bocca toccò il mio collo, mi venne sul serio da vomitare.

«Ora acquietatevi e vi prometto che presto sarà finita» disse piano.

«Toglimi le mani di dosso, lurido porco!» Provai a spingerlo via, a farlo rotolare via, a divincolarmi, a fuggire, ma mi immobilizzava.

Mi schiacciò la bocca sotto la sua e io smisi di respirare. E poi mi tirò su il vestito e una mano ruvida mi scivolò sulla coscia, io spalancai gli occhi e gli morsi il labbro con tanta forza da sentire il sapore del suo sangue.

Lui sollevò appena il torace, si toccò la bocca e guardò il sangue sulle dita.

«Razza di...» Non riuscii a sentire il resto della frase, perché mi mollò una sberla talmente forte da farmi ronzare le orecchie.

Persi l'orientamento; mi bruciava la faccia e mi girava tantissimo la testa. Lui ne approfittò e provò ad abbassare il corpetto del vestito.

«Smettila!» urlai, cercando di strappare le sue mani dal mio seno. «Lasciami andare! AIUTO! IAN! AIUTO!» gridai con quanto fiato avevo in gola. Ma dubitavo che qualcuno mi sentisse; c'era musica, nel salone, e tutti che chiacchieravano...

«Zitta!» Il ronzio nelle orecchie sempre più forte.

Le mie guance pulsavano, bruciavano, *io* bruciavo. Di rabbia, di disperazione, di paura, di vergogna per essere stata ingannata e soprattutto di schifo. Avevo sbagliato a pensare che quell'uomo poteva aiutarmi, anzi peggio, avevo dato a quel maiale l'impressione di essere interessata a lui.

Razza di cretina!

Quando avvertii il suo membro duro sulla coscia, inorridii. Non poteva essere vero, non stava succedendo a me! Cercai di muovere il ginocchio per assestare il classico colpo all'inguine, ma le sue gambe me lo impedirono.

Non rinunciai a lottare. Continuai a contorcermi, a spingere, a scalciare, ma invano. Sotto i guanti, la pelle dei miei polsi era in fiamme perché lui stringeva quando cercavo di liberarmi.

«Vi piacerà, ne sono sicuro, ora mettetevi calma.»

Aveva in faccia una smorfia orrenda.

«Lasciami andare!» Cercai nuovamente di spingerlo via, ma ormai non avevo più forza nelle braccia. «VATTENE VIA!»

Vidi che alzava ancora le mani e chiusi gli occhi, aspettando il colpo, ma il suono che udii fu un altro. Prima il rumore della porta che crollava, poi un urlo gutturale e un PAF!, e alla fine il peso sopra di me non c'era più.

Aprii gli occhi e vidi Ian che lo prendeva a pugni in faccia. Gomes entrò qualche istante dopo con altri due domestici. Io non riuscivo a muovermi né a smettere di tremare.

Santiago incassò la scarica senza difendersi; forse, pensai, sapeva picchiare soltanto le donne. Ian era una belva: non lo avevo mai visto così infuriato, e a un certo momento pensai che se non lo fermavano l'avrebbe ammazzato quel verme schifoso.

«Ora basta, signore. Ci pensiamo noi» disse Gomes con uno strano sorriso sulle labbra.

Ian tornò in sé e si fermò, la mano tutta sporca del sangue di quel miserabile.

«Liberatevi di lui, Gomes» disse lasciando andare il colletto della camicia di Santiago e alzandosi in piedi. «Fate in modo che non si faccia più vedere da queste parti.» I domestici annuirono, e non sembravano affatto dispiaciuti di dover obbedire all'ordine.

«Aspetta» dissi io. Ian mi guardò. «Non lo vuoi uccidere, vero?» domandai spaventata.

«Sofia, certo che no!» I suoi occhi stavano recuperando la calma e mi sembravano sinceri. «Imparerà solo come ci si deve comportare in presenza di una signora.»

Feci di sì con la testa, perché in effetti quella era una lezione che Santiago aveva bisogno di imparare.

I due domestici forzuti agirono rapidamente, lo presero per le spalle e lo sollevarono da terra trascinandolo via.

«Aspettate.» Mi alzai dal divano, rendendomi conto che stavo ancora tremando. Le ginocchia non erano pronte a sostenermi, ma fu Ian a impedirmi di cadere. Mi raddrizzai, feci qualche bel respiro profondo, e dopo essermi sistemata il vestito con la dignità che mi era rimasta, mossi qualche passo fino a ritrovarmi faccia a faccia con Santiago.

«Ditemi da dove venite» gli chiesi perentoria.

Lui non aprì bocca. Non mi guardò nemmeno, o forse gli occhi gonfi gli impedivano di farlo.

«Se preferite, posso chiedere al signor Clarke di essere più persuasivo» lo minacciai. Prima che se ne andasse, dovevo avere la certezza che non era lui l'altra persona intrappolata nel passato.

Santiago deglutì a secco e poi disse: «Da un piccolo borgo al confine dello Stato».

Annuii lentamente.

«Anno?» chiesi ancora. Sentivo tutti gli sguardi dei presenti su di me, ma non me ne fregava niente.

Santiago sembrava confuso, non rispose.

«In che anno vivete?» ripetei digrignando i denti.

«Non sono sicuro di aver capito la domanda.»

Feci un altro bel respiro.

«In che anno siete partito dal vostro borgo?» dissi scrutando la sua faccia sfigurata.

«Quest'anno, a metà gennaio» si affrettò a dire non appena Ian fece il gesto di avvicinarsi a lui.

«Quest'anno? Siete partito dal vostro borgo nel mese di gennaio del 1830?» gli chiesi esplicitamente, giusto per fugare ogni equivoco.

«Sì, certo, nel 1830» rispose guardandomi come se fossi pazza.

«Quel giorno in paese vi ho visto in mano un oggetto metallico. Dov'è?»

Lentamente, Santiago infilò la mano nella tasca della

giacca e tirò fuori un oggetto rettangolare. Non era un cellulare, era una scatolina argentata. La aprii, e dentro ci vidi mezza dozzina di sigarette. Era *solo* un portasigarette.

Chiusi gli occhi.

«Quindi vi hanno *davvero* rapinato quando siete arrivato qui. Non vi è successo nient'altro di strano.» Ero turbata e confusa. Se non era lui la persona persa nel tempo come me, allora chi era?

«Sì. Sono stato rapinato da tre uomini che mi hanno preso tutto, anche il cavallo. Sono dovuto rimanere in paese per qualche giorno su richiesta delle guardie, intenzionate a trovare i malfattori. Quando li hanno catturati, ho recuperato parte del...»

Mi girava la testa, non ascoltai il resto della sua spiegazione, non m'interessava.

Quindi, forse non avrei saputo come fare per tornare a casa mia. Sarebbe stato così brutto rimanere per sempre con Ian e poterlo amare senza paura? Ma allora, i messaggi sul cellulare? *Tieniti pronta*, diceva l'ultimo. Erano arrivati senza che Santiago c'entrasse niente.

Ian si rese conto del mio stato confusionale e mi fece sedere sul divano.

«Portatelo via! Passando dalla cucina, Gomes, per favore. Non voglio rovinare la festa di mia sorella» disse con rabbia, dando al maggiordomo il portasigarette di Santiago.

Uscirono tutti e quattro, e Gomes si richiuse la porta alle spalle.

Ian sfiorò le mie guance in fiamme.

«Scusatemi per non essere arrivato in tempo, signorina. Vi ho cercata dappertutto ma nessuno vi aveva vista uscire. Stavo andando in camera vostra quando ho sentito gridare...» Si bloccò, aveva visto il segno rosso sulla mia guancia e la rabbia si era di nuovo impossessata di lui.

«Sei arrivato in tempo.» Posai la mia mano sulla sua e me la premetti sul viso che pulsava. «Giusto in tempo!»

«Come vi sentite?» indagò, e vidi lo sforzo che faceva per restare calmo. «Volete bere qualcosa? Un goccio di vino, magari?»

«Magari.» Volevo togliermi dalla bocca quel gusto putrido.

Ian andò a prendere la bottiglia accanto al pianoforte e me ne servì una coppa, piena quasi fino all'orlo. Lo buttai giù tutta d'un fiato. L'alcol mi bruciò dentro e attenuò il tremore.

«Va meglio?» chiese.

Feci sì con la testa, più per abitudine che altro.

«E ora spiegatemi cos'è successo» domandò perentorio mentre si sedeva accanto a me. «Ve ne prego!»

«Non era lui. Io credevo che fosse Santiago, ma non era così. Mi sono sbagliata. Non è lui l'altra persona che si è persa. Lui è come te, Ian, un uomo del diciannovesimo secolo.»

«Io non sono come lui!» protestò, indignato e offeso.

Non aveva capito la parola chiave, dovevo essere più esplicita.

«Certo che no!» Scossi la testa. «Non volevo dire questo. Volevo dire che lui è come te, o Gomes, o Elisa, ma non come *me*. La persona che sto cercando deve essere come me.»

Mi fissò a lungo cercando di capirci qualcosa. Respirai profondamente, gli tolsi la bottiglia di mano e mi riempii la coppa un'altra volta. Mandai giù un bel sorso.

«Esattamente come me» sussurrai. Bevvi un secondo sorso di vino, il coraggio latitava e non mi restò altro da fare che proseguire senza. Lo guardai negli occhi e d'un fiato gli dissi la verità. «Una persona del ventunesimo secolo.»

Sulla sua fronte apparve una lunga ruga e la sua espressione si fece ancora più confusa.

«Devo trovare qualcuno che è arrivato qui nel diciannovesimo secolo dal febbraio del 2010, e che non sa come fare per tornare indietro. Esattamente come me!»

Sbatté le palpebre diverse volte nel tentativo di assimilare le mie parole.

«Perdonatemi, come avete detto?» Gli tremava la voce.

«Ti racconterò tutta la storia dall'inizio, Ian. Mi chiamo Sofia Alonzo e sono nata in questa stessa regione, nella quale fra moltissimi anni ci sarà una metropoli. Sono nata qui, ma il 29 maggio *1985*.»

33

Ian adesso boccheggiava, tipo pesce, ma non parlava. Prese la coppa di vino dalle mie mani e la svuotò.

Aspettai nervosamente che dicesse qualcosa, lui però si riempì di nuovo la coppa e la svuotò. Sempre in silenzio. Mi sfilai i guanti e cominciai a giocherellarci in preda all'ansia. Qualche momento dopo, l'impazienza ebbe la meglio.

«Hai sentito cosa ho detto?» gli chiesi.

Ian sbatté le palpebre, e poi mosse piano la testa su e giù.

«Io... credo... di sì?» sussurrò. Era decisamente confuso. Okay, meglio ripartire dritti dritti dall'inizio.

«Adesso ti spiego tutto» dissi, «ma stai attento perché è una cosa assurda!» Si limitò ad annuire ancora.

«Allora. Io fino a sabato scorso vivevo nel 2010. Tutto questo è successo perché venerdì scorso sono uscita con Nina e Rafa, siamo andati in un locale che ci piace molto. Mentre eravamo là, Nina mi ha confidato che avrebbe chiesto a Rafa di andare a vivere con lei, e ovviamente abbiamo festeggiato... Solo che io ho festeggiato un po' troppo e ho esagerato con la birra. A un certo punto avevo bisogno di andare in bagno, e lì mi è caduto il cellulare nel water. Non è che potevo infilarci una mano dentro per riprenderlo. Tanto ormai non funzionava più, era morto! Perciò, sabato sono uscita per andarne a comprare uno nuovo. E sono finita in un negozio strano. Tanto per cominciare lì in quel negozio non c'era nessuno, e poi la commessa che mi ha servita era parecchio *sui generis*, ma comunque alla fine è riuscita a convincermi a comprare un telefonino davvero strano, e senza darmi scelta. Avrei dovuto capire che c'era qualcosa sotto. Adesso il cellulare è in camera mia, se vuoi te lo faccio vedere» aggiunsi. Ian si limitava a fissarmi con uno sguardo insondabile. «Sono uscita dal negozio, e solo in quel momento mi sono accorta che il telefono non funzionava. Stavo già tornando dentro per chiedere indietro i soldi, quando finalmente quell'aggeggio si è acceso ed è comparsa una luce... tipo... *abbagliante*! Non riuscivo più a vederci, da tanto era forte. Poi lo schermo si è spento, e in quel momento sei arrivato tu e mi hai trovata.» Ian era impassibile. «Hai capito, adesso?»

Fece di no con la testa.

«Cos'è che non hai capito?» gli chiesi disperata.

«Quasi tutto, credo. Cellulare?»

Ahi.

«Scusa Ian, mi ero dimenticata che certe cose non le conosci. Il cellulare è un telefono che puoi portarti dietro dappertutto.» I suoi occhi sbarrati non lasciavano presagire niente di buono. «Lo sai cos'è un telefono, vero?»

Ian scosse di nuovo la testa. Feci un bel respiro, pensando che sì, per forza, Ian adesso doveva essere confuso almeno quanto lo ero stata io al mio arrivo lì.

«Il telefono è un apparecchio che ha un... ricevitore... Te lo porti all'orecchio e con quello puoi parlare con gente lontana. O anche vicina, se vuoi. Ti permette di parlare con chi non è presente, persone *viva*, voglio dire. Non è che puoi sentire le voci dell'oltretomba o cose così...» Era difficile da spiegare! «Credo sia meglio se te lo faccio vedere, il problema è che non funziona come un cellulare normale. È stato quel coso a spedirmi qui, tipo una macchina del tempo.»

«Macchina. Del. Tempo» disse lui lentamente.

«Sì.» I suoi occhi mi comunicavano il vuoto, ma io continuai a parlare comunque. «La commessa mi ha telefonato il giorno stesso in cui mi hai trovata, appena sei uscito dalla mia camera. Non chiedermi come sia possibile che ci sia campo, dev'essere una cosa che sa soltanto *lei*. Inquietante. Comunque, mi ha detto che sarei tornata a casa solo quando avessi portato a termine un viaggio, e credo di aver capito solo ieri di che viaggio si tratta. Solo che, se è come credo che sia, Ian, non ha alcun senso...» Perché se il mio viaggio era Ian, se ero veramente destinata a incontrarlo, amandolo così tanto, come cavolo facevo a lasciarlo? «Mi ha anche detto che in questa avventura non ero da sola. Ogni tanto mi manda dei messaggi, tipo un bigliettino, fai conto, ma attraverso il cellulare. L'ultimo diceva che avevo completato una tappa e dovevo tenermi pronta. E allora ho pensato che magari Santiago... Ma lui...» Scossi la testa, confusa.

E allora chi era, Dio mio, chi era quell'altra persona? E dov'era?

«Hai capito adesso?» gli chiesi in preda all'angoscia.

«Non sono sicuro... Avete battuto la testa o qualcosa del genere quando...»

«Tu non mi credi!» La mia voce salì di alcuni decibel. «Ti mi *devi* credere! Non ti sto raccontando delle balle! Te lo giuro, Ian! Lo so che è difficile credere a un'assurdità del genere, ma ti giuro che è tutto vero!»

Lui mi prese il viso fra le mani e mi baciò sulla fronte.

«Certo che vi credo, Sofia, certo che vi credo!»

Meno male! Perché se lui, che in quel posto era la persona che mi conosceva meglio – per inciso, anche nel mio secolo credo che persino Nina avrebbe fatto parecchia fatica a riconoscermi, in quel momento – dunque dicevo: se lui non avesse creduto alle mie parole, non mi sarebbe rimasto più niente. Sarei rimasta completamente sola, persa, senza sapere come fare per tornare indietro, e probabilmente in mezzo a una strada. Ian non avrebbe certo permesso che Elisa abitasse sotto lo stesso tetto con una svitata.

«Calmatevi, per favore» mi disse, ma la sua voce era alterata da un'emozione nuova.

«Tu *devi* credermi, Ian. Non sto mentendo, non mi sono inventata niente, te lo giuro!» strillai aggrappandomi alla sua camicia.

«Lo so, amore.» Mi prese le mani, che erano gelide, e per la prima volta sentii fredde anche le sue. «Andrà tutto bene.»

Guardai in fondo ai suoi occhi cercando una conferma, ma erano ancora opachi, e non mi aiutavano. Un brivido mi attraversò la schiena, e non era di piacere.

«Ascoltatemi. Vado nel salone ad avvisare Elisa che siamo qui, potrebbe preoccuparsi, non vedendoci. Torno subito, va bene? E poi mi racconterete tutto con più calma.» Il suo tono di voce non mi piacque, sembrava... che mi compatisse.

«Va bene» sussurrai. Tremavo ancora un po'. «Ti aspetto qui.»

Lui mi diede un altro bacio sulla fronte, mi rivolse un altro sguardo strano, e poi uscì.

Rimasta sola, cercai di calmarmi. Raccontargli la verità mi aveva fatta sentire più leggera, era un sollievo non dover nascondere più niente a Ian. Adesso lui conosceva la mia storia, e forse mi avrebbe aiutata a trovare quella persona.

Oppure... e se invece non avessimo cercato più nessuno?

Magari, se avessi seppellito il mio cellulare da qualche parte... forse non avrebbe più captato quel segnale... «magico» e sarei stata libera! Magari potevo fermarmi lì. Magari avrei potuto vivere con Ian e aiutarlo con i cavalli, o anche aiutare Gomes a lucidare l'argenteria, non importava. Avrei potuto prendermi cura di Elisa... Sì, certo, avrei sentito la mancanza di molte cose; del mio bagno, per esempio, o se per questo di un bagno *qualsiasi*, del computer, della caffettiera, del cibo in scatola, della pizza, delle tavole calde, delle bibite fredde, persino del mio lavoro. E mi sarebbe mancata tantissimo Nina! Però adesso Nina aveva Rafa, e stavano per andare a vivere insieme. Lei sarebbe stata felice! Se almeno avessi potuto avvisarla che stavo bene ed ero felice anch'io...

Quanto al resto... be', sarei sopravvissuta.

Che bisogno c'era di una caffettiera o del microonde quando si aveva una Madalena? Che bisogno c'era del cibo in scatola quando c'erano verdure fresche tutti i giorni? Che bisogno c'era della televisione quando si poteva chiacchierare con Ian? Che bisogno c'era di una vita solitaria quando c'era la possibilità di viverne una piena e felice accanto alla persona amata?

Sarei sopravvissuta!

Sì, sarei sopravvissuta anche senza tutte quelle cose. L'unica cosa che non avrei sopportato sarebbe stata vivere senza Ian.

Aspettai il suo ritorno ansiosa di parlargli della mia scoperta, ma il tempo passava, lui non tornava e la mia pazienza diminuiva. Quando era uscito dalla stanza la sua espressione mi aveva insospettita, sembrava spaventato come non mai, nemmeno quando era caduto da cavallo o quando Santiago mi aveva aggredita lo avevo visto così... Dopo una buona mezz'ora di attesa, mi stufai e lo andai a cercare, curiosa di sapere se per caso in quella notte già abbastanza disastrosa fosse successo dell'altro.

Non dovetti fare molta strada. Mi bastò arrivare al suo studio. Io volevo andare nel salone, alla festa, ma passando davanti allo studio vidi che la porta era socchiusa e quando sentii la voce di Ian mi fermai lì.

«Quindi non c'è altro modo?» Il suo tono scoraggiato mi accelerò il battito del cuore.

E adesso cos'era successo?

«No, signor Clarke, mi dispiace, non c'è altro modo.» Sbirciai dall'apertura e vidi il medico in piedi davanti alla scrivania. Ian era seduto sul divano di cuoio scuro, i gomiti sulle ginocchia e la testa fra le mani. «Potrebbe essere solo una crisi. Un attacco. Dopo un'esperienza traumatica è abbastanza normale, e stando a ciò che mi avete raccontato credo che siamo di fronte a uno di questi casi. So che tenete molto a lei, ma se la fate ricoverare subito, prima che peggiori, nel giro di qualche mese potrebbe recuperare la sanità mentale.»

Mi ci volle un attimo per capire quel dialogo, un millesimo di secondo.

Il medico voleva ricoverare qualcuno. Qualcuno che apparentemente aveva avuto un attacco. E Ian era affranto.

Ebbi la sensazione che mi stessero strappando il cuore dal petto.

«Tu mi hai mentito!» urlai spalancando la porta. Ian si alzò di scatto, allarmato dal mio ingresso esagitato. «Tu mi hai mentito!»

I miei occhi si riempirono di lacrime, mentre un dolore lancinante mi mozzava il fiato.

«Sofia, calmatevi, per favore! Non vi ho mentito. Ascoltate solo quello che il dottor Almeida vi deve dire» mi disse Ian con le mani aperte, come pregandomi, il viso trasfigurato dal dolore. Non riuscì a commuovermi, il suo dolore non era certo più forte del mio. Io non avevo più nessuno. Più nessuno che credesse in me. Più nessuno a cui chiedere aiuto.

Nessuno!

«Signorina Sofia, il signor Clarke mi ha raccontato cosa vi è successo questa sera. Forse avete bisogno di riposare un po', mia cara. Conosco un posto molto discreto in cui...»

«Vuoi spedirmi in un manicomio?!» gridai a Ian. Le lacrime mi offuscavano la vista, respiravo a fatica, ogni secondo che passava il mio dolore mi uccideva.

«No, Sofia!» disse lui. «Ascoltate solo quanto ha da dirvi il dottor Almeida.» E mi si avvicinò, lo sguardo fermo e le mani aperte, i palmi rivolti verso di me. *Sono disarmato*, dicevano quelle mani, come a Storm il giorno prima. E subito dopo era partito all'attacco.

«Non mi toccare!» Sbraitai allontanandomi da lui.

«Sofia, amore, avete bis...»

«Sta' zitto, Ian!» ormai strillavo senza più controllo. Certo, non mi era di aiuto perdere il controllo in quel modo quando già dubitavano della mia sanità mentale, ma non riuscivo a trattenere la rabbia. «Sta' zitto... e basta! Ho sbagliato con te. Come ho fatto a essere così stupida? Lo sapevo che sarebbe finita così.» Era l'unica certezza che avevo: alla fine della storia, un cuore infranto. «Pensavo mi amassi davvero. Pensavo avessi fiducia in me.»

«Ma io vi amo...»

«Amore un corno! Se mi amassi ti fideresti di me. Non ti sei nemmeno preoccupato di capire meglio la mia storia, hai dedotto che ero pazza e hai subito cercato qualcuno che ti aiutasse a liberarti di me!»

«Non è affatto così! Voi siete...»

«Come ho fatto a cascarci? In tutto questo tempo, tu volevi era solo portarmi a letto! Che stupida sono stata a pensare che mi amassi davvero. È ovvio che nessuno poteva amare una persona come me, una che non sa comportarsi come le altre, che non riesce nemmeno a esprimersi in modo chiaro.» Una *da usare*. «Io ti odio, Ian! TI ODIO!»

«Vi sbagliate, non capite, ascoltatemi...» implorò.

«NO!» gridai, e corsi in camera mia.

In corridoio, sentii la sua voce che mi chiamava e i suoi passi dietro di me, ma riuscii ad arrivare in tempo per chiudere a chiave e mettere la sbarra di legno dietro la porta. Non sarebbe riuscito a entrare tanto facilmente, stavolta.

Mi guardai intorno e radunai le mie cose, e infilai tutto nella borsa.

«Sofia, perdonatemi. Io... sono confuso» mi implorò. «Aprite, per favore. Dobbiamo parlare. Non permetterò che vi portino da nessuna parte, lo prometto!»

Come avevi promesso che ti saresti fidato di me!

Aprii la finestra, era più alta di quanto mi aspettassi. I colpi alla porta si erano fatti più forti.

«Sofia, aprite, per favore!» Io non avevo dubbi: anche con la porta sbarrata, di lì a poco Ian sarebbe entrato.

Senza esitare, saltai dalla finestra.

34

L'erba del prato ammortizzò la caduta, per cui rimediai solo una sbucciatura al ginocchio e un'altra al gomito. Fuori faceva freddo, il vento gelido e l'umidità annunciavano la tempesta in arrivo. Pazienza, era ora di andare. *Dovevo* andare via. Non potevo sopportare l'idea di rivedere Ian, il suo sguardo impietosito, non dopo ciò che avevamo vissuto insieme.

Mi misi a correre forte, alla cieca. Non sapevo dove andare né a chi chiedere aiuto, ma se anche avessi dovuto dormire all'addiaccio per il resto della vita, sarebbe stato sempre meglio che finire rinchiusa in un manicomio.

La luna era nascosta dalle nuvole e il buio della notte mi impediva di vedere la strada, ma non mi fermai. Continuai a correre senza meta, decisa ad allontanarmi il più possibile da Ian e dal suo ricordo, che ora mi apriva in due come una lama.

Cominciò a cadere una pioggerellina sottile e l'erba si fece scivolosa. Caddi tante volte ma non mi fermai. Tutt'intorno c'erano tuoni, e lampi che per fortuna a tratti illuminavano il cielo.

Il vestito, inzuppato, era sempre più pesante, e quando scoppiò il diluvio correre diventò impossibile. Vagai a lungo. Poi, nel momento esatto in cui un fulmine squarciò la notte, incespicai e caddi. Riconobbi subito il posto. Non era la prima volta che inciampavo su quella pietra. Tirai fuori il cellulare dalla borsa e cercai freneticamente il tasto di accensione.

«Per favore» piagnucolai, ma non successe niente.

Mi rannicchiai, abbracciandomi le ginocchia, la testa bassa. Pregai forte che la commessa potesse vedermi e interrompesse il gioco.

«Riportami a casa, per favore» dicevo sottovoce. «Non voglio più stare qui, riportami a casa!»

Non potevo più restare lì, quella non sarebbe mai stata casa mia. Non senza Ian.

L'idea che mi voleva internare in un manicomio e mi considerasse pazza era insopportabile. Non avrei più potuto vivere lì. Mai più!

Ma soprattutto, non riuscivo a credere che mi avesse usata.

Solo per una notte!

Dovevo tornare a casa mia e ricominciare a stare da sola, come sempre. Tornare alla mia solita vita insulsa. Senza amore, ma anche senza dolore.

Mi ritrovai a pregare che al mio ritorno, come nei film, un miracolo mi facesse dimenticare tutto ciò che era successo mentre ero lì. Volevo dimenticare quello che avevo vissuto insieme a Ian, le sue false promesse d'amore, i suoi sorrisi, il suo odore, le nostre chiacchierate... tutto!

Rimasi lì, rannicchiata come una bambina impaurita, per molto tempo. Tremavo come una foglia, il mio corpo era un blocco di ghiaccio ma non avrei saputo dire se per il freddo o per la paura. Non avevo dove andare. Non sapevo cosa fare. Non mi ero mai sentita tanto abbandonata in vita mia.

«Ti prego, portami a casa!»

Piangevo, tremavo sotto la pioggia impetuosa e gelida, e di tanto in tanto perdevo conoscenza.

Non so per quanto tempo rimasi così, mi sembrò un'eternità. Poi un riquadro alla volta, come se fossero fotogrammi, vidi qualcosa muoversi nell'oscurità. Ma ero paralizzata dal freddo.

Ogni volta che riaprivo gli occhi, quella cosa era più vicina. Ormai ero così indebolita e dolorante che mi sembrava di avere milioni di aghi conficcati nel corpo. Sbattei le palpebre, la cosa adesso era vicinissima, e poi sentii un rumore e vidi comparire nella penombra una nuvoletta.

«Sofia!» C'era disperazione, nella sua voce, e sollievo.

Ian.

Lo vidi scendere dalla cosa nera.

«Storm?» provai a dire, ma la voce non mi usciva.

«Sofia, state bene?» Le sue labbra mi toccarono concitatamente la fronte. «Mio Dio! Siete congelata!» Si tolse la giacca bagnata e mi ci avvolse con un gesto rapido.

«To-to-glimi le ma-mani di dosso» mormorai. Cercai di spingerlo via ma ero troppo debole, mi faceva male dappertutto e il sonno stava per avere la meglio.

«Vi porto a casa.» Le sue braccia mi afferrarono per sollevarmi da terra.

«Io... sto g-già te-tentando di tornare a c-casa. Lasciami andare!» Non riuscivo a controllare il tremore e i muscoli mi facevano un male assurdo. Radunai tutte le mie forze per spingerlo via, ma non servì a niente. Mi prese in braccio senza difficoltà.

«Me-mettimi giù!» ordinai.

«Vi riporto a *casa*, Sofia. Adesso! Avete bisogno di scaldarvi!» La sua voce non lasciava spazio a repliche.

Tuttavia risposi lo stesso.

«Lasciami andare...» Agitavo braccia e gambe, cercando di divincolarmi.

Non una grande idea, perché era come se ogni minimo movimento mi strappasse i muscoli.

«Sofia, verrete con me in un modo o nell'altro!» mi minacciò. «Nessuno vi farà del male, ve lo prometto. Non abbiate paura.»

Smisi di lottare, non perché gli credessi ma perché ormai il mio corpo era totalmente intorpidito. Sapevo che non potevo scappare, che ero ormai senza forze.

Ian mi sistemò in groppa a Storm, poi salì e mi strinse saldamente con entrambe le mani. Io, anche sotto quella tormenta gelida, ero sul punto di addormentarmi. Lasciai cadere la testa sul suo petto.

«Presto saremo a casa, vi riprenderete e starete bene» disse Ian stringendomi più forte.

Ero infuriata con me stessa per aver permesso che mi trovasse e mi riportasse indietro. Sembrava che a nessuno, mai, importasse niente di quello che volevo *io*!

Esausta, nascosi il viso nel suo collo per ripararmi dalla pioggia.

«Io ti odio!» mormorai.

«Non me ne importa niente. Per me non cambia niente.» Il cavallo si mosse, e io scivolai nell'incoscienza. «Vi amerò per tutta la vita.» Questa fu l'ultima cosa che sentii prima di sprofondare in un abisso.

35

Quando mi svegliai, ancora disorientata, avevo male dappertutto e il sole mi bruciava gli occhi. Mi guardai intorno, ero nella mia stanza a casa di Ian. Lui era lì insieme al dottore. Di colpo mi tornò la memoria e cominciò a pulsarmi la testa. Nonostante il dolore tremendo alle giunture, mi rannicchiai nel letto come un animale in trappola.

«Non mi porterai viva in manicomio!» lo minacciai, cercando con gli occhi qualcosa da usare come arma nel caso in cui avesse provato a prendermi.

Ian si avvicinò piano al letto guardandomi fisso, e quando, con una lentezza esasperante e deliberata, si sedette, io mi raggomitolai in un angolino.

Non avevo ancora trovato un'arma.

«Nessuno vi porterà da nessuna parte» disse con un sorriso tirato. «Non permetterò a nessuno di farvi del male.»

Non risposi, mi limitai a guardare il dottore. Ian seguì il mio sguardo.

«Il dottor Almeida è qui perché siete ammalata. Sono due giorni che bruciate di febbre» spiegò.

Due giorni?

Non ricordavo quasi niente. Avevo fatto uno strano sogno, composto da immagini slegate fra loro. Ian che mi infilava nella vasca da bagno con il vestito addosso. Io che vedevo le sue labbra muoversi ma non sentivo la sua voce, lui che sembrava spaventato. Madalena, spaventata pure lei, che correva con una bacinella in mano. Elisa che piangeva, il dottore che mi prendeva il polso, un cucchiaio pieno di una sostanza viscida e nera – questa immagine tornava più volte – e poi un gusto amaro che mi scendeva giù per la gola. Quegli occhi neri disperati e lucidi, il suo viso sconvolto dal dolore, le sue labbra che mi sfioravano la mano ancora e poi ancora. Era tutto molto confuso.

«Signorina Sofia, siete stata in ipotermia, avete passato troppo tempo sotto quel temporale» disse il medico senza avvicinarsi. «Quando finalmente siamo riusciti a scaldarvi, vi è venuta la febbre. Penso abbiate preso un bel raffreddore.»

Provai a tirare su col naso, e in effetti era un po' chiuso.

«Ho creduto di perdervi» sussurrò Ian. «Non reagivate, vaneggiavate per la febbre alta, ho temuto che...» Non proseguì, abbassò la testa e fece scivolare una mano sul lenzuolo cercando la mia. Quando mi tirai indietro, lasciò perdere. «E quel che è peggio è che sarebbe stata solamente colpa mia.» E chiuse gli occhi.

«Il peggio ora è passato, signor Clarke» disse il dottore avvicinandosi lentamente. «Non siate così afflitto, il miglioramento della signorina è visibile!»

Non staccavo gli occhi dal dottore, mi aspettavo di vedere entrare da un momento all'altro una banda di infermieri con la camicia di forza. Purtroppo il candelabro, che in un frangente simile poteva essermi utile – prima che riuscissero a prendermi ne avrei colpiti almeno un paio – si trovava sul comò, accanto alla poltrona: non sarei mai riuscita ad afferrarlo in tempo.

«Devo misurarvi la temperatura, signorina» spiegò il dottore quando cercai di sottrarmi alla sua mano.

Rimasi immobile, ma con le antenne dritte, al primo segno della presenza di un infermiere sarei saltata giù di nuovo dalla finestra. Lentamente, il medico mi toccò la fronte.

«È ancora un po' calda» disse a Ian. «Credo sarebbe meglio darle ancora un po' di elisir.»

Ian si dichiarò d'accordo e il dottore prese una bottiglietta e un cucchiaio.

«Credo che la signorina preferisca che ci pensiate voi, signor Clarke» disse con un sorriso forzato.

Ian aprì il flacone scuro e il mio naso fu investito da un puzzo fortissimo.

«Blah! Mi rifiuto di mandare giù quella roba!» E incrociai le braccia ostinatamente.

«Serve a guarire, amore» disse lui. Non mi sfuggì l'assenza di sorpresa negli occhi del dottor Almeida, quando sentì Ian chiamarmi in quel modo affettuoso e... ingannevole. «Per favore?»

Osservai il cucchiaio pieno di melma scura.

«Che razza di intruglio è?» Sentivo ancora in gola il gusto amaro di quella roba.

«Laudano. La vostra temperatura tornerà più rapidamente alla normalità» spiegò il medico. «L'ho preparato io stesso. È un misto di oppio, vino ed erbe medicinali.»

Sai che meraviglia!

«Ma serve solo ad alleviare la febbre o anche ad altro?» indagai. Non avevo nessuna intenzione di mandare giù quell'intruglio immondo.

«Vi aiuterà a sentirvi meno indisposta.»

Annuii, mentre Ian si avvicinava di nuovo con il cucchiaio.

«Hai preso anche la mia borsa, ieri? Volevo dire sabato?»

Fece un sospiro.

«Sì, ho riportato qui le vostre cose. Ora, *per favore*, prendete l'elisir» mi supplicò.

«Puoi scordartelo, Ian, io non lo prendo. Grazie, dottor Almeida» dissi guardando il medico. «Vi ringrazio della vostra... sollecitudine. Portate pure la vostra medicina a qualcuno che ne ha più bisogno di me, io ho qualcosa di simile nella mia borsa.» E comunque, anche se in borsa non avessi avuto niente, la medicina che *lui stesso* aveva preparato non l'avrei mai presa. Poteva essere un trucco per mettermi al tappeto e rinchiudermi in una stanza imbottita di gommapiuma bianca... che più bianco non si può... bianca in modo *pazzesco*.

Mi faceva male dappertutto ma mi trascinai fuori dal letto.

Alla faccia del banale raffreddore!

Trovai nella borsa il blister di antipiretico e sospirai di sollievo quando vidi che dentro c'era anche il cellulare. Mandai giù una compressa con un po' d'acqua.

«Che cos'è?» chiese incuriosito il dottore.

Con il blister in mano e, per precauzione, anche il candelabro, tornai a letto. Scansai Ian, posai il candelabro sul comodino e mi sdraiai di nuovo. Mi ero accorta che mi avevano messo addosso un indumento strano, un orribile vestito lungo, forse una camicia da notte.

«Questo fa parte della mia pazzia.» Lanciai il blister al dottor Almeida, che non se lo aspettava e lo fece cadere a terra. «Vi rendete conto? Sono talmente pazza da essermi inventata che degli scienziati hanno messo in quelle palline una potente sostanza medicinale, in grado di attenuare i dolori e abbassare la febbre in venti minuti» dissi con sarcasmo. «Sono proprio fuori di testa!»

Dopo averlo raccolto dal pavimento, il dottore esaminò il blister con curiosità, tornò a guardarmi, e dal suo sguardo capii che non mi credeva.

«Potete tenerne qualcuna, se volete provare, basta che me ne restino a sufficienza per il mio raffreddore.» E aggiunsi: «Occhio che non sono come il vostro intruglio, se ne può prendere solo una ogni sei ore». Mi misi a ridere; era divertente insegnare a un medico le modalità di somministrazione del paracetamolo.

«Prima vediamo come reagisce il vostro corpo, va bene?» disse. Ah, come volevasi dimostrare! Non ero affatto l'unica diffidente, lì dentro... «Vado in cucina a chiedere che vi portino un po' di minestra. Siete troppo debole, per contrastare la malattia, il vostro corpo ha bisogno di essere forte. Torno subito.»

Alzai le spalle. Non è che non mi piacesse come persona, non mi piaceva *come medico.*

«Come vi sentite?» mi chiese Ian non appena il dottore uscì.

«Come se fossi stata tutta la notte sotto la pioggia.» Ero arrabbiatissima con lui, in primo luogo perché mi aveva mentito, e poi perché continuava a ricoprirmi di attenzioni. Non capivo che intenzioni avesse.

Lui si intristì perfino di più.

«Come hai fatto a trovarmi?»

«Non vi ho trovata io, è stato Storm.» E sorrise, ma era un sorriso mesto. «Vi ho cercata dappertutto... Quel temporale non ha fatto che aumentare la mia angoscia, non sapevo se eravate riuscita a ripararvi da qualche parte o se eravate sotto a quel diluvio completamente indifesa... Ero disperato, Sofia» e il suo sguardo apprensivo ne era la dimostrazione.

Molto bene!

«Dopo qualche ora sono tornato a casa nella speranza che qualcuno della servitù vi avesse trovata. Ma nessuno aveva vostre notizie. Io non sapevo più che fare né dove cercarvi. Allora, non so bene seguendo quale logica, sono andato da Storm, gli ho raccontato che eravate scappata e gli ho chiesto aiuto. Lui si è lasciato montare con facilità.» A quel punto mi aspettavo di vedere un sorriso, in fin dei conti era finalmente riuscito a domare la bestia... Invece lui mantenne un'espressione seria e compresa. «Mi sono lasciato guidare, ma poi, quando ho capito dove il cavallo mi stava portando, ho preso le redini e l'ho spronato a correre.»

Non dissi niente. Mi faceva piacere che non si fosse fatto male, in fin dei conti aveva corso il rischio di montare Storm solo per venire a cercare me. Ma questo non significava che avevo dimenticato le sue menzogne.

«Perdonatemi, Sofia, non avrei mai dovuto... Ho agito senza pensare! Mi sono comportato come un idiota. Ma le cose che mi avete raccontato...»

«Sono vere! Sono tutte vere. *Io* non ti ho mai mentito» dissi immusonita.

«Lo so, amore.» Un brivido mi percorse da capo a piedi quando pronunciò quella parola con dolcezza. Cercai di non farci caso. «Non potete immaginare quanto mi dispiace.»

Desideravo ardentemente credergli, ma non riuscivo a capire perché non aveva voluto fidarsi di me. Sì, all'inizio anch'io avevo faticato ad accettare la verità, ma a quel punto speravo avesse avuto prove sufficienti del fatto che tutto, in me, era diverso, che una persona come me non l'aveva mai conosciuta prima d'ora...

Rimasi seduta sul letto, evitando di guardarlo negli occhi. Ero consapevole che, se lo avessi fatto, ogni mio proposito di ignorarlo si sarebbe sciolto come neve al sole. In quel momento, notai che sul comodino su cui avevo poggiato il candelabro c'erano una catinella piena d'acqua e una pezza bagnata.

«Per la febbre?» domandai indicandole con la testa.

Lui annuì.

Accanto alla catinella vidi l'angolo di un libro con la copertina in pelle.

«Che cos'è?» Mi allungai per prenderlo, ma Ian mi precedette e me lo porse.

«È un libro. Ho provato a leggere, per non impazzire,

ma non mi è stato di grande aiuto. Non riuscivo a concentrarmi, Sofia. Vedervi stare male e non poter fare nulla per aiutarvi... Sono state due notti molto lunghe. Ma forse potrà ancora servirmi, visto che vi toccherà restare a letto ancora per un po'.» La sua angoscia era visibile, e malgrado fossi ancora arrabbiatissima, avevo voglia di consolarlo.

Quando buttai l'occhio sulla copertina di pelle marrone del libro, nuova di zecca, rimasi a bocca aperta. Lo sfogliai, e mi lasciai sfuggire un'esclamazione di sorpresa. Era il primo volume del mio libro preferito, *Orgoglio e pregiudizio*, in inglese, ed era la *prima* edizione!

«Caspita! Che bomba, Ian! Questo sì che servirà a distrarmi. È il mio libro preferito di Jane Austen, anzi, è il mio libro preferito in assoluto!» Non riuscii a non sorridere. «L'avrò letto duecento volte. Il mio ormai si è sfasciato.»

Me lo rigirai fra le mani affascinata, presi di nuovo a sfogliarlo.

Ian, quando alzai lo sguardo, aveva un'espressione perplessa.

«Che c'è?» dissi.

«Non si conosce il nome dell'autrice di questo libro, è stato pubblicato in forma anonima.»

«Lo so. Solo molti anni dopo la sua morte la famiglia ha deciso di darle il credito che meritava.»

«E tu come lo sai?» disse lui.

«Io so tutto di lei, è la mia scrittrice preferita. Questo libro è stato pubblicato nel 1813 e al posto del nome dell'autore c'era la dicitura "By a Lady", così come in tutti gli altri suoi romanzi. Come ti ho detto, diventerà famosa solo fra qualche anno. Secondo me è la scrittrice più brava di tutti i tempi!»

Si limitò a fissarmi.

Ora basta!

Mi alzai e andai velocemente a riprendere la mia borsa.

«A proposito, questo cos'è?» dissi indicando il vestito orrendo che avevo addosso.

«È una camicia da notte, ve l'ha messa Madalena. Non ha permesso che lo facessimo io e il dottor Almeida.»

«Capito» dissi facendo spallucce. Dovevo cercare di essere fredda, ma quando mi guardava in quel modo diventava estremamente complicato. «Toh» e gli allungai il mio libro sbrindellato, e ora anche piuttosto deformato dalla pioggia. Mi rifugiai di nuovo sotto le coperte, la medicina non aveva ancora fatto effetto. «Controlla da te.»

Lui rimirò la copertina, molto diversa da quella del suo libro, dove troneggiava una fotografia di Elizabeth e Darcy. Ian lo aprì e ne sfogliò alcune pagine. Rimase a bocca aperta e sgranò così tanto gli occhi che pensai che gli sarebbero schizzati fuori dalle orbite.

«Visto che conosci già la storia, puoi vedere da te che è un volume solo ma contiene tutto: il signor Darcy, Lizzy, Pemberley e tutto il resto. Ed è in portoghese, come sicuramente hai già notato. Credo che la prima edizione tradotta sia uscita nel 1950, ma non ne sono sicura.» Intanto lui esaminava attentamente la prima pagina. «Questo romanzo è bellissimo. Lo sai che nel 2000 è stato proclamato il libro meglio scritto di tutti i tempi?»

Non rispose, continuava a sfogliare il volumetto con occhi increduli. Aspettai che rimettesse in ordine i pensieri.

Allora era *a questo* che mi doveva servire il libro! Per dimostrargli che non ero pazza!

«È lo stesso libro?» domandò dopo un interminabile silenzio, la voce ridotta a un sussurro.

«Sì» confermai. I suoi occhi incontrarono i miei. «Ma può anche essere che tu sia stato contagiato dalla mia pazzia e abbia iniziato a immaginarti le cose...»

Ci fissammo a lungo, sapevo cosa stava pensando. *Non è possibile!* Anch'io avevo pensato la stessa cosa al mio arrivo lì, quando mi aveva detto che eravamo nel diciannovesimo secolo e avevo capito che non era uno scherzo.

«Ma...» iniziò a dire, senza riuscire però ad andare avanti.

«Lo so. Anch'io non capisco come. Resta il fatto che *sono* qui!»

Esitando, Ian sollevò una mano, e questa volta non mi tirai indietro. Le sue dita calde mi sfiorarono una guancia e io piegai la testa, incapace di resistere a quella carezza.

«Ma voi siete reale!» esclamò.

L'intensità del suo sguardo fece sciogliere momentaneamente il mio risentimento.

«Anch'io ho cercato di convincere me stessa ogni giorno che *tu* sei reale!» gli dissi con un mezzo sorriso.

«Ma... come?» chiese affascinato, e di certo spaventato e anche molto, molto confuso.

«Non lo so, Ian. Davvero, non lo so. Quello che sapevo te l'ho raccontato.»

Vidi tutta una fila di dubbi attraversare il suo sguardo, ma poco a poco il conflitto lasciò spazio alla fiducia.

«Com'è possibile?» sussurrò. «Voi... siete così reale! E ciò che provo...» La sua mano scivolò sul mio collo e in un batter d'occhi il suo viso era vicinissimo al mio.

Non arretrai davanti al suo attacco, mi lasciai baciare. E quando mi resi conto di quant'era forte la passione, e la disperazione delle sue labbra, non lo allontanai. D'istinto il mio corpo reagì, ora ero io che mi aggrappavo a lui.

Come previsto, anche il mio cuore e il mio respiro si comportarono di conseguenza: il cuore sembrava una classe di samba al completo, alle prove generali la sera prima della sfilata; il respiro se la stava dando a gambe, preso in contropiede dalle percussioni, e io ero senza fiato.

«Perdonatemi, Sofia» mormorò sulle mie labbra. «Vi prego, perdonatemi per essere stato tanto stupido.»

«Okay.»

«Sono stato un'idiota, come ho fatto a dubitare della vostra storia? L'ho sempre saputo che eravate speciale.» Con la bocca ancora incollata alla mia, mi prese il viso fra le mani. «E vi amo tanto!»

Il tono convinto delle sue parole scacciò una volta per tutte la mia paura.

Mi amava! Era *chiaro* che mi amava.

Per quale motivo, altimenti, si sarebbe sbattuto tanto per venirmi a cercare in mezzo alla tempesta? Per quale motivo, altrimenti, mi avrebbe riportata a casa sua? E come avrebbe potuto guardarmi in quel modo se non mi avesse amata?

Le sue mani grandi scivolarono sul mio corpo e ne sentii il calore sotto la camicia da notte. Ian era meglio di qualsiasi antipiretico. Molto meglio! Di colpo dimenticai i dolori e per un istante pensai che avrei anche potuto non smettere di baciarlo mai più.

Tuttavia fui costretta a farlo. Non appena udimmo dei passi in corridoio, Ian mi allontanò da sé con delicatezza e un mezzo sorriso triste sulle labbra.

A entrare nella stanza furono Elisa e Teodora. Avevano saputo del mio miglioramento e volevano vedermi. Effettivamente la medicina – i baci di Ian – cominciava a fare effetto, il dolore diminuiva. La febbre doveva essere scesa.

«Sto bene, non vi preoccupate. Com'è andato il ballo?» chiesi alle due ragazze, che subito si scambiarono uno sguardo cospiratore. «È andato così bene?» chiesi sottovoce.

Loro sorrisero e io risi dell'espressione di Ian, che ovviamente aveva odiato ogni minuto di quella festa.

«Vi racconteremo tutto più tardi, ora dovete riposare e guarire» disse Elisa. Era molto matura per la sua età! «Ma voi state bene veramente?»

«Sto bene, ve l'ho detto. Smettetela di preoccuparvi.

Mi sono sempre ripresa in fretta dalle malattie, è stato solo uno stupido raffreddore.»

Elisa corrugò la fronte.

«Non è stato solo un raffreddore, Sofia. Il dottor Almeida era angosciato, ha persino detto che forse non ce l'avreste...» non terminò la frase.

I suoi occhi si fecero tristi come quelli del fratello.

«Uffa, Elisa, che esagerati! Credi che sia così tanto fragile? Un vaso tarocco non si rompe facilmente!» dissi ridendo, nel tentativo di alleggerire la tensione.

«Vaso tarocco?» domandò confusa Teodora.

«Sì, Teodora. Avete presente? Se uno ha un vaso raro, molto costoso, una reliquia, basta un niente e quello va in pezzi. Ma se invece il vaso è un'imitazione comprata a poco prezzo, un vaso finto, tarocco, appunto, non si rompe neanche se lo sbatti contro il muro. È più chiaro adesso?»

Teodora annuì, ma non ero convinta che avesse capito.

«Sono felice che vi sentiate meglio, signorina Sofia» e mi sorrise.

«Okay, Teodora» e le sorrisi anch'io.

Rimanemmo un po' a chiacchierare, finché il dottore non fece ritorno insieme a Madalena e alla minestra, che ingurgitai senza lamentarmi. Madalena che mi girava intorno mi fece tornare in mente mia madre: era da parecchio che nessuno si prendeva così tanta cura di me. Dopo la minestra mi sentivo già meglio.

Il dottore mi toccò la fronte, e non gli riuscì davvero di mascherare la sorpresa. Io gli sorrisi con una faccia da «te l'avevo detto» e i suoi occhi si spostarono sul tavolo, dove c'era il blister delle compresse.

«Ebbene, a quanto pare funziona e lo fa anche in fretta. E quindi...» Capì che la sua poltiglia non sarebbe più servita e ne prese atto. «Bevete molti liquidi e riposatevi finché la febbre non è passata del tutto.»

«Ci potete contare, dottore.» Non avevo voglia di mettermi lì a discutere con lui spiegandogli che per un raffreddore non c'era bisogno di restare a letto. In realtà mi sentivo ancora molto stanca, pur avendo dormito per due giorni di fila. Un altro po' di riposo non mi avrebbe fatto male. «Credo che domani sarò in forma» aggiunsi.

«Spero di cuore di trovarvi migliorata, mia cara, mi avete fatto prendere un bello spavento» disse lui con un bel sorriso. «Verrò a visitarvi domani mattina.»

«Perfetto.»

Il medico salutò tutti, fece un inchino e se ne andò, facendomi tirare un sospiro di sollievo.

Un po' controvoglia, anche le ragazze lasciarono la mia stanza dopo che Madalena le invitò a uscire, preoccupata com'era che si buscassero qualcosa. Ian invece si rifiutò categoricamente di lasciarmi sola.

Ma non si può dire che noi due rimanemmo proprio da soli. Ogni tanto arrivava un domestico con un succo di frutta o una tisana, o anche solo a chiedere se stavo bene. Madalena, pensai, doveva essersi accorta di quello che c'era tra di noi; probabilmente, quando bruciavo dalla febbre, Ian non si era preoccupato di stare attento.

«Allora...» attaccò Ian, in un raro momento di solitudine. «Com'è il futuro?»

Non potei fare a meno di sorridere della curiosità che aveva nello sguardo.

«È molto diverso da qui, più semplice per certe cose e più complicato per altre. Ci sono vantaggi e svantaggi.»

«Ad esempio?» chiese divertito.

«Ad esempio gli spostamenti. Prova a immaginare una carrozza, ma senza cavalli, che si muove grazie a una specie di meccanismo e che va *molto* veloce. Con una macchina così, arriveremmo in città in mezz'ora.»

«Ma davvero?» disse lui spalancando gli occhi.

«A seconda del motore, anche di meno.»

Gli parlai delle macchine, della metropolitana, delle moto e degli aerei. Aveva sempre una domanda su tutto, e gli aerei lo stregarono. Potevano volare? Ma era incredibile! Rimase un po' deluso quando non seppi spiegare come fa un ammasso di ferro così pesante a restare sospeso in aria.

Gli raccontai di com'era frenetica la vita delle persone, piena di impegni, e con quasi zero tempo libero. E quando mi domandò com'erano le persone del futuro, e io dissi: «Sono così, come me», lui scoppiò a ridere e disse: «Allora deve essere tutto molto burrascoso, da quelle parti». Arrossii, perché non potevo certo dargli torto.

Gli spiegai anche com'erano le donne del mio tempo. Rimase sconvolto quando seppe che portavano i pantaloni, dividevano il conto al ristorante e spesso mantenevano la famiglia. Poi gli parlai degli uomini e del loro modo di vestire, del calcetto del mercoledì, della birretta del fine settimana e di come flirtavano con le donne. Questa volta fu lui ad arrossire.

Gli raccontai del cinema, del teatro e della musica che mi piaceva di più. Provai a spiegargli com'era un concerto rock, ma c'erano troppe cose che non conosceva. Ce la misi tutta, ma credo proprio che non riuscì a capire.

Gli parlai del cibo, e dissi che sentivo la mancanza di tutte le cose fredde: le bibite, il gelato, i dessert. Gli raccontai delle pizzerie d'asporto, dei supermercati, del computer, del mio lavoro. Cercai di fargli immaginare come tutto quello per me fosse importante, per esempio la caffettiera elettrica, ma anche come fossero le cose più banali, tipo accendere la luce. Ian era affascinato dalle mie parole, e io ero felice perché non mi guardava più come se fossi pazza.

Dovetti interrompere la mia «lezione» sul futuro quando Madalena e altri domestici arrivarono con i secchi d'acqua per il mio bagno. Ian non voleva andarsene, preoccupato che potessi avere bisogno di aiuto.

«Ci resto io qui con lei, signore. Voi andate pure a cena con vostra sorella, è già tardi» lo persuase Madalena.

«Puoi andare, Ian, sto bene» lo rassicurai anch'io.

Senza badare alla presenza di Madalena mi baciò in fronte e uscì, palesemente insoddisfatto. Non potei non notare l'occhiataccia che la governante gli lanciò.

Madalena rimase con me – non ci fu verso di convincerla che non avevo bisogno di una mano – e quando mi spogliai si girò dall'altra parte. Poi mi aiutò a uscire dalla vasca.

Indossai la camicia macchiata di Ian, perché ormai faceva buio e di lì a poco sarei andata a dormire. Lei disapprovò, dicendo che mi lasciava scoperte le gambe, ma io non avevo altro da mettermi e riuscii a convincerla che nessuno avrebbe visto niente perché le gambe le avrei tenute sotto le lenzuola. Alla fine cedette.

Volle a tutti costi pettinarmi, così mi misi seduta davanti alla specchiera. Mi fece sentire bene, quel momento, come se avessi avuto di nuovo sei anni, e ancora una volta mi vennero in mente i miei. Non succedeva da tanto tempo che nella mia vita ci fossero così tante persone importanti; era come avere di nuovo una famiglia.

«Credo che il padrone non dovrebbe restare qui stanotte, signorina. Ora che siete tornata in voi, le persone potrebbero pensare male» disse spazzolandomi i capelli.

«Non mi interessa cosa dice la gente, Madalena.»

Restò in silenzio per qualche istante.

«Il problema, signorina Sofia» proseguì con cautela, «è che ritengo che sia molto... interessato a voi.»

Mi misi a ridere.

«Lo credo anch'io, Madalena.» Corrugò la fronte e mi affrettai a spiegare. «Ma Ian è una persona speciale, non farebbe mai niente che vada contro la mia volontà.»

Non trovò soddisfacente la mia risposta, probabilmente aveva dei sospetti anche su di me.

«State tranquilla, so badare a me stessa.»

Ian tornò e Madalena, con una certa riluttanza, ci lasciò soli, anche se dalla sua espressione quando uscì dalla stanza, pensai che durante la notte avrei ricevuto visite, anche solo per sapere se volevo una tisana.

Ian si mise a sedere accanto a me, poggiando la schiena alla testiera del letto, e io mi avvicinai. Ero esausta. Posai la testa sul suo petto, lui cominciò ad accarezzarmi la schiena. Mi sentivo talmente bene, talmente a casa, che ben presto mi venne sonno.

«Penso che Madalena mi farà una bella ramanzina se ci scopre abbracciati in questo modo» disse lui.

«Ci scommetto!»

«Magari non verrà lei in persona, ma manderà un *domestico* a controllarci.»

Sollevai la testa e lo guardai: gli scappava da ridere.

«Molto bene!» dissi. «Vedo che finalmente hai imparato a trattare i tuoi dipendenti con dignità.»

«Grazie a voi» disse lui tornando serio, «ho capito molte cose, signorina.» Mi spostò una ciocca dietro l'orecchio.

«A proposito, devo farti una domanda.»

«Quello che volete» rispose pronto.

«Perché quando ci siamo conosciuti hai pensato che fossi una "signorina" e non che potessi essere una "*serva*"?» Era una cosa che volevo sapere da tempo, ma dimenticavo sempre di domandarlo.

Ian rise di gusto.

«Ebbene, ho capito che eravate una *signorina* perché una serva non sarebbe mai stata così petulante e ostinata con un uomo.» I suoi occhi brillavano divertiti.

«Io non sono stata petulante! E nemmeno ostinata!» ribattei offesa.

«Certo che no, neanche un po'. Com'è che avete detto? Ah, sì! *C'è proprio bisogno di tenermi così stretta?*» disse imitandomi, ed esibì i suoi denti bianchi e perfetti.

«Cosa volevi che dicessi? Neanche ti conoscevo e già facevi il cascamorto. Mi stavo solo difendendo.»

«Certamente. E poi mi ci è voluta un'eternità per convincervi ad accettare il mio aiuto, una serva non avrebbe esitato.» Mi sfiorò il viso facendo scivolare le dita dalla tempia al mento. «E appena ho visto il vostro volto, ho capito che non eravate una serva ma una principessa.»

Alzai gli occhi al cielo e tornai a posare la testa sul suo petto. Ian sapeva abbindolarmi a dovere. Non ero più arrabbiata con lui, non avrei potuto.

Restammo a lungo in quella posizione, con lui che mi accarezzava i capelli e la debole e tremolante luce delle candele che mi invitava a chiudere gli occhi.

«Sofia?» chiamò Ian quando stavo per addormentarmi. Nella camera in penombra, la sua voce bassa sembrava una ninna nanna.

«Uhm» risposi debolmente.

«Mi odiate ancora?» sussurrò.

Sorrisi senza aprire gli occhi.

«Moltissimo» farfugliai, stringendomi contro di lui.

36

Come promesso, il dottor Almeida si presentò il mattino dopo sul presto. Ian era già sveglio e io mi sentivo bene, e non solo perché avevo di nuovo dormito fra le sue braccia. Sparito il raffreddore, sparita la febbre. Il fatto che mi fosse anche tornato l'appetito li tranquillizzò.

«A quanto pare il vostro corpo ha reagito bene, signorina» disse il dottor Almeida dopo avermi visitata. «State molto meglio, ma per precauzione vorrei che vi riposaste ancora un po'.»

«Ah, no, dottore! Non ne posso più di stare a letto. Mi sento bene, davvero» argomentai. Se non fossi riuscita a fargli cambiare idea, Ian mi avrebbe costretta a restare a riposo. «Io guarisco in fretta, è inutile che resto qui se ormai sono guarita.»

Respiravo benone e i dolori erano spariti. Di fronte alla mia ostinazione, alla fine il medico non poté che arrendersi.

«Quanto meno, continuate a ingerire molti liquidi, d'accordo?»

«State tranquillo, dottor Almeida, lo farò.» Se tutte le sue raccomandazioni si riducevano a così poco, accettavo di buon grado. Non appena Ian lo accompagnò fuori, cercai di rimettermi in sesto per lasciare anch'io la stanza. Odiavo essere ammalata, rimanere a letto senza fare niente a parte gemere e mugugnare mi spazientiva. Anche se a volte, purtroppo, era necessario.

Trovai Elisa nel salone – dove tutti i mobili erano stati rimessi al proprio posto – in compagnia di Teodora.

«Sofia!» disse abbracciandomi. «Che bello che siete qui! Non potete immaginare come mi sono sentita fino a quando non vi ho vista riaprire gli occhi.»

L'abbracciai stretta, commossa per la sua sincera preoccupazione.

«Pensi che sia così facile liberarsi di me?» scherzai.

Lei fece un passo indietro, tenendomi per le spalle.

«Non scherzate su argomenti tanto seri, per favore» ribatté.

«Scusa. Mi sento molto bene, puoi stare tranquilla.»

Teodora era rimasta in silenzio, limitandosi a rivolgermi un piccolo sorriso. Non eravamo amiche, del resto, perciò mi pareva giusto che non si strappasse i capelli per il mio stato di salute.

«Poco fa ho ricevuto un biglietto da mia madre» disse poi. «Lady Catarina Romanov verrà a trovarci questo pomeriggio, Elisa e io stiamo andando a casa mia. Non vi farebbe piacere accompagnarci, signorina Sofia?»

«Per caso, questa Catarina è la donna che ho visto alla festa? Quella ingioiellata dalla testa ai piedi?» *La madre di quel mezzo dongiovanni che ci ha provato con me?*, avrei voluto aggiungere.

«Proprio lei! Sta facendo un giro di visite presso alcune famiglie, credo voglia incaricarsi personalmente degli inviti al ballo che darà nella sua abitazione. Stando a quanto ha scritto mia madre sul biglietto che mi ha fatto avere, sarà accompagnata dal figlio, il signor Dimitri Romanov. Sarebbe molto indelicato da parte mia non essere presente per riceverlo» terminò, quasi senza fiato. Sembrava nervosa, irrequieta.

«Spero mi perdonerete, Teodora, ma ritengo sia meglio non venire. Ho cercato di imparare a comportarmi come tutti voi, lo giuro, ma sapete bene che mi capita ancora di fare qualche scivolone. Fin troppo spesso, in verità!» esclamai in una botta di autocritica. «Mi è parso di capire che ci teniate a fare bella figura, per cui è meglio che io non rechi disturbo e rimanga qui.»

«Non dite sciocchezze, Sofia» intervenne Elisa. «Siete una creatura adorabile e tutti sono rimasti incantati.»

«Elisa, quanto sei dolce. Ma non è vero. Fra l'altro, credo che Ian non la prenderebbe bene, se gli dicessi che ho deciso di passare la giornata fuori casa. È diventato parecchio premuroso, pure troppo!»

«Che peccato!» disse Teodora, e mi sembrava sinceramente dispiaciuta. Forse, alla fine, saremmo sì diventate amiche.

«Chissà, magari la prossima volta... Non appena Ian la pianta di starmi addosso!» buttai lì. Poi approfittai del fatto che eravamo solo noi per chiedere della festa.

«Ma ditemi, signore, com'è andato il ballo?» chiesi a voce bassa e con un'occhiatina eloquente.

Sorrisero entrambe.

«È stato perfetto, a parte il vostro... incidente?» disse Elisa, lasciandomi intendere che anch'io le dovevo delle spiegazioni.

«Ah! Ehm... Io...» Non sapevo cosa le avesse raccontato Ian.

Come facevo a spiegarle che ero scappata perché avevo raccontato a suo fratello che venivo dal ventunesimo secolo e lui aveva pensato che ero impazzita e voleva farmi rinchiudere? Detestavo doverle mentire, ma per il suo bene – e per il mio – meno sapeva, meglio era.

«Mio fratello ha detto che avete avuto una discussione. E che a causa di questa discussione non volevate più restare in questa casa. E per questo motivo siete fuggita.»

«È andata più o meno così» risposi sibillina.

Elisa prese per buona la spiegazione, e si sedette accanto a me.

«Non fatelo mai più, Sofia. Non avete idea di quanto fosse sconvolto mio fratello finché non vi ha trovata. Non lo avevo mai visto così nervoso, così... così...»

«Disperato» concluse Teodora.

Le fissai, poi abbassai gli occhi a osservarmi le mani.

Sarebbe finita così quando me ne fossi andata? Era questo che volevo per lui?

No! Sicuramente no! Non ero più in grado di allontanarmi da Ian, ormai era troppo tardi. Quindi, l'unica soluzione era cercare di fermarmi per sempre. Dovevo trovare un modo per restare nel passato, e in fretta, anche! Di messaggi sul telefonino non ne arrivavano più, ma io sentivo che la fine del mio viaggio era vicina.

Negli ultimi giorni avevo capito alcune cose. Mi trovavo lì per imparare. Imparare ad amare, pensavo. Non ero riuscita a capire se effettivamente c'era qualcun altro che veniva dal futuro, ma ormai non importava più. Non avevo più fretta di tornare indietro, anzi, non volevo affatto tornare indietro. Avevo imparato che una vita semplice poteva essere molto complicata ma anche molto felice, soprattutto se l'amore della tua vita era al tuo fianco. E io al mio fianco avevo Ian, che in un certo senso era molto più dell'amore della mia vita. Lui era la mia stessa vita. Ovviamente, sì, sentivo la mancanza di tante cose, ma ora sapevo che sarei sopravvissuta anche senza. Invece senza Ian non potevo sopravvivere, ed era un dato di fatto. Sarebbe stato come cercare di vivere senza respirare: sarebbe stata una vita soffocante, insopportabile e impossibile. Perciò, *dovevo* trovare un modo per restare lì, con lui.

«Raccontatemi del ballo, cosa mi sono persa?» dissi, provando a cambiare argomento.

«Molte cose!» rispose Elisa con un sorriso, esibendo le sue adorabili fossette. «Ho conosciuto un ragazzo molto gentile.»

«Davvero? E poi?» la incoraggiai. Avevo notato un luccichio diverso nei suoi occhi quando lo avevo nominato.

«Si chiama Lucas Guimarães, è ospite dello stesso internato in cui studia il nipote del dottor Almeida. Sono amici, ma era la prima volta che lui veniva da queste parti. È divertente, si esprime bene, è molto educato, molto...»

«Speciale?» provai a indovinare.

Annuì.

«Abbiamo ballato insieme più di una volta ed è stato molto piacevole conversare con lui. Mi ha fatta ridere.»

«Credo di averti vista ballare con un ragazzo... uno con i capelli chiari.» Un bel tipo che non le aveva mai tolto gli occhi di dosso.

«Sì!» disse euforica. «Sì, è lui. È il signor Guimarães.»

«Allora credo di poter dire che anche tu gli sei piaciuta, considerato come ti guardava.»

Abbassò gli occhi e arrossì.

«Non dimenticarti che sei ancora molto giovane, hai tutto il tempo di scoprire se questo signor Guimarães è veramente *speciale*.» Non aveva ancora diciassette anni, era un po' prestino per pensare già al matrimonio...

«Cercherò di stare molto attenta.» E arrossì di più.

«E se lui è quello giusto, quando avrai l'età giusta cerca di divertirti e fammi il favore di essere parecchio felice!»

Elisa mi abbracciò di nuovo molto stretta, fin quasi a soffocarmi.

«Ve lo prometto. Vorrei che poteste restare qui per sempre, non riesco a immaginare di non avervi vicina.»

«Anch'io vorrei restare, Elisa. E proverò a farlo. Sarà piuttosto complicato e non ho la minima idea di come riuscirci, ma non ho intenzione di rinunciare! Se tutto va bene, ti toccherà sopportarmi molto a lungo.»

«Oh, ma sarebbe magnifico!» esclamò euforica. «Provate a immaginare come sarà felice Ian se davvero resterete con noi a lungo.»

Lo immaginavo, eccome se lo immaginavo. Era una delle ragioni che mi spingevano a voler restare lì, nell'Ottocento. Poterlo vedere felice.

Dopo pranzo, Teodora ed Elisa partirono e io restai da sola con Ian – sola per modo di dire, nel senso che in giro per casa c'erano Madalena e un'altra dozzina di domestici.

«Sai a cosa stavo pensando?» gli chiesi mentre andavamo insieme nella sala di lettura.

«Credo di no.»

«Vorrei vedere Storm, ringraziarlo per l'aiuto.»

Ian si accigliò.

«Non so se sia una buona idea, avete avuto la febbre alta fino a ieri.»

«Per favore, Ian, ora sto bene. Benissimo, a dire il vero. Mi piacerebbe tanto che mi portassi a fare un giro» lo implorai toccandogli il braccio.

«Avete intenzione di montarlo?» Sgranò gli occhi con orrore.

«Sì, mi piacerebbe. Solo un giretto, Ian, per favore!»

«Lo avete già fatto, è stato Storm a riportarvi qui» replicò lui seccamente.

«Ma non conta, ero svenuta. Per favore, Ian...?» Non avrei saputo spiegare lo strano legame che mi univa a Storm. Era come se non fosse solo un cavallo, ma un amico. «Per favore...»

Ian esaminò il mio viso per un lungo istante e capì, credo, quanto fosse importante per me.

Sconfitto, sospirò.

«D'accordo» disse di malavoglia. «Andiamo a fare un giretto.»

«Aspetta solo un momento, vado a prendere la mia borsa, ho una cosa da farti vedere!»

37

Ci demmo appuntamento alle scuderie. Quando arrivai, Storm era già sellato e bardato, pronto a uscire. Ma di colpo mi venne meno il coraggio; Storm era imponente, e mi faceva un po' paura.

Tuttavia, mi bastò vedere il sorriso di sfida sulle labbra di Ian per appoggiarmi alla sua spalla, infilare il piede nella staffa e issarmi goffamente. Lui invece montò con l'eleganza tipica di chi è abituato a quel gesto praticamente da sempre.

Comportandosi da vero gentiluomo, Storm prese un'andatura da piccolo trotto, col risultato di farmi ben presto sentire a mio agio; Ian intanto mi teneva saldamente per la vita.

«Dove andiamo?» domandai quando ormai la casa non era più visibile e davanti a noi avevamo solo alberi e cespugli.

«Non lo so, per il momento Storm mi permette di montarlo, ma è lui che decide dove andare.»

Mi misi a ridere.

«È utilissimo avere un cavallo che non ubbidisce ai comandi.»

«Sabato notte è stato utilissimo» ribatté lui senza sorridere.

Accarezzai la criniera di Storm.

«Grazie dell'aiuto, amico mio» gli sussurrai. «E grazie anche per non avere disarcionato il cavaliere.»

Stavolta Ian si fece una risata.

Dopo un po', cominciai a riconoscere la strada e capii dove stava andando: esattamente nel punto in cui mi avevano trovata il sabato precedente. Al mio sasso. Ci fermammo poco più avanti, sotto l'albero.

«Credo che questo, in qualche modo, sia il nostro posto» dissi dopo che Ian aveva mollato le redini e Storm si era messo a pascolare felice per conto suo.

«In qualche modo sì» concordò.

Si appoggiò con la schiena al tronco e io presi posto accanto a lui.

«Sapete che questo vestito mi piace molto?» disse fissandomi con un sorriso. Indossavo il vestito bordeaux, quello con la cicatrice del rammendo che Madalena aveva fatto per rimediare allo strappo di qualche giorno prima, alle scuderie.

«Grazie.»

Lui mi sfiorò la fronte e fece un sospiro di sollievo.

«Mi sento bene, Ian, puoi smetterla di preoccuparti, per favore?» mugugnai.

«Mi spiace, non ci riesco.» E mi lanciò una sguardo che implorava comprensione.

Lo guardai storto, dopo di che presi la borsa per continuare la mia «lezione». Gli mostrai la mia piccola trousse con i trucchi, le chiavi di casa, e anche quella cavolo di bustina di ketchup!

Presi un po' di salsa con il dito e gliela offrii.

«Assaggia» dissi allungando il dito.

Non ebbe esitazioni: mi afferrò subito la mano e si portò alla bocca il dito. Ovviamente, a quel contatto il mio corpo si risvegliò.

«Uhm... è per metà dolce e... per metà acido.»

«Esatto. È buonissimo nei panini ma io lo *adoro* sulle patatine fritte.»

«È buono anche con il dito» disse lui.

Io stavo ancora ridendo quando tirai fuori il cellulare. Ecco cosa volevo che vedesse veramente.

«Il mio cellulare.» E glielo porsi.

Lui prese il piccolo parallelepipedo luccicante e se lo rigirò con attenzione fra le mani, l'aria seria.

«È questo che vi ha portata qui? Questo oggettino minuscolo?»

Annuii fissandolo in viso.

Mi restituì il telefono con un gesto pieno di riguardo e disse: «Gliene sarò eternamente grato, allora».

Di colpo mi resi conto che gli ero grata anch'io, per il guaio in cui mi aveva cacciata, per tutto quello che mi era toccato passare per colpa sua.

Quell'affarino mi aveva dato Ian.

«Non so più cosa aspettarmi, sai? L'ultimo messaggio diceva di tenermi pronta, credo che il momento si avvicini» conclusi in un sussurro.

Lui capì al volo cosa intendevo dire.

«Magari invece significa un'altra cosa, magari è...» Si zittì, mentre i suoi occhi cercavano con ansia una spiegazione logica e miracolosa che non fosse «stai per tornare a casa tua».

«È...?» Pur scoraggiata, lo invitai a proseguire.

«Voi non avete trovato quello che cercavate!» disse con sicurezza.

«No, io non ho trovato l'altra persona, è diverso!» ribattei.

«In che senso?»

«Quando *quella là* mi ha telefonato, ha detto che per poter tornare dovevo trovare quello che cercavo e conoscermi veramente. Be', io credo che siano già successe tutte e due le cose.» Abbassai gli occhi. Non ci volevo nemmeno pensare, ad andarmene. Non ora! Anzi, né ora né mai!

«E cosa cercavate?» mi chiese Ian.

Alzai lo sguardo e lo fissai a lungo. Com'era possibile che mi ci fosse voluto così tanto tempo per capire che quegli occhi erano la porta d'entrata alla mia felicità? Perché non mi ero accorta a prima vista che Ian... era mio?

«Te» dissi, tornando a fissare il telefonino. «Sembra una follia, ma senza saperlo stavo cercando te.»

Lui fece un sospiro.

«Secondo me vi sbagliate. Se ciò che dovete trovare vi serve per fare ritorno al vostro tempo, la risposta *non posso* essere io... Non ha senso trovarmi per poi lasciarmi subito dopo.» La malinconia che traspariva dalla sua voce mi si piantò nel cuore come uno stiletto. Lo avrei fatto soffrire tanto, troppo, e perciò dovevo escogitare un modo per restare lì, anche a costo di strangolarla, quella commessa.

Ovviamente, per poterlo fare dovevo prima trovarla.

«Ho già pensato anche a questo» attaccai. «Anche secondo me non ha senso, eppure io so, sento, non chiedermi come, che era proprio te che stavo cercando. Non solo ora, non solo qui, Ian, ma da sempre. Non ti avevo ancora trovato perché eri leggermente fuori dalla mia portata» dissi scherzosa, sperando di cancellare la tristezza dai suoi occhi.

Ci andai vicino, provò a sorridere.

«È buffo, anch'io sento la stessa cosa, ovverosia che vi stavo aspettando. Quel sabato, mentre rientravo dal mio viaggio, ero molto nervoso... Credevo fosse perché avevo lasciato Elisa da sola troppo a lungo, ma poi ho incontrato voi e non appena vi ho vista... ho smesso di pensare con lucidità.»

«Ti capisco, sì!... Anch'io mi sono sentita strana, quel giorno. Era come se ti conoscessi già! Non è buffo? Eppure indossavi degli abiti antiquati e sulla strada circolavano le carrozze... Se avessi provato a sbattermi in manicomio quel giorno, forse non mi sarei ribellata. Ero talmente disorientata che più di una volta mi sono chiesta se per caso non fossi diventata matta.»

Il quasi-sorriso di Ian sia allargò un po' di più, il che era un inizio.

«Ma i miei abiti erano appropriati, signorina! E sì, anch'io mi sentivo strano. Non appena sono smontato da cavallo per aiutarvi e ho visto i vostri occhi per la prima volta, ho capito di essere perduto. E quando finalmente sono riuscito a convincervi ad accettare il mio aiuto, e voi avete minacciato di spaccarmi il naso...» Il sorriso che stavo aspettando finalmente comparve. «In quel momento ho capito di essere irrimediabilmente legato a voi. Che non c'era ritorno, e ancora non conoscevo neppure il vostro nome.»

«E allora? Vedi che avevo ragione io? Non c'era bisogno di stringermi in quel modo!» buttai lì. Sentirgli dire che mi desiderava dalla prima volta che ci eravamo visti mi stava scatenando dentro un'esplosione di felicità che assomigliava tanto alla felicità, anzi all'estasi, di quando facevamo sesso. Be', forse non proprio, ma era comunque una sensazione da urlo!

Ian scoppiò a ridere.

«Spero riuscirete a perdonarmi se le mie mani si ostinavano a disobbedire agli ordini.»

«Ci penserò» dissi scherzando. «Comunque volevo farti vedere come funziona un cellulare. Non questo, a dire la verità, ma un cellulare normale. Sai che questi aggeggi possono contenere dei libri?»

«Libri? Ma è un oggetto troppo piccolo!»

«Lo so. È incredibile cosa sono capaci di fare questi mostriciattoli. Io preferisco sempre i libri di carta, ma leggere così è molto più pratico se per esempio sei in sala d'attesa dal medico o quando giri con l'autobus» blaterai. «Comunque, volevo farti vedere quali sono le mie canzoni preferite. Ne ho tantissime, qui dentro! Sono sicura che qualcuna piacerebbe anche a te...» Ma mi zittii di botto, perché il display del cellulare si era illuminato. Ian fece un mezzo balzo all'indietro. Stavolta non era un messaggio. La scritta sullo schermo diceva:

ANDARE A RIPRODUZIONE MUSICA?

Premetti OK senza capire.

«Calma, Ian, non ti spaventare, mi sta solo...» La cartella della musica si aprì, e dentro c'era un unico file audio. «Mi sta solo aiutando a farti sentire una canzone, credo.» Non era mai capitata prima, una cosa del genere.

Che stava succedendo?

Premetti PLAY. Alle prime note, Ian sobbalzò. Misi in pausa.

«Non ti spaventare, è solamente una registrazione. Si può registrare l'audio di uno spettacolo... o anche di un'opera, come quella che mi ha portata a vedere. Così, puoi ascoltare la musica ogni volta che ti viene voglia. Non so spiegarti come funziona, ma non c'è niente da temere, sono solo suoni. Fidati di me.»

Mi fissò per un istante, poi cercò di rilassarsi.

«Ti ricordi la canzone che ho provato a cantare dopo che noi...»

«Con molta chiarezza» rispose prontamente. Certo che se ne ricordava: i momenti perfetti che avevamo passato insieme non erano importanti soltanto per me... «Mi è tornata in mente spesso, soprattutto quando stavate male. Non ricordo tutte le parole, ma credo di saperne a memoria una buona parte.»

«Bene, è proprio *quella* canzone lì. È l'unica a cui ho accesso.» Sollevai il cellulare. «Mi piacerebbe molto farti ascoltare com'è veramente. Posso?»

Continuò a fissarmi, ma annuì lentamente.

Schiacciai PLAY. La musica, un assolo di chitarra a cui poi si univano il pianoforte e il suono velatamente malinconico di un violino, riempì il silenzio. Osservai come reagiva Ian, che all'inizio era rimasto a bocca aperta e poi, mentre la canzone andava avanti e acquistava ritmo, mi prese di sorpresa con quel suo sorriso mozzafiato. Dopo di che si alzò, fece un inchino e mi tese la mano.

«Posso avere l'onore?»

Senza battere ciglio gli afferrai le mani e me le portai alla vita, poi gli misi le braccia intorno al collo. Lui mi strinse a sé; io appoggiai il viso al suo mento e lui, con un tempismo perfetto, si chinò appena e i nostri volti si toccarono. Il fatto che la musica fosse un po' troppo vivace per ballare un lento era un dettaglio trascurabile.

«Adesso, uno alla volta» sussurrai muovendo i piedi. Lui mi seguì con facilità e con la sua solita eleganza.

Stare lì fra le sue braccia mi provocava un bellissimo formicolio dappertutto, sentire il suo odore e il suono del suo respiro mi stordiva.

«Mi piace questa danza» disse piano Ian. «Mi piace davvero molto.»

Io sorrisi, gli occhi chiusi. Non ero mai stata così felice in vita mia. Avrei voluto tanto che il tempo si fermasse, che la vita, cioè il destino, si prendessero un momento di pausa, che noi due potessimo ballare insieme per sempre.

«Sofia, vi devo parlare. Volevo farlo dopo la festa, ma le cose non sono andate come speravo» disse lui, la voce seria.

«Va bene» mormorai. «C'è qualcosa che non va?»

«Sì... e no» disse lui.

Alzai la testa per guardarlo meglio.

«Non ho capito, Ian.»

«Voi lo sapete cosa provo, non è vero? Cosa provo per voi?» I suoi occhi neri e intensi mi fecero rammollire fino alle ossa.

«Credo di saperlo sì», anche se non potevo esserne del tutto sicura.

Nessuno è sicuro di niente quando è innamorato. Di colpo la voce di Nina riecheggiò nella mia testa e ricordai la discussione che avevo avuto con lei qualche tempo prima. Ora capivo bene cosa aveva voluto dire la mia amica. Ero sicura solamente dell'amore folle che provavo per lui.

«Io vi amo, Sofia. Vi amerò per sempre. Non ho più scampo.» E fece un mezzo sorriso. «Per quanto, credo, voi invece mi detestate» aggiunse, l'espressione scherzosa, anche se il dubbio che leggevo nel suo sguardo era reale.

«Tu lo sai che ti amo. Pazzamente. Disperatamente.»

Ian chiuse gli occhi poggiando la fronte alla mia. Continuammo a ballare, la musica ripartì ancora una volta.

«Allora...» proseguì nervoso. «Proviamo per un attimo a immaginare che, volendo, poteste fermarvi, e che, lasciando perdere il fatto che mi conoscete solo da una decina di giorni, voi...» Smise di ballare e mi fissò intensamente.

«Io...?»

«Sofia, voi credete che potrei rendervi felice?» domandò in un soffio.

Gli feci un sorriso enorme.

«Felice? Io direi felicissima! La ragazza più felice del mondo!» Era un po' una frase fatta, ma era la pura verità. «La ragazza più felice di tutti i secoli!»

«Riuscireste a essere felice qui?» chiese ancora. «Credevo odiaste questo posto.»

«Lo odiavo» dissi. «Ma il mio punto di vista è molto cambiato da quando ti conosco meglio. Non è più tanto brutto...»

«Quindi» mi interruppe lui, «se poteste restare con me, se poteste essere mia... per tutta la vita... Se...»

Vidi la speranza nei suoi occhi. Vidi la luce forte che emanavano e l'amore sincero che Ian nutriva per me. Vidi che non era solo una passione momentanea, ma che la sua anima mi apparteneva, così come la mia ormai apparteneva a lui. E che sarebbe stato così per l'eternità.

«Sì» risposi, ancora prima che formulasse la fatidica frase.

Come avrei potuto dire di no? Eppure non potevo nemmeno dire di sì, perché non avevo nessuna idea di come fare per fermarmi lì. Non potevo lasciare che me lo chiedesse con *tutte* le parole, per poi...

«Se potessi, sarebbe sì.» Questa era la mia unica risposta. Se. Solo *se*.

Le lacrime mi annebbiarono la vista e non vidi quando la sua bocca mi catturò in un bacio disperato che ricambiai con la stessa foga, come se tutta la mia vita dipendesse da quel momento. Ian mi stringeva forte, sempre di più, come nel tentativo di trattenermi. E io avrei voluto che ci riuscisse, avrei disperatamente voluto che mi impedisse di tornare indietro, perché io, lì, *ero già* a casa mia.

Sono esattamente dove dovrei essere, pensai con tristezza. *Lei* me lo aveva detto, pensai anche. E poi pensai che il mio viaggio era giunto al termine.

Sì! E dovevo muovermi!

Ero talmente assorta che non mi resi conto che la musica era finita. Poi nel silenzio totale ci fu un suono, e quello mi riportò coi piedi per terra.

Un nuovo messaggio.

Allarmata, guardai Ian. Le sue braccia si contrassero intorno alla mia vita. Storm nitrì e si avvicinò, fermandosi a pochi metri da noi. Perché?, mi chiesi. Cos'ha il cavallo? Il cellulare vibrò di nuovo.

Storm adesso mi fissava con uno sguardo strano e spaventoso, come se fosse umano.

«Meglio guardare subito cosa dice» mormorai. In realtà non avrei voluto leggere il messaggio, non volevo sapere cosa c'era scritto. Avrei preferito fare finta che quella merda di cellulare non esistesse! «Altrimenti continua a vibrare» aggiunsi.

Ian era visibilmente turbato. Io gli diedi un bacio sulle labbra e gli accarezzai il viso. Poi, con riluttanza, mi sciolsi dal suo abbraccio e feci i pochi passi che mi separavano dal telefono.

Sfiorai il tasto LEGGI MESSAGGIO.

VIAGGIO PORTATO A TERMINE CON SUCCESSO!

«NO!» gridai, girandomi verso Ian che già mi correva incontro.

Ma ormai era tardi. La luce, bianca e abbacinante, avvolse tutto ciò che mi circondava e se lo portò via.

38

No! No! No! No!

Ti prego, no! Non ora! Non ho potuto neanche dirgli addio! Ti prego, no!

Il bagliore si dissolse portando con sé ogni cosa: Ian, il cavallo, l'erba, era sparito tutto.

Tutto!

Io ero di nuovo nella piazzetta. Sotto quello stesso albero a cui mi ero appoggiata pochi minuti prima, con la differenza che ora era molto più grosso e aveva la corteccia invecchiata. E Ian non era con me.

No, ti prego! Fammi tornare indietro! Ti prego!

Non riuscivo più a pensare con lucidità. Mi misi a premere convulsamente il tasto del cellulare cercando di farlo funzionare, cercando di tornare indietro. Dovevo tornare indietro. Quello non era più il mio posto, non era più la mia casa, non lo era mai stata.

Ian era casa!

Disperata, quasi accecata dalle lacrime, presi a correre verso il negozio in cui avevo comprato il telefonino. *Lei*, la commessa o chiunque fosse, doveva farmi tornare indietro.

Andai a sbattere contro dei passanti, che mi guardarono sbigottiti, ma non mi fermai a chiedere scusa. Non avevo tempo da perdere. Entrai come una furia nel negozio e filai dritta al reparto dei cellulari.

«Dov'è l'altra commessa?» chiesi col fiatone a una ragazza.

«Quale altra commessa?» mi rispose con lo sguardo perplesso.

«Quell'altra, quella che mi ha venduto il telefono qualche giorno fa.» Tremavo tutta, riuscivo a malapena a stare in piedi.

«Credo che abbia sbagliato negozio, signora» disse la tizia mentre squadrava il mio vestito. «Sono l'unica che lavora in questo reparto.»

«Balle!» mi ostinai. «Sto parlando di quell'altra. È più vecchia di lei, ha i capelli grigi e una vocina sottile. Quella che mi ha venduto questo cavolo di telefono!» ripetei, mostrandole il cellulare come prova.

La ragazza, spaventata, si guardò intorno.

«Per favore, si calmi, okay? Andrà tutto bene.» Alzò le mani mostrandomi i palmi, e quel semplice gesto mi fece tornare in mente l'immagine nitida di Ian che, dopo il nostro primo bacio, con le mani aperte diceva che non mi avrebbe toccata.

La mia disperazione aumentò.

«No, col cavolo che andrà tutto bene!» sbraitai. «Io devo trovare quella donna. Lei... lei... mi *deve* aiutare. Io devo tornare indietro. SUBITO!»

Tremavo tutta, mi appoggiai al bancone per non cadere. Non mi resi neanche conto che la ragazza era andata a chiamare gli uomini della sicurezza, ma quando quelli arrivarono li spinsi via.

«Lasciatemi! Devo tornare laggiù, Ian mi sta aspettando!» Continuavo a piangere come una matta, ormai non ci vedevo più. «Starà malissimo se non mi vede arrivare. Ehi! Ehi!? Che cavolo fai? Lasciami andare!» Spintonai qualcuno talmente forte che caddi io. E poi qualcun altro mi immobilizzò.

Ero a terra.

Mi dimenavo, inveivo, ma sentivo solo un gran baccano e non riuscivo a vedere niente. Poi sentii l'ago di una puntura sul braccio, dopo di che tutto scomparve un'altra volta.

39

Quando riaprii gli occhi, la prima cosa che vidi fu il soffitto bianco. Ero stata svegliata da un bip ripetuto che risuonava vicino alla mia testa. Mi guardai intorno: ero in una stanza d'ospedale.

Come ho fatto a finire qui?

«Sofia?» disse qualcuno a bassa voce.

Mi girai e la vidi, seduta su una sedia accanto al letto.

«Nina? Dove mi trovo?» le chiesi, ancora confusa.

Poi finalmente misi a fuoco i suoi occhi, e i ricordi mi travolsero.

«Nina!» gridai, e la mia amica corse ad abbracciarmi. La strinsi talmente forte che per poco non le spezzai una costola. Cominciai a piangere. «Mi sei mancata un sacco! Non puoi immaginare in che razza di guaio mi sono cacciata!»

«Invece me lo immagino. Mi spieghi dove sei stata per tutti questi giorni e perché avevi addosso quel vestito? Ma soprattutto: perché sei andata fuori di testa in quel negozio? Per fortuna Rafa passava di lì mentre ti caricavano sull'ambulanza. Mi ha telefonato subito. È giù all'accettazione, adesso. A proposito, dove sono finiti i tuoi documenti?»

C'era anche Rafa?

Mi sciolsi dall'abbraccio per poterla guardare in faccia.

«Ma cos'è successo?» mi chiese Nina con aria preoccupata.

Mi raddrizzai sul letto.

«È una storia lunga, prometto che ti racconterò tutto. Prima però devo uscire da qui, okay?»

Corrugò la fronte.

«Perché?» chiese con diffidenza.

«Perché è una storia complicata e un po'... assurda. Altrimenti potresti anche decidere di lasciarmi qui.» L'avevo imparata la lezione.

«No che non ti lascio qui. E abbiamo tempo. Per le dimissioni devi aspettare il medico. Per cui vedi di sputare il rospo, okay?»

«Nina, io sto bene... almeno credo.» In realtà, sarei stata veramente bene solo se fossi potuta tornare da Ian. «Devo uscire subito da qui, devo cercare una persona.»

«Una persona?» ripeté lei sottovoce, guardandomi dubbiosa.

«Sì, e tu mi aiuterai.» Non mi sembrava quello il momento di lasciarla libera di decidere se fosse il caso di aiutare o no un'amica che aveva tutta l'aria di essere vittima di una crisi di nervi.

«Va bene» rispose cauta. «Io ti aiuto, ma solo *dopo* che mi avrai detto cosa sta succedendo.»

Sospirai. Fissai Nina a lungo. Dovevo raccontarglielo? Lei era come una sorella, per me, e meritava di conoscere la verità, e non era giusto che continuasse a preoccuparsi inutilmente. Ero abbastanza sicura che non mi avrebbe fatta ricoverare. Abbastanza sicura, sì.

«Va bene, Nina. La storia che ti racconterò non è facile da mandare giù.» Lei annuì e si fece più seria ancora. «Cerca di avere una mente aperta, okay?»

«La pianti di girarci intorno, Sofia? E dimmelo!»

«Ti ricordi la sera in cui siamo andate alla Capanna e il cellulare mi è caduto nel water?» Annuì di nuovo, io proseguii: «È partito tutto da lì. Il sabato dopo mi sono svegliata presto e sono andata a comprare un telefono nuovo, lo sai che io del cellulare non posso farne a meno.» Quel pensiero mi provocò una smorfia. Quante cose inutili avevo ritenuto talmente importanti da non poterne fare a meno! Scossi la testa, amareggiata. «Sono arrivata in quel negozio e...»

Le raccontai tutto. Del negozio, della piazzetta, e poi di come mi ero ritrovata catapultata nel diciannovesimo secolo. Lei a quel punto mi guardò strano, ma io non mi fermai. Le raccontai di laggiù, della casetta, della lattuga e delle carrozze, delle persone che avevo conosciuto, di Elisa, e infine arrivai al punto cruciale.

Ian.

E mi venne da piangere di nuovo. Parlare di lui moltiplicava il mio dolore. Le dissi che, del tutto inaspettatamente, mi ero innamorata. Le dissi che Ian era un uomo sempre allegro, e gentile, e buono con la sorella, e che si era preso cura di me quand'ero ammalata, e poi le raccontai anche della notte magica che avevamo passato insieme.

Poi fui costretta a zittirmi, perché ero scossa dai singhiozzi.

Nina mi abbracciò, cercò di calmarmi, e a un certo punto vidi che anche lei stava piangendo e mi sentii malissimo; non capivo: piangeva per la mia tristezza, oppure pensava che ero impazzita?

Andai avanti con la mia storia: le dissi della sera del ballo, della tentata violenza di Santiago, della mia fuga. Le raccontai tutto, dell'ultimo ballo che avevo fatto con Ian, vicino a quel sasso, e poi di come all'improvviso ero ritornata, e infine delle poche cose che ricordavo di quando avevo dato fuori di matto al negozio dei cellulari.

Poi smisi di parlare e rimasi immobile. Cercavo di non pensare a Ian, ma ogni volta che chiudevo gli occhi mi balenavano davanti il suo viso spaventato e la sua mano tesa che cercava di raggiungermi

Nina mi fissava senza parlare.

«Sofia» disse dopo un lungo silenzio, «ti devo fare una domanda.» Aveva un tono di voce e un'espressione serissimi. La guardai negli occhi. «Hai preso qualche sostanza?»

«Nina, almeno tu no!» gemetti.

«Scusa, Sofia, ma quello che mi hai appena raccontato è...» Mi fissò mentre cercava la parola giusta.

«È cosa? Surreale? Impossibile? Pazzesco? Una balla colossale?» la aiutai.

Lei annuì.

«Invece è tutto vero, Nina. Non hai visto il vestito?»

«Sì, certo che l'ho visto, però... Com'è possibile? E perché?»

«Non lo so! Non ne ho idea! Se solo riuscissi a trovare quella commessa, magari lei me lo potrebbe dire, potrebbe aiutarmi.» Non solo poteva, ma me lo doveva. Quel baraccone lo aveva montato lei, ed era compito suo aggiustare tutto. Me lo doveva eccome!

Nina non disse niente, ma dietro ai suoi occhi di smeraldo vidi che ripassava mentalmente la mia storia, nel tentativo di darle un senso.

«Cos'hai intenzione di fare adesso?» mi chiese poco dopo, per quanto sconcertata.

Sospirai di sollievo. Nina, la mia Nina mi aveva creduto!

«Andrò a cercarla. Farò in modo che sistemi le cose... che mi rimandi indietro» dissi con fermezza asciugandomi gli occhi.

«Hai intenzione di tornarci? Di lasciarmi qui da sola?»

«Tu non sei sola. Hai Rafa, hai i tuoi genitori.» Sarebbe stato molto difficile non rivederla più, perché eravamo legatissime, e infatti non c'era un solo ricordo della mia vita di cui anche lei non facesse parte, escluso il mio viaggio nel passato. Ma Nina sarebbe stata felice lo stesso, ne ero certa. L'amore della sua vita sarebbe stato con lei e avrebbero avuto dei figli bellissimi, avrebbero litigato un sacco, questo sì, ma anche rifatto ogni volta la pace, come succedeva sempre. No, non avevo motivo di preoccuparmi per lei.

Eppure, sarebbe stata dura non averla vicino.

«Non è la stessa cosa» ribatté triste. «Coi miei non ci parlo neanche più, e tu lo sai.»

«Lo so. Ma potrebbero sempre cambiare idea, e comunque li puoi vedere quando vuoi. E poi hai Rafael, e lui è pazzo di te. Prova a immaginare se... se lui dovesse andare a vivere... che ne so, in Groenlandia, e intendo per sempre. Tu non lo seguiresti?»

Non mi rispose, ma non ce n'era bisogno. Conoscevo già la risposta e la conosceva anche lei.

«Mi capisci, Nina? Ho bisogno di lui! È ovvio che sentirò moltissimo la tua mancanza, ma almeno saprò che sei felice. E poi, se non torno, lui...» Non riuscivo nemmeno a pensarci, mi faceva troppo male l'ipotesi di non rivederlo più. E di non rivedere mai più nemmeno Elisa, e Madalena, e tutti quelli che avevo lasciato laggiù. La mia nuova famiglia. Era da così tanto tempo che non ne avevo una... «... lui morirebbe di nostalgia, ecco!»

Nina mi sfiorò la mano gelida. «Io voglio solo vederti felice» disse. «Anche se noi... anche se io e te...» Non riuscì a finire la frase, ma comunque aggiunse: «Ti aiuterò a trovare quella donna, Sofia, e la obbligheremo a rimandarti indietro! A costo di usare la forza!». Nina era sempre esagerata, ma questa volta ero d'accordo con lei.

«Dove sono le mie cose?» le chiesi.

«A parte il vestito strano, mi hanno dato solo questo» mi rispose mostrandomi il cellulare.

«È assurdo, è rimasto tutto laggiù con lui!» mi lamentai. «Tutto!» Provavo un dolore fortissimo, che mi annebbiava la vista, e perciò feci un tentativo di distrarmi. «Com'è andata con Rafa?» le domandai.

«Oh, è stato meraviglioso! Cioè, quasi meraviglioso. Ero molto preoccupata per te, non sapevo dove diavolo eri finita... Ti abbiamo cercata in tutti gli ospedali, persino all'obitorio!»

«Scusami, Nina, ma non potevo mandarti neanche un biglietto. E poi credo che le poste non siano ancora attrezzate per quel genere di corrispondenza...» Sorrisi, asciugandomi gli occhi col dorso della mano.

«Tu sei una pazza furiosa! Non potevi infilarti in una situazione un po' meno complicata, tanto per cambiare?» E restituì il sorriso.

«Nina, Nina...» Me la tirai vicino e l'abbracciai forte. «Sono così felice per te e Rafa!»

Anche lei mi abbracciò, poi si staccò e mi guardò attonita.

«Stai piangendo?»

Non me ne ero accorta.

«È che... sono veramente strafelice per voi! Starete da dio, insieme, siete perfetti l'uno per l'altra...»

«Ma la piangi? Chi diavolo sei, tu? Dov'è finita la mia amica?» disse corrugando la fronte, ma poi sorrise.

«Hai ragione. Sono cambiata, non puoi immaginare quanto. Sono un'altra donna. Una romanticona, piagnona e melodrammatica. Secondo te mi sono trasformata in una *emo*?»

«No, ti sei solo innamorata» rispose. «Per la prima volta in vita tua.»

«Va bene, dillo» mugugnai.

«Che cosa?» domandò con espressione innocente. «*Te l'avevo detto*? Che razza di amica sarei se gongolassi per la tua sofferenza?»

«Grazie» sospirai.

«Però ti avevo avvisata! Che è diverso da *te l'avevo detto.*»

Con lo psichiatra del reparto mi toccò improvvisare un teatrino, e per giustificare il vestito, l'incursione nel negozio e il successivo attacco di nervi mi inventai che avevo bevuto ed ero stressata dal lavoro. Gli promisi che sarei andata dallo psicologo, e lui mi diede il numero di un collega.

Per uscire dall'ospedale indossai quello che mi aveva portato Nina; il mio vestito e il telefono erano in una busta di plastica.

Poi mi toccò sopportare le battutine di Rafa. «Eri fattissima, eh, Sofia? Che ti eri calata? Te ne è rimasto un po'? Non fare il braccino corto, dai, dividila con gli amici!»

Quando entrai nel mio appartamento, grazie alla copia delle chiavi che per fortuna avevo fatto per Nina, lo trovai esattamente come lo avevo lasciato: incasinatissimo. Tornarci fu strano, perché nel frattempo erano cambiate troppe cose. Soprattutto, ero cambiata *io.* Non provavo più la sensazione di sentirmi a casa, quello era solo un luogo come un altro.

«Sei sicura di stare bene?» mi chiese Nina per la milionesima volta.

«Sono sicura, vai tranquilla, avrete parecchio da fare voi due» le risposi dandole un altro abbraccio.

«Se hai bisogno, chiama. A qualsiasi ora.»

Annuii, ma in realtà ciò di cui avevo bisogno era starmene un po' da sola. Volevo rimettere in ordine i pensieri e cercare un modo per rintracciare quella donna.

Rafa, che non aveva staccato le mani dalla vita di Nina nemmeno per un istante, prima di andarsene mi sorprese con un abbraccio.

«Riguardati, eh?» disse, prima di chiudersi la porta alle spalle.

Era già buio, e io rimasi a contemplare il mio appartamento vuoto. Vuoto come me. Tutto ciò che mi apparteneva era rimasto con Ian: la mia borsa con dentro i documenti, il mio libro, la mia nuova famiglia, il mio cuore, la mia anima.

Presi il vestito e lo annusai, la stoffa sapeva ancora di lui. Respirai profondamente, lasciando che il suo odore mi riempisse la testa. Era l'unico ricordo tangibile che mi era rimasto. L'unica cosa in grado di confermare che non mi ero immaginata tutto, che Ian era reale, che quanto avevamo vissuto insieme era reale. Crederci, per me, era sempre più difficile, ora che mi trovavo in quell'appartamento pieno di aggeggi moderni.

Mi feci una doccia per togliermi di dosso il puzzo dell'ospedale, ma della doccia e delle altre comodità non me ne fregava più niente. Rimettere finalmente piede in un bagno vero non mi diede il sollievo che avevo immaginato. Niente era più così importante. Mi avvolsi nell'asciugamano e andai in camera mia, non ce la facevo più. Mi lasciai cadere in un angolo e non opposi resistenza alle lacrime né al dolore lancinante che mi strappava il cuore e mi mozzava il respiro, e mi abbandonai al tremito fortissimo che mi scuoteva tutta.

Chiusi gli occhi e mi abbracciai le ginocchia. Ripassai mentalmente ogni istante vissuto con Ian, come in un film. Almeno avevo quello. Almeno lo avevo avuto. Un amore profondo e sincero durato pochi giorni, ma che tante persone non hanno la possibilità di sperimentare nemmeno una volta in tutta la vita.

Ian lo avrei avuto per sempre, custodito nei miei ricordi. Ogni tratto del suo viso, ogni espressione dei suoi occhi neri, ogni sorriso divertito, ogni movimento del suo corpo perfetto. Mi ricordavo benissimo anche l'odore che aveva, e ogni volta che ci ripensavo mi veniva la pelle d'oca.

Quando ripresi conoscenza il sole entrava già dalla finestra e io ero ancora seduta a terra, e singhiozzavo. La luce rischiarò la stanza e la mia mente.

Dovevo fare qualcosa. Non potevo restare lì, a piangere per sempre. Non potevo vivere solamente di ricordi. Volevo di più!

E avrei lottato per averlo.

40

Quel venerdì non andai al lavoro, non me ne importava niente se non sarei riuscita a pagare l'affitto. Dovevo trovare quella donna. Pensai di cercare qualche informazione su Internet, ma il punto era che non sapevo come si chiamava.

Così, presi la macchina e mi misi a girare per la città entrando in ogni negozio di cellulari che incrociavo, disperata dopo ogni «no» ricevuto come risposta. Nessuno aveva mai sentito parlare di lei. La cercai per tutto il giorno, ma invano.

Era ovvio: dopo il casino che aveva combinato, aveva fatto perdere le tracce.

Nina, nelle vesti di detective informatica, cercò in rete eventuali casi di persone che affermavano di aver viaggiato nel tempo, ma non trovò nulla di concreto.

Per giorni e giorni provai a rintracciare quella donna anche nelle città vicine, e mi rivolsi addirittura alla polizia.

Niente. Tutti buchi nell'acqua.

La settimana dopo cambiai strategia. Mi venne in mente che la tizia magari poteva essere una specie di cartomante. Tirai fuori le pagine gialle e cominciai a battere a tappeto tutti i bugigattoli di cui avevo trovato l'indirizzo.

Durante una di queste incursioni «maghesche», mi lasciai tentare e provai a consultare una zingara (dopo il mio viaggio nel passato, ero pronta a credere a qualsiasi cosa).

In una saletta minuscola e piena di vapori d'incenso, cristalli colorati e tendaggi, una donna di nome Odara mi convinse di sapere qualcosa.

«Sei molto afflitta» asserì.

«Sì» confermai, ma siccome quella era una cosa evidente non rimasi particolarmente colpita.

«Vedo che ci sono delle situazioni mal risolte del passato» mi disse premendosi le dita sulle tempie e guardando dentro una sfera trasparente che scintillava di blu.

«Esatto.»

«Un uomo» proseguì. «Un uomo che ami ancora...»

«Sì!» esclamai, cedendo all'entusiasmo.

«Tu lo rivuoi, per questo sei qui.»

«Sì» confermai di nuovo. In fin dei conti, io cercavo quella commessa per ritornare da Ian, no?

«Posso farlo. Posso riportarlo da te in tre giorni.»

«In che modo?»

«La magia della zingara Odara è molto potente. Ti costerà trecento reais.»

«Trecento?» Non dico che non ne valesse la pena, ammesso e non concesso che funzionasse. Ma prima di sborsare tutti quei soldi dovevo verificare che la tipa non fosse un'imbrogliona. Che cavolo, ero praticamente disoccupata! «Come faccio a sapere che mi sta dicendo la verità?»

Lei socchiuse gli occhi verdi pesantemente truccati.

«La zingara Odara non mente. La zingara Odara è potente.» Era molto irritante che parlasse di sé in terza persona.

«D'accordo, ma mi deve dare qualche elemento in più, qualche altra informazione.»

«Molto bene» disse premendosi le tempie. «Lui è bello e gentile.» Fin lì tutto bene. «Ti amava molto.» Il mio cuore si mise a battere forte, pieno di speranza. «Ma non è stato capace di resistere alla tentazione. La colpa è di quell'altra.»

Mi smontai.

«Quell'altra?» ripetei sconsolata.

«Sì, l'altra donna, quella che ha preso il tuo posto.»

Il guaio, con maghi e simili, è che ce n'è sempre qualcuno che ti convince di sapere esattamente cosa stai cercando.

Dopo quell'esperienza alzai il livello di guardai, e mi resi conto che di norma quella gente usava frasi molto generiche: «Sei infelice», «Vedo che stai cercando qualcuno, c'è un uomo nel tuo destino, posso farlo tornare da te per duecento reais. Cento. Facciamo cinquanta e non se ne parla più!». Ma nell'ultimo posto in cui osai mettere piede mi aspettava una sorpresa. Primo, perché non era un antro semibuio ma una gradevole saletta imbiancata di fresco, con tante candele colorate e statuine di santi. La seconda sorpresa fu che madre Cleusa non mi offrì i suoi servizi e si limitò a rispondermi che non conosceva nessuna veggente con le caratteristiche che le avevo descritto. Ma la sorpresa vera arrivò mentre stavo per uscire. Dopo avermi detto di andare in pace, i suoi occhi si misero a tremolare, e fu come se madre Cleusa cambiasse aspetto, come se d'un tratto non si trovasse più lì. Io mi bloccai sulla porta. Qualche istante dopo, la donna scosse la testa e sbatté le palpebre.

«Lui ti sta aspettando» disse.

«Cosa?» chiesi.

«Lui ti sta aspettando. Non ha rinunciato a te. Aspetta il tuo ritorno.»

«Sul serio?» Mi vennero le lacrime agli occhi.

«È infelice. Tanto dolore!» disse con una smorfia, come se lei stessa provasse quel dolore. «Lui ti ama molto, bambina.»

«Lo so, lo amo anch'io. Tantissimo!» risposi in mezzo alle lacrime. Forse si stava inventando tutto, ma sentire quelle parole era un sollievo. Lui mi amava. Lui esisteva! «Riesce a vedere qualcos'altro, madre Cleusa?»

«Un quadro. Lui sta fermo e guarda un quadro.»

«Un quadro?» Il quadro che stava dipingendo? Il mio ritratto?

«Non vedo altro, mi dispiace.» E scosse la testa.

«Per favore, madre Cleusa, non è possibile vedere altro? Riusciremo a incontrarci ancora?»

«Non riesco a vedere altro, bambina. Ma nel tuo futuro vedo un fiore blu. Significa qualcosa per te?»

«No, non so cosa potrebbe essere.»

Mi abbracciò, poi mi posò una mano sul capo, recitò una preghiera e disse che avrebbe chiesto agli spiriti degli Orixá* che mi aiutassero. Provai subito una grande pace.

Ma non durò a lungo. Qualche ora dopo ripiombai nella disperazione e nell'angoscia che mi avevano accompagnato negli ultimi giorni.

Nel fine settimana andai a casa di Nina per vedere il «nuovo» nido d'amore della coppia, dove i due mi comunicarono ufficialmente che si sarebbero sposati il mese dopo.

«Chissà che il mio bouquet non lo prenda proprio tu, Sofia» disse Nina cercando di rincuorarmi. Mi conosceva a sufficienza da capire che non stavo affatto bene.

«Chissà» ripetei sconsolata.

«Ci sono dei tizi del jujìtsu che potrebbero piacerti, se vuoi ti presento qualcuno» si offrì Rafa. Per giustificare i miei comportamenti atipici degli ultimi tempi, Nina gli aveva raccontato che ero innamorata. Ma ovviamente non gli aveva detto che Ian non viveva negli anni Duemila. Rafa pensava semplicemente che mi avessero scaricato.

«No, no. Grazie per l'offerta ma no, grazie.»

* Gli *Orixá* (o Oriscià) sono le divinità venerate nei culti afrobrasiliani, nei quali i miti provenienti dall'Africa tramite gli schiavi si sono fusi con i santi della tradizione cristiana. (*N.d.T.*)

Rafa andò in cucina a prendere i piatti per la pizza. Notai con sorpresa che aiutava Nina in tutto.

«Lunedì inizia a lavorare» mi sussurrò lei con orgoglio.

«Ci credo solo se lo vedo! Chi è stato così pazzo da offrirgli un lavoro?»

«Zezão. Andrà a fare il personal trainer nella sua palestra. Lo stipendio è dignitoso, senza contare gli extra che potrebbe guadagnare.» E sorrise entusiasta.

«Fantastico. Mi è bastato andare via per pochi giorni e Rafa ha trovato un lavoro e si sta per sposare. Mentre invece *io* non lavoro più. Il mondo si è messo proprio a girare alla rovescia!» provai a scherzare, ma non mi sentivo esattamente allegra.

Nina se ne accorse.

«Oh, Sofia!» Mi gettò le braccia al collo e mi strinse forte. «Non potevi innamorarti di uno un po' più accessibile?» buttò lì.

«Non ho avuto scelta, Nina! E adesso non riesco più a vivere senza di lui. O meglio, credo che potrei anche farlo, volendo, ma io non voglio neanche provarci. Devo assolutamente trovare quella donna!» E anche in fretta, perché ogni giorno che passava facevo sempre più fatica a respirare.

«Uhm» borbottò lei. «E allora noi la troveremo. La cercheremo in ogni angolo della terra. Mica puoi soffrire così per tutta la vita, no?» disse la mia amica con convinzione.

«Grazie, Nina!» esclamai. «Ti adoro.»

Tornai a casa a notte fonda, ma questa volta ero sobria.

41

Era prestissimo, la città sonnecchiava ancora. Guidai per le vie semideserte fino all'appartamento di Nina.

«Dov'è che andiamo a quest'ora? Hai trovato una pista?» mi chiese mentre s'infilava in macchina con un movimento fluido.

No, non avevo trovato niente. Avevo dormito pochissimo e in quella breve parentesi d'incoscienza avevo sognato Ian. Eravamo in casa, a casa sua, e parlavamo dei suoi cavalli. Lui era allegro, sorridente, felice. Gli brillavano gli occhi e il suo sorriso aveva su di me un effetto ipnotico. Come sempre! Solo che a un certo punto aveva cominciato ad allontanarsi. Il divano dove eravamo seduti si allungava e Ian era sempre più lontano da me. Provavo a gridare, a chiamarlo, ma la voce non mi usciva. Allora cercavo di alzarmi per raggiungerlo, ma era come se avessi le gambe fatte di piombo e non riuscivo a muoverle. Lui era sempre più distante, e a un certo punto era stato inghiottito dal buio. Mi ero svegliata con il cuore che batteva all'impazzata, gli occhi pieni di lacrime e un grido strozzato in gola.

Rendermi conto di essere nel mio appartamento era stato come ricevere una pugnalata. Senza pensarci due volte, avevo telefonato a Nina ed ero andata a prenderla.

«No, Nina, non ho trovato niente ma ho bisogno di andare laggiù.» Ingoiai a secco. «A casa sua. Non ho idea di come fare, magari però qualcosa trovo... che ne so! Io so solo che ci *devo* andare!»

«Pensi che la casa esista ancora?» mi chiese lei, scettica.

«Spero di sì» dissi premendo sull'acceleratore.

Il percorso per arrivare a casa di Ian adesso era molto diverso, ovviamente, percorremmo stradoni asfaltati e passammo incroci e semafori e mi persi un sacco di volte, ma alla fine mi ritrovai in una stradina stretta e poi d'un tratto, sul fondo, scorsi la casa, sì!, al centro di un piccolo appezzamento di terreno nel cuore della grande città. La casa, deteriorata dal tempo e ingrigita, era proprio la stessa, non avevo dubbi. Cominciarono a tremarmi le mani e mi sentii spaccare in due dal dolore. Nina se ne accorse.

«È quella?»

Annuii. Parcheggiai l'auto davanti allo scalone che cadeva a pezzi, indecisa sul da farsi. Era possibile che il padrone di casa chiamasse la polizia, Era possibile che stavolta mi rinchiudessero sul serio. Be', non me ne fregava niente, io dovevo entrare.

«Che intenzioni hai?» domandò Nina mentre osservava l'edificio imponente.

«Non lo so. Voglio solo... io devo entrare là dentro! Ho bisogno di verificare che è stato tutto reale e...» Scossi la testa. Era strano, ma era come se quella casa mi stesse chiamando.

Scesi con decisione dalla macchina e salii i gradini fino alla porta d'ingresso. Nina mi seguì. Bussai e rimasi in attesa.

«Cosa pensi di dire? *Scusi, per caso Ian abita ancora qui?*» mi sussurrò spaventata.

Non ebbi modo di risponderle, perché la porta si aprì e un ragazzino biondo con gli occhi di un azzurro che riconobbi subito ci si parò davanti.

«Ciao!» esclamai, simulando una tranquillità che non avevo. *Mi faresti entrare per vedere se il tizio che amo è lì dentro? Per caso lo conosci? Sai, lui vive nel 1830!* «Io... tutto b...»

Con mia grande sorpresa, il ragazzo sorrise.

«Sofia Alonzo!» disse con estrema sicurezza.

Rimasi a bocca aperta, Nina sgranò gli occhi. Non risposi immediatamente.

«So-sono io, sì. Come fai a saperlo?» gli chiesi, ancora sotto choc.

«Entrate.» E si spostò per farci passare.

Mi si strinse il cuore quando vidi il salone, che era arredato con mobili moderni e al centro del quale troneggiava un grande televisore al plasma. Anche il colore delle pareti era cambiato.

Era molto più vuoto di un tempo, proprio come me.

«Ti stavamo aspettando da parecchio. Da secoli, a dire il vero! Io non ci credevo neanche a quella storia, e invece...» Allargò le braccia e gli brillarono gli occhi. «Invece eccoti qua!»

Come vorrei non esserci, qua! Io vorrei essere a casa con Ian, a chiacchierare di niente. O persino ad ascoltare Teodora che si entusiasma tutta per i nastri da mettere sul suo cappello...

«Ho sentito parlare molto di te» disse il ragazzo.

«Davvero?» Una scintilla di speranza mi si stava accendendo dentro.

«Vieni con me.» E mi fece strada.

Mi fece passare avanti, e ogni tanto mi giravo a guardare lui e Nina – che nel frattempo, incredula, si guardava intorno a bocca spalancata – cercando di capire dove eravamo diretti. Qualche porta più avanti lo capii.

Stavamo andando in camera mia.

La porta era chiusa a chiave.

«Aspettate un attimo, vado a prenderla» disse il ragazzo imboccando il corridoio che portava in cucina.

Sfiorai la vecchia porta. La stessa che Ian mi aveva impedito di chiudere. La stessa che aveva sfondato quando avevo chiesto un rasoio e lui aveva pensato che volessi suicidarmi. Feci qualche respiro profondo per calmarmi mentre intanto radunavo i cocci. Era troppo doloroso trovarmi lì senza di lui, e senza Elisa.

«Riconosci questa stanza?» mi chiese Nina. Avevo ancora la mano appoggiata alla porta.

«È la mia camera, Nina» sussurrai.

Il ragazzo tornò e infilò la chiave nella toppa.

«Questa stanza rimane sempre chiusa. Solo la famiglia vi ha accesso» mi spiegò mentre apriva.

Dentro era buio. In quella stanza, diversamente che nel resto della casa, non c'era la luce elettrica. Rimasi sulla soglia mentre lui spariva per andare ad aprire i pesanti tendaggi.

Feci un passo avanti, vacillante, senza sapere cosa aspettarmi. Mi mancò subito il fiato.

«Porca vacca!» esclamò Nina.

Era tutto come allora, esattamente come l'avevo lasciato. C'erano il letto, la vasca da bagno, il flacone dello shampoo, il tavolino con il vino, la poltrona, e persino la biancheria del letto era la stessa, solo ingiallita dal tempo.

Mi guardai intorno alla ricerca di non so bene cosa e lo trovai. Allora, mi sentii mancare il terreno sotto i piedi.

No. Non era esattamente *tutto* uguale. C'erano molti quadri in più. Rimasi bloccata, paralizzata. Anche i polmoni sembravano spaesati, avevano smesso di farmi respirare. Quando finalmente riuscii a inspirare un po' di aria, mi avvicinai al quadro.

Ero io, con il vestito rosa di Elisa e il fiore infilato nella treccia. Con una certa esitazione sollevai la mano tremante per toccarlo, in un gesto identico a quello della notte in cui lo avevo visto per la prima volta. Nessuna voce mi chiese di non toccare la tela perché si sarebbe macchiata. Lo strappo dentro il mio petto sanguinò.

Quindi lo aveva finito, il quadro che avevo visto in camera sua la notte che eravamo stati insieme. La notte più magica della mia vita.

Toccai la tela cercando di sentire sotto i polpastrelli i punti esatti su cui erano passate anche le sue dita. Il quadro era bellissimo, mi aveva dipinta bellissima, molto più bella di quanto fossi in realtà. Altro che Photoshop...

Gli occhi mi si riempirono di lacrime, mentre con lo sguardo rintracciavo e poi seguivo la serie di ritratti.

Tutti miei.

Io a letto, con i capelli spettinati e il lenzuolo bianco trattenuto con le braccia· la notte in cui avevamo fatto l'amore. Io nella sala della musica con il vestito del ballo e lo sguardo spaventato: dopo avergli raccontato la verità. Le mie scarpe da ginnastica rosse, in un piccolo quadro in cui c'erano solo le mie gambe che uscivano dal vestito blu: era troppo corto e si vedevano i piedi. Io con la schiena nuda che giocavo nell'acqua fredda del torrente: riuscii quasi a risentire i brividi.

Molti quadri. La memoria di Ian trasportata sulla tela. Aveva riprodotto ogni mio dettaglio, ogni tratto, ogni curva, ogni espressione.

Il cuore mi pulsava dolorosamente.

«Questi quadri sono stati dipinti dal mio prozio. Pro-prozio, a dire il vero. Appartengono alla famiglia da sei generazioni» disse il ragazzo.

«Cosa sai su di lui?» sussurrai. «Cosa sai di Ian?»

Parlavo senza guardarlo, senza riuscire a staccare gli occhi da tutte quelle prove dell'amore che Ian aveva avuto per me.

«Be'...» (Non si sorprese affatto quando lo chiamai per nome.) «So quello che mi hanno raccontato i miei genitori, che a loro volta lo hanno saputo dai loro e così via... Ian Clarke si innamorò di questa donna, Sofia Alonzo, e continuò a dipingerla fino alla fine della sua vita, nel tentativo di non dimenticarla, credo.»

Fino alla fine della sua vita.

Mi uscì fuori un singhiozzo.

«Quando dipinse questo aveva ventun anni.» Mi girai a guardare, ma sapevo già di quale quadro stesse parlando. «Lei si trovava da loro, la mia bis-bisnonna la conobbe.» Corrugò la fronte. «Ma dopo alcuni giorni la ragazza scomparve, e Ian non si riprese mai più.»

«No!» gridai. E il mio non era un lamento, e nemmeno incredulità, invece era disperazione, era dolore mescolato a rabbia, angoscia e paura.

Nina mi sorresse.

«Respira, Sofia, respira e basta» mi disse. Cercai di obbedire, ma senza successo.

«Lui era ossessionato da questa ragazza e per anni non fece altro che dipingerla, fino a quest'ultimo ritratto. Lo dipinse quando ne aveva trentuno» disse il ragazzo indicando l'altra parete.

Era un quadro quasi tutto bianco, dove si distingueva solo l'ombra della silhouette di una donna avvolta da una luce bianca. Il suo ultimo ricordo. Il nostro ultimo momento insieme.

«Poi si ammalò, e siccome l'alcol lo aveva molto indebolito, il suo corpo non riuscì a reagire, e così alla fine...»

«NO!» Non era vero, non stava succedendo a me. Dovevo svegliarmi subito da quell'incubo.

Provai a deglutire ma non ci fu verso, e mi sentivo mancare le ginocchia. Nina e il ragazzo mi impedirono di cadere e poi mi portarono insieme fino al letto.

Non volevo più sentire niente. Niente di niente...

«Elisa uscì distrutta... dalla morte di suo fratello» disse

il ragazzo. Io tremavo tutta, era come se stessi per spaccarmi in due. «Visse in questa casa con il marito e i figli fino alla fine. Questa stanza si trasformò in una specie di eredità, che ogni discendente si impegnava a non modificare. Elisa era sicura che un giorno quella ragazza sarebbe tornata, diceva che suo fratello lo ripeteva sempre. Un giorno la ragazza sarebbe tornata in questa casa.»

La mano di Nina faceva su e giù sulla mia schiena.

«È stata felice?» mormorai. «Elisa è stata felice?» Non avevo nemmeno più la forza di parlare.

«Sì, molto felice. Anche dopo la m... Si era sposata con il mio bis-bisnonno a vent'anni, si erano conosciuti a un ballo, fu amore a prima vista.»

«Lucas?» chiesi in un sussurro.

Ma lui mi sentì lo stesso, sorrise e fece un cenno affermativo con la testa. Anch'io provai a sorridere, senza riuscirci.

«Guarda.» Prese un foglietto dal comodino, il libro con la copertina di pelle era ancora lì. «Questa è la lettera che Ian ha lasciato per quella ragazza, Elisa la custodiva come un tesoro.»

Fissai il foglietto che teneva in mano e impiegai un po' di tempo a capire che me lo stava porgendo. Ero completamente anestetizzata. Nina se ne accorse, prese il foglietto al posto mio e me lo mise in mano.

Chiusi gli occhi e feci un respiro profondo, tremavo ancora. Aprii con difficoltà quel pezzo di carta ingiallito dal tempo e mi venne da fare un sorriso amaro quando vidi le parole scritte nella sua grafia perfetta, con la mia biro da due soldi.

Sofia,

ti scrivo questa lettera nella speranza che un giorno possa giungere fino a te.

Sono passati dieci anni da quando sei comparsa nella mia vita. Mi crederesti se ti dicessi che per me in tutto questo tempo non è cambiato niente? Che non ho perso la speranza di un tuo ritorno? Che nel mio ricordo sento ancora il tuo profumo? Che ho ancora nella testa l'immagine dell'ultima volta che abbiamo parlato, come se fosse ieri?

Perdonami, amore mio, per non essere stato in grado di trattenerti qui. Perdonami per non essere stato abbastanza veloce. Se fossi stato capace di impedire che ti portassero lontano, tutto sarebbe stato diverso. Tuttavia, non ho rimpianti. I pochi giorni che ho trascorso al tuo fianco sono stati i più preziosi della mia esistenza. Quindi, ogni sera ringrazio per averti avuta nella mia vita. È grazie al ricordo di quei pochi giorni che riesco ancora a respirare.

Desidero ardentemente che tu sia felice, ovunque ti trovi in questo momento. Non posso sopportare e nemmeno pensare che tu possa non avere la vita felice che meriti.

Sto provando a cercarti, ne ho parlato con alcuni studiosi ma non ho ancora avuto alcuna risposta soddisfacente. Magari troverò presto una soluzione, alcune cose si sono abbastanza evolute, quaggiù. Forse potrò venirti a riprendere.

Non rinuncerò mai a trovarti. Per questo non sono in grado di dirti addio, adesso. Perché so che ci rivedremo. E se avrai la fortuna di leggere queste righe un giorno, non dimenticare che ti ho amata dal primo istante e ti amerò fino all'ultimo. Forse anche dopo.

Ci vediamo presto.

Per sempre tuo,
I.C.

Mi ero sciolta, mi si era liquefatto anche il cervello. Aveva cercato un modo per venire a prendermi? Avrebbe abbandonato tutto per me?

Ma certo! Proprio come anch'io avrei mollato tutto per lui. Ma era ovvio che non avrebbe trovato niente. Se nel suo secolo non esistevano nemmeno i bagni, figuriamoci la macchina del tempo!

Piegai la lettera e la infilai in tasca. Non sapevo cosa pensare né cosa fare. Volevo solo stare di nuovo con lui, abbracciarlo e consolarlo. Farlo tornare a sorridere.

«Mi sono sempre chiesto chi eri» attaccò il ragazzo dopo un po'. «Mi sono sempre chiesto chi fosse la ragazza del ritratto che duecento anni fa usava le All Star rosse» disse guardando il quadro. «Com'è possibile?»

Scossi la testa senza avere la forza di mentire – tanto non ce n'era bisogno. Lui sapeva la verità.

«Non lo so. So solo che due settimane fa ero là, Elisa era andata a casa di Teodora e io e Ian eravamo nel nostro posto speciale. E di colpo... ero di nuovo qui.»

I suoi occhi azzurri, così dolorosamente familiari, mi scrutavano con attenzione.

«Sei stata là, sul serio?»

«Ci sono stata» sussurrai. «E ci devo tornare. Devo tornare da Ian e...» Scossa dai singhiozzi, non riuscii a proseguire.

Il ragazzo mi posò una mano sulla spalla.

«Andrà tutto bene.»

«Non vedo come.» Piangevo, piangevo tanto, e mi sentivo abbandonata.

«Troveremo il modo!» intervenne Nina. «Mio Dio, quell'uomo è pazzo di te! Non puoi fartelo scappare. Troveremo il modo!»

Avrei voluto avere la sua stessa convinzione, non volevo altro, in effetti.

Ian era stato infelice per colpa mia. Infelice per tutta la vita. Ed era *colpa mia.* Solo mia. Era stato un errore farmi coinvolgere, non avrei mai dovuto permettere che le cose si spingessero così avanti, quando sapevo già in partenza che sarei dovuta ritornare. Nonostante lo sapessi, gli avevo rovinato la vita. E ora non potevo più fare nulla per rimediare.

«Come ti chiami?» chiesi al ragazzo dopo un lungo silenzio.

«Jonas.» E mi sorrise. «Ancora non ci credo. Quando mio padre saprà che sei stata qui darà di matto. È surreale!»

«A chi lo dici» gli risposi, travolta dall'infelicità.

Mi alzai dal letto, dovevo andarmene da lì. E dovevo per forza – per forza – ritrovare quella commessa. Dovevo trovare il modo di sistemare tutto, anche se non fossi riuscita a ritornare laggiù. Dovevo convincere quella strega ad aggiustare la vita di Ian, perché sicuramente lei aveva il potere di farlo.

«Ora devo andare. Grazie di averci fatte entrare e di averci raccontato quello che sapevi.»

Si alzò anche lui.

«Sono io che vi ringrazio. Non puoi immaginare per quanto tempo ho pensato a questa storia.» Sorrise, e sulle sue guance comparvero due fossette.

Non riuscii a trattenermi e gli toccai il viso, toccai il regalo che Elisa mi aveva lasciato.

«Hai il suo stesso sorriso. Di Elisa.»

Lui non indietreggiò. Anzi.

«Davvero?» disse. «Senti, perché non vieni ancora a trovarci? Potremo parlarne ancora. Mio padre conosce meglio di me la storia della famiglia, magari sa qualcos'altro che per te potrebbe avere senso, potrebbe addirittura aiutarti.»

«Magari» sospirai.

Lottai contro le lacrime fino a quando entrai in macchina. Al ritorno guidò Nina, io non ero certo in grado di mettermi al volante. Per tutta la strada la mia amica non disse niente, mi lasciò piangere in santa pace.

Che cosa ho fatto? Che cosa diavolo ho fatto?!

Avevo alterato il destino e condannato all'infelicità l'uomo che amavo. Stordita com'ero, mi accorsi che mi ero dimenticata di chiedere al ragazzo della mia borsa. Ma in ogni caso non doveva essere laggiù, mi dissi, sicuramente Ian l'aveva nascosta per evitare che qualcuno facesse domande sugli oggetti strani...

«Cos'hai intenzione di fare?» mi domandò Nina quando arrivammo al mio appartamento.

«La troverò!» dissi, ostinata. «Troverò quella donna.»

Nina rimase con me, quel giorno, senza fare altre domande. Rimase con me e basta, a offrirmi la sua spalla finché ebbi lacrime. Ci volle molto tempo a esaurirle tutte, e passai un'altra notte in bianco.

42

Per costruire una macchina del tempo, per prima cosa abbiamo bisogno di un buco nero, che sarà il nucleo dell'attrezzatura. Per ottenerlo, prendete una stella molto antica, la più grande che trovate...

Vabbè, questo era fuori da qualsiasi logica.

Un professore di fisica degli Stati Uniti afferma di aver dato il via alla costruzione di una macchina del tempo...

Uhm... *Magari, se ne prossimi mesi non sarò riuscita a tornare da Ian, potrei mandargli un'email...*

Questo sembrava più promettente:

Come costruire una macchina del tempo – non è facile, ma nemmeno impossibile.

Trovate o costruitevi un *wormhole*. Probabilmente nello spazio profondo è possibile trovare dei *wormhole*, residui del Big Bang. Se non lo trovate, vi dovrete accontentare di un *wormhole* subatomico. Questo tipo di microscopico *wormhole* dovrà essere ingrandito, utilizzando un acceleratore di particelle, fino al raggiungimento delle dimensioni utili.

Stabilizzate il *wormhole*. Un'infusione di energia negativa, prodotta attraverso strumenti quantici, potrebbe permettere un passaggio sicuro attraverso di esso. L'energia negativa, infatti, ostacola la tendenza del *wormhole* a trasformarsi in buco nero.

Dopo di che, bisogna trasportare il *wormhole*. Una nave spaziale ad alta tecnologia potrebbe essere in grado di allargare le aperture del *wormhole*. Una delle due aperture dovrà essere posizionata in prossimità della superficie di una stella di neutroni - stella ad altissima densità e dal fortissimo campo gravitazionale. L'intensità della gravità farà sì che il tempo scorra più lentamente. Poiché nell'altra apertura esso scorre più velocemente, i due estremi del *wormhole* saranno separati non solo nello spazio, ma anche nel tempo.

Fantastico! Quindi dovevo solo trovare un *wormhole*, un acceleratore di particelle, uno stabilizzatore di energia quantica, una nave spaziale ad alta tecnologia e una stella di neutroni.

Sospirai di frustrazione.

Niente da fare, Internet non si stava rivelando di grande aiuto, troppe stupidaggini e niente di veramente concreto. Feci anche delle ricerche su persone che affermavano di aver viaggiato nel tempo ma, quando andavo più a fondo, scoprivo che erano solo ubriachi, drogati, svitati o idioti con troppa immaginazione.

La mia disperazione avanzava a ogni scatto delle lancette dell'orologio. Il tempo era crudele, passava troppo in fretta.

La lettera di Ian mi aveva ulteriormente spronata a cercare una soluzione per il ritorno al passato: se lui, che si trovava in un luogo completamente privo di risorse, non aveva rinunciato, come potevo rinunciare io?

Comunque, lui voleva che io fossi felice, per quanto fosse impossibile esserlo senza di lui. Forse aveva desiderato che, quanto meno, non mi trasformassi in una povera derelitta. Così, cercai di riprendere la vita di prima. Ce la misi tutta! Peccato che non mi sembrasse più una vita, era come navigare a vista col pilota automatico inserito.

Non avevo certo rinunciato a trovare quella donna, non mi sarei *mai* data per vinta. Solo che non avevo più idea di dove cercarla.

Telefonai in ufficio e dissi che avevo dei problemi personali. Quando Carlos sbraitò minacciando di licenziarmi, non feci una piega. Gli dissi che prendevo l'aspettativa, e che sarei rientrata quando mi fossi sentita meglio. Joana venne a trovarmi e mi portò dei cioccolatini. Ero contenta di rivederla. Mi disse che era preoccupata per me, così inventai una storiella per giustificare la situazione e lei se la bevve. Mi raccontò che in ufficio il clima era diventato insopportabile, che Carlos era più agitato del solito e mi malediceva in continuazione, chiudendo sempre il discorso con frasi tipo «quella stramaledetta figlia di buona donna che sapeva il fatto suo». Gustavo si era fatto carico del mio lavoro ma non se la cavava granché bene, e Carlos aveva reso un inferno la vita dei miei colleghi.

I giorni passavano in fretta. Finì un mese, ne iniziò un altro, e andai a fare l'ultima prova del vestito. Io e Zezão eravamo i testimone di Nina e Rafa; al matrimonio mancava una settimana. Indossare di nuovo un abito lungo fu bello e doloroso al tempo stesso.

«Forse non guardiamo le cose dalla giusta prospettiva» disse Nina mentre esaminava il mio vestito (attillato fino alle ginocchia, si apriva graziosamente a coda di pesce; era di raso color lillà, con una sola spallina sottilissima tutta ricamata che andava dal senso sinistro alla scapola destra). A Ian sarebbe piaciuto, anche se di sicuro l'avrebbe trovato scandaloso. Riuscivo quasi a vederlo, mentre mi scrutava con quel suo sorrisetto malizioso.

«Quale prospettiva, Nina? Ce n'è solo una. Quella donna è scomparsa. In due mesi, il cellulare non ha più dato segni di vita.»

«Non è possibile.» E scuoteva la testa. «Se è veramente una...» abbassò la voce, «... una creatura dotata di poteri in grado di interferire con il destino delle persone, non può permettere che voi due soffriate in questo modo.»

«Io non so cosa sia, quella là.» E nemmeno me ne fregava niente; mi sarebbe bastato trovarla e convincerla ad aggiustare la vita di Ian. «Vorrei solo che che sistemasse le cose.»

«Andiamo, Sofia, qualcosa dev'esserci! Ripensaci!»

Ci ripensai per la milionesima volta. Avevo già dissezionato la nostra conversazione infinite volte, senza trovare niente. Nessuna parola misteriosa, nessuna pista, niente di niente.

«Non c'è nulla, Nina» dissi esasperata. «E comunque, quello che ho vissuto con lui è stato meraviglioso, e tanto basta. Almeno ho dei ricordi, e pazienza se mi toccherà rimanere sola per il resto della vita.» O meglio, avrei volentieri scambiato il resto della mia vita con un pomeriggio, uno solo, da passare ancora insieme a Ian, ma questo a Nina era meglio non dirlo, perché era già abbastanza preoccupata per me. «Ma ho bisogno che lei cambi il *suo* destino. Lui *deve* essere felice, Nina!»

«Non è giusto, io voglio che anche tu sia felice!» Era sconsolata, ormai, proprio come me.

«Lo so» sospirai. «Grazie, Nina.»

Mi sorrise, ancora un po' triste, poi prese una scatolina dalla borsa e me la porse.

«Tieni.»

«Che cos'è?» domandai esaminando il cubetto. Tolsi

il nastro e poi il coperchio. Sul velluto nero brillava una splendida collanina d'argento con un delicato pendente a forma di lettera I. La guardai senza capire.

«Ne ho comprata una anche per me.» Abbassò lo scollo della blusa e mi mostrò una collanina identica, solo che la sua aveva una lettera R. «È una specie di collana dell'amicizia, nel caso in cui ti tocchi scappare via in fretta e non tornare più.» Sorrise ancora.

«Nina, Nina, sei incredibile!» E l'abbracciai forte. «Sei l'amica più speciale di tutto l'universo. Non ho bisogno di promemoria per ricordarmi di te. Non ti dimenticherei mai, nemmeno se dovessi sparire di nuovo. Mai!»

«Lo so. E lo sai cos'è peggio? Che vorrei che tu potessi sparire di nuovo. Sono proprio un'amica pessima!» E rise amaramente.

«No che non lo sei» la contraddissi. «Anzi, sei la più sincera di tutte.»

43

Non tornai più a casa di Ian, non sopportavo di sentire i suoi discendenti raccontare di quant'era stato disperato e, peggio ancora, parlare di lui come se fosse morto. Lui non era morto!

Una parte di me cercava di essere razionale e accettare che, se era nato più di duecento anni prima, a quel punto... Ma per me lui non era morto! Ne ero certa, lo sapevo. Era ancora vivo, viveva in uno strano e incomprensibile universo parallelo ma *era vivo*!

I miei giorni trascorrevano inutili, non succedeva mai niente di importante. O forse ero io che non vedevo più i problemi che avevo davanti. Ogni giorno, passavo ore e ore seduta sulla panchina accanto al grande albero, intenta a ricordare i momenti più felici della mia vita. Quel posto mi piaceva, era il mio punto di contatto con Ian. Il nostro posto speciale. Restavo lì ad ascoltare la nostra canzone per ore.

Il gran giorno andai in chiesa nella macchina della sposa. Nina era uno splendore! Il vestito, semplice ed elegante, metteva in risalto la sua pelle color cioccolato. Era raggiante, e bella come non mai.

Fui felice di vedere i suoi genitori ai lati dell'altare. Sembravano in imbarazzo e nei loro sguardi si percepiva ancora un pizzico di risentimento, ma comunque erano lì, e quella era l'unica cosa che contava. Non appena si fossero resi conto dell'amore che Rafa nutriva per Nina e di quanto teneva a lei, avrebbero finito con l'apprezzarlo. Almeno un po'.

La cerimonia fu perfetta e mi commossi anch'io, il che era abbastanza strano. Fino a qualche tempo prima i matrimoni non mi emozionavano, e anzi mi spaventavano. Mi resi conto più tardi che non ero stata l'unica a commuoversi, infatti anche Rafa aveva gli occhi belli gonfi. Ebbi la netta impressione, per la prima volta, che il suo amore per Nina fosse molto più vero di quanto volesse dare a intendere.

Al ricevimento scattai centinaia di foto con il mio nuovo e semplicissimo cellulare. Ma quando gli sposi occuparono il centro della sala per il tradizionale valzer di rito, dovetti uscire. Era impossibile non ripensare a Ian, guardandoli volteggiare.

Il bouquet di Nina, una composizione di rose blu, colpì in pieno proprio me, per la delusione di un bel gruppetto di altre invitate.

«Ti porterà fortuna» mi disse la mia amica con un sorriso.

«Speriamo, perché ne avrei bisogno, tanto per cambiare.» E feci un mezzo sorriso. «Ma non era il caso di scegliere dei fiori blu per causa mia.»

«I fiori blu piacevano a me! Non c'entrano niente con quello che ti ha detto quella madre Cleusa. Capito?»

«Sì, sì, come no» ribattei diffidente.

Negli ultimi mesi, Nina aveva cercato di tirarmi su il morale in tutti i modi. Quando ero con lei cercavo di essere un po' più allegra, ma con risultati molto scarsi.

«Sofia, non sarebbe meglio se...» cominciò a dire Nina, titubante. «... Che ne so... se provassi... a dimenticare?»

«No! Io non voglio dimenticare niente, Nina. Non

posso. Dimenticare quello che ho vissuto con Ian sarebbe come... come far diventare vegetariano uno squalo. Non si può! Io non... Io vorrei soltanto...»

«Scusa, non volevo farti arrabbiare. Mi piacerebbe solo vederti felice.»

«Lo so, Nina, e ti ringrazio. Ma non ti preoccupare per me, io sto bene.»

Non disse niente, si limitò a fissarmi. Era una bugia sfacciata e lei, ovviamente, non ci cascava. Era sempre stato inutile provare a nasconderle qualcosa.

«Starò bene, vedrai» aggiunsi, cercando di sembrare sicura di me.

Presi la mia borsetta e il bouquet da sopra il tavolo.

«Sei sicura che non ti va di restare un altro po'? C'è ancora tempo prima della nostra partenza per la *luna di miele.*» E alzò gli occhi al cielo.

«Sì, sono sicura. È già molto tardi, e domani devo andare fino al confine per vedermi con una ragazza che ho scovato su Internet. Dice che le è capitato qualcosa di simile a quello che è successo a me. Magari stavolta faccio centro. E poi il meglio della festa l'ho già visto!» E indicai Rafa che, al centro del salone, si era scatenato in un ballo molto ancheggiante.

«Quando alza il gomito si lascia un po' andare...» disse lei guardando il marito con gli occhi che brillavano e un sorriso imbambolato.

«Sei felice, vero?» le chiesi, ma era una domanda retorica.

«Molto. Immensamente felice. Credo che potrei essere più felice di così solo se tu non fossi tanto triste.»

«Non ci pensare! Oggi è il tuo giorno! O per meglio dire, è la tua *notte.*» E le feci l'occhiolino con un sorriso forzato.

Sospirò.

«Sofia, sono talmente stanca che l'unica cosa che desidero è un letto! Per dormirci e basta.» Fece una smorfia e roteò una caviglia. «Se Rafa si mette a farmi delle avance, lo piglio a mazzate con l'abat-jour.»

«Che bel modo di iniziare un matrimonio!» le dissi un po' a sfottò, poi l'abbracciai. «Buon viaggio, chiamami quando tornate.»

«Addio, amica mia!» e mi strinse forte.

«Nina, che esagerazione! State via una settimana, mica c'è bisogno di essere così melodrammatici» dissi scherzando, ma anch'io la strinsi più forte. «Ti voglio bene, Nina. E di' al tuo bel marito che ho augurato buon viaggio anche a lui.»

«Sofia!» Si staccò da me con una smorfia e poi, mentre mi allontanavo verso l'uscita, sorrise.

Tornai a casa a piedi, non abitavo lontano e in giro non c'erano taxi. Camminare con la brezza notturna che mi sfiorava il viso era piacevole. La luna, immensa e bianca, con la sua luce argentata trasformava il paesaggio in un quadro in bianco e nero.

Mi fu impossibile resistere e mi fermai nella piazzetta, vicino al sasso che negli ultimi tempi era stato per me come una seconda casa. Rimasi seduta sulla panchina una decina di minuti, contemplando la luna e domandandomi cosa stesse facendo Ian in quel momento.

Fu allora che, dal nulla, davanti ai miei occhi, si materializzò lei, la donna che avevo cercato senza tregua negli ultimi due mesi.

«Se non sbaglio mi stavi cercando» disse con un sorriso appena accennato.

44

Scattai in piedi. Volevo prenderla per il collo, menarla fino a farle schizzare gli occhi dalle orbite. Invece, mi limitai a fissare la donna che mi aveva stravolto la vita con tutta la rabbia che avevo in corpo.

«Perché?» le chiesi a denti stretti.

Non rispose, mi contemplò con sguardo gentile facendo aumentare la mia rabbia.

«Perché?» ripetei, con il sangue che mi ribolliva nelle vene. «Perché lo hai fatto?»

«Perché non c'erano alternative. Dovevi conoscere Ian» rispose con la sua voce flautata.

«E a che scopo?»

«Lui faceva parte del tuo destino.» Alzò le spalle. «Non ho avuto scelta, ho dovuto riunirvi come ho potuto!»

Non capivo di cosa stesse parlando, non aveva senso.

«Provo a spiegarmi meglio, mia cara. Immagina che tutti abbiano la loro mezza mela, e che a volte qualcuno non si accorga di averla incrociata. Certo, ci sono anche quelli che fanno più attenzione, se ne accorgono e possono essere felici per tutta la vita, visto che hanno avuto la possibilità di scegliere.»

Continuavo a fissarla senza capire.

«Fatto sta che c'è stato un *piccolo* errore e ti è stata tolta la possibilità di scelta: la tua mezza mela non viveva nel tuo stesso presente. Per riequilibrare le cose, vi ho dovuti riunire.»

«Riunire? Hai rovinato la vita di Ian e quella di Elisa! Per non parlare della mia!» gridai.

Non sembrò turbata.

«Be', certo, ma hai imparato quello che dovevi imparare.»

«Ho imparato! Ho imparato a non fidarmi mai più degli estranei che prima ti sorridono e poi ti fregano!»

Alzò un sopracciglio. Io sbuffai.

«Ma sì che ho imparato. Però non c'era bisogno di rovinare la vita a tutta quella gente.» Soprattutto a persone buone come loro. «Se volevi insegnarmi a essere meno futile, potevi trovare un altro sistema.»

«Non mi riferivo esattamente a questo. La tua futilità non c'entra niente.»

«Ah, no? E allora perché hai fatto quella faccia quando mi hai venduto il cellulare?»

«Perché, conoscendoti per com'eri, sapevo che un'esperienza del genere ti avrebbe fatta soffrire più di altri. Ci sono tante persone abituate a una vita più semplice della tua. Se anche tu fossi stata così, sarebbe stato più facile, tutto qui.» E fece spallucce. «Mi riferivo alla conoscenza di te stessa.»

«Allora... allora...» Adesso non ci capivo davvero più nulla!

«In realtà, Sofia, come ti stavo dicendo, si è trattato di un errore di pianificazione.»

«Un errore?»

«Sì, mia cara.»

Quel «mia cara» cominciava a darmi sui nervi.

«Perciò Ian sta soffrendo per un errore *tuo*? Come hai fatto a fargli questo? Perché non mi hai lasciata in pace nella mia esistenza insignificante? Mi lasciavi vivere la mia vita, anzi non vivere la mia vita, punto e basta. Non avresti mai dovuto mandarmi laggiù! Io non ce la faccio più ad andare avanti... Non dopo aver saputo che Ian...» Mi addolorava da morire pensare che Ian era stato infelice, quando l'unica cosa che desideravo era la sua felicità.

«È per questo che ora sono qui, mia cara» disse la tizia con un sorriso materno. «Proviamo ad aggiustare le cose?»

La guardai con diffidenza, sperando che non fosse uno stupido scherzo. Ero già al limite.

«Non sto scherzando» disse lei, «cerchiamo di risolvere la situazione una volta per tutte. Ho altri... clienti, diciamo così, che devo andare a trovare.»

«A proposito. Chi era la famosa altra persona, laggiù?» le chiesi, perché anche quello, per me, era ancora un mistero.

«Io non ho mai detto che si trattava di una persona.» E sorrise.

«Cosa?»

«Il tuo protettore era Storm. Se fossi stata più attenta te ne saresti accorta» mi disse un po' brusca.

Il cavallo? Era lui il mio protettore?

Io cercavo un uomo e invece era sempre stato un cavallo?

«Non ti avrei mai lasciata da sola, Sofia. Ma non potevo coinvolgere altre persone in questa storia. Storm era perfetto per questo incarico, ti ha aiutata più di una volta, non è così?» mi fece ricordare.

Cominciai a mettere insieme i pezzi: il quadro che ritraeva Storm mi aveva affascinata a prima vista e, dopo aver conosciuto il cavallo, mi ero sentita subito legata a lui. Era stato per colpa sua che io e Ian eravamo inciampati e caduti, occasione che aveva provocato il nostro primo bacio. Lui mi aveva ritrovata quando avevo provato a fuggire e sempre lui mi aveva riportata a «casa» quando era stata ora di tornare.

«Certo» dissi scuotendo la testa, piena di tristezza. *Che stupida ero stata!*

«Stupida no. Solo distratta» mi corresse.

«Come fai? Come fai a sapere sempre cosa sto pensando?»

«Mia cara, io conosco profondamente tutti i miei... clienti. Diciamo che sono sintonizzata con il tuo cervello.» Mi sorrideva come se fosse una vecchia amica. «È così! Allora, vogliamo metterci al lavoro? Ora che sai la verità, dimmi cosa vuoi fare, Sofia.»

«Voglio tornare laggiù!» dissi con fermezza.

«Non posso permettere che tu ripeta tutta l'esperienza.» La sua espressione si fece seria. «È contro le regole.»

Annuii, e sentii che una parte di me stava morendo.

«Allora rendi felice Ian. Fa' in modo che dimentichi di avermi conosciuta, o che s'innamori di un'altra ragazza, o qualsiasi cosa che possa renderlo felice» la implorai, stremata.

«Sei sicura che è questo che vuoi?» disse inarcando le sopracciglia. «Dimenticherà tutto ciò che avete vissuto insieme. Non si ricorderà neanche di averti conosciuta.»

«Non importa!» replicai allargando le braccia, con gli occhi pieni di lacrime. Me ne sarei ricordata io, bastava quello. «Se lui sarà felice, non importa nient'altro.»

Lei mi osservò per un lungo istante.

«Sono proprio orgogliosa di te, Sofia!» Un sorriso le illuminò il viso delicato. «Molto bene, allora. Mi ridai l'apparecchio, per favore?» chiese allungando la mano.

Aprii la borsa e presi il cellulare a cui, nel frattempo, mi ero affezionata. Quel coso mi aveva portata da Ian, e ora sempre lui avrebbe rimesso a posto il disastro che avevo combinato. Glielo misi in mano con un gesto rapido, perché prima lei faceva la sua magia, e prima Ian avrebbe smesso di soffrire.

«Sei sicura?» mi chiese ancora una volta.

«Non hai detto che conosci tutti i segreti della mia anima?» ribattei. «Fa' in fretta quello che devi fare e lasciami in pace!»

Il suo sorriso si allargò, euforico.

«Ai tuoi ordini!» disse sfiorando il tasto verde.

Ovviamente, in mano a lei il telefonino si accese subito. La luce bianca fu accecante, però stavolta non mi spaventai. Aspettai solo di recuperare la vista per potermene tornare a casa e rinfilarmi nel mio nulla. Ma quando provai a rimettere a fuoco la strada non ci riuscii, e non perché era buio, ma perché non c'era nessuna strada. Era sparito tutto.

Mi guardai intorno col cuore che batteva all'impazzata. E vidi, grazie alla luce argentea della luna, dove mi trovavo; vidi il sasso accanto al mio piede, il cedro ancora giovane, l'erba che ricopriva il terreno e *lei* ancora davanti a me.

«Ma non avevi detto che...» attaccai, senza capire.

«Che non potevi *ripetere* tutta l'esperienza. E non puoi» mi interruppe con un sorriso. «Quello che puoi fare è scegliere, Sofia. Ora che sai chi sei e cosa vuoi veramente, potrai scegliere. Puoi rimanere qui, oppure tornare nel tuo tempo. Ma, quale che sia la tua decisione, non saranno possibili ripensamenti» mi avvertì. «Non è una minaccia. Ti sto solo avvisando, affinché non si verifichino altri errori.»

Non avevo bisogno di rifletterci su.

«Resto qui» dissi lapidaria. Il cuore mi martellava contro le costole e un sorriso mi si allargò in faccia. «Resto qui con Ian.»

Lei sorrise e annuì.

«Me l'aspettavo.»

«Posso andare?» Avevo fretta, ero già stata senza di lui più di quanto riuscissi a sopportare.

«Certo che puoi. Va' e sii felice!»

Feci pochi passi, ma poi tornai indietro. Le gettai le braccia al collo e la strinsi forte.

«Grazie, chiunque tu sia. Grazie di avermi riportata da lui!»

Non parve sorpresa dalla mia reazione.

«Va bene che i meccanismi della magia nel corso degli anni si sono abbastanza modernizzati, ma non così tanto da impedirti di riconoscermi!» disse lei con tono canzonatorio.

La lasciai andare e la guardai negli occhi.

«Tu sei... una fata?» provai a dire. Ma certo! Come avevo fatto a non pensarci prima? Forse perché mi sembrava troppo ridicolo, però...

«Quasi. Prova a indovinare, su, Sofia, pensaci. Ti ho mandato un principe, un vestito per il ballo, una carrozza...» E sorrise divertita.

Come se mi avesse centrata un fulmine, fui colpita da un'illuminazione.

«Sei la mia f...» Ma lei scomparve in un bagliore di luce bianca, mentre la sua risata musicale echeggiava nella notte argentata.

Fata madrina? Avevo una fata madrina? Del tipo più strano del mondo, a quanto pareva.

Una di quelle fate che ti danno le cose che nemmeno sapevi di volere. Ma ora mi trovavo esattamente dove volevo essere, e quindi formulai un ringraziamento muto perché lei esisteva. Poi, non appena tornai a vederci bene, mi misi a correre sul sentiero che mi avrebbe portata da Ian.

45

Quando il vestito che avevo addosso mi impedì di accelerare la corsa come avrei voluto, ebbi un moto di nostalgia per le gonne ampie dell'Ottocento.

Vestitino di merda!

Mi sfilai le scarpe coi tacchi a spillo e sollevai la gonna quel poco che mi riuscì, cercando di guadagnare velocità. Un po' correvo e un po' camminavo, e dovevo sembrare – diciamo – una papera che starnazzava dietro a un lombrico; ma ogni secondo che passava ero più vicina a Ian.

Non appena intravidi la grande casa, ancora del suo bel color crema, ancora intatta e splendida, il mio cuore ebbe un sobbalzo. Era tutto come doveva essere. Mi bruciavano i polmoni dallo sforzo, ma non mi fermai finché non arrivai praticamente a sfondare la porta del salone, entrando come un tornado e facendo trasalire i presenti – Elisa, Teodora e Gomes. Per lo spavento, Gomes fece cadere a terra il vassoio che aveva in mano, con tutto quello che conteneva.

«Elisa!» esclamai senza fiato.

«Sofia?» disse lei, attonita, mentre in pratica le saltavo addosso. «Sofia!»

«Elisa! Elisa!» La strinsi forte mentre lasciavo andare le scarpe, la borsetta e il bouquet, che finirono a terra insieme alle tazze e allo zucchero. «Mi sei mancata tanto. Tantissimo!»

La lasciai andare e abbracciai Teodora, ero euforica.

«Mi siete mancata anche voi, Teodora. Non è strano?»

Lei ricambiò goffamente il mio abbraccio.

«Penso di sì...» Ma sorrideva.

«Gomes! Che bello rivedere la vostra pelata!» dissi mentre lo stritolavo. Lui sembrava impacciato, comunque ricambiò l'abbraccio. «Scusatemi se vi ho spaventato...»

«Che bello, signorina, siete tornata» disse in un sussurro.

«Lui dov'è?» chiesi, ancora col fiatone.

«In camera. Non vuole uscire» rispose Elisa sgranando gli occhi, ancora sorpresa dalla mia repentina apparizione.

Mi misi a correre verso la sua stanza, ma Elisa gridò: «Non in camera sua! Nella vostra vecchia stanza».

«Ian Ian Ian...» mormorai cambiando direzione.

Non mi persi nei corridoi. Non mi sarei persa mai più!

Raggiunsi la porta e provai ad aprirla, ma era chiusa a chiave.

«Andatevene!» gridò lui da dentro.

Sentire la sua voce mi provocò una scossa in tutto il corpo. Bussai più forte.

«Ho già chiesto di essere lasciato in pace!» sbraitò.

Non mi diedi per vinta. Continuai a bussare, insistente, fino a quando non sentii un rumore di passi accompagnato da un borbottio incollerito.

«Vi ho già detto di andarvene!» urlò lui mentre apriva la porta. Lessi nel suo sguardo prima una traccia di rabbia, poi stupore, e infine confusione. E poi, con espressione incredula, mi esaminò per qualche istante.

Il cuore mi batteva all'impazzata. Eccolo lì, davanti a me!

«Sei sicuro? Sono venuta da così lontano... Ma se vuoi me ne v...» Non riuscii a terminare la frase perché le sue braccia mi tirarono a sé con urgenza e le sue labbra si incollarono disperatamente alle mie.

Ian mi stringeva forte, in un abbraccio quasi insopportabile, ma io ero strafelice. Volevo che non mi lasciasse andare mai più. Le mie mani cominciarono a toccarlo dov'era possibile: i suoi capelli, il collo, la sua faccia, le spalle...

«Sofia!» ripeteva lui in un gemito, senza staccare le labbra dalle mie.

Nel momento in cui mi ritrovai fra le sue braccia, sentii che tutti i pezzi della mia vita tornavano al loro posto. Tutto, di nuovo, aveva un senso.

Ancora sulla porta della stanza, Ian mi baciò fino a togliermi il fiato, trasformando in un'ombra confusa tutto ciò che mi circondava. La sua bocca lasciò la mia, ma le sue mani non si staccarono da me, anzi, continuavano a stringere.

«Siete qui!» sussurrò, appoggiando la fronte alla mia.

«Sono qui!» Chiusi gli occhi e inspirai, lasciando che il suo odore mi pervadesse i sensi. Finalmente ero a casa. «Scusa se ci ho messo tanto. Mi credi se ti dico che mi ci sono voluti due secoli per tornare?»

Alzò la testa e mi guardò.

«Come avete fatto?» Non riusciva a smettere di sorridere.

«È una lunga storia.» Sorrisi anch'io, di un sorriso beato.

Mi tirò dentro la stanza e chiuse la porta. Notai con soddisfazione che era ancora tutto come doveva essere. Di diverso c'erano solo il mio ritratto col vestito rosa, già completato, e una bottiglia semivuota di liquido color ambra accanto al vino.

Sospirai di sollievo, ero ancora in tempo a cambiare il futuro. Non gli avrei permesso di farsi vincere dalla tristezza, lo avrei amato così tanto da soffocarlo di felicità, saremmo stati felici per sempre. Saremmo stati *insieme* per sempre.

«Non ho fretta» disse lui.

«Quella donna, ti ricordi? La tipa che mi aveva mandata qui, stasera è venuta a cercarmi, e ha aggiustato la situazione» dissi concitata. Io sì che avevo fretta! Volevo riprendere una volta per tutte da dove eravamo rimasti.

Ian però chiuse gli occhi e sospirò.

«Per quanto tempo, stavolta?» domandò con voce rotta.

Gli sfiorai il viso.

«Per sempre, stavolta. È definitivo.»

Riaprì gli occhi, gli sorrisi, e il suo viso, mentre assimilava la notizia, si trasformò aprendosi in un sorriso enorme.

«Resterete qui?» domandò incerto. «Resterete per sempre con me?»

«L'idea è questa. Mi ha dato la possibilità di scegliere dove fermarmi, e io ho scelto di vivere qui. Non potrò mai più tornare indietro» dissi convinta, senza nemmeno un'ombra di pentimento nella voce.

Lui corrugò la fronte.

«Volete dire che avete abbandonato tutta la vostra vita per me?» chiese esterrefatto.

«No, ho abbandonato tutto il resto per restare con la mia vita!» lo corressi. «Non capisci? Non ce la faccio a vivere lontana da te.»

Lui annuì, perché quella stessa sensazione, immaginai, la conosceva bene.

«Siete sicura di avere fatto la scelta giusta?»

«Ian, se tu non sei con me, io non ho nessuna vita. Non ingrana e basta!» Scossi la testa. «Tutto questo doveva succedere, sai? Fra te e me, voglio dire.»

Inarcò le sopracciglia.

«In che senso doveva succedere?»

«Me lo ha detto lei, eravamo predestinati. Ma per errore sono stata mandata nell'epoca sbagliata.» Scoppiai a ridere. Era proprio nel mio stile perdermi e rovinare tutto. «Così, quando mi ha mandata qui la prima volta, lo ha fatto per farmi vedere come sarebbe dovuta andare. E poi mi ha dato la possibilità di scegliere dove vivere. Quindi, Ian, ho di nuovo bisogno del tuo aiuto.»

Sgranò gli occhi e si fece teso.

«Il mio aiuto?» ripeté.

«Sì. Senti, io sono rimasta senza lavoro e senza casa, e gli unici amici che ho qui siete tu, Elisa, Gomes e Madalena. Anche Teodora, o almeno spero. Stavo pensando che potresti lasciarmi usare questa stanza e darmi da mangiare fino a quando non troverò un modo per guadagnare un po' di soldi.»

Il suo viso s'illuminò e nei suoi occhi ricomparve quel luccichio argentato di cui avevo sentito tanto la mancanza negli ultimi due mesi.

«Credo di potervi prestare questa stanza, e per il pagamento penso che riusciremo a metterci d'accordo...» Fece scivolare le dita sul mio braccio e io vibrai al suo tocco caldo e leggero.

«D'accordo come?» gli chiesi col respiro accelerato.

«Uhm... forse mi potreste pagare in baci.» E fece capolino quel sorrisetto malizioso che amavo tanto.

«D'accordo!» risposi, affrettandomi a dargli un anticipo.

Ovviamente Ian non oppose resistenza alla caparra. Qualche minuto dopo, però, smise di baciarmi.

«Quindi resterete qui per sempre, signorina? Per davvero?» La felicità stampata sul suo viso mi riempì il cuore fino a farlo esplodere, quasi. Ero tornata proprio per quello!

«Per sempre, per davvero sì! Credo che dovrò abituarmi agli abiti lunghi una volta per tutte» aggiunsi un tantino demoralizzata.

I suoi occhi volarono immediatamente al mio vestito. Esaminò ogni singola curva del mio corpo, e poi disse: «Dove siete stata prima di tornare a casa?».

Mi piacque moltissimo il modo in cui disse *a casa*, così

naturale, come se non ci fossero dubbi sul fatto che quella era casa mia. Esattamente la stessa sensazione che provavo io.

«Al matrimonio di Nina e Rafa, è stato ieri sera.»

Stava ancora esaminando il vestito.

«E questo vestito è appropriato per le uscite in società?» disse seguendo con gli occhi la mia silhouette.

«Sì, Ian.» Risi per quel suo tono da bacchettone. «Lo sapevo che avresti pensato che questo vestito è...»

«Indecente!» concluse con un sorriso mentre mi faceva una carezza. «Conturbante!» E le sue dita seguirono la linea della mia clavicola. «Scandalosamente aderente!» E la sua mano scivolò piano sulla mia vita, mentre l'altra mi sfiorava il collo facendomi rabbrividire.

Cercai di non perdere il controllo.

«Stavo per dire *inadeguato*. Ma non preoccuparti, lo metto via. Devi solo dirmi dove sono le mie cose» risposi. Il sangue mi pulsava forte nelle vene mentre le sue labbra si avvicinavano al mio collo.

«Posso darvi una mano a liberarvi di questo orribile indumento, se volete.» E a quel punto, la sua voce rauca sulla mia pelle mandò l'autocontrollo a farsi benedire.

«Sarebbe un sollievo!» mormorai, chiudendo gli occhi e afferrandogli i capelli morbidi.

«Sarà un piacere potervi essere utile, signorina.» E detto questo, con estrema delicatezza mi trasportò sul letto, dove finalmente ebbe inizio il resto della mia vita.

***

«Sai a cosa stavo pensando?» gli chiesi dopo un po'.

Ian fece un gran sorriso girandosi verso di me sul letto.

«Non ne ho idea.» Si mise comodo, poggiando la testa sul palmo per guardarmi.

«Credo che potresti aiutarmi a sviluppare il progetto per un gabinetto. Disegni talmente bene! Io ti spiego com'è fatto e tu mi fai uno schizzo. Non credo sia difficile realizzarlo, considerato che so come funziona in pratica. Potremmo cercare un ingegnere che ci dia una mano.» La casetta era l'unica cosa che mi tormentava veramente.

«Certo, vedremo» disse lui prendendo in mano la mia collanina ed esaminandola con curiosità. «I?» chiese, inarcando uno dei suoi sopraccigli perfetti.

«Me l'ha regalata Nina, una specie di collana dell'amicizia. Credo abbia avuto un presentimento di ciò che stava per accadere.»

«Le avete raccontato di me?» disse lui incredulo. Come avevo fatto a raccontare a qualcuno del mio viaggio folle ed essere ancora a piede libero?

«Certo che gliel'ho raccontato! Nina è come una sorella, per me. Non le ho mai nascosto niente. E mi ha creduta subito!» Lo guardai storto, e lui abbozzò un sorriso di scuse. «Il matrimonio è stato stupendo, Ian! Avrei voluto che vedessi quanto era bella e felice Nina!»

Lui adesso stava giocherellando con le dita sulla mia pancia. Era difficile chiacchierare quando mi toccava in quel modo.

«Sembra sia una buona amica.»

«La migliore del mondo.» Poi mi venne in mente una cosa. «E posso fartela conoscere! Voglio dire, in fotografia. Ne ho scattata qualcuna con il cellulare. No, non quel cellulare là, un altro normalissimo che fa solo quello che deve fare. Ma ce l'ho in borsa, e la borsa credo di averla lasciata nel salone.»

Aggrottò la fronte.

«Non sai cos'è una fotografia, vero?» ne dedussi.

Scosse la testa.

«È come un ritratto ma è più fedele, come la copertina del mio libro, ti ricordi?» Annuì. «Se vuoi posso andare a prendere la borsa. Il cellulare funzionerà ancora per qualche giorno, poi finirà la batteria e non potrò più ricaricarla.»

Cercai di mettermi a sedere, ma lui me lo impedì con un abbraccio.

«Potete farmelo vedere domani, perché io adesso non vi lascio uscire da questa stanza.» E mi strinse forte. «E poi, Nina la posso conoscere anche attraverso le vostre storie, se me le vorrete raccontare.»

«Certo che lo farò» risposi. «A quanto pare, stavolta passerò con te molto più tempo» e sorrisi. «Però adesso tocca a te. Raccontami tutto quello che mi sono persa. Cos'è successo dopo che me ne sono andata?»

La sua espressione divertita scomparve di colpo.

«Io... non lo so, credo che non sia successo niente» mugugnò, chiaramente a disagio.

«In che senso?»

«Non sono stato molto attento a quello che succedeva qui, almeno fino a stasera» disse a occhi bassi.

Si sollevò a sedere sul letto, si abbracciò le ginocchia e fissò la porta. Lo osservai per un istante, poi con il lenzuolo stretto sotto le ascelle mi sedetti anch'io, poggiai la testa sulla sua spalla e presi ad accarezzargli piano la nuca.

«È stato così brutto?»

Si limitò ad annuire, continuando a fissare il vuoto.

«Mi dispiace, Ian. Io ce l'ho messa tutta fin dal primo momento, appena rientrata nel mio secolo mi sono messa a cercare la fata, ma non era da nessuna parte! Sono persino stata ricoverata in un reparto psichiatrico dopo un piccolo casino che è scoppiato in un negozio. Se Rafa non fosse passato di lì e non avesse avvis...»

«Una fata?» mi interruppe con aria scettica.

«Altrimenti cos'era, secondo te? Scusa, sai, ma quanta

gente conosci che sia in grado di spedire qualcuno in un'altra epoca?»

«Sì, però... una fata?»

«Lo so, lo so. Diciamo una specie di fata madrina. Non chiedermi perché io ne abbia una, non ne ho idea, ma ora capisco meglio quello che è accaduto, come ha agito e perché l'ha fatto. Mi ha detto che io e te eravamo destinati a incontrarci ma che per un errore, diciamo così, di logistica, non avevamo avuto questa possibilità. Mi è parso di capire che quella finita nel posto sbagliato ero io, perché lei ha cercato me e non te. Se avesse usato un approccio più diretto, tipo se mi avesse detto subito che dovevo venire qui a conoscere l'amore della mia vita, sono sicura che l'avrei mandata a quel paese e me la sarei data a gambe. Io non cercavo l'amore, Ian, non volevo questo tipo di coinvolgimento. Ma poi ho conosciuto te, e mi sono conosciuta meglio anch'io. Così, ho capito che invece lo volevo, volevo innamorarmi pazzamente.» Lo baciai sulla spalla. Lui sorrise. «E tornare al mio tempo mi ha molto... schiarito le idee. Avrei potuto continuare la mia vita di prima, se avessi voluto. Dopo un po', il dolore sarebbe diminuito oppure sarei diventata più forte, oppure un'altra di quelle stupidaggini che si dicono per consolare chi soffre. Solo che io *non volevo* continuare quella vita. Stare lontana da te mi ha fatto capire definitivamente dove volevo stare. Non puoi immaginare come mi sono sentita dopo essere stata in questa stessa casa e averla ritrovata trasformata, vecchia, vuota. Jonas mi ha fatto vedere la tua lettera e i quadri, ma io...»

«La mia lettera?» mi chiese con un'espressione talmente sorpresa che mi scappò da ridere.

«Mi hai scritto una lettera quando avevi trentun anni, credo.»

«Vi ho scritto? E cosa dicevo?»

«Credevo che sarei morta di tristezza, quel giorno. Hai

scritto che mi amavi, che mi aspettavi ancora, e che stavi provando a costruire una macchina del tempo! Poi Jonas mi ha raccontato cosa ti era successo. È stato il giorno più brutto della mia vita, giuro che avrei preferito morire piuttosto che ascoltare quelle cose!» Scossi la testa, il ricordo mi faceva ancora molto male.

«Non ditelo mai più! Non posso nemmeno immaginare che voi... Non voglio più sentirvelo dire!» urlò con espressione seria. Poi una piccola ruga apparve sulla sua fronte. «Cosa mi era accaduto?»

«Non importa più, è una cosa che non succederà. E io resterò con te per sempre.»

Mi baciò sulla fronte. E allora cercai di distrarlo con argomenti più leggeri.

«Sai che ho conosciuto il tuo pronipote? Anzi il tuo pro-pronipote, in realtà.»

«Mio nipote?»

«È un ragazzino molto in gamba. Ha il sorriso di Elisa.»

«Avete conosciuto... il nipote... di Elisa?» domandò scettico.

«Bis-bisnipote. Una cosa folle, eh?» E risi.

«Quindi mia sorella si sposerà?» E sorrise anche lui.

«Sì. Si sono innamorati al... Sai una cosa? Credo sia meglio che le cose seguano il loro corso. Non voglio più interferire nella vita di nessuno. Lei sarà felice, ed è questo che conta, dico bene?»

Ian annuì, ma poi si rifece serio.

«Che c'è?» chiesi accarezzandolo in viso.

«Vi ricordate l'ultima volta che abbiamo ballato?» Mi fissava intensamente.

«Ovvio.»

Mi ricordavo tutto, persino il tono rosato del tramonto. Non capivo la sua espressione, però, perché quello era un ricordo felice.

«Ricordate che vi avevo fatto una domanda?» I suoi occhi mi folgorarono.

Ah, si riferiva a quello!

«Mi ricordo» mormorai, incapace di distogliere lo sguardo.

«Non possiamo andare avanti così, Sofia. Non possiamo vivere sotto lo stesso tetto in questo modo. È un comportamento disonorevole da parte mia, che rovinerebbe la vostra reputazione e quella di Elisa.»

«Oh!» esclamai. Non ci avevo pensato. «Allora posso andare a vivere... alla pensione, finché non mi trovo un lav...»

«Non ho detto questo» mi interruppe scuotendo la testa. «Non avete capito! Non voglio che siate la mia amante.» Non appena capii dove voleva andare a parare, il mio cuore si trasformò in un martello pneumatico. «Voglio che siate la padrona di questa casa così come lo siete del mio cuore. Voglio che siate ufficialmente mia e che tutti sappiano che esiste una nuova signora Clarke.»

«Per amor di Dio, c'è proprio bisogno di chiamarmi signora Clarke? Mi fai sentire una vecchia di sessant'anni! E togliti dalla testa che mi metta a chiamare *mio marito* signor Clarke! È sexy come un comodino!» Lui inarcò le sopracciglia, io continuai: «Se stai pensando di chiedermi di sposarti, è meglio escludere dall'accordo questa cosa di chiamarci *signore* e *signora* e darci del voi.»

«Quindi non volete essere mia moglie?» Vidi il dolore attraversare il suo viso.

«No! Voglio dire, sì!» Sbatté gli occhi confuso, allora cercai di chiarire. «Certo che voglio essere tua moglie, Ian! Ma non voglio che mi chiamino signora Clarke e che tu mi dia del voi. Non voglio assolutamente! Già mi tocca usare quei vestiti enormi e arrangiarmi alla bell'meglio finché non mi avrai aiutata col progetto del bagno, quindi vedi di non complicarmi ulteriormente la vita. Mi sembra giusto che anche tu sacrifichi qualcosa.»

Non mi sarei mai trasformata nella signora Clarke, poco ma sicuro! Il passo successivo quale sarebbe stato? Cominciare a preoccuparmi se il nastro non si abbinava al cappellino? Manco morta!

«Ho capito. Quindi, supponendo che riesca a fare in modo che nessuno vi chiami signora Clarke e a non darvi del voi, accettereste di sposarmi, signorina?» Fece uno sforzo enorme per non sorridere, ma sembrava molto divertito.

Ci pensai su un attimo.

«Devi anche aiutarmi a costruire un gabinetto come si deve» dissi chiarendo le mie condizioni.

Si prese qualche istante per deliberare, cercando di mantenere una posa da grande negoziatore, ma aveva gli angoli della bocca che insistevano nel piegarsi all'insù.

«Mi sembra giusto.»

«Ricordati anche che di certe cose non capisco niente, tipo dare istruzioni ai domestici, intrattenere gli invitati e altre cretinate del genere. Non sono una *fanciulla preparata*!»

«Signorina, non dite così, voi siete in grado di intrattenere chiunque. E i vostri talenti sono infinitamente più interessanti di quelli di qualsiasi altra fanciulla di mia conoscenza.» Ian si girò, e d'un tratto il suo viso era vicinissimo al mio. «Quindi?»

«Quindi cosa?» replicai, mentre mi deliziavo con la visione del suo corpo nudo. Ian era perfetto! Il corpo più perfetto che avessi mai avuto il piacere di vedere senza vestiti. Tutto in lui era perfetto, assolutamente tutto.

Alzò gli occhi al cielo.

«Volete diventare mia moglie?»

«Sì! La moglie meno preparata che si sia mai vista sulla faccia della terra.» Porca vacca, chissà se ce l'avrei fatta.

«La più imbranata, disastrosa e strampalata moglie di cui si abbia mai avuto notizia da queste parti.»

Lui mi fece quel sorriso che mi mandava via di testa.

«E la più petulante, complicata e testarda, non ve lo dimenticate. Nonché la più bella» aggiunse con affetto.

«Lo sai in che guaio ti stai cacciando, vero?»

«Sofia, non ho altra scelta. Mi sono cacciato nel guaio più grosso di sempre quando mi sono fermato ad aiutarvi.» Io feci una smorfia, lui rise. «E renderò grazie ogni giorno per averlo fatto.»

«Vedremo se la penserai così fra qualche anno.»

Rise e mi sfiorò le labbra con le sue.

La mia reazione fu immediata, misi da parte i pensieri mentre la sua bocca affamata mi mordicchiava il mento.

«Desiderate altro?» E con delicatezza mi fece sdraiare.

La sua bocca scese a baciarmi il collo facendomi accelerare il respiro, poi continuò a scendere, e la sua barba corta mi pizzicò deliziosamente la pelle.

«No, direi che è tutto. Il gabinetto e il mio nome.» Ero distratta dalle sue carezze, ma con un certo sforzo mi concentrai sulla sua domanda, e mi venne in mente un'altra importante condizione. «No, aspetta, c'è un'altra cosa!»

Alzò la testa e mi fissò negli occhi.

«Ovvero?»

«Non è che sarebbe possibile sposarti e *continuare* anche a essere la tua amante? Mi piace fare l'amante...» E gli afferrai il collo. «Mi piace tantissimo!»

Il suo solito sorriso malizioso, le scintille d'argento nei suoi occhi. Il suo corpo caldo rotolò sul mio facendomi affondare nel materasso.

«Aggiudicato» rispose senza esitazioni.

46

Come previsto, il mio ritorno provocò una certa agitazione in tutta la casa, e anche in paese la voce si sparse in fretta.

Elisa, felicissima alla notizia del nostro imminente matrimonio, non ne fu affatto sorpresa, soprattutto dopo la notte che io e Ian avevamo apertamente passato insieme. Ian aveva fretta, non voleva aspettare, e nemmeno io. Ma le carte richiedevano tempo, e poi avevo bisogno di documenti. Per fortuna Ian conosceva bene lo scrivano dell'anagrafe, il quale non dubitò nemmeno un istante della falsa rapina e, in cambio di poche monete, mi fece avere dei documenti nuovi. Quindi: adesso ero Sofia Alonzo, nata il 29 maggio 1805. Roba da pazzi!

Sopportare Teodora era un po' più facile; non che fossimo diventate grandi amiche, ma lei si sforzava di essere gentile e io cercai di fare lo stesso. Avere Elisa come amica comune, col tempo ci avrebbe fatte avvicinare.

Quando, il mattino dopo, Madalena mi vide, pianse molto. La abbracciai forte e la tenni stretta a lungo. Mi disse che aveva sentito tanto la mia mancanza e che tutti i domestici avevano fatto una gran fatica a riabituarsi alla solita monotonia. Mi mise al corrente di molte cose che erano successe durante la mia assenza. Non mi piacque per niente sentire come si era comportato Ian in quel periodo: non aveva mangiato, non era uscito di casa, si era disinteressato del lavoro, andava sempre in giro con una bottiglia di whisky al seguito ed era stato sgarbato con tutti, persino con Elisa.

Avrei voluto rimproverarlo, ma vedere nei suoi occhi l'angoscia legata al ricordo di quei giorni mi rese indulgente. Non avrei più permesso che soffrisse così. Mai più!

Poi, anche se io non ero d'accordo, Ian decise di organizzare un'altra festa per annunciare ufficialmente il nostro fidanzamento. Elisa ne fu subito entusiasta, e sapevo perché: avrebbe rivisto Lucas, e io ero l'unica a sapere come sarebbe andata a finire fra loro due.

Ian mi portò in paese a ordinare dei vestiti nuovi, uno per la festa di fidanzamento, uno per le nozze e un'altra decina per tutti i giorni. Ne approfittai per chiedere a madame Georgette di confezionarmi delle mutande nuove. Anche se disegnavo malissimo, feci lo schizzo di ciò che volevo e le chiesi di farmene almeno una decina. Non riuscivo ad abituarmi ai calzoncini. Le venne quasi un colpo quando le spiegai che quel piccolo pezzo di stoffa li poteva sostituire alla grandissima, e mi ci volle del tempo per convincerla che gli slip non erano una cosa demoniaca. Ian rideva di gusto mentre cercavo di spiegare alla sarta che, per via del caldo, alcune donne sotto i vestiti preferiscono stare più leggere. Madame Georgette promise anche di farmi degli abiti più semplici, meno voluminosi ma comunque belli.

Poi, verso la fine del pomeriggio, Ian mi invitò a fare una passeggiata per le vie del paese, anche se in realtà ebbi il sospetto che fosse solo un pretesto per esibirmi ai suoi conoscenti.

«Buonasera, signor Cabral. Come state? Credo di non avervi ancora presentato la mia fidanzata» disse con orgoglio al fornaio sfoderando un sorrisone.

Mi presentò come sua fidanzata a decine di persone. Alcune le conoscevo già, come per esempio Valentina. Il suo viso di porcellana si contorse in una smorfia triste quando Ian la informò della nostra reciproca promessa. Mi fece una gran pena. Ma comunque, ero sicura che lei prima o poi avrebbe trovato la sua mezza mela, perché Ian era la mia e non avrebbe mai potuto esserlo di nessun'altra, nemmeno se non fossi arrivata io a sconvolgere tutto!

Infine, molto controvoglia, fui costretta a chiedere a Ian di comprarmi un paio di scarpe. Avevo solo quelle con cui ero arrivata, e lì non era il posto giusto per i tacchi a spillo. Non facevo altro che incastrarmi nei sassi del selciato o affondare nel terreno, era estenuante. Mi maledissi non so quante volte per non essermi portata le scarpe da ginnastica al matrimonio di Nina.

Comunque, Ian adorò l'idea di fare altri acquisti. Era euforico – a dire il vero l'euforia in quel periodo era il suo stato normale – e mi comprava tutto, ma proprio tutto quello che poteva comprare: profumi francesi, creme per il viso, talco, fermagli per capelli. Sembrava che volesse regalarmi il mondo! Non capiva di avermelo già regalato la prima volta che aveva detto di amarmi.

«Sentirò la mancanza delle vostre vecchie scarpe, signorina» sospirò mentre il calzolaio prendeva la forma dei miei piedi. Le scarpe erano fatte su misura, artigianalmente; non erano già pronte e divise per numero, come nei negozi a cui ero abituata io... Purtroppo, però, il calzolaio non sapeva confezionare le scarpe da ginnastica. Sapeva fare solo calzature tradizionali e stivali. «Sono state la prima cosa che ho notato quando vi ho conosciuta.»

«Lo so, le scarpe da ginnastica e il fatto che ero seminuda, non te lo dimenticare, quello» ribattei, e lui sorrise.

Io non trattenni un sospiro di tristezza. Anche i miei piedi avrebbero sentito una gran mancanza delle All Star.

Dopo la sera del mio ritorno, per me e Ian diventò molto problematico stare insieme. Madalena ci teneva d'occhio di giorno, di sera e di notte, soprattutto di notte!

«È solo per il bene di Elisa!» mi diceva Ian, visibilmente scontento. A ogni modo, qualche volta riuscì a depistarla, e io non riuscii a impedirgli – ma mica volevo! – di entrare in camera mia. Trovarmi fra le sue braccia era di una perfezione senza paragoni.

Storm era ancora lì. Non aveva più provato a scappare, ma era sempre ribelle e faceva di testa sua. Io e Ian lo montavamo spesso, ma era sempre lui a decidere dove andare. In genere ci portava nel nostro posto speciale, là dove tutto era cominciato. Trascorrevamo molto tempo sotto il nostro albero, chiacchierando, pianificando il futuro e scambiandoci effusioni senza preoccuparci di nient'altro.

Quando arrivò la data del ballo, non mi lasciai più cogliere di sorpresa dalla frenesia dei preparativi. Però ero agitata come gli altri, se non di più. Gli invitati sarebbero venuti alla festa per conoscere la fidanzata del signor Clarke. Io volevo far loro una buona impressione, ma non era facile, soprattutto perché dovevo stare attenta a come parlavo.

«Vi volete calmare, per favore?» mi disse Ian dopo pranzo mentre i domestici, con la casa già piena di roba da mangiare, allestivano la sala per la sera. Io mi agitavo, inquieta, sul divano. «Conoscete già buona parte degli invitati e sono sicuro che apprezzano la vostra compagnia tanto quanto me.»

«Non lo so mica, Ian» replicai apprensiva. Lui mi prese una mano e la strinse fra le sue, trasmettendomi un bel calore lungo il braccio. «Io non sono capace di comportarmi come Elisa, credo che non ci riuscirò mai. La gente riderà di te per avermi sposata.»

«No, no e poi no!» Mi sorrise con affetto. «Nessuno oserebbe ridere di una persona speciale come voi. E spero davvero che non assumiate mai il modo di fare di mia sorella» aggiunse.

Corrugai la fronte e lo fissai.

«Non sareste più la mia Sofia, altrimenti» mi spiegò accarezzandomi i capelli e scrutandomi intensamente, col risultato di farmi tremare le ginocchia.

Così, provai a mettermi un po' tranquilla. Più facile a dirsi che a farsi. Mi preparai al ballo con deliberata lentezza, al meglio delle mie possibilità. Elisa e Teodora mi aiutarono con l'acconciatura, pettinandomi con uno chignon morbido ma decisamente elaborato. Il vestito era uno sballo, il modello stavolta lo avevo scelto io: arricciatissimo e con la gonna a ruota – per la mia festa di fidanzamento avevo fatto un'eccezione e puntato su un modello in linea coi tempi – senza spalline e di colore azzurro chiaro. Per la prima volta usai la famosa crinolina, di modo che l'abito mantenesse l'esuberanza che aveva nel disegno visto all'atelier, e già che c'ero decisi di dare una chance anche al corpetto. Mi resi subito conto che indossandolo sarebbe stato impossibile mangiare alcunché, perché a dirla tutta era un problema anche soltanto respirare.

Uno sguardo all'immagine riflessa sul vetro della finestra – lo specchio era sempre troppo piccolo –, qualche piroetta ed ero pronta: sembravo una principessa delle favole, mi sentivo ridicola ed ero strafelice.

Ian mi aspettava fuori dalla porta e quando mi vide strabuzzò gli occhi e rimase a bocca aperta.

«Non guardarmi in quel modo. Sto facendo del mio meglio per adattarmi. Mi sento già abbastanza assurda, per favore risparmiami la tua faccia da scemo!»

Sbatté le palpebre diverse volte prima di riuscire a spiccicare parola. Il fuoco in fondo ai suoi occhi mi rincuorò.

«Sofia!» disse squadrandomi dalla testa ai piedi. «Siete...»

«Lo so...» mormorai. «Sembro una caricatura.»

Si passò la mano fra i capelli con un sospiro, poi sorrise.

«Credo non sia la parola che stavo cercando, signorina.» Mi prese la mano. «Siete incredibilmente bella stasera. Ma a mio parere vi manca qualcosa.»

«No, non manca niente. Ho messo anche quel cavolo di corpetto.»

«Me ne sono accorto» ribatté lui con gli occhi fissi sulla mia scollatura.

In effetti il corpetto qualche vantaggio l'aveva – ti faceva la vita stretta e sollevava pazzescamente il seno – ma anche così non valeva la pena di sottoporsi a quella tortura.

«Eppure sono sicuro che manca qualcosa» e si portò la mia mano alle labbra per baciarla. «Forse un fiore?»

Pensai che mi avrebbe infilato un fiore fra i capelli come l'altra volta, quella del nostro primo ballo. Invece si sfilò dalla tasca dei pantaloni un oggetto piccolo e brillante e me lo infilò all'anulare con delicatezza.

Lo guardai allibita. Era, in due parole, l'anello più fantastico che avessi mai visto. Al centro spiccava una grossa pietra rotonda, blu, circondata da una fila di diamanti. Due brillanti tagliati a triangolo spuntavano ai lati come due foglie perfette. Sì, sembrava un fiore.

Un fiore blu!

Rimasi senza fiato.

«Ian!» esclamai subito dopo. «È favoloso. Dio mio, è troppo!» Quando lo esaminai più da vicino, mi parve che le pietre luccicassero come luccicavano a volte gli occhi di Ian. Mi piacque ancora di più. «È perfetto!» dichiarai.

«Volevo regalarvi un anello speciale, così ho fatto un disegno e chiesto all'orafo di realizzarlo come lo avevo immaginato.» Mi pizzicavano gli occhi, ma piangere sotto il make-up non è mai una buona idea. «Avevo intenzione di darvelo il giorno del ballo, ma con tutto quello che è successo poi...» Scosse la testa e mi rivolse un sorriso amaro.

«Al ballo? Intendi il ballo di Elisa?»

Annuì.

«Ma... quando poi sono fuggita via da te?» chiesi senza capire.

«Sì, a quel ballo. Non ricordate che vi volevo parlare, alla fine della festa?»

«Me lo ricordo sì. E io avevo detto che prima ti volevo raccontare la mia storia, ma poi...»

«Poi le cose sono precipitate e non ne ho avuta la possibilità. Ci ho riprovato il giorno in cui... siete partita.» Faceva ancora fatica a ripensare a quel momento, quello della nostra terribile separazione forzata. «Volevo farvi la proposta di matrimonio nel modo giusto, ma avevate già detto di sì. Ipoteticamente, ma era stato un sì. Purtroppo non è andata bene neanche quella volta.»

Provai a deglutire.

«Avevi già l'anello?» sussurrai.

«Sì. Quando ero andato in città il giorno prima della festa di Elisa, ero passato dall'orafo e glielo avevo commissionato con urgenza. Vi dissi che avevo comprato una cosa speciale, ricordate? Un fattorino me lo fece avere il giorno del ballo. Era andato tutto bene, fino a...»

«Il giorno in cui io ti ho cercato come una pazza senza trovarti, tu eri andato a comprare l'anello?» lo interruppi, meravigliata. «Ma se non eravamo ancora stati a letto insieme!»

«Lo so, infatti non era mia intenzione che succedesse. Non senza avervi prima offerto il mio impegno.» Il suo viso s'illuminò e la tristezza fu sostituita da qualcos'altro. «Ma non sono stato capace di tenere a freno il desiderio e mi sono perso nel vostro incanto.»

«Cioè, tu avevi intenzione di chiedermi di sposarti *prima* di portarmi a letto? Prima di fare l'amore con me? Prima di sapere chi ero veramente?»

«Certo, perché vi sorprendete? Non avete ancora capito quant'ero pazzo di voi?» Si avvicinò e mi fece scivolare un dito sulla guancia. «Quanto *sono* pazzo di voi?»

«Sei proprio incredibile, Ian!» dissi guardandolo negli occhi neri e luccicanti. Poi riportai l'attenzione sull'anello. «Non ci posso credere. Eri disposto a farmi la proposta senza neanche avere fatto il test drive!»

«Il... *test drive*?» disse lui sfiorandomi il collo e facendomi rabbrividire. Si avvicinò ancora, e ormai riuscivo quasi a sentire il suo sapore sulla lingua.

«Una prova, sì» mormorai confusa. «Una prova per capire se una cosa ti piace veramente...»

Lui rise, avere il suo viso così vicino mi intontiva.

«Non ne avevo bisogno, ho sempre saputo chi eravate. Ho sempre saputo che l'amore che mi brucia dentro non si sarebbe spento.»

«Ti amo così tanto, Ian!»

«Non più di quanto vi ami io.» E si chinò per darmi un bacio da farmi andare via di testa. Poi, fin troppo in fretta, si staccò da me tenendo ancora gli occhi chiusi. «Credo sia meglio muoversi, non voglio che arriviate in ritardo alla vostra festa.» Il fuoco che vidi ardere nei suoi occhi quando li riaprì mi disse con esattezza a cosa stava pensando.

«Andiamo, allora» mi arresi. *Ma merda, merda, merda!*

Il ballo fu perfetto, e stavolta filò tutto liscio. Ci fu solo un *piccolo* incidente con delle coppe di cristallo, che andarono in mille pezzi quando il mio vestito s'impigliò nel tavolino basso su cui le avevano sistemate. «Manovrare» quel coso era parecchio complicato. Per fortuna Ian ci rise sopra, disse che ci avrebbe portato fortuna; io allora non ci pensai più, e cercai di fare in modo di non schiacciare nessuno con la mia gabbia.

Osservai per bene Elisa e Lucas: si vedeva lontano un miglio che quei due si piacevano. Lui non le toglieva gli occhi di dosso, e lei, ogni volta che lo guardava, arrossiva violentemente. A me scappava da ridere. Ecco perché ci avrebbero messo anni a sposarsi: prima che lei si abituasse all'idea di essere corteggiata ci sarebbe voluta un'eternità.

Il salone era stracolmo di gente, doveva davvero esserci tutto il paese, come desiderava Ian. Il dottor Almeida e sua moglie vennero a salutarci, chiacchierammo un po', e poi loro due fecero per andare verso la tavola imbandita. Ma prima di allontanarsi, il medico mi fissò rivolgendomi un sorrisetto. Fu allora che mi resi conto che Ian non era il solo a conoscere la mia storia.

«Va tutto bene, Sofia?» mi chiese Ian toccandomi una mano. «Siete pallida!»

«Lui sa tutto! *Sa... tutto*!» balbettai affranta.

«Chi?»

«Il dottor Almeida, Ian. Lui sa tutto!»

Non sembrava per nulla preoccupato.

«E qual è il problema?»

«In che senso, scusa? E se lo racconta a qualcuno? E se gli viene la voglia di studiarmi? E se gli gira di aprirmi il cervello per vedere come è fatto? E se...»

«Ma che stupidaggine, amore. Il dottor Almeida è mio amico, è *nostro* amico! Non vi farebbe mai del male, anche perché non glielo permetterei. E poi non sa tutto. Sa solo quello che gli ho raccontato quella sera, quando nemmeno io sapevo proprio tutto.»

Provai a smettere di preoccuparmi del dottore. Mi risultava che fosse l'unico medico del posto, e farselo nemico non era prudente. Ma sarei stata comunque molto attenta, giusto per precauzione.

Chiacchierai con un sacco di gente, e con mia grande sorpresa scoprii che Ian aveva ragione: sembravano tutti sinceramente contenti di stare con me, a parte la signora

Albuquerque che si era offesa perché Ian aveva scelto una fidanzata meno preparata di sua figlia.

Ovviamente non mangiai nulla, ma constatai che la cena fu molto apprezzata.

Quando provai a mettermi a sedere, corpetto e crinolina mi fecero la guerra. Quindi, dopo che per un paio volte qualcosa che non so assolutamente cosa fosse mi si conficcò fra le costole, decisi che era più saggio godersi la festa in piedi. E visto che non avevo niente di meglio da fare, Ian pensò che ballare per il resto della serata fosse un'ottima idea.

Non me ne fregava niente se non sapevo i passi, e neanche Ian pareva infastidito. In realtà, credo che quella sera niente avrebbe potuto dargli fastidio. Aveva la felicità stampata in faccia, proprio come me. Ballammo abbracciati, ma a una certa distanza, come nel valzer; non nel modo che gli avevo insegnato io.

«Non mi piace questo corpetto, c'è troppa stoffa e non riesco a sentirvi bene» disse con un sorriso schivo. «Non ci sono abituato.» Mi afferrò per i fianchi e mi tirò verso di sé.

Le stecche di balena mi si conficcarono nella carne e la gabbia ostacolava la manovra di avvicinamento. Era come se un campo di forza proibisse al mio corpo di incollarsi al suo.

«Non ti preoccupare, non ho intenzione di usarlo più, questo coso! Credo invece di avere finalmente capito a cosa serve la gabbia. È una specie di gabbia di castità, vero?» chiesi, insofferente per non poterlo abbracciare come avrei voluto.

Scoppiò a ridere.

«Effettivamente... rende difficile il contatto fisico.» E posò una mano sulla parte nuda della mia schiena. Il brivido che mi corse lungo la spina dorsale mi ricordò che nemmeno duecento gabbie sarebbero servite a risolvere il mio problema: il desiderio che provavo per Ian era del tutto irrazionale.

Ballammo ancora un po', e io mi resi conto con sorpresa che riuscivo a sentirmi a mio agio anche in mezzo a tanta gente. Da parte sua, Ian sprizzava gioia da ogni poro. Ed era mio per sempre! Non avrei mai immaginato che una felicità così grande potesse esistere, o che fosse possibile amare qualcuno con l'intensità con cui io amavo Ian. Sospirai di soddisfazione e tentai di avvicinare la testa al suo petto.

Tutto inutile!

«Che gabbia del cavolo!» borbottai.

Ian rise e mi sfiorò la fronte con le labbra, senza preoccuparsi dei presenti. Il mio corpo reagì all'istante.

«Non preoccupatevi, mia adorata, i nostri invitati presto se ne andranno e voi potrete liberarvi di tutta l'apparecchiatura.»

«Sarà un sollievo, con questo arnese faccio fatica a respirare.»

«Dovete essere stanchissima, è stata una giornata convulsa» disse lui mentre mi faceva volteggiare per il salone.

«Abbastanza stanca, sì» sospirai.

Sospirò anche lui e lo guardai, sembrava leggermente frustrato. Dal luccichio argentato nei suoi occhi, immaginai che avesse sperato in un finale diverso per la serata, magari in un festeggiamento più intimo.

«Talmente stanca che non credo che riuscirò a sbottonarmi da sola il vestito. Chissà se Madalena mi può aiutare» dissi con tono innocente.

«Madalena?» rispose lui, quasi in un grido. «No, signorina. Non è proprio il caso. Presto sarò vostro marito ed è mio preciso dovere, come futuro sposo, garantire il benessere della mia futura moglie. Non permetterò a nessuno di adempiere a un dovere che è solo mio. È per me un punto d'onore aiutarvi in tale arduo compito!»

Cercai di non ridere del suo piccolo discorso.

«Mi lusinga che vi preoccupiate così del mio benessere. Pertanto, già che siete disposto a farmi questo immenso favore, abuserei della vostra bontà se vi chiedessi di aiutarmi anche con il corpetto? Ha veramente troppi laccetti. Se qualcuno non mi aiuta, temo di rimanervi intrappolata per sempre.»

Ian cercò di restare serio, ma un sorriso traditore si fece largo sulla sua bocca.

«Sarà per me un piacere immenso, signorina.»

Nota dell'autrice

Le differenze fra XIX e XXI secolo scoperte da Sofia sono tutte autentiche: nell'Ottocento, per esempio, usavano la lattuga (che poteva eventualmente essere sostituita da foglie di cavolo) e la casetta, le saponette c'erano ma erano piuttosto grezze eccetera.

Il tunnel del *wormhole*, invece, a dispetto del nome, non è una tana di lombrichi. È un ipotetico tunnel spazio-temporale conosciuto anche con il nome di ponte di Einstein-Rosen. Nonostante non ci siano prove scientifiche della sua esistenza, alcuni fisici sono convinti che questo tipo di tunnel possa effettivamente far viaggiare nel tempo un oggetto (o una persona). Si suppone che il *wormhole* si trovi fra le galassie e sia simile a un buco nero.

È altresì possibile che qualcuno si sia accorto che ho occultato un fatto importante della storia del Brasile di quell'epoca. Dico bene? D'accordo, mi spiego meglio. Nel 1830, in Brasile c'erano ancora gli schiavi, in quanto la schiavitù fu abolita solo il 13 maggio 1888. Quindi, probabilmente qualcuno penserà: Perché mai avrà ignorato un elemento così importante? Be', perché oltre a essere un fatto esecrabile, fu anche un periodo vergognoso della storia del nostro Paese. E siccome nel mondo della fiction tutto è possibile, anche viaggiare nel tempo grazie a un telefono cellulare, ho semplicemente deciso che la schiavitù non c'è mai stata.

Se voi, lettori e lettrici, siete arrivati fino a questo punto, significa che avete letto il libro fino alla fine. Quindi, l'unica cosa che mi resta da dirvi in perfetto stile Sofia è: alla grande! Spero che vi siate divertiti a leggerlo tanto quanto io mi sono divertita a scriverlo.

Ringraziamenti

Questo libro non esisterebbe senza l'aiuto di alcune persone, che ringrazio.

I miei cari genitori, Antônio Donizete Rissi e Leonete Godoy Rissi, per non avere mai messo limiti ai miei mondi e ai miei amici immaginari, per avere forgiato il mio carattere e perché credono in me.

La mia cara amica Cintia Perez São Mateus, per aver fatto cadere il suo cellulare nel water e avermi regalato l'inizio del romanzo, e perché continua a essere, anche a distanza, decisamente presente nella mia vita.

Aline Benitez, per la pazienza e l'affetto che ha saputo dare a un'autrice «appena uscita dal forno».

La formidabile équipe della casa editrice Verus, sempre affettuosa, e in special modo Raïssa Castro, Ana Paula Gomes, Gabriela Lopes Adami e Anna Carolina Garcia.

I ragazzi della Nokia, per aver creato il mostriciattolo perfetto con cui ho scritto i primi tre capitoli di questo romanzo.

Gli OneRepublic per aver scritto canzoni fantastiche, in grado di far viaggiare nel tempo la mente di questa scrittrice, e in particolare per il brano *Won't Stop*, la colonna sonora dell'amore fra Sofia e Ian.

La mia piccola specialista di vestiti arricciati, Lavínia Rissi Capela, la mia Lalá, per i preziosi consigli di moda e l'entusiasmo contagioso di cui solo i bambini sono capaci. Grazie perché mi permetti di far parte del tuo mondo e per avermi insegnato il vero significato della parola amore.

Infine, grazie ad Adriano Martins Capela, il mio Adri, mio oracolo, mio Google, mio editor, revisore, aguzzino, spalla amica, punching ball, mio amore, mio Ian. Grazie per la dedizione, per averci creduto, per essere stato il mio primo sostenitore, per avere sopportato per tanto tempo la mia SPM e per avermi dato il regalo più bello di tutti, lei, che ti assomiglia, ma che quel suo temperamento impetuoso può averlo ereditato solo da me. Questo libro lo dedico a te.

Finito di stampare nel mese di febbraio 2018 presso
ELCOGRAF S.p.A. – stabilimento di Cles (TN)
Printed in Italy